U0055731

和珅秘傳

經典新版

下

紅頂劫

興華 著

和珅［秘傳］下 紅頂劫 目錄

第一章　誇示宏偉・諱疾忌醫

正當乾隆誇讚和珅，誇獎群臣，表揚商人，誇耀天下太平盛世的時候，有一個人卻在乾隆八十萬壽大典剛剛結束，上了一道奏章，說天下的百姓怨聲載道。這個人就是尹壯圖。

庚戌年，乾隆八十歲整，已在位五十五年。乾隆稱：自三代起，帝王活到古稀之年的很少，漢武帝、梁武帝、唐明皇、宋高宗、明世祖，這幾人都活到七十歲，活到八十歲的只有三位帝王：梁武帝、宋高宗、元世祖。乾隆表示，要在丙辰年禪位歸政，此時離歸政之年尚有五年。

八月十三日，是乾隆的生日。這一年，全國上下緊急地張羅開來。

和珅和工部尚書金簡是乾隆八十萬壽節慶典工程的總負責。乾隆召見和珅、金簡：「朕之萬壽節，雖必隆重，卻不可縻費。」和珅道：「皇上八十萬壽節，亙古少有。吾皇日理萬機，創下十全武功。今大清太平盛世，聖上萬壽八十，正該熱熱鬧鬧，與民同樂。至於所需銀兩財物，奴才為皇上籌措就是。現各省商人，踴躍急公，捐獻頗多，銀兩充足，不費國庫。」乾隆大喜。

除商人捐獻銀兩外，慶典所需銀兩由王公大臣、八旗、各部院官員俸廉內酌扣，外省官員則於通省養廉銀內扣交十分之二五。漕督、河督、學政、倉場侍郎、將軍、副都統、盛京五部（工、戶、禮、刑、兵）、鹽政、織造、坐糧廳，各省及京城關差稅務、城守尉等，均按照級別交納不同銀數。當然，議罪銀也可使用。

鼓勵進獻禮物，不論中外使節官員、平民百姓，對皇上感恩報德者進獻褒獎。

五月初十日，留親王永琅、大學士阿桂、大學士嵇璜、禮部尚書常青在京辦理一切事務，乾隆則啓蹕前往熱河。於是八十萬壽慶祝大典的序幕徐徐拉開。

國外使臣陸續到來，和珅陪皇上一一接見。有安南國王阮光平、朝鮮使臣黃仁點、緬甸使臣居未駝、南掌國（老撾）使臣叭整烘、召阿悖及暹羅、琉球等使者，各使臣都帶來了進貢的禮物。西藏兩喇嘛、蒙古各盟旗、王公、台吉、西域各部落的伯光，或親來，或遣使前來。和珅代皇上一一接見。

禮物也從四面八方湧來，王公大臣呈如意以祝壽；各省督撫人員進獻奇珍異寶。爲了討好皇上，大臣們都挖空心思。和珅對這些禮物一一過目。

兩廣總督福康安進獻禮品到了，和珅特別感興趣，便翻索起來，在九件禮品中，卻有一個楠木小匣。和珅不知裡面是何物，便揭開匣蓋。匣蓋揭開，裡面露出一間小紅屋，紅屋內設內屏風一架，屏風前擺一張小几，几案之上陳列文房四寶。和珅看那几下似有一個機關，於是便撳了一下，這時，有一個一尺來高的金髮碧眼的西洋女郎自屏風右側出現，徐徐拂淨几上塵土，然後將水注入硯中磨墨。待墨磨好後，從架上取下一幅紅箋鋪於几案之上。隨即又自屏風左側出現一虬髯客，逕自來到几案前就坐，提筆寫出滿漢合璧「萬壽無疆」四個大字。寫好之後，將筆放回原處，仍從左側退到屏風後面。西洋少女則將筆硯收拾完畢，也退歸原處。真是巧妙絕倫。

乾隆皇帝的八旬慶典是分在三處進行的：七月初七日至七月二十三日，在承德避暑山莊。七月二十四日啓鑾回京，七月三十日抵達圓明園。八月十二日自圓明園還宮，八月十三日在太和殿舉行慶

典大禮，八月二十一日慶壽活動結束。下面就按照這個活動日程，簡要地加以描述：

五月初十日，乾隆皇帝駐蹕避暑山莊，距離規定的慶壽日期，尚有兩個月，在這段時間內，他並未暇逸享受，而是唯恐稍廢政務，所以仍披覽章奏、召見大臣、處理軍國大事，直至七月初。七月初七日，乾隆皇帝駕臨依清曠，接受哲布尊丹巴活佛、噶爾丹錫活佛的覲見大禮。依清曠位於澹泊敬誠殿後，乾隆皇帝改名為四知書屋。

初九日，安南國王阮光平、蒙古各部王公、回部伯克等少數民族領袖瞻覲乾隆皇帝，隨後在清音閣大戲臺演承應壽戲。清音閣大戲臺座落在避暑山莊的卷阿勝境，它坐南面北，分別為上中下三層。對面是皇帝看戲的地方，名福壽園，這座殿堂面寬五間，是一座上下兩層的樓房。樓的兩側是賞外國使臣、藩部及王公大臣看戲、賜宴的地方。

乾隆皇帝八十壽辰時，正值高溫季節，在露天看戲的官員，難免不受日光曝曬，乾隆皇帝特下諭，命在看戲樓前搭蓋涼棚，以避炎熱，使看戲的官員免受其苦。演出的承應壽戲，有《西來祝壽》、《蟠桃上壽》、《靈仙祝壽》、《群仙祝壽》等戲碼，共二十多齣。這些純是祝壽內容的戲，是專門為皇帝祝壽而編排演出的。這類戲的規模都很大，不僅演員多，而且舞臺上使用的佈景也多，三層戲臺幾乎都被佔用。演員歌喉婉囀，舞袖翩翩，身著鮮豔的服裝，在幾可亂真的佈景之中進行表演，演出場面異常壯觀。

初十日，早膳以後，皇帝又在依清曠升座，由吏部、兵部官員，引領中外使臣向皇帝交遞丹書。

十一日，朝鮮、南掌、緬甸三國陪臣瞻見乾隆皇帝於福壽園。是日仍在清音閣演大慶戲，以示款待。

十二日，哈薩克部首領在惠迪吉門外覲見。惠迪吉門在山莊的東北，也稱北門。是日，乾隆皇帝在此門外拜廟拈香，聽眾喇嘛念萬壽經。

十三日，大小金川土司、甘肅土司，臺灣生番頭目等被接見。接見以後，賜觀大慶戲。

十四日清晨，乾隆皇帝在山莊正殿澹泊敬誠殿，大設筵宴，招待中外使臣以及祝壽文武百官。澹泊敬誠殿全部使用楠木建成，爲此也稱「楠木殿」，全部不加彩飾，只是在樑頭上繪綠色彩畫。殿中設有寶座，寶座後設有圍屏，兩側有香爐，殿頂懸掛宮燈，一如皇宮內設置。當晚又在萬樹園大蒙古包裡觀看煙火。萬樹園草木繁盛，景自天成，鹿兔奔馳，鶯啼鶴舞，一片塞外草原風光。乾隆皇帝在此經常接見、頒賞、招待外國使臣、宗教領袖、蒙古、回部等少數民族首領。

這裡草地上設有直徑爲七丈二尺的御幄蒙古包，亦稱「黃幄殿」，內中寶座屏風等御用設施一應俱全，是皇帝處理政務的臨時性宮殿。另有五合蒙古包一架，設在御幄的後面，專供皇帝休息之用。御幄蒙古包前面，設有相當於朝房的兩架花頂蒙古包，及兩座西洋房，分置御幄左右，相對而立，是朝臣、使節候駕的所在。另有供守備人員使用的備差蒙古包二十四架，散置在御幄周圍。萬樹園看煙火，多在傍晚進行，在臨時搭起的高架子上，懸掛著許多盒子花，點燃以後，層層脫落。第一層脫落以後，突然有許多燈籠從盒子裡面垂下來，然後逐層脫落，掉出各種不同的景物，同時放出五顏六色的火焰，光彩奪目，並伴有各種爆竹聲響，如電閃雷鳴，蔚爲壯觀。

十五日，乾隆皇帝率眾觀荷燈。這天是中元日，民間有放荷燈的習俗，各庵觀、寺院設盂蘭盆會，燃燈唪經，以超度孤魂怨鬼。清順治時，曾召陳玉林等在萬善殿建盂蘭道場，自十三日至十五日放河燈。乾隆皇帝沿襲舊習，命小太監將山莊內湖中荷葉上點燃蠟燭，並用玻璃製成形似蓮花的燈盞，下襯木托，點燃後放在湖中。數以千計的蓮花燈，隨波上下漂流，燭光搖紅，伴隨無數的荷葉燈，在湖水之中形成倒影，與夜空之上點點繁星相互競輝，頓時人間天上溶爲一體。

十六日至十九日，在清音閣大戲臺連演四天大戲。演戲畢，即命南府太監動身回京，準備在北京祝壽期間的演出活動。

二十日至二十二日，乾隆皇帝在萬樹園賜宴，招待安南國王等國使臣、金川、甘肅土司、臺灣生番以及哲布尊丹巴、噶爾丹錫諸活佛、諾們汗喇嘛、蒙古王公台吉等。然後，除各部落上層首領，因避痘諸多原因，不再進京祝壽外，其餘人等均在這三日內，分批起身進京。

二十四日，乾隆皇帝自避暑山莊啓駕，呼圖克圖等以及都爾伯特、土爾扈特、霍碩特、烏梁海、哈薩克等部落的首領，送駕至文廟迄西的萬壽亭。待御駕啓行後，各自回所在部落。當日，乾隆皇帝駕幸喀喇河屯行宮。

二十五日至二十九日，行經常山峪、兩間房、瑤亭子、密雲縣、南石槽等地，並駐蹕所經之處。

三十日，經過六天行程後，乾隆皇帝的御駕，在文武百官的拱衛下，抵達位於北京西北郊的皇家御苑——圓明園。圓明園早在御駕來臨之前，就已裝飾一新，一處處琳宮貝闕，宛若人間仙境，一簇簇花草，散發著異香清芬。加之能工巧匠別出心裁的點綴，使這座素有萬園之園美稱的御苑，籠罩在節日的喜慶氣氛之中。

從八月初一日起至初六日止，在同樂園連演六天《升平寶筏》大慶戲。《升平寶筏》是一齣連臺本戲，共十本二百四十齣。戲的內容是參照《西天取經》、《西遊記》等雜戲和明代小說家吳承恩所著《西遊記》改編而成的。主要內容是演唐僧率徒弟孫悟空、豬八戒、沙和尚去西天取經的故事。

初七、初八兩日，遣官致祭社稷壇；接受西藏喇嘛及眾喇嘛丹書。

初十日，又在同樂園演大慶戲。

十二日，暫時結束了在圓明園的祝壽活動，乾隆皇帝乘禮輿啓駕返回皇宮。禮輿是皇帝所乘規格最高的一種肩輿，其華麗無比，充分顯示出了皇帝至高無上的尊嚴。禮輿接近於民間轎子的形狀，輿中安有寶座，輿高六尺三寸，縱深三尺九寸，面寬三尺。左右各有一根長一丈七尺有餘的直轅，共有大小台杆十四根，十六人肩抬。禮輿有上爲八角，下爲四角的穹蓋兩層，各角都飾以金龍，輿頂正中爲金圓頂。圍繞蓋沿掛有鏞金龍的明黃緞垂簷，輿用明黃色雲緞做帷，夏天爲防暑改用紗，冬天爲避寒則換成氈。輿左右側各開有小窗，窗上夏季裝紗，寒冬安玻璃。

此時圓明園至皇宮西華門綿延數十里的大道兩旁，點景不斷。人工搭起的亭臺樓閣，既有模仿江南勝景的，也有西洋式樣建築，「飛甍畫棟，結構岧嶢。」遇水則設龍舟，逢山必置寶塔。草舍編籬，小橋流水，極富村野情趣；牌樓高聳，遊廊疊落頗有神仙意境。劇台處處，聲管弦歌，聞者止步。面對西直門，築有三層的戲臺一座，上演《普天同慶》大戲，月城內恭設萬壽經棚，頌經的喇嘛約有一千餘人。西直門內市廛櫛比，所有店鋪門面均都油飾一新。

演劇彩台，每隔數十步即有一座，各地方劇種齊集京師，舞袖歌衫，珠喉玉潤，一曲未終，一曲又繼，祝壽之戲連演不綴。時演天女散花，時演蟠桃獻壽，百戲俱陳。白馬馱經，天平有像，極寓莊嚴妙相；香燈蕭鼓，仙源曲聲，隱聞鳳韻鸞音。有的畫地爲水，內置各色龍舟，有的朱欄玉砌，上立九天仙女。有百壽廳，也有西洋房。假山座座，均有色絹紮起，幾可亂真。西洋水法，股股噴泉上注，水珠垂落形成一片片瀰霧，機關奇巧。西四牌樓前，置人工仿製的羅浮兩峰，下有百名老人，皓首華髮。再東則有百壽字照牆一面，前設玉輅立像，排列儀仗。西安門內兩旁建有六方亭、孔雀亭。三座門至金鼇玉蝀橋，但見太液池波光瀲灩，御舟停於其中。

團城循牆紮有過街彩坊，再南，花神廟外立百花壇，繞以雕欄。內三座門東又有戲臺一座，正在上演著南極呈祥大戲。又有鰲山十二楹，緊接福佑寺前牌坊。再前爲桃形演劇台一座，又毗盧亭一座，旁設台閣五間，俱取吉祥之意以點綴景觀。西華門外不但有對峙的西洋樓房，更有人工堆起的土山一座，山爲橢圓形，周圍砌以圍牆。山之兩側各留山路路口，山上修有「之」字形馬路，馬轎和行人可循此登臨山頂，遍山栽滿經過修剪的松柏，層層屋宇掩映其間。山表有牌樓一座，曰「流雲坊」，左右又各有一座小山，山下是外籍大員來京祝壽迎駕的場所。

乾隆皇帝所乘的禮輿，由騎駕鹵簿前導，儀仗隊伍中的各種執事，色彩斑斕，在陽光照耀之下，熠熠生輝。一路之上皇家樂隊分班演奏著，以乾隆皇帝御制詩譜寫而成的，近三百樂章的《萬壽衢歌》。在時而宏偉雄壯、時而輕柔曼妙的樂曲伴奏下，緩緩地回到了皇宮。皇子、皇孫、皇曾孫、皇元孫、親王、文武大臣、蒙古王、貝勒、貝子、公、額駙、台吉、回部王公、伯克，安南國國王及陪臣，朝鮮、緬甸、南掌等國使臣，金川、甘肅土司，臺灣生番以及紳民耆宿，均跪在御路兩旁，恭迎聖駕，祝皇帝萬壽無疆。

乾隆皇帝回宮稍作休息之後，又親至神武門外西側的大高玄殿行禮。大高玄殿行禮畢，又至景山壽皇殿祭奠列祖列後聖容，乾隆皇帝親詣行禮。同時派遣官員告祭天、地、太廟、社稷壇、奉先殿。乾隆皇帝在壽皇殿行禮後，回到重華宮。重華宮在重華門內，前有崇敬殿，殿中懸匾額，上書「樂善堂」，殿後爲重華宮，是他十七歲時候，舉行結婚典禮的地方。乾隆皇帝經常在此茶宴廷臣及內廷翰林，以三種植物的果實及鮮花，即松實、梅花、佛手沏於用潔白乾淨的雪水燒成的開水中，名爲三清茶，用以賞賜大臣飲用。飲茶之間寫詩作畫，君臣共樂。興之所至，常向大臣賞硯、玉磬、竹如意、貢墨等物。

這天，乾隆皇帝在重華宮進膳，是日晚在宮中就寢，以待第二天慶祝八旬聖壽大典的到來。

八月十三日，是慶祝乾隆皇帝八十壽辰的正日，這一天要在太和殿接受百官和外國使臣的朝賀。

預先，負責皇帝車駕、儀仗的鑾儀尉，在太和殿前陳設法駕鹵簿，在太和門外設步輦。在午門外陳玉輅（輅是皇帝所乘的車，漢代張衡《東京賦》有「龍輅充庭」句）。玉輅之前擺列馴象。丹墀中道兩側排儀仗馬隊，馬頭俱東西相向。樂部將演奏中和韶樂的金鐘玉磬等樂器，按規定部位佈置停當。巳刻（上午九至十一時），文武官員身穿花衣，預先聚集在太和殿外，靜候皇帝升殿。

花衣，也稱蟒衣，按清制，凡遇帝后萬壽節，官員於壽辰前三日，後四日，都要身著上繡團龍飾樣的花衣，謂之「花衣期」，爲舉行盛典，增添了無限喜慶色彩。武備院在丹陛正中搭設黃布天棚，內務府在天棚下設坫案，案上擺放尊、罍、卮、爵等酒具。禮部在丹墀之上，用青布蓋起大棚，下擺宴席。

太和殿內正中，皇帝寶座的前面，放金龍大宴桌，上擺御宴。寶座下有專爲內外王公、大臣、台吉所設的宴席。寶座陛後左右設後扈大臣席，寶座前設引大臣席，左右設豹尾班侍衛席，起居注官、日講官席。太和殿外之西簷下，丹陛上，黃布天棚東西、丹墀東西青布棚下都設有席位，供一二品大員、部院大臣、八旗官員、外國貢使，按級別分別入座。此時金璧輝煌的太和殿前，雖然百官雲集，但卻寂靜無聲。

午刻（中午十一時至一時），乾隆皇帝身穿龍袍袞服，頭戴珠冠，在前引後扈之下，升座太和殿。午門鳴鐘擊鼓，太和殿丹陛之上，奏中和韶樂《乾平之章》，皇帝升寶座之後，樂止。鑾儀衛官宣佈鳴鞭，此時大殿臺階之下，響起了三聲清脆的鞭聲，鞭聲劃破了寧靜的天空，給人一種肅穆威嚴之感。

隨後鳴贊官宣佈，中外官員依照職位高低，排班等候向皇帝祝壽。這時音樂又奏起了《慶平之章》，鴻臚寺官員引導親王以下百官，及安南、朝鮮、南掌等國使臣，按照品級排位，在鳴贊官的指揮下，行三跪九叩大禮，向皇帝拜壽，拜畢各自退回原位，樂聲又止。親王以下，入八分公以上，滿漢大學士，從太和殿左右門進入殿中，向皇帝行一跪一叩禮。然後各人入席就座，音樂又起，奏《海寧升平日之章》。

御茶膳房大臣向乾隆皇帝進茶，皇帝飲茶，群臣行一跪一叩禮。皇帝分賜王公大臣、文武百官飲茶，飲畢撤茶案。內務府掌儀司官，執酒爵至殿左門外，將酒斟入爵中，進爵大臣接過酒爵，奉至寶座前，跪向皇帝進酒，行一叩禮，群臣遂於座次行禮。皇帝進酒時，音樂又起，演奏《玉殿雲升之章》。尚膳官承旨，分賜御膳果品、珍肴佳饌於每張席面，此時音樂改奏《萬像清寧之章》。宴會進行之中，表演揚烈舞。

隨後，朝鮮、回部、金川等處藝人，表演其國或其民族的歌舞雜技節目以助興。宴會至此宣告結束，文武百官謝恩，行一跪三叩禮，行禮之中，奏丹陛大樂，禮畢再次鳴鞭。中和韶樂起，皇帝起駕還宮。爲乾隆皇帝八十壽辰舉行的慶祝典禮完成。

十四日，皇帝齋戒。

十五日，看祝版。這天皇帝著禮服升太和殿，面朝西立於殿中東隔扇前。司祝官陳祝版於太常寺預先備好的黃案上，皇帝恭閱祝版後，行一叩三拜禮，禮成，皇帝乘輿還宮。酉刻（下午五時至七時）祭夕月壇。

十六日，宮中慶壽活動結束，乾隆皇帝自大內駕幸圓明園，沿途再次觀看慶典點綴。對承辦這次點景的各省商人「情殷祝嘏，踴躍急公」的實際行動，特別予以嘉獎。浙江商人向國家的貸款及利息，本應當年償還，但因承辦慶典「志切呼嵩」，被允許延至三年還清，對兩淮洪箴遠等二十五名商人「著加恩於現在職銜，各加頂帶一級。」對恭辦點綴的各地商人，分別職銜予以賞賜。其中三四品職銜商人十二名，每名賞耕織圖一份，九老會詩一張，大緞一疋，寧綢二疋，紗二疋，大荷包一對，小荷二對，貂皮六張。其餘五六品職銜商人二十二名，七八九品職銜貢監商人十三名，賞賜物品與前者類似，只是在數量上有所差別。

十七、十八兩日，遣官至祭文央；在園中接見王公大臣、外國貢使。乾隆皇帝對安南國王阮光平親自前來祝壽，非常高興。認為阮光平是「發於中心之誠」，這正是自己「睿漠廣運，至誠感孚」的結果。而作為一國之主的阮光平能「親自赴京，虔申祝嘏」，是「實為伊古未逢之盛事」，為此對其賞賜特別豐厚。當然對其他諸國，如朝鮮、緬甸、南掌等國，除貢使及隨從有賞外，其所在國國王也獲得賞賜。除正賞之外，還有加賞，以示優渥。

十九日，在同樂園觀大慶戲。

二十日，乾隆皇帝御駕正大光明殿，設宴招待群臣、少數民族領袖、外國使臣、金川土司、臺灣生番等並各有賞賜，同時也賞兩淮、浙江、長蘆商人與宴。

二十一日，為祝壽活動的最後一天，在同樂園大慶戲的鼓樂聲中，結束了歷時一個半月的慶典。舉行如此盛大的慶祝活動，歷時之久，都為「史牒未有之舉」。

慶典辦得如此豪華隆重，這對清政府來說，也是一筆耗費頗巨的負擔，所以皇帝的慶壽活動「歲不常舉」，一年辦一小慶，十年才一大慶。乾隆皇帝八十壽辰花費的銀子，僅慶典中點景一項，原計劃為一百七十一萬八千兩，後經斟減，定為一百十四萬四千二百九十七兩五錢。以當時的物價計算，白苧布一兩銀子一疋，可買一百多萬疋；大緞每疋銀十二兩，可買九萬五千疋有餘。然而做為一代明主的朝隆皇帝，能夠逢上「五十有五年，堂開五代，八旬兼八月，璽刻八徵」的大慶，也是舉世未聞的，所以動用如此眾多的人力財力也就不足為奇了。但是乾隆皇帝對此還是有所反思的，他對舉辦自己生辰慶典的過於繁費，也表示過「朕心轉覺不安」，可是熱熱鬧鬧地慶祝了一番之後，也就「成事不說」了。

正當乾隆誇讚和珅，誇獎群臣，表揚商人，誇耀天下太平盛世的時候，有一個人卻在乾隆八十萬壽大典剛剛結束，上了一道奏章，說天下的百姓怨聲載道。這個人就是尹壯圖。

尹壯圖，字楚珍，雲南昆明人，乾隆三十一年進士，至庶起士，後授禮部主事，再遷郎中。三十九年，考選江南道監察御史，轉京畿道，後遷至內閣學士，兼禮部侍郎。

尹壯圖奏曰：「總督巡撫們犯了罪過，皇恩浩蕩，不加罷斥，而罰他們交若干萬兩銀子。也有的督撫，自己請求罰銀，甘願認罰若干萬兩白銀，這對於那些奸佞桀驁的來說，可以憑這而滿足他們貪婪的欲望，快其饕餮之私。即使是那些清廉的人，恐怕有時也不得不希望屬員的資助，那麼日後如果遇到府庫虧空以及謀求個人利益的重大案子，因他受了人的資助，花了屬下的錢，不容不曲爲庇護。這樣，罰銀雖嚴，不僅不能打動那些犯了過錯的官員的心，而且滋長了他們玩物喪志的念頭，請皇上永停此例。如果是些極平庸的官吏，要麼罷斥不用，要麼留在京中任職，不應放在京外，讓他獨當一面。」

乾隆接奏，只是微感不快，也沒有發怒，遂諭：「尹壯圖請求停止實行議罪銀制度，不是沒有見識。朕任用督撫一時不能選擇全是德才兼備的人，那些人（督撫）身上也不可能沒有缺點，棄置那些小缺點而任用他們，同時又不放任那些小缺點，對他們的缺點施以薄懲，以警惕他們，懲前毖後，更加完善自己，爲此採用了議罪銀制度。但是督撫及其他官員中或許有昧著良心，辜負朕對他們的一片好心，以措辦官項爲藉口，因而爲自己的需要，勒索屬下官吏，而屬下官吏也借此搜斂征捐、攤派，朕心不能保證完全沒有這樣的事情，尹壯圖既然有關於這樣事情的奏摺，自己就肯定親自見到或聽到。現在讓他一一地據實再奏。」

要是明白的人，一看這皇上的詔諭，便趕快為自己找個藉口，找個臺階，自己轉彎抹角地把事消除了也就算了。可是尹壯圖，為官有點憨直，是認死理的人，雖然覺得皇上似乎不願停止議罪銀制度，似乎也不願承認在如今天下太平、安定康泰的局面下，有所謂的損公肥私者，但是尹壯圖就是認死理兒，馬上又上了一道奏章，道：「各省的督撫，聲名狼籍，吏治廢馳，我所經過的一些地方，雖經體察那些官吏是否賢德，那些商人及老百姓都蹙眉興歎。各省的風氣大都是這樣。臣請聖上派滿洲大臣同臣一道，前往各地密查虧空。」

乾隆大怒：這個尹壯圖怎盡和朕對著幹，說天下怨聲載道，還不是把朕五十五年的豐功偉績一筆勾銷，還不是看朕八十萬壽的熱鬧場面，暗指朕花費太多，如此蔑視朕，如此驕橫，非給他點顏色看看不可。

和珅也恨這個尹壯圖：議罪銀制是自己向皇上提議經皇上批准而實行的，現在又是自己負責。這不是通過議罪銀制詆毀我嗎？我為皇上八十萬壽日夜操勞，督建各種工程，他看不見我的功勞，反而暗指我搜取太多。這個人實在可惡必要把他打倒，再在他身上踏上一隻腳。

乾隆與和珅想到一塊去了。二人相見，俱都生氣。但尹壯圖是內閣學士，戶部侍郎，若不找個合適的方式處分他也不行，可能他的意見有些代表性，必須把這種聲音壓下去，壓服了。

和珅道：「皇上，尹壯圖奏摺裡說要進行所謂的『密訪』，這也不成體統，大清朝昭昭朗朗，難道想故意隱藏什麼不成？這又不是處理什麼疑難的案子。且朝廷命官也不可到全國隨意查來查去，弄得全國耗費人力物力，人心惶惶影響安定，須指定地點讓他查訪才是。」乾隆道：「你說的甚是。每查一地，須要用五百里快驛通知地方，免得擱延時日。」和珅道：「這滿族大臣中，選哪一位呢？」

乾隆道：「慶成可選。」和珅大喜。

於是乾隆諭曰：「朕前次詔諭尹壯圖，讓他指實哪位督撫勒索下屬官吏，他卻並沒有實據。今又說經過各省，各省的商民都疾首蹙額，埋怨憤歎。竟然好像在現在的時代，百姓都不能活命。他的這種說法，是從哪裡聽說的？是從哪個地方看到的？一定要讓他指出來。」

尹壯圖奏曰：「我說的太過失當，請求皇上治罪。」乾隆曰：「朕之治世，必清明公正，今命尹壯圖隨戶部侍郎慶成查盤府庫，據實奏來。」尹壯圖奏曰：「臣以為當以秘查暗訪為宜。」乾隆道：「秘查暗訪，微服鞫訊，乃是陰謀隱晦的案子，尹壯圖劾各省府庫空虛，府庫明擺在那裡，難道要鞫審府庫不成？難道府庫中孳生妖孽變幻銀兩？且尹壯圖奏言督撫對屬下有婪索之嫌，若欽差微服，能保證他不私自訊問，私自起獄，私收賄賂乎？故此事不必暗訪而須明察，且每至一處，必令五百里快馬通知各地，不使驚慌，不擾亂秩序。朕嚴命慶成、尹壯圖二人，必尊重地方，不得以欽差身分壓人，尹壯圖須聽慶成約束，二人須同心合力，不得各行其是。」

於是二人領乾隆旨意，準備出發。

和珅召見慶成。慶成道：「老師有何吩咐？」

和珅道：「你是我得意的門生，相信你此去定能辦好此事，令皇上滿意。」

慶成道：「學生蒙老師大恩，恩同再造，敢不盡力為皇上效命。學生正要請求老師教授方略。」

和珅道：「我已快馬通知山西、直隸、山東各省，讓他們作好準備，已派人監視了尹壯圖宅院，不使他和別人接觸。同時我已派侍衛奔赴各地，嚴密控制各地官員及百姓。另撥給你幾名能幹的侍衛，務必要控制尹壯圖行動。當然以軟的為主，必要時，你是他的上司，要以命令約之。不過你也不能輕心大意。本相上次與錢灃及劉墉盤查山東，俱受二人矇騙，可為你教訓。此次盤查，皇上已決定先查山西，回頭再查直隸。山西大同府知府明保，乃本相舅翁，他剛上任，其府庫較為充盈，且大同礦多，商民中銀兩較豐。又有戶部府庫在彼，必要時可動用戶部庫存儲銀。餘皆照此辦理。」

慶成領了和珅命令，心裡更踏實了。朝中文武百官，從皇上的聖諭裡誰能看不出皇上的心思，連那尹壯圖，必也清楚，只是騎虎難下。慶成想：我難道要違皇上心意，違和相命令？否也，借著此事，正可為皇上顯出本領，為和相顯出忠心，讓他們知道我慶成的忠誠能幹。

慶成帶著尹壯圖出發了，第一站便是山西大同。

明保以他的無恥和土地換了一個大同知府。他的良心，他的人格全都放進茅坑裡去了。但是這樣的人，這樣厚臉皮的人，沒有人格的人最能討得便宜，在世上活得也最自在。自他看到和珅貪錢以後，他還吝惜什麼？

「將欲取之，必先與之。」幾十年的吏道告訴他，對於一個貪婪的大官來說，你送給他讓他印象深刻的禮物，讓他動心的禮物，他必在心中為你計算著，讓你得到報償。

另外明保察覺到和珅對母親的深厚感情後，更是欣喜若狂，他與和珅的母親畢竟是一母同胞呀。所以自第一次到了和珅府門前後，便不斷地往和珅家跑，也不管你喜歡不喜歡，除和珅和劉全外，和府的人對他也不敢怠慢，他畢竟是和珅的親舅舅，何況這位舅舅到和府從不空手，出手大方，架子最小。

明保得到了報償，大同是個淘金的好地方，自己付出的，二三年之內不僅全賺回來，肯定也有所盈餘。他是曾做過知府而跌了跤的，有的是經驗，又有學問，比不得那一般的沒有學問沒經驗的官兒，他有的是招數。

明保接到和珅的急報，便動起手來。他剛到任不久，大同府庫缺錢不多。尹壯圖他們又在路上，他有充裕的時間準備。他並沒有向商人們去借，而是把戶部銅廠、錫廠的白銀拿來填滿。銅廠、錫廠銀庫裡，他做得也不露破綻，和戶部的官員一起用那銀封包下來，至於包的是什麼，別人也只能從外表上看出是銀子，並看不出裡面的內容。這樣戶部的庫銀也堆放的整齊，明保一封一封地檢查著，不讓露出一點破綻。

尹壯圖隨慶成到了大同府。全城照常工作，各廠礦也動作正常。

明保對尹壯圖極爲熱情，生活極備體貼，起居安排周到。但吃喝一項，絕不奢侈，滿桌都是不值錢的菜蔬。明保曰：「爲官之道，貴在勤儉，勤則政通人和，儉則清正廉明。二位大人到此，下官不敢怠慢，一腔熱情俱在粗茶淡飯之中，請二位大人明察。」尹壯圖極佩服這明保，道：「我過去經過州縣地方，地方官員皆簇擁圍困，用膳時小大官員甚至家屬親屬俱都陪同，極盡山珍海味，極盡地方之想像，侈靡之風實熾烈過甚。今觀知府之風，真君子之德也。」明保道：「謝大人誇獎，大人此來查庫，一路勞累，沒有招待好，敬請原諒。但是想一想，若我等士大夫每人都省儉，不在吃喝上費靡，則天下百姓豈不富足。」

第二日，明保便催二位欽差大臣查盤府庫，道：「下官以爲二位大人應及早盤察才是，免得皇上著急，也能盡快給百姓們有一個交代。只是本府這樣央求二位大人，不顧二位大人勞累，實有點不盡人情。」尹壯圖道：「爲官正應如此，爲君擔擾，爲民解困，我等今天就去。」慶成道：「如此甚好。」

於是一行人到了府庫，細細地盤查，明保親自動手把銀封打開，從外到裡，銀子清清一色，封條完好無損。尹壯圖說：「府府充盈，比規定的還略有盈餘，知府政績卓然。」說罷就要走。明保道：

「二位大人須親稱一稱，量一量。」尹壯圖道：「不必。」明保道：「豈可輕率。」尹壯圖只得親自稱量，那明保極認真，務必從外到內稱了一遍，把個尹壯圖累得滿頭大汗，精疲力盡。查完，正要回館，明保道：「二位上官須再去查戶部府庫，以避本府挪用之嫌。」尹壯圖道：「午後再查不遲。」明保道：「若午後再查，倘有人誣我把這府庫中銀又搬回去，那怎麼交代。」於是慶成與尹壯圖隨明保及戶部官員俱到了戶部府庫，開倉門遍視一遍，銀錠全都放得整整齊齊。

明保道：「再都打開，稱一遍。」那戶部銅錫督道的官員道：「你如此也太過分了，時已過午二位大人尚不得就膳，難道真的要廢寢忘食？」慶成道：「尹大人以爲如何？」尹壯圖道：「此府銀封標誌清楚，排列整齊，已檢視完畢，可以回館了。」慶成道：「回館。」銅督道：「慶大人身爲戶部侍郎，今來到銅廠、錫廠，怎能不視察一下，況下官須向大人彙報一下廠中事務，請大人到本督府去，如何？」慶成道：「就如此吧，身爲戶部侍郎，來此當然應視察一下戶部廠礦，尹大人可自到行館，先爲皇上起草好奏章，待視察好時，奏於皇上。」尹壯圖道：「正應如此。」於是眾人分開。

銅督府內，燈紅酒綠。眾官員都已落座，坐旁佳麗貌美，服侍周到。明保大笑道：「那尹壯圖喝完豆腦菜湯已沉沉睡去矣！」眾皆大笑，笑得身邊的美女俱都發愣，巡撫布政使便和慶成碰杯論酒。巡撫道：「我帶來一個戲班，大家消受一下。」

慶成視察了五天。尹壯圖便喝了五天的豆腐腦。

慶成把尹壯圖起草的奏摺看過，道：「不更改一字，奏於皇上。」於是奏摺急送到了北京。

到了大同，本應有省裡的大員迎接，可查了幾天，不見大員露面，尹壯圖也不奇怪，只是認爲皇上早已明令查大同府庫。查時，政事不可廢馳，省直大員爲不耽誤政事，不來迎接應是情理之中。

只是這幾天的耽擱，布政使府庫的銀子早已準備齊全。慶成道：「我等該去檢查布政使府庫了。」於是二位欽差前往太原。

此時巡撫、布政使等省直大員都來迎接，只是對慶成熱熱乎乎又說又笑，都好像根本沒見到尹壯圖一般。尹壯圖跟在眾人身後，心裡懊惱不已。午飯，大家落坐，巡撫布政使便對慶成拉拉扯扯，推他上座，待慶成坐好之後，眾皆坐下，唯尹壯圖站在那裡，看那桌子，已沒有一個凳子，忽見旁邊一個桌子上站起一位官吏道：「怎麼尹大人還沒坐下。」巡撫道：「就在你那桌上安個座位吧。」口上這樣說，心裡卻道：「這個多嘴驢，待回去之後把他免了。」

次日，檢查布政使府庫，布政使便依然讓尹壯圖一一稱去，非常認真，每封每錠銀子，哪能少得一錢？

檢查好了，尹壯圖又累得滿頭大汗，見巡撫端過一杯茶笑盈盈地走來，道：「大人辛苦了。」尹壯圖便笑盈盈地伸手去接，哪知那巡撫竟從面前走過，原來那茶是遞予慶成的。慶成也不客氣，啜吸有聲，好不愜意。

慶成道：「尹大人，結果怎樣？」

尹壯圖道：「庫府充盈，不少一兩一分。」

慶成道：「回館。」不料布政使走到慶成面前道：「大人勞累至此，怎麼不吃頓便飯？下官已爲大人敬備菲酌，請前往敝府一敘。」

慶成道：「怎可叨擾，若有人說我等受賄吃請，怎能擔待得起。」

布政使道：「大人業已察過，已有結論，下官才請至府上，且你我同年，若不到敝府，也不符人情常理。」

慶成道：「實該到府上拜望。」於是布政使道：「如此則讓弟蓬篳生輝。巡撫大人也一同過去。」巡撫道：「正要叨擾。」卻對尹壯圖看也不看，對著慶成，巡撫作了兩個揖道：「請。」幾個人便行。尹壯圖受到了此等侮辱，又不便發作，只得對慶成說：「侍郎大人前往，本官回館。」慶成道：「何不一道同去？」尹壯圖說：「身體微恙，不便前往。」慶成道：「也好，你回去起草奏章。我可能回去晚點兒，你也不必離開，免得我回去時找不到你，誤了給皇上啓奏。」尹壯圖道：「哪能誤了。」說罷回行館去了。

慶成在布政使館內，花天酒地。這布政使掌握一省錢糧，最有實權，巡撫總督雖是其上司，也不薄他，俱拉攏他，有時反而巴結他。府中佈置得當然豪華，也必養優蓄伶，鑿池壘山。

晚上，布政使獻上個美女，樂得慶成在那裡留宿，竟一連幾天不出府門。

尹壯圖回到館內，也沒有人給他預備飯食，身邊的隨從俱都叫苦，尹壯圖只得自己掏腰包，自己受苦可以，哪能連累隨從們，隨從們也知尹大人受委屈的原因，俱勸大人回京，道：「查看個什麼，俱都準備好了。」

連隨從們都看出其中的機關，尹壯圖哪能不明，便對著那蒼天長歎了幾口氣，心內憤懣，可又無可奈何。此時想起自己起奏一事，真是幼稚可笑。當下便向皇上起草了奏摺，道：「所查府庫，俱都充盈無虧，臣實是妄言，捕風捉影，請准臣還京，治臣之罪。」把檢查府庫細末寫好，等那慶成，卻一連幾天等不到。

這天，剛要出去，想到街上走走，忽一個侍衛走過來道：「尹大人出去，若慶大人來尋不見，豈不誤了正事，大人應在此等候，想慶大人也該來了。」尹壯圖心中氣惱：我竟被軟囚起來了。且又不便發火，只得回館。

忽門外有叫聲，吵嚷聲，尹壯圖出門一看，見是侍衛和另一人在爭執，所來之人軍官打扮，見尹壯圖出來逕自走來，抱拳稽首道：「下官乃阿將軍所遣，阿將軍巡河至此，讓末將特來請大人一敘。」尹壯圖大喜，道：「快行。」哪知幾個侍衛走上來道：「吾等奉命侍衛尹大人，若有閃失，我等如何交代，尹大人斷不能去的。」那軍官道：「兵士們，把他們支開。」也不理他們，帶著尹壯圖出去了。因是阿桂所請，那幾個侍衛也不敢動真格的，隨他們去了，便急奔向布政使府報信去了。

此時天寒地凍，漫天鵝毛大雪。阿桂領乾隆命視察黃河。黃河冬天被冰凌凍住，每年春上，上游冰化，水泄不下，極易造成洪災，故在冬天時，便要查清水位及冰凍厚薄，必要時派兵丁把它搗碎。

阿桂本將軍出身，又不喜那些地方官員，便在河岸紮起營帳，聽到尹壯圖來了，忙迎出營帳門外。二人站在那裡，四目相對，久久不語。

營內略顯溫暖，阿桂與尹壯圖二人把酒對飲，內心俱都感慨萬千。阿桂道：「這黃河遇冬即封，非人力可以改變，乃天使然。」尹壯圖道：「若任這黃河封凍，不趁它冰薄時搗爛它，其禍大矣，足可淹沒一切。」阿桂道：「若天要封凍它時，便誰也阻擋不了。你回京後，我向皇上替你說情，你且等待，等待。只有等到明春天暖，黃河水才可冰融封解。」

尹壯圖留宿在阿桂處。次日，二人站在黃河岸邊，果見那黃河，千里冰封，頓失滔滔，猶如一條翻騰跳躍的巨龍被凍僵在那裡。

尹壯圖拍馬回到了太原。

尹壯圖道：「此地俱已查過，府庫並無虧空，我們回京去吧。」慶成道：「來時皇上有命，讓我們聽皇上詔令才能行動，現在奏摺剛交送驛使，怎可自有主張。」於是二人仍滯留山西。

二人在山西一路盤查，那直隸、山東早已聞風而動。二省的商人小民的工作都已做通，直隸總督劉寶杞更爲賣命，一鄉鄉地走，把百姓商人召集起來開會，便有那幾個稍不老實的商人百姓，被他抓起來城裡鄉下遊了一遍，然後把頭砍下掛在城牆上，有的在鄉下，掛在那高高的旗桿上。於是商人富戶俱都願意借銀給官府，並把利息奉獻給國家，國家徵用多久就用多久。

山西太原城內，二位欽差接到乾隆諭詣，讓慶成帶著尹壯圖到直隸盤查，直隸過後再去山東及江南。此時尹壯圖真正理解什麼叫做騎虎難下。

查過直隸布政使庫。幾個府縣庫銀，都沒有虧空。

慶成說：「既然所查府庫中銀兩都不虧空，我們也不查了。尹大人曾說商民都『蹙額興歎』，我們還是深入黎民百姓中查一查爲好。」於是二人便走到大街上，一戶戶查去，都道：「如今皇上聖明，天下太平，我等生活富足，只願皇上萬歲萬歲萬萬歲。」慶成道：「如此看來，尹大人所奏想像居多，也難怪皇上不滿，你怎能把黑的說成白的，把紅的又說成黑的。」尹壯圖哪有話來回答。

正好，此時聖旨到，乾隆諭曰：「命尹壯圖具奏，見途中商民蹙額興歎否？」尹壯圖跪拜接旨後，急忙奏上寫好的奏摺。奏言：「每日只見商民樂業，絕無蹙額興歎情事。」沒過幾天，皇上又來詔諭；並讓慶成責令他回答，必須指實二三人，絕不能含糊支吾，絕不能推諉掩飾。尹壯圖哪裡能回答出來，只求皇上治罪。

皇上又命慶成等到山東、江南檢查。此時尹壯圖再也沒有那份豪氣了，便聽憑慶成檢查，有時只稱有病。

到了山東，先查博山縣。這慶成倒先到了韓大發庭園裡泡起溫泉來，一泡就是幾天，蕭恩的小妾，經過韓大發的調教，更非往日可比，不僅她全身是「滿園春色關不住」，更有「一枝紅杏出牆來」，她的手法，推拿、拍、打、點、揉、搓、夾、捶、捏等等，無不妙到巔頂。慶成哪受過這種侍候，僅那小腳的點踩揉搓已使他銷魂。慶成銷魂之餘，搖頭暗笑：「天下還有像尹壯圖這樣的傻爪……他如今再想討好皇上，皇上也不想理他了。」

尹壯圖忍受著折磨，每到一處，沒有哪一個官員理他，也沒有哪一個官員看他。即便有哪一位的目光和他的目光無意中碰到一起，無意相視，那麼那人便會趕忙把眼光移開。他走到大街上，那裔人百姓見到他如見到瘋子一樣，趕忙離開。尹壯圖陷入了極度的孤獨之中，更讓他的靈魂感到震憾的是，百姓們真的以爲他是個瘋子。

因爲慶成等看這尹壯圖已成爲斷了脊樑的狗，對他也就放鬆了監視。尹壯圖這天走在博山縣城的大街上，在一個酒樓裡坐下，剛喝了兩杯，聽那隔壁桌子上幾個人正在議論著：「我不明白，尹壯圖已是那麼大的官，該明白事理，怎能頂撞皇上？」一個道：「就是，皇上八十萬壽，搞搞慶典……哪有不隆重的？」一個道：「有人說這個人特拗，鑽牛角尖。」另一個說：「不管是明說暗說，也不能說皇上有不是……」「他可能是瘋子。」……

尹壯圖徹底的崩潰了，一任慶成行事。

慶成便從山東一路又查過去，直查到江南蘇州。到了蘇州，虎丘獅子林、靈岩寺、鄧尉山、香雪海、支硎山、華山、寒山、天平山、穹窿山、石湖及各處的園林遊了一遍。此時已是乾隆五十六年的春天，蘇州盡展嫵媚的風姿，迎接這個北方的欽差。

此時蘇州已有五十多萬人口，全國各省及許多外國的客商雲集於此。各種珍奇應有盡有，慶成便與這些客商終日盤桓。

一日，石遠梅來拜見慶成，慶成急忙恭迎，誰人不知石遠梅的大名，石遠梅未曾開口就已把兩顆碩大的珍珠送予慶成。慶成道：「聽說和相好食珍珠，這兩顆珍珠如此之大，就留著送給相爺吧。」

石遠梅道：「我已給相爺釆得充足，大人笑納就是，大人既是相爺所遣，你我就不是外人，彼此須親切些，不必客氣。這兩顆珍珠你就收下。」

慶成道：「敢逆我兄美意？」

石遠梅道：「我近來還想做些絲綢上的生意，有幾個外國的客商，手裡有名貴的珠寶玉器，還有一些奇巧的鐘錶及其他洋貨很是搶手，我想把它們買下來，可是銀子多已收了珍珠，手頭還缺點錢，想向戶部借點，不知如何？」

慶成道：「國家銀兩吃緊，一向向商賈借出銀子極多，但收回卻不能盡數。不過對你。戶部還是能拿一點出來，和大人那裡也可先不請示。」

石遠梅道：「我絕不會虧待大人，利息方面還請大人照顧。」

慶成道：「這個好商量，只是一定要按時交還。」

石遠梅道：「我做事哪有半點差錯，大人謹請放心。」

於是，晚上石遠梅便請慶成到了虎丘梅花樓。當時全國的妓院以北京、揚州、江寧（南京）、杭州、蘇州、廣州、寧波最爲有名，而以北京八大胡同，廣州珠江花舫，蘇州虎丘、江寧秦淮河最爲著名。虎丘梅花樓的出名是因爲這裡最早評定名妓高下。乾隆時，一些名士、文人在這裡的花場進行選美比賽，評出狀元、榜眼、探花三鼎甲及二十八宿。順治時有個沈體文因做這等事被處以極刑，但乾隆末季，此事即大張旗鼓。

石遠梅便引慶成來到虎丘梅花樓，爲慶成點了「狀元」。蘇杭女子本已美秀冠天下，而眼前的這位竟是個狀元，慶成哪能不長了見識。此時慶成已不覺得花石遠梅的錢有什麼愧疚，因爲他已借給石遠梅一大筆錢，利息又極低，那石遠梅招待一下自己還不是應該的。

倒是尹壯圖一個人在孤館裡有說不出的惆悵，說不出的孤獨，說不出的寂寞，說不出的憤懣。這蘇州真是讓人煩惱的地方。

尹壯圖終於等來了讓他回京的命令。到了北京以後，面對皇上的責問，他只能是自承虛誑，請求治罪。

於是皇上把他交到刑部審問議罪，刑部說他欺詐，妄生異議，判斬決。

皇上開恩，詔曰：「壯圖逞臆妄言，亦妨以謗為規，不必遽加重罪，命左授內閣侍讀。」後又改禮部主事。尹壯圖再也無法在朝廷中，因為沒人理他。於是以母老乞歸，准請。

第二章　低劣齷齪・昏庸無恥

乾隆把劉墉的奏摺遞給他道：「你且看看。」和珅大驚，道：「怎麼會有這等事？莫不是劉墉懷恨於我，栽贓陷害不成。」乾隆道：「人贓俱獲，你怎能還狡辯袒護。這是你平時失察無疑了。」和珅道：「讓臣親自審視一下便知。」乾隆怒道：「你得朕之大寵，竟這樣袒護屬下，不是陷朕不明嗎？今人贓俱獲，一目了然，你還再審，審什麼！」

和珅這幾天正和乾隆商議著一件事情：如何辦綿慶的喜事？

綿慶是永瑢的兒子，永瑢是乾隆的第六子。在乾隆二十七年襲貝勒，三十七年晉質郡王，五十四年晉質親王。永瑢的兒子綿慶自幼聰明，乾隆非常喜歡，和珅哪能看不到。

乾隆五十四年，和珅陪乾隆到避暑山莊，乾隆當然也帶著心愛的孫子綿慶。一天，乾隆觀看大家射箭。這時綿慶走來，滿身戎裝，一身英氣逼人。乾隆看孫子這股英武勁兒，馬上想起女兒十公主來，對綿慶更加喜愛，道：「你會射箭嗎？」綿慶道：「我已學多年了。」乾隆道：「與你三矢，你射射看。」於是綿慶拿起三支箭，一一拉滿弓，勁力射去，三支箭盡中靶心。乾隆又找回了他的歡樂，遂賜他黃馬褂和三眼孔雀翎。這綿慶不僅精於射箭，而且小小的年紀也精通音律，時常爲乾隆撫琴。和珅看在眼裡，記在心裡，便把弟和琳的女兒許配給了他。乾隆也很高興，這真是親上加親。因爲和珅的女兒已經成爲貝勒永鋆的福晉，永鋆是乾隆堂兄弘曙的第八子，乾隆四十三年襲貝勒。

綿慶與和琳之女，此時正是十四歲，本不打算讓他們結婚，但是綿慶孱弱，和珅奏勸乾隆爲他們早日成婚，用「喜」沖一沖，可使綿慶強壯起來。所以和珅和乾隆商量選哪一天爲他們成親。最後日子定在二月初六日。

時天色已晚，從乾隆那裡回來，和珅仍回到軍機處，此時福長安仍在那裡沒走，於是二人談了一會話。福長安道：「安排諶露做糧道的事，怎樣？」和珅道：「別人都不說話，唯獨王杰不答應。這廝真是茅坑裡的石頭，又臭又硬。」

在當時，阿桂長期外出不在軍機處，敢與和珅力爭的只有王杰和董浩二人，此次事情剛好董浩不在，軍機處討論湖糧道的人選，和珅提出諶露，而王杰硬是不同意，結果弄到皇上那裡，連和珅也受了訓斥。

諶露是福長安的小舅子，年紀輕，爲人刁猾，又沒大本事，王杰奏明皇上。皇上很生氣。

和珅對福長安道：「皇上也不知爲什麼，總被王杰迷住了。」福長安道：「難道爲他白如處子，纖細如女兒？」和珅笑道：「你這麼說，我倒想起個辦法來。」遂附耳與福長安咕嘰幾句。二人大笑，一前一後走出來，到了王杰值廬。他們知道王杰每天很晚才回去，所以斷定王杰在值室，推開值室的門，裡面一股暖氣，屋裡仍燒得暖暖的，王杰的外衣也脫在那裡。見和珅走來，王杰道：「二位這麼晚了，有何貴幹？」和珅道：「見你終日伏案工作，來給你解解悶兒。」

說著便蹭到王杰身邊，王杰看那眼光色瞇瞇的，知道沒有好事，便往旁邊退，此時福長安走來，他哪裡能走脫。和珅道：「弟兄們開個玩笑，讓你快活快活。」說罷把王杰摟個滿懷，對著王杰嘴唇吮了幾口，王杰兩隻手撕著和珅衣服，和珅把王杰兩隻手一握，道：「我上次就說你手白嫩柔軟，你不識好人心，不知俺疼你，這次讓你明白俺愛你的心思。」王杰差點氣昏過去，這和珅哪裡管他，把他的扣子解開，帶子解掉，撩開衣擺，王杰的褲子便脫落下來。

此時和珅更是慾火升騰，這和珅在夢中多次夢到和王杰快活沒有快活成，總是在正要得逞時被人發現。今天剛好，今天不是夢，和珅想，他肯定比女喜神快活千萬倍……想著時，正要施爲，突然屁股上被一塊火炭燒著，和珅頓時大嚎一聲，那興勁兒再也沒了。福長安見此，也從門口跑進來，把和珅扶起，王杰急忙整好衣服，走了出去。和珅道：「快，爲我穿好衣服，快……」福長安幫和珅迅速穿好衣服，遂走到自己值廬的屋裡來。那王杰帶著人再來找時，哪還有人影。

王杰惱怒異常，又沒法告發和珅，這等事誰不認爲是荒誕無稽？王杰告了假，氣得在家躺著，忽然家人報陳渼來見。王杰道：「讓他進來。」這陳渼是海鹽人，是做著禮曹，王杰主管禮部，正是他的上級。進來之後，王杰問道：「你必有甚事，不然不會到家找我。」陳渼道：「和珅不知得了什麼病，不叫醫生去看，卻讓我去爲他看，我是向你來彙報一下的，是不是給他看。」王杰道：「去，就去給他治。」陳渼道：「這倒是屬下不明白的了。」王杰道：「這個奸臣賊子，你一定要把他毒死了，你若毒不死他，你不要來見我。」陳渼臉如土色。王杰道：「你是我一手提拔的門生，但知我的爲人，我說的絕不是一時衝動的話，你若毒死他，真可謂爲天下除一民賊，除一大害。」陳渼道：「學生見機行事就是。」王杰道：「你去吧，你一定要毒死他！」

陳渼到了和珅府上，和珅府上正爲和琳之女出嫁的事忙活。因和琳此時在四川，不能回家，這出嫁的事都由和珅辦理。

陳渼被引到一個廂房，見和珅趴在床上，見陳渼來了，道：「聽說你是會治跌打損傷。有治燒傷刀傷的家傳秘方，請你來，就是讓你爲我治一治傷。」陳渼道：「傷在何處？」和珅道：「在屁股上。」於是陳渼便揭開被子，見和珅玉白屁股上，有一塊已被燒焦，便道：「這個地方怎會燒傷，且燒傷得這麼厲害……這是木炭火傷，已燒一日一夜，若即時叫我，今天該差不多好了，只是已有一天，隔了這麼長時間，我再用藥，效果不會太好。」和珅道：「你盡全力就是，我有大事要做，非我不行的。」陳渼道：「我有這白藥，確是家傳秘方，須傷時即時吃，最爲神驗，隔了這麼長時間，效力已弱。但我也有另一種藥，可長肌活血潤皮，把它和白藥和在一起，你一起喝下，肯定會好得快些。」和珅道：「如此甚好。」

哪知和珅見那陳渼倒藥時，雙手顫抖，眼光不定，便心生一計，待陳渼把藥拿到自己身旁時，猛叫一聲：「這是毒藥。」嚇得那陳渼一陣哆嗦，啪的一聲，手裡的藥粉掉到地上。和珅怒道：「你爲何要害我，是不是受王杰指使？」陳渼道：「哪有這種事，這話從何說起？」和珅道：「你那地上的藥，本是毒藥，你怎還敢抵賴？」陳渼道：「這是爲你治傷的藥，怎能是毒藥？」

旁邊的僕從早把陳渼抓住，陳渼道：「這倒是恩將仇報了。」和珅道：「快抱條狗。」家人們會意，便把兩條狗抱了來。哪知那兩條狗舔了地上的藥，不僅沒有死，反而更加精神旺盛，連蹦帶跳，興奮異常，竟做起男歡女愛的春事來。原來這是陳渼用的「陽」殺，想用那純陽火熱之藥讓他吃下，促那傷口生瘡，起火發燒死亡，誰知竟沒得逞，和珅哪懂得這些事。

陳渼道：「相爺錯怪了我不是，看這狗都這麼歡快，剛一舔下便陡增精神，若相爺服下，還不精神百倍。」和珅道：「是我錯怪你了，你再上藥吧。」

於是陳渼想再拿那純陽之藥時，已是沒有，這種藥極難尋，平時絕不帶在身邊的。沒辦法便只好給他真的白藥服了，再在那傷口上灑點藥末。和珅也不讓他離去，託辭謝他，招待他一頓飯，實是懷疑他剛才的神情而留下他，若真是毒藥時，也好討解藥。果然二個時辰，那傷口便神奇地開始結痂。和珅大喜：「真神了。」陳渼道：「那另一種藥，就一點點兒，用完了，不然的話，痊癒得更快。」

陳渼把經過向王杰說了，王杰道：「也罷，是他命不該死，也是他太過精明，而你卻臨陣心虛。」

自此以後，和珅見到王杰再也沒有先前的衝動，王杰卻尋著機會要殺了他，他是見到和珅就感到噁心。過了一年多，便離開了軍機處，直到和珅倒臺，他才重入軍機處。這是後話。

且說和珅病好，緊接著便是侄女的婚事。和珅最愛弟弟，二人從小相依爲命，吃盡了苦頭。現在女兒出嫁，和琳竟不能親自主持大事，和珅替和琳難過。於是便和侄子豐紳宜綿主持婚禮。

豐紳宜綿比豐紳殷德年長幾歲，辦事老練沉穩，承家學淵源，詩書畫俱臻上乘。和珅見他如此德才兼備，心裡高興，倒抵消了思念弟弟的一絲悵惘。

和珅雖自己極盡奢侈，對自己的子女卻以儒家的思想教育他們，令子女們節儉，自己曾打擊異己，黨同伐異，順我者昌，逆我者亡，陷害忠良，卻教育子女們克己爲國，斂欲無私。

和珅看侄子豐紳宜綿如此的持重，心裡高興，看到侄女走到跟前與自己拜別，禁不住掉下眼淚道：「你父親不能親自送你，你不要過分想他，到了郡王家，非比平時在自己家裡，諸事要小心謹慎，要孝敬福晉，尊依郡王……」

婚禮辦得隆重而熱鬧，在京在外的大小官員們送來堆積如山的禮物。

剛辦過侄女的婚禮，和珅獲悉有幾位宮女要出宮，不便直接向乾隆打聽，便問了太監總管並吩咐道：「皇上南巡時，於江寧府帶回一黑玫瑰，總管留心。若皇上春秋年高，譴散宮女，你可通知我。」這總管哪能不聽內務府大臣的支使，接到譴返宮女的聖旨後，便把那黑玫瑰也譴出宮去。和珅喜出望外，急忙來到淑春園。

淑春園閉月樓裡，和珅終於摟到了黑玫瑰。和珅道：「自在江寧遊艦見到你後，我甚後悔那夜迷上優伶，十年來我對你朝思暮想。今天終遂人願。」不料黑玫瑰卻道：「咦，怎和妾一樣，即日遊艇之中，織造本讓我陪一位俊彩風流的大人，我極不願意，他便說出是和大人，那時妾雖是秦樓中人，也聽過和大人名的。誰知半夜進來的竟是位老人，問他時，才知是皇上，我當然十分歡喜，不料次日晨見到和大人，賤妾便喜愛上你了。只是近在咫尺難訴衷曲，後被皇上帶進宮內。雖身在深牆大院之中，但只鎖得住奴的身，怎能鎖得奴的心。奴婢也是思念著大人呢。」

和珅熱血奔流，把她擁入懷內。那黑玫瑰便仰面遞過嘴舌，二人吮吸著吮吸著，內心的千言萬語都在吮吸之中了。黑玫瑰慢慢輕輕地褪去裙裳，又褪去和珅內衣，便緊緊地抱住和珅扭著。和珅頓感全身血脈賁張，壓在黑玫瑰身上，許久，黑玫瑰似覺出異樣，便百般挑逗著，不一會立刻明白了和珅不起，這和珅已倒在一邊。

黑玫瑰壓抑住自己的慾火，把和珅攏入懷中，撫慰著他道：「以前有過嗎？」和珅道：「從沒有過。」黑玫瑰道：「這必是你思我久長，今驟見我急切異常，便不能了。」於是二人又互慰了一會，再試時仍復如前。

次日晨，和珅至豆蔻房中，豆蔻仍未起身，見和珅來了，滿臉倦容。豆蔻道：「宮中之物必五味俱佳，看你一臉倦容，一夜定是銷魂不已，雲雨不止。」和珅也不答話，急脫去衣衫，奔騰在豆蔻身上，送往迎來，哪有半點含糊。豆蔻見他已有倦容，卻比往日施爲的更爲厲害，待事完道：「君郎要注意身體呢。」和珅也不答話。

一連幾天，和珅蔫蔫的無精打采，連皇上和福長安也感覺到了，都叫他注意身體。

妻子馮氏和豆蔻關係最好。一天，對豆蔻道：「自從娶來了宮中那個黑女後，老爺總是精神不濟，我勸他，他又笑著說不是過度。但看他神情，分明是過度呢。」豆蔻道：「奶奶放心，我看老爺不像是精力不濟，有幾天早上，他從黑女處又到我那裡，更旺盛得很呢。」馮氏道：「難怪這幾日他到我這來得晚了。」豆蔻道：「我再用心打聽一下就是。」

這一天早上，和珅又來到豆蔻處，照樣地瘋狂了一陣。豆蔻道：「你日日如此，奶奶要愁病了，看你這個樣子，到底是爲了什麼？若真的有病，盡快醫治，也須和大家說一聲，大奶奶那邊，愁得很呢。」和珅一聽大奶奶要愁成病了，忙急得坐起來道：「我真的沒病。」豆蔻道：「據我猜，肯定是那黑女拒你。」和珅道：「沒有的事。」豆蔻道：「是那女子有病？我想宮中女子又絕不可能有病。」和珅道：「我說了吧。是我不能……」豆蔻道：「即你不說，我也要問這一層了，我早已猜著。」和珅道：「這就怪了，在你這裡行，在那裡怎就不行了？」豆蔻道：「我教你個法子，保准行。」和珅道：「你快講。」豆蔻道：「你今晚去時，不說其他，只往她臉上狠打幾巴掌，罵她幾聲賤貨，不要想起那個男人，只想那納蘭，便就行了。」和珅道：「你怎知我和納蘭的事？你怎知我想起個男人？」豆蔻歎了一口氣，對和珅滿臉柔情，像抱孩子一樣把他抱在胸前，也不回答。

果然，到了晚上，和珅又到了閉月樓。和珅又寬衣解帶。那黑玫瑰道：「相爺不要硬來，過一段日子自然會好的。今天算了吧，你這樣做，我極痛苦的，我說句不該說的話，若今天再不行時，你把我也挑逗起來了，須得給我叫個太監來。」和珅一聽這話，劈臉往黑玫瑰打去，呯啪有聲，然後撕破她的衣服。那黑玫瑰嚇壞了，忙道：「相爺饒命，是賤妾說錯話了。相爺饒命……」和珅也不搭話，幾掌打去，那黑玫瑰直告饒，這和珅已將她衣服撕開……一陣狂風驟雨初歇，二人相看媚眼，也不說話，直看了半個時辰，那和珅騰地翻身，如駿馬一樣騎在黑玫瑰身上……

豆蔻對馮氏道：「他沒有病的，奶奶放心。」馮氏道：「你怎麼又叫我奶奶起來，你我姐妹相稱就是。」

果然，和珅自此以後便神采飛揚了。

福長安道：「大哥若尋著什麼好藥，需給我點才是。」乾隆則道：「則不要服那陽藥，那是損壽的東西，猶如毒藥。」和珅只笑而不答。

誰知，因他忙於侄女婚事，後來又有幾日萎靡不振，竟發生了一件大事。

一日，劉墉到庫中支銀，見幾個人急忙從庫中趨出，鬼鬼祟祟。劉墉佯裝不知，遞過有皇上的玉璽和軍機處及戶部簽署的文書，走到庫內，見有銀子明顯鬆動。他佯裝不見，支過銀子就走了。待回到署上，密派幾個得力的侍衛，暗中看住那幾個銀庫的護軍，侍衛們見得真切，那幾個護軍腰勒著銀子便回家了。走在路上，俱被拿獲。

劉墉把幾個人分別關押起來，刑具侍候，幾個護軍，便一一地供出這幾天已多次偷銀。劉墉錄了口供，幾個人俱都畫押。劉墉把那府庫中銀子收了，又急派兵丁把這幾個護軍的家抄了，輕鬆地抄出庫銀來。

這庫銀的成色重量皆和市銀不同，劉墉把這贓物口供，俱都交於皇上。乾隆大怒，急詔和珅。

乾隆曰：「和珅，你身爲管庫大臣，對手下都經過訓教檢查嗎？」和珅道：「奴才一向對手下管束察檢極嚴。」乾隆道：「海成等人品行如何？」和珅道：「這幾人都是我滿旗後裔，品行端正，絕沒有問題。」乾隆道：「真是這樣？」和珅道：「奴才怎敢欺瞞皇上。」

乾隆把劉墉的奏摺遞給他道：「你且看看。」和珅大驚，道：「怎麼會有這等事？莫不是劉墉懷恨於我，栽贓陷害不成。」乾隆道：「人贓俱獲，你怎能還狡辯袒護。這是你平時失察無疑了。」和珅道：「讓臣親自審視一下便知。」乾隆怒道：「你得朕之大寵，竟這樣袒護屬下，不是陷朕不明嗎？今人贓俱獲，一目了然，你還再審，審什麼！」

和珅見乾隆這是真的動怒了。忙道：「奴才辜負皇上厚望，失於明察，請治奴才罪。」說罷跪倒在地，五體投地。

乾隆見他這樣，道：「這幾日你家務繁忙，疏於對屬下管束，朕也不怪你，只是一味包庇袒護，成何體統。」和珅道：「都是奴才見識鄙陋，對屬下私心太重，皇上教訓的是，奴才今後對屬下一定要嚴加管束。若有再犯，從重治臣。」

乾隆道：「罷了。只這幾個護軍如何處置？」和珅道：「發配黑龍江。」乾隆道：「此事再交大臣們議議。」

於是大學士阿桂、劉墉，嵇璜等都認爲護軍當斬，而和珅疏於管束，又是管庫大臣，應受責罰。

於是，護軍海成問斬，餘等充軍伊犁，和珅降二級使用。

蘇陵阿被和珅與乾隆命爲兩江總督。到了任上，提督學政等出城迎接。蘇凌阿肥胖的肚子先從車廂裡露出來，隨後露出那個斗似的腦袋。他雙手抱拳和大家打著哈哈。眾位官員一一自我介紹。首先是提督學政，其次是布政使、按察使，然後是藩、臬二司與府廳官員，一些知府縣令也在行列。

這行人中，最使他不滿意的是那個學台，見了自己只稽一下首，臉上的笑容不明顯。按清朝官制，學台不論本人官位高低，在充任學政期間，其地位與督撫平行。同樣按清朝禮制，同級官員在致問候時，若對方執禮恭敬，自己也必如對方，劉墉曾用這種法子調戲過和珅。可是蘇凌阿卻覺得這學台不順眼，雖說你相當於我的級別，但那畢竟是相當於，你怎能在我面前作大，何況當著全省官員的面。心下不高興，也就懶得和他講話。倒是藩台、臬台，雖是實權人物，卻對自己特別恭敬，臉上笑得起了道道橫紋，每說一句話就點一下頭，哈一下腰，爲人謙虛。學台帶來的不快並沒有影響他的情緒，自己已是兩江總督了，主管數省軍政大權，我就是這個地方的皇帝。皇帝，我也是皇帝，我就是這長江下游這塊「天堂」之地的皇帝了。想到這，那肚皮更加隆起，鼻孔昂到天上。

忽然間他意識到了什麼，怎麼那將軍都沒來？仔細看時，倒有幾個副使，也許是剛才介紹時沒有注意他。

次日，藩、臬二台首先來拜。二人手中各拿有物品，往那桌上放過，然後躬行大禮。蘇凌阿讓二位坐下，道：「皇上厚恩，命余尋棺材木來也。」二位忙道：「大人春秋高壽，怎說這話，我們這些屬下，哪能不孝敬你，讓你安度晚年。」臬台道：「總督大人初到署上，安家費肯定不足，下官已爲總督大人準備了一萬兩白銀在此。」說罷，銀票奉放在桌子上。總督道：「剛來乍到，讓你破費，不好意思。」布政使道：「本官亦具銀一萬兩，請總督大人笑納。」總督道：「好，好，笑納，笑納。這個，以後互相照應，互相照應。」

布政使、按察使走後，學台大人進來。躬身作禮，那蘇凌阿坐在那裡不起，倒正在看剛才二位台甫送的玉如意和二萬兩銀票，斜了一眼學台道：「請坐吧。」學台道：「下官來晚，還望總督大人見諒。」總督道：「你和我是平起平坐嗎？這是大清的規矩，你記得倒清，嗯——」學台道：「下官若有冒犯，請恕罪。」蘇凌阿道：「皇上厚恩，命余覓棺材木來了。」學台道：「初次見面，下官沒帶禮物，請大人見諒。」蘇凌阿也不理他。學台見話不投機，一會兒便起身走了，心道：「見面就要東西，這是什麼總督。」

於是蘇凌阿只要見到下屬來拜，那第一句話就是：「皇上厚恩，命余覓棺材木來也。」

蘇凌阿到了任上，便怪罪將軍都統不來求見。屬下便稟告，近來海上盜匪猖狂，禍害百姓，將軍們帶軍士去捉拿盜匪去了。蘇凌阿道：「捉拿盜匪，有迎接本官重要嗎？」

忽報，偏將楊天相來見。蘇淩阿道：「讓他進來。」楊天相進殿，道：「屬下押解幾名海盜來見大帥。」蘇淩阿道：「你等辛苦了。那海盜厲害嗎？」楊天相道：「海盜爲禍沿海上千里，且勾結洋人和東瀛，實爲賣國。」蘇淩阿道：「都抓住了嗎？」楊天相道：「捕殺了一些，但仍有大批海盜爲害海上，今帶回幾個匪首，請大帥訊問。」

總督道：「讓那匪酋進來。」見押著三個人，一個年紀較長，四十左右，其餘兩個較爲年輕，蘇淩阿道：「你等是匪首嗎？」那個年長的道：「我等乃是平民百姓，草民家住溫州樂清，現有一家老少，並有莊園在彼，怎能做那海上營生。只是海匪把小人抓去，要勒索我家財物，楊大將趕來，救了我性命。」蘇淩阿道：「那兩個是嗎？」那兩個年輕的道：「小人雖是海匪，卻是從犯。」蘇淩阿道：「你既是海匪，應該認得首領，身旁的那位，是你首領嗎？」一個海匪道：「這位我們倒不知他是誰。只是聽說從樂清抓來一個東家，倒不知是不是他。」偏將楊天相道：「你不要聽他一派胡言，四方百姓，哪個不知他李元龍是海匪，分明三人在瞞騙大帥。」總督大怒道：「是你審還是我審，是你行還是我行，這裡是誰的官大？輪到你說話嗎？」

說著站起來，走到楊天相面前道：「皇上厚恩，命余覓棺材木來也。」說罷看了看楊天相，見他沒有反應，道：「你錯抓百姓，想冒領軍功嗎？」楊天相道：「此三人確都是匪首，大帥可明察，且不要被他哄住了。」蘇淩阿怒道：「我怎會被哄住？你是說我不能明察嗎？你給我出去。」揚天相「嗻」一聲行了禮走了出去。

蘇淩阿道：「你們竟敢哄騙本總督，該當何罪？」那李元龍道：「我確是樂清草民，確有家園在彼。家極富足，金銀珠寶無所不有，便有那海匪要謀我家產，於是爲防海盜，我家產早匿，匪人便把我抓去，勒逼家人送銀贖人。若我是海盜頭領，怎能連海盜都不認得我。若我是海盜，怎能把家園安在樂清。」

蘇凌阿道：「一派胡言，大刑侍候。」李元龍跪倒在地道：「蒼天啊，怎能把良民百姓當成是海盜呀。」蘇凌阿道：「看你神情，像是真的受了冤枉。」李元龍從懷中掏出一顆巨大的明珠來。蘇凌阿一看，眼都直了，他從沒見過這麼大的珍珠，閃閃發光，炫人眼目。只聽那李元龍道：「大人若以爲我是匪首，把我打死，我也認了。只是藏在身上的這個明珠，總不能和屍體一起埋入地下，真的成了明珠投暗了。草民把它獻於大人，只求在我死後，善待我家。」

蘇凌阿接過珍珠，不忍釋手，道：「如此，你真的冤枉了，看我不治那楊天相之罪。」說罷當堂把李元龍放了，喝令把兩個年輕的海匪押進大牢，不料那楊天相硬闖進來，大叫道：「大帥怎能這樣輕易放人，那匪首爲害百姓多年，誰人不知？他家只幾年間，頓成巨富，財從何來？大帥怎把他放了？」蘇凌阿道：「你竟敢咆哮公堂，把他轟出去。」楊天相道：「你個贓官，竟和海匪一氣，我要告你。」說罷走了出去。

過了兩個月，李元龍帶著二子，攜五千兩白銀並一棵珊瑚樹、十幾顆珍珠，來到蘇凌阿住處。李元龍道：「我把兒子也帶來了。若是海盜，敢如此嗎？」總督道：「都是那楊天相無知，本督即要削了他職，報與朝廷。」

次日，聞報有海匪又竄出海，闖入村莊。蘇凌阿道：「待本帥親自去。」於是便帶了一營兵奔往海邊，行了一月，見前面有大隊清兵過來，爲首兩個都統，看見大帥，翻身下馬，跪倒拜見。總督道：「楊天相呢？」都統道：「楊將軍押送海匪至總督府，至今未回。」總督道：「那就怪了，他已走了幾月了。現在海匪在何處？現在幾營兵力合在一起，正好追剿。」都統道：「在溫州方向。」於是大隊清兵共有六營往溫州進發，行了幾日，到了樂清，遇上了海匪，雙方交戰，海匪不敵，俱都退

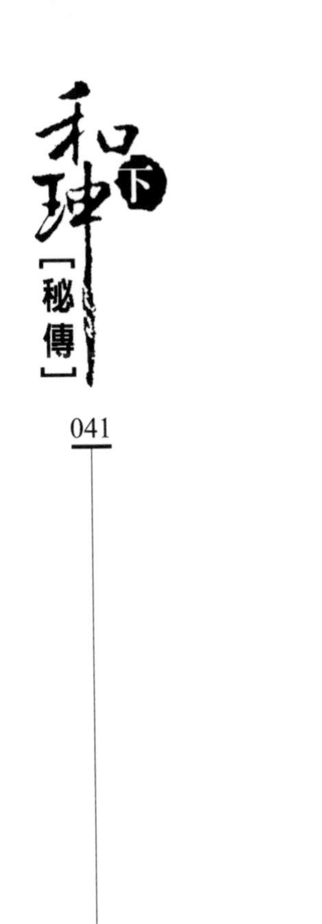

到海邊。官兵追去，卻見海邊一人，在戰馬上掄起大刀，左右翻飛，海盜一下倒了一大片。那匪徒只有幾個乘船跑了，餘等二百多人非死即傷。

那馬上之人正是楊天相，他滿身血污，馳馬過來。蘇凌阿待他到了跟前，忙喝令兩旁兵士道：「把他拿下。」兩旁沒有人動，不知他要拿誰。蘇凌阿大怒：「我要你等把楊天相拿下。」兵丁只好把他拿下，楊天相道：「我有何罪？」總督道：「通匪，你一人在此，正是土匪聚集出沒之處，不是通匪又是爲何？」楊天相道：「我實要親自抓那李元龍，拿他歸案，怎說我通匪。」他不說李元龍尙好，說到李元龍，蘇凌阿更怒了，道：「怎敢抵賴！」六營軍士，從都統到兵士，都爲其講情，蘇凌阿就是不聽，更不看閩浙來文。蘇凌阿判楊天相通匪，論爲重辟，馳報朝廷，朝野一片反對，唯和珅堅持原判，令下，楊天相一案終成冤獄。

蘇凌阿昏庸貪婪，搜刮屬下，禍害百姓，誣民爲盜，縱盜逍遙，雖天下沸騰，但有和珅一手遮天，他不僅沒有受到懲處，而且不久，和珅把他抬到大學士的位置，位至宰相。

蘇凌阿官運亨通，和琳也一路直升。五十五年正月，和琳被任命爲吏科給事中。五十六年二月擢爲內閣學士，十一月兼署工部左侍郎。五十七年正月，授正藍旗副都統。同年二月，發生廓爾喀（尼泊爾）兵進犯西藏事件，福康安率精兵往討，和琳也隨福康安到西藏管理藏庫。和琳處理藏務得到皇上嘉獎，被任命爲鑲白旗漢軍都統，工部尙書。五十九年，授四川總督。

路，有後臺。

和珅門前送貨的隊伍如雪片一樣。起初人們到和府上送禮多在晚上，怕見了別人，更怕見上司。現在他們白天晚上都去，以讓人看見為榮：我和相爺有關係的，自己有能耐，有門路，有後臺。

第三章 敲骨吸髓・婪索賄賂

奉天義州有個莊頭叫許五德，是貝勒永澤的莊頭。清朝皇族，品級最高者爲親王，次於郡王的爲貝勒。永澤的地位可想而知。這一天，莊頭許五德迎來永澤的管家霍三德。

霍三德四十多歲，帶著幾個隨從，並不先到莊頭家裡，而是巡視了一番，許五德急忙把他請入莊內，在客廳裡坐下，佈置酒席。霍三德並不客氣，大碗吃酒，大口吃肉，飯罷。霍三德道：「受貝勒命，特來催交租銀，不知莊頭準備好了沒有。」許五德道：「俱已準備充足。」說罷遞過賬目款項。

霍三德仔細看了看，道：「過去收地銀六百二十兩，實是太少。現貝勒據大清朝規定，按地契價十一畝減一成三之數辦理，此次你須交銀八百五十三兩六錢。」許五德道：「當時本莊與貝勒定有契約，此地土地極爲貧瘠，故沒有按政府規定辦理。」說著把契約放在霍三德面前。霍三德看也不看道：「那時是那時，這時是這時，你且把銀子交出來。」

許五德見他這樣，忙吩咐兒子許宗姜道：「查看家裡還有多少銀子，都與管家送去。」許宗姜敢怒而不敢言，把家裡所有的銀子都拿出來，仍沒有二百兩，便拿了一個金手鐲交出。霍三德看罷，道：「你須孝敬本管家幾兩銀子才是。你想想，我給你們省了多少。若按如今通行征租銀計算，你該交多少。」許五德道：「我們這旗莊，與其他各處不同，且地裡莊稼一看就明。此地土地極貧瘠，過去貝勒也是親自察看過的。」霍三德道：「這麼說你是看不起我了。」許五德道：「哪能看不起你？」說罷讓兒子拿出一柄金鎖，「這是全家最值錢的東西了。」遞與霍三德道。霍三德一掌打落在地，罵道：「你是打發要飯的嗎？」

許五德此時也火冒三丈，道：「你我同事一主，你是個管家，我是個莊主，我小了你嗎？只是你在主子面前，盡那諂媚的本領，討得主子歡喜，你便狐假虎威，不知羞恥。」霍三德道：「來人呀。給我打！」說著幾個隨從進來，抓住許五德父子一頓飽揍。許五德道：「我和你沒完。」霍三德道：「沒完又怎麼樣，少了錢還不給嗎！老子今天就做於你看。」許宗姜道：「走著瞧。你這個狗仗人勢的王八羔子。」

霍三德道：「他娘的，能把老子怎的。」這時恰見許五德家的幾個娘們聽見吵聲過來。霍三德便抱住一個年輕漂亮的，道：「我看你能把我怎麼了，這就做於你看。」說罷劈胸把那女子的衣服撕破露出兩個白白的奶子來，那哪能躲閃得開，當著許氏父子的面一把抓向那女子，另一隻手便探向褲裡，抓得那女子呼爹叫娘，許氏父子被隨從們抓住，哪能動得了，俱都氣暈過去。霍三德抱那女子到了床上，又抓又咬，恣意姦污。事罷，帶著銀兩隨從，絕塵而去。

那被姦污的女子，正是許宗姜的老婆。許五德父子道：「傾家蕩產，也要報這個仇。」

許五德想起自己的一個好友，名叫恒德，現在正在禮親王門上任著護衛。於是便遣兒子帶銀子到了北京找恒德。

恒德見老友兒子前來，熱情招待。許宗姜把來意說了，把霍三德的欺訛蠻橫說過，便跪在恒德面前道：「念你與父親多年好友的份上，一定要想個法子，多多幫忙，花再多的錢也是不惜的。」

恒德讓他起來，便仔細想這事情。憑府上的親王，也說服不了貝勒，要讓貝勒處分他的心愛家人，談何容易。況禮親王不好囉嗦這些事情。忽然，恒德心頭一亮，忙喜上眉梢，道：「倒有辦法了。你就告到步軍統領衙門，步軍統領乃是和珅，除和珅能制服這貝勒，誰還能制住他！」許宗姜也歡喜，道：「我怎能認識他。」恒德道：「我和他是親戚，且你只須有銀兩送他就行，這親戚也是次要的。」許宗姜大喜。

恒德道：「不知你有多少銀兩？」許宗姜道：「若打贏官司，送銀一萬兩，或送地六十頃，給世叔四千兩。」說罷即送給恒德二千兩。恒德一聽大喜，道：「此事成了。你且在這等著。」

確實，以和珅勢力，乾隆諸皇子皇孫也俱都怕他。和珅曾在宮中看著太監鞭打皇子皇孫，並笑著說：「好，今天打這幾下，明天再調皮不軌，繼續打。」

恒德從相府回來，道：「相爺答應了，爲你打這個官司，相爺說他要錢不要地，且你須交錢過來。」許宗姜道：「我去籌錢。」

過了幾日，許宗姜把六千兩白銀交於恒德，讓他交於和珅。恒德道：「最近我手上拮据，不知你能借給我點銀子嗎？」許宗姜道：「已爲世叔準備一千兩。」說罷把一千兩銀子拿出。

許宗姜道：「剩餘的銀子在打贏官司後，一併拿出，就是世叔也有酬謝。」恒德喜盈盈地去了。

於是許宗姜便到了步軍統領衙門呈控。

和珅找來貝子永澤。永澤道：「不知宰輔有何事情？」和珅道：「有你的莊主，狀告你的管家，我已把那狀子壓下來。此事張揚出去，於貝勒的名聲肯定不好，皇上面前恐怕也要怪罪。」永澤最怕聽「皇上也要怪罪」這句話，忙道：「是什麼事？」「許五德及其莊上百姓，告你管家勒索，證據確鑿，且管家霍三德當莊眾姦污婦女。眾人俱都聯名呈告，呈告原件被我壓在步軍統領衙門，你想這等事要是讓皇上知道了，還不說是你驕縱管家。」永澤道：「宰輔救我。」和珅道：「你須拿上銀兩，放在我這裡，我打點一下，把此事消彌了。」永澤道：「如此多謝宰輔、感激不盡。」貝勒送來五千兩白銀，和珅道：「這也差不多夠了。只不過那霍三德，再也不能在你府上。若要壓服那眾百姓群憤，須對霍三德嚴懲。」永澤道：「悉聽宰輔安排。」

和珅拘來霍三德及其隨從，連其全家一併發往黑龍江，世代為奴。

許五德大喜。但是馬上又憂愁起來，因為餘下的銀子，再也籌措不出來。

恒德便派家人陳興向許五德索要，並道：「我等念交情為你辦好了事，怎麼事後就忘了。」著實的責備了一番。許五德父子也覺理虧，便商量起來。永澤的封地內李金屯那個地方有三十五頃，是雍正五年又丈量後載入紅冊。這塊地又不與官地相毗連，父子二人決定，用這塊三十五頃地塘塞過去。於是許宗姜到了北京，對恒德道：「我們確實已籌措不出銀兩，情願將二十頃地送給和相，十五頃送給世叔。」恒德道：「此事須與相爺商量。」

恒德回來，告訴許宗姜道：「相爺說了，你必須寫實紅契，載明賣給他的侄子豐紳宜綿，才肯要地。」許宗姜答應了。於是恒德便派家人陳興與許宗姜一起去奉天義州，據立紅契。來時恒德對陳興道：「這一封書信，你到了錦州後，交於都統台費蔭，他是我家親戚，讓他照應這件事。」並道：「你到錦州後，不要說是我的家人，要說是豐紳宜綿的家人，改名張祿，聽明白嗎？」陳興道：「明白了。」

陳興到了錦州，都統台費蔭請他吃飯，又請來守尉兆麟，守尉兆麟非常高興。他這人一天沒有請他吃飯，他便會尋點事出來讓人請他，因為如果哪一天沒人請他吃飯，他便沒什麼在老婆面前炫耀了。每天酒氣熏天，挺著肚子回家時，他總是那樣的驕傲，便在老婆面前誇說自己多麼有本事，多麼能爲人辦事。現在又是都統請他，桌上又有一位京城的管家，而這位管家又是豐紳宜綿的管家，便更有向他老婆甚至向同事、向熟人炫耀的話題了。

台費蔭交代他這塊地是和珅所辦，讓他照應一、二。原來文書紅契的具體辦理，是城守尉的職分，土地檔案及紅契也都在他那收藏一分。兆麟回去後查看檔案，卻見紅冊中載著這塊地畝，便知是官地。這麼大塊地方，他的酒也醒了。不敢自作主張，告訴了台費蔭。台費蔭道：「你總是有辦法的，把地賣與和珅就是。」

兆麟見上司這樣囑託，不敢違拗，若違拗，以後這個肥缺沒了，酒就沒人請了。於是便行文該地管理佐領烏什杭阿，查報該界都是根據戶族自己確定界限，並不是官產，加具保法呈送。於是兆麟詳細地寫了份報告給都統，稱這塊地雖載入紅冊，並沒注明「官」「私」字樣，即備註說明，管地界的官員具保認定這是私地，當按私地處理。都統台費蔭批道：「准立契出賣，稅收從寬。」

於是陳興拿著地契交於恒德，並說此地應是官地，是不准售賣的。恒德忙將契據二張都交於和珅。和珅道：「等到日後，我再給你銀兩，十五頃地該多少錢？」恒德見他這樣說忙道：「相爺收著就是，至於銀兩，相爺還能忘了我的那點銀子？」

和珅自此後便真的忘了給恒德那十五頃地的銀兩。和珅派內務府莊頭康二格前往查地。康二格報：「地貧瘠，地畝夠數，只多不少。但此地並非私地，乃是官地，不應售賣的。」

和珅叫來胡六，道：「這三十五頃地的地租銀，不得少於八百兩，叫那莊頭許五德聽明白，懂嗎？」

莊頭許五德父子引虎驅狼的辦法雖然一時間報了仇，解了恨，但從此陷入更苦難的深淵。和珅收的銀兩，更比霍三德嚴苛繁重。

剛譴走胡六，和珅又叫來王平，道：「你前往順天府通州盛家屯，到那裡收取租銀，讓他們每年繳納四百四十六兩，以後就照這個數，不可更改。若交不出時，你可靈活處理，以身抵租也可。」王平領命而去。

王平到了順天府通州盛家屯，找到莊主王坦。王坦忙酒食招待，為他洗塵。

飯後，王平道：「領主人命來收取租銀。」王坦道：「已準備齊整。」王平道：「主人有令，自今而後，每年須交銀四百四十六兩，不可少一錢一厘。」王坦大驚，道：「這莊頭本是我的祖業，當年隨貝勒時僅交一百八十兩，怎陡然間增加一倍有餘？」王平道：「當年人口稀少，勞力少，有可耕之田無可耕之人，現今人丁興旺，勞力充足，且十額駙豐紳殷德買此地時，並住房二十九處俱出價二千八百兩，契買為業。」

王坦道：「從來按畝納租，何有按人納銀，何況人口增添，雖多耕種之人，但花銷支出也都增加，怎可驟然間加了這麼多？」王平道：「我查看了莊稼，這些銀是能交出的，且我只是個管家，主人如此命我，我便如此執行，還請莊主見諒。」王坦道：「請大管家與相爺說說情，給我們一條後路。」王平道：「此事已經說死，不能再有餘地的，來時相爺交代得明白。」王坦道：「如此怎能弄出銀子，我須和眾莊人佃戶商量一下。」王平道：「莊主一定要明白事體，和相辦事，一向俐落，一言九鼎。我看商量的目的，只能是如何把銀交足，並沒有其他。」王坦道：「管家說的極是。」於是便出去了。

王坦祖上在明朝末年，本是富庶的大戶人家。清兵入關後，王坦的祖父王復隆於順治二年，帶地十四頃五十九畝，投充內務府莊頭。王坦也不知祖上屬哪一旗分。每年交給官府租銀七十二兩九錢五分。雍正元年撥給怡親王府，王坦一家隨入正藍旗。乾隆三十一年分給貝勒府，三十二年經貝勒丈量該莊頭等養身地畝在內共計二十八頃八十畝，因按頃數復加銀一百零九兩五分，連前共交租銀一百八十二兩正，俱仍系原莊頭交納。現在王平來到陡然要加租銀，怎能完納？

王平召住眾佃商議，大家俱有抗租意。大家都道：「此地本是祖先帶充，而且土地多是貧薄黃土，陡加租價，實是不敷養贍，不堪承受。」

王坦回來，與王平說了大家的意思。王平道：「既如此，我再親自問問其他的人。」王平叫一僕從道：「你去調百十個兵丁來，拿著丈量土地的器械，不要驚擾百姓。」僕從接過王平的信，就騎馬馳去了。

王平當晚找到了莊戶康杰，道：「你也與那些人一道抗租了不成？」康杰道：「租銀實在太多，承受不起。」王平道：「抗租可是犯法的，相爺怪罪下來，你可承受不起。平時你我不錯，我才和你說這話，不然，我何必操這閒心，且我有意把莊頭換了，讓你承當，不知意下如何。」

這一硬一軟，還真的把康杰說動了，道：「我再與大家說說，按數交租就是。」

第二天上午，王平起得很晚，待出門時，太陽已高過山頭，見僕從帶著百十個兵丁走來，王平道：「你們把那房子算算，不可驚憂百姓。」

一個小軍官聽命去了。他已收了王平銀子，兵丁們幹的也快活，又不是抓人等事，何樂不為。

這莊上百姓，俱都驚恐，但看那兵士，只是丈量房屋土地，言辭行動俱都恭敬，也都放了心，但總是忐忑不安。此時王平讓王坦召集莊裡的人，看看人差不多齊了，王平道：「大家都說租銀多了不是?哪個說說。」場面上沒有人應聲。王平掃了一眼，道：「若真的有困難時，我也會作些變通，和相一向體恤大家。」他便道：「康杰，你說交也不交？」康杰站起道：「交。」在場的人俱都驚異，昨天說得好好的，怎麼今天就變卦了？莫非大家都變卦了？只我一人做冤大頭？王平又道：「大家都以為可以交嗎？」並沒有人應聲。王平道：「既如此，肯定是同意的了，這樣說來，莊頭王坦昨日和我說了假話，我現在決定，讓康杰作莊頭，將王坦改作散佃，分給他耕地三頃二十畝，其餘地畝分給各佃戶承種，每年收銀錢八百六十四千文，房租銀十四兩五錢。現我正在丈量房屋，房租銀據房屋占地面積分攤。」

王坦大驚道：「此地乃吾祖上家業，大管家怎一句話把它分了？」王平道：「此地怎能說是你的祖業，分明是十額駙從貝勒手中收買，這地怎能歸你所有？」王坦知道和珅的厲害，哪裡還敢多言。

果然有交不起的，王平便來硬的，令他賣身抵租，那繳不起的莊戶，只得賣身。不幾天，王平帶著租銀，帶著幾個賣身為奴的小夥子和年輕姑娘，回到京城。和珅便賞給他一個女奴一個壯丁。

不幾年，盛家屯的莊戶都淪為和珅家奴，不賣身的，家裡連根草也沒有。

其他幾十個縣的地租徵收，和珅照此辦理，唯一不同的是，靠近京城的，莊戶中的糧食、雞、鴨、魚肉、乾鮮果品等源源不斷地運往和府，和較遠地方的繳銀交錢不同。

八十萬畝土地給和珅帶來了多少財產，而且和珅又是這樣的敲骨吸髓。有個小金曲，說和珅家人收租最形像：

「奪泥燕口，削鐵針頭，刮金佛面細搜術，無中覓有。鵪鶉嗉裡尋豌豆，鷺鷥腿上劈精肉，蚊子腹內刳脂油，虧老先生下手。」

在收取地租的同時，這一年收取房屋租銀一千二百六十八兩三錢，收取租錢八千四百九十二吊二百四十文。

各項租收正常順利，和珅很高興。這天正在和呼什圖、卿憐一起查看帳目，忽報劉全來了。和珅忙叫他進來。劉全報：「時近歲尾，北京和天津等地，米價糧價急劇上揚，我們糧庫的糧食所存極少。」和珅道：「為何不急速調入？」劉全道：「各省米粟早被商人們購買一空，已是歲尾，百姓家裡哪有存糧。且各糧商看糧價瘋漲，更不願賣貨，卻囤積下來。」

和珅問卿憐：「各糧庫儲存糧店還有多少？」卿憐翻開帳本道：「各店均不足四十石。」和珅道：「我去見皇上。」

和珅奏曰：「時近歲尾，青黃不接，各地米價升騰，北京尤甚。銀錢貶值，百姓不堪重負。且各糧店囤積居奇，若引起饑荒，恐影響安定。」劉墉亦奏曰：「近日米價上揚，糧店堆積如山，卻不賣貨，百姓叫苦連天，政府當平抑物價，責令其出售，以防民饑。」乾隆道：「此事交於和珅去辦。」

奏曰：「今嗣後飭禁，冉得過五十石。」乾隆准奏，於是政府規定：各糧店囤積糧食不得超過五十石。可是命令發出以後，商人們和王公大臣們群起反對，只一個劉墉支持和珅。各糧店哪有一個出售的。和珅又奏曰：「國家當嚴厲制裁這些不法商人，平抑物價。若物價得不到控制，百姓春節遭急，京師必動盪不安。臣請對各糧店嚴厲查處，違者官賣處罰。」乾隆准奏。

和珅調來兵丁侍衛，打開各糧店，逼其貨賣。大軍到處，哪個不服？俱都開店平價出賣。兵丁們又查出鋪戶囤積米麥六萬餘石，貼上封條。和珅又奏請皇上將此六萬餘石米麥交廠減價糶賣。於是和珅在減價賣出的同時，設立粥廠賑濟百姓，北京物價迅速得到平抑，百姓拍手稱快，俱讚揚和大人。

好像上天也像和珅一樣體恤百姓似的，瑞雪兆豐年，進了臘月，滿天紛紛揚揚飄蕩起大雪來。

和珅門前送貨的隊伍如雪片一樣，兩淮鹽政汪如龍像往年一樣，如數送來二十萬，其他如蘇凌阿、伊江阿、景安、明保等和珅親信不用說，各省大員都派人來到京城，浩浩蕩蕩，督撫、藩臬們往北京送，道府縣令們便往省裡送，開始有的怕與北京的官兒們關係不深，不敢明送。試驗過幾次後，見京官與地方官無二，甚至更渴望送禮的，於是在送去省裡的同時，也兵分二路，一路到京師。

起初人們到和府上送禮多在晚上，怕見了別人，更怕見上司。現在他們就白天晚上都去，以讓人看見爲榮：我和相爺有關係的。若見到了自己認識的，便互相寒暄幾句，那神情，都覺得自己和相爺的關係最近，若是不認識的見了互相也點頭打招呼，目光中把對方引爲知己，表示對對方的欽佩，欽佩對方必是個獨當一面能「吃得開」的人，而自己在欽佩對方的同時，也佩服自己有能耐，有門路，有後臺。

送禮的人把東西放在二門，由「內劉」呼什圖轉回內庭。若是相爺故交，呼什圖便留下他，傳他到相爺處；若是一般的官員，便讓他留下名諱，記在賬上。京官也就走了，遠方的，呼什圖便派人把他招待好，但更多的人並不讓和府招待，只想和呼什圖多說幾句話。最尊貴的客人便是如兩淮鹽政，巡撫伊江阿兩江總督蘇凌阿等人，這些人相爺都親自接見，甚至留下共餐。

也有把禮送到劉全那兒的，這樣便須送兩份，但是漸漸有爲數不少的人體會到送到劉全這裡效果更好些，雖然多花些錢，送了兩份，但是劉全把東西轉給和珅時，說得仔細，說得明白。而呼什圖那裡接得東西太多，記的便不太清。但是送年禮的人重要的就是送禮，並不追求升官或別的什麼的。若是有別的要求便要另送，即使你在節禮中送得再多，在求人辦事時也是非送不可的。雖然節禮送了起不了大作用，似是定例、習慣，但若不送時，馬上作用就顯示出來了：名單中沒有他認爲該來的人，他便會認爲你忘恩負義，過河拆橋，看不起人，等著瞧吧，輕者把你調到一個閒職去，逼你讓出肥缺，重者便尋個機會把你的官位降了。這送禮也是檢驗你忠心的一個標準。

又到了臘八，和孝固倫公主喝著珍珠粉做成的臘八粥。此臘八粥內有珍珠四錢，長白山紅參二錢，茯苓二兩，山藥二兩，扁豆二兩，薏米二兩，妙莧實二兩，蓮子二兩，肉粳米面四兩，糯米四兩，加長白山野雞飛龍湯製成。公主一向崇尚節儉，故臘八粥比不上和珅的精美。

可是和珅每日盛飯食的碗碟就讓人驚訝，有金碗、銀碗，紅湖水碗、五福大琺瑯碗，五福銅胎琺瑯碗，更有價值連城的古瓷碗。盤亦爲金盤、銀盤、古瓷盤、琺瑯盤，金羹匙裝像牙把，食物更不用說，常吃的東西有清蒸海螃蟹、燕窩、薰鴨絲、火腿燉肘子、酒釀蒸鴨子、胭脂鵝脯、清蒸鴨子糊豬肉、喀爾沁鹹攢肉、肥雞薰燉白菜、青湯西爾台、酸筍雞皮湯、蝦丸雞皮湯、野雞湯、燕窩秋梨鴨子熱鍋、羊肉臥蛋粉湯等，糕點更是無奇不有。

吃罷臘八粥，十公主回到房內，她要找豐紳殷德。她已預感到和珅如此絕不是好事，下場可堪憂慮。可是回到房內，並不見豐紳殷德的影子。和孝公主走出房門，遠遠地看見，大雪紛飛之中，豐紳殷德正在撥弄積雪，如孩童一樣，玩耍嬉戲。和孝公主即大聲喊他進房，豐紳殷德見公主喊他，進屋裡來。

公主嗔道：「汝年已逾冠，尚作癡意戲耶？」豐紳殷德見公主有氣，忙跪下道：「請公主見諒，殷德一時想起童年樂趣，竟忘了其他。」公主見他跪倒自己面前，忙拉他起來，撲打完他身上積雪，撫了撫他凍紅的耳朵，道：「殷德，你須勤勉不輟，學得一身本事，才對得起父皇，對得起我。」殷德道：「敢不聽教誨。」公主道：「你我夫妻，怎客氣起來。」說罷拉殷德坐在椅上，自己坐在殷德膝上，道：「我早有一言，想對你說。你翁受父皇厚德，毫無報答，唯知貪財受賄，我確實替你憂慮。他日恐身家不保，吾一定會受你的連累。」

豐紳殷德道：「我和母親，時常勸他，可他卻並聽不進一句。兄長豐紳宜綿也時常提醒他與叔叔，可二位老人家諸事都極明瞭，唯這一事，終不聽人勸告，只得任他。」公主道：「你想著法兒再勸一勸他。我從小在宮中與你翁相處得多，我稱他爲『丈人』，他對我也如同親女兒一般。今又爲你妻，為他兒婦，更該為他著想。我想，你還是想法勸他一下，比如他好聽戲，就不能讓那幾個優伶，唱一齣什麼讓他回心轉意？」說了一回話，公主道：「走，我陪你玩雪去。」說罷拉起豐紳殷德，又叫來幾個使女，把豐紳殷德拉到外邊，推倒在地上，要弄起他來。

豐紳殷德愛著公主，雖生於帝王之家，又是皇上最疼愛的小女兒，但身上無一點驕縱之氣，除了對豐紳殷德極盡婦道，無限疼愛關懷外，剩下的就是能幹儉樸，卓有見識，才華橫溢。她還保持著兒時的喜好，終日好男裝，每日和豐紳殷德聞雞起舞，絕不讓他貪戀溫柔。

自公主小時，和珅就疼愛他，進門為兒婦之後，見與兒子相親相愛，更是高興歡喜。所以只要在家，總是通過兒子問起她的情況，讓兒子多關心她。

新年快到，和珅正準備陪十公主及額駙進宮，不料豐紳殷德道：「我讓優伶給排了一齣戲，想陪父親看看。看過之後，再進宮不遲。」和珅聽此，怒道：「且不說你是額駙，就是普通翁婿，豈有不以看岳父為重而去看什麼優伶演出！又你身為額駙，豈能與優伶打交道，為父絕不容你如此，雖你是我唯一的兒子，又是額駙，若見你有聲色犬馬之事，學那其他八旗子弟模樣，定不饒你。」

殷德跪下道：「父親，這是公主讓我排演與你看的，母親也極贊同。你只看後再說，兒決不會學其他的八旗子弟的樣子，總以父親和叔父年幼時的刻苦勤勉為榜樣，在家時又有公主終日警戒，怎能會有不軌怠惰沉迷於逸樂之事。」和珅道：「既然公主讓你為此，必有其他意思，我且去看看。」

於是二人便步入壽椿樓，見夫人馮氏亦等在那裡，忙向夫人問好。夫人說：「夫君須不要讓大家失望才是。」和珅也不知說的是什麼意思，便坐下來。

臺上一優伶走上前來，唱：「系門前柳影花舟，煙滿吟蓑，風漾閑溝，石上方生，山間樹老，橋外霞收。玩青史低頭袖手，問紅塵緘口回頭，醉月悠悠，漱石休休，水可淘情，花可張愁。白：我漢張良是也，人稱漢初三傑，爲高祖創下天大的業績，但自古得回首時且回首，須知月滿則虧，泰極生否的道理，切莫貪戀朝中功業，人間奢華。唱：「草茫茫阿房陵闕，世代興亡，卻便似月影圓缺。山人家堆案圖書，當窗松桂，滿地薇蕨，決不羨那朝中華奢，爲貪今日榮華無盡，落得明日子孫盡戮沒。我只在這白雲間，自可怡悅。到如今世事難說，天地間不見一個英雄，不見一個豪傑，事做過時人頭落……」

和珅哪裡能聽下去，對豐紳殷德道：「你且出來。」豐紳殷德看他臉色不好看，只得隨他出來。和珅道：「只要你砥礪勤勉，只要你與公主和睦，互敬互愛，我還有一個心願，就是望你能生個兒子。別的事你卻不必問了。」

豐紳殷德回到公主那裡，公主道：「你今後更當勤勉，學些劍術，練好身體，只等將來吧。」馮氏回房，招來豆蔻道：「人不可改變嗎？」豆蔻道：「那要看怎麼個變法，有的可變，有的則不可變。」馮氏道：「你且說說看。」豆蔻道：「我也說不清楚。」其實豆蔻心裡有一個故事，卻不便向馮氏說——

從前有一個人整日饑腸轆轆，有一日，他餓極了，便向一個大戶人家走去，想討點吃的。忽見那個主人坐在一個桌子旁，滿桌都是山珍海味，又見他懷中摟著一隻狗，不時地舔弄著那主人的手指、嘴唇，主人不時地給那狗撕下一塊肉，那狗搖頭擺尾，好不快活。那饑餓之人見狗圓圓滾滾，分享著主人的美味，好不羨慕。想，我要是那狗多好。他這樣想時，不想一位天神看透了他的心思，道：「你要是想做那狗時，我可成全你，只是由人變狗，爲人不恥，做那狗時，人便都把牠當畜牲看，你不怕挨罵嗎？」那饑餓的人說：「天神呀，我只是變一次，一次變成狗就行了，待吃了一頓，享受一番時，我就變回來，再也不變成狗了。」天神說：「那我就做個試驗吧。」

於是天神把個饑餓的人變成了一條狗，這條狗同時具有了人的靈性，那本事當然比其他的狗勝過百倍，更得主子歡喜，於是便把牠寵到與牠同睡同吃同行，須臾不離。那天神見那饑餓的人享受夠了，就道：「你變回來吧，我把你變成人。」可是那天神把他變成人後，他只有人的相貌、四肢，但思想意識，舉止行爲，無不像狗，見有錢的人就搖尾巴，就舔，見窮人就齜牙，就汪汪有聲。天神道：「一旦變成了狗，就絕對不能再復變爲人。」

和珅的天神就是和珅自己。

第四章　扈駕西巡・文過飾非

乾隆回京途中駐蹕行宮，行宮剛造，牆壁竟是假的，半夜倒塌，驚嚇了乾隆。全國的建築是個什麼樣子？乾隆惱怒……

劉墉奉旨巡查，查出了什麼？——腐敗！

乾隆五十七年，由和珅負責的避暑山莊擴建和改造工程，已近竣工。和珅從皇帝南巡及擴建圓明園、擴建改造避暑山莊的工程中獲取大量錢財，於是便思謀還有什麼工程。思來想去，忽然想起要乾隆西巡的事情來。和珅想：若皇帝西巡，我就打建改造昔日的行宮和大營，且沿途官吏有多少進貢？想到這裡，便直拍自己腦門——這個腦子實在聰明。

大凡貪官污吏，最喜攬個工程，一者是爲國爲皇上，名正言順，冠冕堂皇，二者其中油水最多，有的攬下一個工程，便可以幾輩子享用不盡。所以無論哪個官吏，一上臺，便把這工程上的事情攬到手中，能攬到工程的人便是有實權的人。大官攬大工程，小官攬小工程。人言：「爲官一任，造福萬代。」要想爲他自己的子孫後代造福、攬錢，這各種工程便是極可觀的一項收入。如果不直接落銀子，那麼隨著國家、公家的、皇家的工程竣工，自己的小工程——如庭園、房屋……便也修造完畢。

像改建改造避暑山莊，改建圓明園，督造皇上南巡的船隻、行宮等大工程，便只有和珅這樣的大官兒方能撈到手了。於是和珅便向乾隆奏曰：「昔康熙帝曾五次西巡五臺山，尊教敬佛，懷柔蒙藏，觀風問俗，考察地方，今天下太平，蒙藏安寧，皇上正應西巡，以顯教化。」乾隆道：「邊疆戰火初熄，國庫有虧，朕不想再多破費。」和珅道：「此次西巡，交奴才辦理，與南巡一樣，俱不花國庫一文，皇上盡可放心。」乾隆道：「就由你負責，但應體恤百姓，不可奢靡。」

於是和珅傳令各王公大臣、額駙、親王、河督鹽政、漕糧之道、督撫以下縣令以上，俱按官價捐銀，以備皇上西巡五臺山，鼓勵嘉獎名人商人捐銀捐物，於是四面八方的捐銀流到和珅面前，和珅令各地修造行宮，整修道路。乾隆又諭曰：「此次巡幸五臺山，所有直隸、山西駐蹕行宮，雖像從前發帑修建，但自上次巡幸以來，已過數載，不無粘補糊飾之費，著於長蘆運庫應解廣儲司項下，各賞給銀一萬兩，以示體恤。」

五臺山是佛教聖地，建於北魏，更是藏傳佛教即喇嘛教在中原的中心。鷲峰上的菩薩根，傳爲文殊菩薩居住的地方，所以又名真容院，又稱文殊寺。寺建北魏，至明時，成爲五台寺廟之首。明永樂年間，喇嘛教黃教祖師宗喀巴大弟子蔣全曲爾計居此弘揚黃教佛法，此後黃教遂在五臺山傳播。蒙古、西藏都信仰黃教，康熙帝及後來的乾隆也是借巡五臺山向蒙藏首領及百姓表示其尊崇黃教，以此懷柔蒙藏。

同時，按照康熙的話說，西巡五臺山，又是爲了觀風問俗，「蓋欲周知閭閻利病，登之衽席之安也。」

乾隆效法乃祖，屢次西巡五臺山，也是與其祖康熙一樣的打算。但是已八十二歲高齡的乾隆，第六次西巡則絕不能爲遊樂，與他中年西巡之目的也大爲相悖。

三月初八日，乾隆從京師啓鑾，和珅、福長安隨侍左右。一路之鋪張繁華不必贅述，地方官恭迎進獻也可想而知。

三月初十日，乾隆帝行抵秋瀾地方。忽聽前面有人在道旁叩閽。和珅要趕他時，已來不及，聽皇上道：「和珅，問問看是怎麼回事。」和珅只得上前訊問，那人道：「貴州草民楊秀錦特來叩見皇上，申訴冤屈。」和珅道：「把狀子呈上來。」和珅看罷，把狀子遞於乾隆，乾隆老眼昏花，看了兩行就再也看不清，道：「和珅看罷，講與朕聽。」

和珅道：「攔道叩閽者叫楊秀錦，是貴州鎮遠縣人，一直當縣里的里長，催取每年應徵錢糧。從前都按畝徵收半石，從四十八年起，改征折色銀兩，征銀逐年增加，開始征折色銀兩時，每畝折銀兩六錢五分，遞加至二兩一二錢不等，上年則仍征一兩二錢。」乾隆道：「這裡我沒聽清，你再重複一遍，到底是多少銀兩。」和珅又重複道：「開始時每畝征銀六錢五分，後遞加至二兩一二錢不等，上年則仍征一兩二錢，皇上，聽清了嗎？」乾隆道：「聽清了，你再往下說。」和珅又復述道：「因加征銀兩太多。楊秀錦催交不齊，屢被責打，受苦不過，便攜帶串票來京申斥，正巧在西巡路上得以叩見皇上。」

扈從們、王公大臣們看到皇帝耳目不靈如此，都對他有英雄遲暮之感。

和珅道：「皇上，此事如何辦理……」和珅此時看見皇上喉嚨似有痰在湧動，忙拿著痰盂，走到乾隆面前，果然見乾隆咯咯幾聲，吐出一口濃痰來。和珅把乾隆嘴唇擦乾，乾隆道：「地畝錢糧徵收半石，自有定例，何以改征折色，且遞年加增，又上年怎又復減少，此事必須查清。另外，全縣人交納錢糧的極多，怎麼只這楊秀錦一人上告？都應查清。」

和珅道：「臣以爲，此事須認真查辦。如果楊秀錦是誣告，而不得到應有的懲罰，則萬民效尤，地方多事，如若地方官肆意加征而不得到查辦？勒索橫行，民生疾苦，國將不國。奴才以爲，應讓兩江總督蘇凌阿前往查辦，必能秉公嚴審。皇上想想看，讓蘇凌阿考查，屬隔省之事，必不顧及私情。」乾隆曰：「聽說蘇凌阿年老昏庸，朕正想召見他，讓他去查，難成信讞。」和珅道：「奴才以爲年老之人，經多見廣，站得高看得遠，辦事沉穩，明達事理，姜子牙、姚崇等都年老見用，奮發有爲，怎能說年老昏庸，必爲妄奏。皇上不必聽之。」皇上道：「你說的甚是，就派他去吧，速查速奏。」

當日晚，駐蹕秋瀾村行宮。秋瀾村行宮在易州境內。易州東南三十里，有黃金台，相傳是燕昭王爲了求賢才而築造的。在乾隆盛年西巡時，乾隆曾經過黃金台，並寫《黃金台》詩志之。詩曰：

堪尚白駒意，黃金到處台。
拔茅茹以匯，市骨駿應來。
易水尋流渡，秋雲為客開。
伊人題句後，誰復斗詩才。

乾隆盛年渴望人才，今年八十有二，又經過此處，不知他自以爲尋到人才否。

駐蹕龍泉關，休息一日，刑部把一件案子詳至乾隆御前，奏稱，山西民韋馱保的妻子湯氏，收藏毒藥，給她的婆婆服食，湯氏卻說藥是她父親給的。地方官審理不清，正巧皇上東巡至此，朝中大員隨行，便把案子交予刑部，刑部便交予乾隆。

乾隆召來和珅道：「此案曲折不明，依你之見，此案關鍵在何處？」和珅道：「此案關鍵在那湯氏身上。」乾隆道：「刑部也曾用刑拷問過她，她仍執一詞，認定那藥是她父親給的。」和珅道：「只須嚴問她一句：『你父親爲何要給你這付藥』，即可審問清楚。」乾隆道：「既如此，你去審審看。」

和珅即拘來那婦人。劈頭就問道：「你爲何誣告你父，還不從實招來！」湯氏道：「我爲何誣告我父，我父予我毒藥，讓我毒死婆婆。」和珅怒道：「大膽刁婦，在相爺面前，仍欺瞞哄騙，你只說說，你父親爲什麼要藥死你婆婆，無說則死。」湯氏答不出來。和珅道：「你誣告親生父親，其中必有隱衷，你不說本相也清清楚楚，本相讓你從實招來，你夫是如何挾迫你的？」和珅想，既然說不出父親藥殺親家的原因，便必爲誣告，藥死婆婆也必爲人所逼，而能逼使她誣告親生父親，藥死婆婆，其事只能是那一人所做，這人就是她自己的丈夫韋馱保。

湯氏見和珅說出實情，料想隱瞞也不行了，便說了實話，道：「毒藥確是我丈夫給我的，讓我藥死婆婆，然後再控告我父親。」和珅道：「你夫爲什麼痛恨你父？」湯氏道，「此事奴妾不知。」和珅便傳來韋馱保，道：「你逼妻害母，天倫喪盡；又誣告岳父，天理難容，國法難容！」說罷定眼看那韋馱保，韋馱保此時驚恐起來。和珅看他如此，心裡早已明白，道：「你這天倫喪盡的東西，你和你岳丈發生了多大的爭執，值得你去誣告他，陷害他，又要假妻子之手毒死自己的母親。死到臨頭，你爲何恨兩位老人，兩位老人做了什麼事，值得你這樣怨恨。若說不出這些，必處你以凌遲。」和珅想，指使妻子殺自己親母，又誣告岳父而欲置之死地，此必大恨，故單刀直入。

韋馱保見和珅把什麼都說出來了，瞞也無用，道：「二位老人做那通姦不軌之事，故可恨，草民必要毒殺他倆。」乾隆見和珅彈指間審清了這個案子，著實稱讚了他一番。

二十二日和珅隨皇上到了五臺山，駐蹕菩薩頂行宮。

時值仲春，山下花開繁盛，山上寒風刺骨。和珅與福長安，隨著乾隆的轎子寸步不離，問寒問暖，不時地添著衣服。和珅不厭其煩地吩咐侍衛們放慢腳步，轎抬的要平穩。和珅道：「奴才以爲，皇上年高，來一趟極是不易，這已是第六次西巡，以後皇上可能不打算來了。奴才以爲，這次須暢遊一番，把五臺山遊一遍。」乾隆道：「朕也是這樣想。」

二十七日，乾隆啓駕住在白雲寺行宮。

是夜東風勁蕩，呼嘯有聲，和珅正在爲乾隆解衣寬帶，準備躺下，忽然東邊和南邊牆壁劈劈啪啪坍塌下來，山野之風，往裡直貫，和珅和乾隆俱都大驚。和珅急忙拿被子包住乾隆抱住他走到另一間屋裡，誰知那間屋子也搖搖晃晃。此時福長安已跑過來道：「那間低矮的屋子牢穩。」於是便走向那間屋子。這是妃嬪們住的地方，個個精光赤身，見驟然間進來幾個男人，俱都驚恐，和珅把乾隆往那個妃子床上一放，拉起那妃子的綿被，扯起那宮女的胳膊，把乾隆放進了她的懷裡，道：「你摟緊皇上，別讓他著了涼。皇上，你暫且住在這裡，我去看看，馬上就來。」幾個太監進來，和珅命他們照顧好皇上，不得有誤，走出門去，來到那坍塌的牆壁前仔細一看，卻原來這所房子依舊房所建，東南二面的牆壁，只用竹竿撐起；以蘆席蒙之，外塗以石炭，不仔細看時看不出假來，哪知今晚東風驟起，這假牆壁竟現出原形來。看看其他幾處房子也都有這種情況，倒是那明顯破舊的，反倒是真牆壁，最爲穩當。

和珅這一驚不小，虧得自己看皇上勞累，欲給皇上捶打按摩一下正在皇上房內，不然……他不敢往下想，對福長安道：「你親自把那負責修這行宮的道台拘來鞫問。」說罷到了乾隆房內，此時乾隆已穿好衣服，扈從的王公大臣俱都站在屋內。乾隆問和珅外邊的事情，和珅不敢隱瞞，向皇上實報了。乾隆大怒：「竟敢這樣欺瞞朕，這不是謀害朕的性命嗎？」於是令和珅嚴審。又大臣奏曰：「其餘行宮也不可能沒有偷工減料的行爲，須嚴密檢查，嚴肅查處才是。」乾隆道：「准奏，嚴懲不赦。」和珅道：「就把這事交予奴才，奴才連夜查處。皇上旅途勞累，又受了驚嚇，應該安歇，各位大人該退去才是。」於是眾人退去，太監妃嬪侍候乾隆安歇。

當晚，道台拘來，那道台道：「和大人救命！」話未說完，和珅身旁的侍衛已將他的人頭割下，和珅哪能容他說，撥於此處的一萬兩白銀，和珅扣去一半，僅給他五千兩。和珅想：「這個道台也太貪了。這五千兩銀子，照如今看來，這修修補補，最多不過二百兩，他便與其他官員分享，最少他也要落四千兩。我乜負責工程落些銀兩，哪敢這樣做假，這皇上行宮竟敢用蘆席糊了，搪塞了事，這膽子也太大了。」和珅殺他不僅該殺，且怕此處文武皆在，那道台說出其他話來。

割下這道台的項上人頭，和珅對福長安道：「你沿途往前查過去，看有無類似的事情。若有時，你應知道該怎樣處理，那前面第一站的知府，先把他殺了再查。」福長安領命帶著兵丁侍衛連夜去了。

次日清晨，和珅早早地來到乾隆寢室，又其他的幾位大臣也都到了等在門外，不一會兒，乾隆宣他們進去。問道：「此事該如何處理？」和珅道：「奴才已將那道台就地正法。」乾隆道：「死有餘辜，戳之以儆天下。」和珅又道：「奴才已命福長安昨夜起身，沿途檢查行宮及大營修建情況，對那些膽敢偷工減料，舞弊弄假的官員一律嚴懲，絕不寬容。」乾隆道：「各省乃至朝廷之中，也要嚴密查訪，必另有貪污枉法之人。」

這句話讓乾隆說對了，從中央到地方的哪一個建築，哪一個工程，不打了折扣，哪個負責的官員不吃回扣，不貪污受賄。像和珅殺那個知府一樣，先殺了那些官吏再去檢查，絕無錯處，只不過要真這樣，天下的官兒便都殺個淨光，誰能這樣做。和珅殺那知府，只不過是做樣子給其他官兒看，你若受罰，你就自承責任，自認倒楣，絕不要牽連和珅，不然睡夢之中，就把你給斬了，你的話只說了一半，就把你的頭割下來了。

起鑾白雲寺行宮，行了一日，駐蹕台麓寺行宮。看那宮殿房屋俱都有摻假，和珅奏曰：「負責的知府已被就地正法。」乾隆惱恨異常，真想親手宰了這些贓官。誰知一路行去，此等舞弊現象屢屢出現。乾隆深感吏治腐敗，召劉墉及和珅曰：「天下太平，官吏思逸，逸而生貪，貪而枉法，若蔚為風氣，國將不國。爾等傳朕旨意，從朝廷到地方，整頓官風，雷厲風行，不可怠誤。」二人領命，和珅留在君側，劉墉便巡視各省。

四月一日，駐蹕樺皮村大營，奏報太湖縣康家山地方，鄉民掘挖蕨根充饑，卻見土中雜有黑米，把黑米磨成粉與好米摻在一起煮食，頗可充饑，於是百姓聞風蜂擁而至，竟相掘挖。乾隆諭示地方官採取措施，不使百姓忿爭生事。又獲悉百姓掘出的黑米共有一千數百石，便做了一首《志事詩》：

草根與樹皮，窮民禦災計。
敢信賑恤周，遂乃無其事。
茲接安撫奏，災黎落天賜。
挖蕨聊糊口，得米出不意。
磨粉摻以粟，煮食充饑致。
得千餘石多，而非村居地。
縣令分給民，不無少接濟。
並呈其米樣，煮食親嘗試。
嗟我民食茲，我食先墮淚。
乾坤德好生，既感既滋愧。
愧感之不勝，惶忍稱為瑞。
郵寄諸皇子，今皆知此味。

孫曾之永識，愛民悉予志。

乾隆曰：「和珅，朕此次西巡，見官吏腐敗，聞饑民挖蕨，朕自稱十全天子，當乎？」和珅對曰：「我大清朝疆土遼闊，面積廣大，難免某一地不出旱澇之災，有些許饑民，實屬大國常見現象。自古有官便必有貪官，有法便必有枉法者。若沒有枉法者，法也就沒有了。且大清朝官吏的主流是好的，腐敗分子只是極個別者。皇上的文功武略實為亙古未有，正是十全天子。」乾隆然之。

劉墉在乾隆南巡時，任江寧知府，頗有賢名，後遷至左都御史，並直南書房，為皇帝起草對諭，此時與和珅一起往山東查劉國泰案，受到乾隆嘉獎，授工部尚書，充上書房總師傅，並兼任直隸總督，授協辦大學士，權勢蒸騰。五十四年，因為諸皇子師傅幾天不入書房，而劉墉為總師傅，降為侍郎。不久又授內閣學士，遷吏部尚書。

劉墉自己曾說：「我生平有三藝，題跋為上，詩次之，字又次之。」他的學生英和問他：「老師的書法名遍中外，朝鮮人也求老師書法，為什麼這麼謙虛？」劉墉說：「我非謙也，遜肯不就，大成未能，今尚有騎牆之見耳！」

劉墉書法初從雪松人，中年後融匯諸大家書法而自成一家，集前之大成，而又不受古人牢籠，超然獨立，推為一代書法之冠，其詩亦清新自然，如行雲流水，有蘇東坡風格。

因此劉墉受寵，與紀曉嵐等人有相似之處，又有所不同。劉墉不僅有文才，而且有政才。這就猶如和珅一樣，只是兩人一正一邪，有意思的是，二人同受乾隆固寵。

劉墉和侍衛番役們不南反北，悄悄來到大同，換上破爛衣服，手裡拿了一個燒餅，邊走邊吃，走到一個茶坊裡坐下來。看了周圍的人穿得破爛，便道：「日子不好過吧。」哪知其餘的人聽了這話，俱都驚恐，一會兒忙堆著笑臉道：「有知府的親切關懷，有皇上的聖明澤育，我們的日子豈能不好過，你這位客官好沒道理。」劉墉再要和他們說話時，哪有人理他。

劉墉走了幾處，問那商人百姓，俱都稱讚如今天下太平，皇上聖明，官吏法明，哪有一個說「不」字的。查了幾天，只得抽身往南。

原來，這明保確實有一套。他讓幾個親信衙役，扮作百姓模樣，雜在百姓中，聽那百姓議論，便有幾個抱怨的，衙役便一根繩索把他捆起，遊街後把他們的頭砍下來，掛在城門上。明保得知後，裝作是對此事不知道，佈告百姓們道：「有什麼不滿，有什麼怨言，只管提出來，把我們的不是、不足、缺點都提出來，這是對我們的愛護，提。」於是有幾個人以爲這明保必是個清官，不喜阿諛，能聽百姓的呼聲，關心百姓的苦處，爲著國家著想，一心爲著皇上並沒有私心，沒有私心便正大光明，便不怕暴露缺點。於是大著膽子提了些意見，果然受了表揚，羊無頭不走，鳥無頭不飛，有了領頭的羊，領頭的鳥，又受了表揚。於是乎就有一群人提起意見來。結果這些羊、這些鳥被宰殺的宰殺、拔毛的拔毛。這樣折騰幾下，這山西大同府哪還有一個敢說日子不好的。

明保急派人飛報和珅，言他已查得劉墉到了大同，這位舅舅稱讚外甥的英明來，信中道：「宰輔真料事如神，言劉墉不南而北，果然。」

和珅此時已隨乾隆回到北京，接到明保的信，哈哈大笑，道：「讓他查吧。」隨即，他又飛書各地，重又命令那些親信心腹門生們小心謹慎。

劉墉到大同一無所獲。轉身並不往太原，一路到了河南。他並不住城中，卻專走小道，盡住在鄉村。

這一日，劉墉到了河南鄧州地界，看到一位賣傘的，便一路和他說說笑笑，走了三里地，二人便彼此老哥、小弟的叫了起來。劉墉道：「你做這生意，還能掙些錢嗎？」賣傘的王二道：「前幾年還行，這幾年愈來愈不行了。這幾年，百姓手中的錢被搜刮光了。雖說傘是必備的用具，但哪有幾個買的，鄉下人是沒有一個農夫買它，城裡人也只是有點錢的小商小販買，能不買也就不買了。我這傘賣不出去且不說，有時反而倒貼。進城時，要過城門稅，擺攤時曾有我的一位外甥在那兒收稅，但不會都是他值班，若遇到別人時，也只好多少拿一點。若不是有這個外甥，我是不敢在城裡擺攤的。」

劉墉道：「這幾年鄧州並沒有災害嗎，怎麼這麼艱難。」王二道：「你是外鄉的小販，不知我們這裡的事情，愈是豐年，那官兒要的愈厲害。都道：今年豐收，該爲朝廷多做貢獻，於是挖河，修路……太多項，也說不全，一次一次地問老百姓要錢。」劉墉道：「這不都是好事嗎？好事倒是好事，便在那貪官手裡都成了壞事。這些反而成了他們撈錢的好門路、好藉口，就是這鄉正，兩年做下來，爲縣上收兩年的捐稅，必在城裡蓋一處房子，拉一個院子；若做了三年五載，一輩子便也餓不著了。這保長、甲長也都爭著當。當了保長、甲長可以少派工，少出糧，其實有的一個不出，卻攤到了別人頭上，有的雖表面上出一點，都被那保長、甲長暗地又扣下來。」劉墉道：「我能在你家歇歇腳嗎？你那串票及捐票都拿來我看看。」這王二是個好客的人，道：「老哥不嫌我家貧窮，就去住幾日也不妨。」

劉墉當晚住在這王二家裡，拜了王二的老母，給了王二五兩銀子，算是對朋友母親的孝敬，王二本是個厚道人，推辭不掉不得不收下，對劉墉更是熱情，於是便拿出串票和捐票，串票上每畝多達一兩八錢。捐票上寫著所捐項目達四十項之多，於當年錢灃所查山東的征捐數相等，雖朝廷行文各地廢除了這些征捐，看來並無廢除了一分。錢灃的勁算是白費了。

晚上說起河南的事情，這王二興致勃勃地說起本方的一位才子龐振坤來，王二道：

俺州的才子龐振坤，人家都叫他中州才子，才學廣博得很。俺這鄧州知府叫湯似慈，是個大貪官，但他的老師是和珅，並沒有哪一個人敢動他，所以雖作惡多端，官卻做得穩穩當當，知府有一個衙役叫潘高，專會溜鬚拍馬，所以深得湯似慈的信任。湯似慈本來是花銀子從和珅那裡買來的進士，並沒有什麼才學，聽說鄧州有個才子人稱「中州才子」，便生嫉妒，讓潘高找龐振坤的麻煩。

有一天，潘高從府衙裡回家，路上正遇到龐振坤，他見龐振坤手上提著個燈籠，上面寫著「我是天子」四字，心裡一驚，跟著便樂開了花，立即跑回府衙，將這事告訴了湯似慈。湯似慈大喜過望，忙派衙役們來到街上，把龐振坤帶到府衙，連夜升堂審問。湯似慈在大堂上道：「龐振坤，你知罪嗎？」

龐振坤道：「我何罪之有？」

潘高便奪過龐振坤手中的燈籠交給了湯似慈。湯似慈道：「這燈上寫著『我是天子』四字，你這不是謀逆之罪？」

龐振坤道：「請大人細看，燈籠上還有幾個小字。」湯似慈再一細看，果見「我是天子」四字下還有三個小字「一小民」，原來這是七個字「我是天子一小民。」湯似慈吹鬍子瞪眼睛，心裡只是氣，也只好把龐振坤放了。

過了幾天，湯似慈五十大壽。湯似慈命人請龐振坤為自己寫一副對聯，再寫一個「壽」字，龐振坤滿口答應。於是鋪開紙運筆寫好，讓那衙役帶回去。

衙役拿著寫好的「壽」字及對聯走來，湯似慈喜得合不攏嘴，遂打開那個壽字，眾人都圍攏過來，都讚歎那字好，說那字是顏體，顯得富貴，正合湯知府五十大壽的喜慶。可正當大家都讚不絕口的時候，忽然有個人說：「這個『壽』字少了一點，乃是個無點壽。」眾人再看時，哪有個「點」，無「點」壽，就是沒壽，湯似慈氣得把那個「壽」字扔了，有個人卻拾起來道：「『壽』字無點本沒有壽，若扔了，就更短命了。」這知府更氣，正要撕那對聯，卻早被一個人展開，上聯是：「似者像也，像虎像豹像豺狼，不像州主。」下聯是「慈者愛也，愛金愛銀愛財，不愛黎民。」這上下兩聯的頭一個字合起來，就是「似慈」二字，這副對子可把這狗知府罵個痛快。

劉墉聽他講完，道：「你們都說那知府是個貪官，可有證據嗎？」王二和劉墉睡在一個「床」上——地上鋪著草，草上面鋪著大席。王二靠近劉墉道：「老哥，不瞞你說，我還真知道點兒，那糧庫裡的糧袋裡，一半是土渣。」劉墉大驚道：「這怎麼可能？」王二道：「過去有個大官叫尹壯圖，為老百姓說話，對皇上說各省錢庫糧庫都是空的，皇上不信，讓他去查，哪知和珅派了一個慶成跟著他，限制他行動，各省的官兒聽到和珅的通知，都向百姓商人借糧借銀，把那府庫裝得滿滿的，等尹壯圖來到，庫裡早滿了。不瞞你說，雖沒到我們鄧州看，但鄧州的知府是和珅的門生，也向我們百姓借糧食銀子，有多少借多少，能多借時，明年地丁銀就可免一些，不借就增加。於是各家各戶借的銀子都集中起來，鑄成像庫中銀那樣的重量成色，聽說我們鄧州的銀子都運到直隸去了。」

劉墉道：「你還沒說完鄧州知府湯似慈糧庫的事呢？」王二道：「鄧州收的糧食很少，實際上都是折成銀色收的。銀子便落入了當官的腰包，剩下一些糧食，一部分低價賣給和珅了，和珅在北京開著好些糧店，一部分便收在庫中，數量不夠怎麼辦？便拉許多的土塊到庫內裝進袋裡，封口時放些糧食。隔個兩年向朝廷報水災、旱災，糧食賑濟百姓災民，這土塊糧食便分到各縣鄉、縣鄉便分到百姓手裡，若有敢說裡面多是土塊的，他便連那土塊糧食也分不到，況且會被抓起來，說你誣衊皇上。皇上體恤百姓，發放糧食，你們卻說他發放的是土塊，辜負皇上的一片好心。你想，能發點糧食總比不發好一點，聽說這糧食也有運到外地災區的，大概外地也和我們這裡一樣，反正那袋裡有點糧，比戳破了一粒也得不到好。」

劉墉道：「你怎麼知道的這麼詳細。」王二道：「我外甥在城裡當個收稅的，乃是個肥缺。像這樣有實惠的缺，必是縣上或府裡的親信，必是送給他們的禮多。於是縣官府吏及鄉正們每年都要用車向庫府裡拉，這樣的活，是有頭有臉的人才能幹得上的。」

次日，劉墉召集起侍衛番役來到鄆州府，擺出官印，讓湯似慈前面帶路前往糧庫，湯似慈想花言巧語支吾過去，劉墉哪裡理他，湯似慈已感到凶多吉少，心道：「虧相爺通知我作些準備，想這次也許會蒙混過去。」湯似慈不敢違拗劉墉，只得前面帶路。

帶到了府庫，打開大門。劉墉令衙役們把糧袋打開，見滿滿的都是上好的糧食。劉墉讓他們往裡再掏，直掏到第三層時，仍然沒有破綻。劉墉道：「行了。」湯似慈懸起的心這時才放下來。這種表情被劉墉發現了，劉墉道：「且慢。」湯似慈的心好像被貓爪子抓了一下，劉墉看他表情時，全明白了，對自己帶來的番役們說：「往裡扒。」番役們進去，扒開袋子看時，不是土塊又是什麼？此時湯似慈早已癱軟在地上，兩條腿再也沒有力氣。

劉墉一縣一縣地查過去，不僅糧庫空虛，銀庫空虛，就是那剛剛蓋好的銀庫，用拳頭猛勁砸去，竟能砸出個窟窿來！

奏摺急報朝廷，朝廷震動，乾隆震動，和珅震動。

鄆州府城牆上多了十幾個人頭。知府縣令盡皆抄家，充實府庫。

王二此時才知道那個和自己滾在一張大席上的商販竟是劉墉。

和珅又急命門生們再謹慎行事。劉墉審訊湯似慈時，並沒有抓到和珅的把柄。湯似慈咬定，各縣令也咬定那糧食賣給了北京的糧商，並不追問糧商的底細。乾隆見奏摺中又懷疑和珅買糧的事，乾隆不以為然，和珅和自己寸步不離，與買糧的事怎能有涉。

蘇凌阿一連接到和珅的幾封信，便思謀著怎樣處理貴州的事情。他最後決定：該吃不吃也不對，該拿不拿也不對，但該怎麼辦還是怎麼辦，吃過了喝過了拿過了，處罰照樣。最後把撈的東西，送一些給皇上，送一些給和珅，自己落個大頭。

於是蘇凌阿到了貴州，也不與貴州巡撫打個照面，首先來到鎮遠縣，鎮遠縣令及其上司知府忙出城恭迎，搭起彩棚，擺出樂隊，好不熱鬧。當天中午，擺宴招待。蘇凌阿又說又笑，一會拍拍縣令，一會拍拍知府。知府縣令見他如此親切，心裡已放心一半。晚上，送來幾個白族的女孩，當然又送了幾萬兩的銀子，蘇凌阿照收不拒。第二天，又玩了一天。第三天，派到下面的暗探把證據搜集上來。蘇凌阿把它往知府縣令面前一放道：「每畝加銀三倍，也夠狠的，證據在此，有何話說，是不是讓我稟明皇上？」

知府縣令見了串票等證據，心裡惶恐，這分明是送的東西不多，於是都捨了家底的三分之一送來，蘇凌阿又裝進口袋裡十萬兩。這樣又玩了兩天，這一天正玩得高興，蘇凌阿喝令把二人抓起來道：「皇上這次派我查貴州，派劉墉查全國，我二人俱得嚴令，俱受密諭，可以先斬後奏。你二人做錯了事，不思悔改，反而行賄本官，可不找死。」二人還沒弄明白，看那樣子不像是開玩笑，待要辯解時，蘇凌阿命人把二人嘴堵上，即刻推出去斬了，頭顱掛於城門，遂抄縣令知府之家，官賣妻妾女兒，兒子充軍，所抄得的錢物，盡都沒入官府，賬目清楚，一目了然。隨後寫了一份奏摺道：「楊秀錦所告皆為實情。本督到時，知府縣令不思悔改，反向本督行賄五千兩白銀，並獻白女二名。本督初承其意，不露聲色，偵得證據後，已將二人斬首。現將實據及所賄賂銀兩及二名白女一併送往御前。」

乾隆道：「所爲極當，諭至即復楊秀錦職，並追查巡撫、布政使失察之責。」

貴州巡撫孫綬及布政使立即把蘇凌阿請到貴陽，孫綬說：「如今我二人前途皆懸於大人之手，萬忘大人垂念，給下官一條生路。」布政使道：「若大人在皇上面前爲我美言幾句，蘇大人就是我的再生父母。」蘇凌阿心道：「龜兒子，只口說有什麼用，老子要實在的。」心如此想，口上卻道：「此事頗讓本督爲難，如今皇上因西巡受驚正在氣頭上，恐怕我的話沒有份量。」孫綬道：「只望總督大人向和相美言幾句，我們交足議罪銀，向皇上贖罪。」說著搬出二個箱子，道：「這兩箱子金塊，一箱送給總督大人，一箱送與和相，萬望總督大人笑納，並請和相爺在皇上面前美言幾句，議罪銀我們已準備好，我八萬兩，布政使六萬兩。」蘇凌阿道：「如今是福長安具體收受議罪銀，和相那邊不知能起什麼作用。既然二位已把這事託付給我與和相，就沒拿我們當外人，辦好辦壞沒有把握，我們盡力而爲就是。」孫綬道：「我們也不能強人所難，事情不一定就真的辦好了，辦好辦不好，我們都一樣地感激總督大人和相爺。至於福長安那裡，我們倆也已準備好銀兩，謝謝總督大人的提醒。」

這種提醒是非常重要的。蘇凌阿今天提醒巡撫布政使爲福長安進貢，那麼明天福長安就會提醒別人把銀子送給蘇凌阿。

乾隆在圓明園怡性殿裡不禁笑出聲來，和珅見時機已到，連忙說：「蘇凌阿的奏摺已到，言孫綬及布政使確受屬下蒙弊，已決心悔改，並交議罪銀十四萬兩，奴才看就降他們一級留用，以示警戒。不知皇上以爲如何。」乾隆道：「就這樣。」馬上又笑道：「你看這兩個女子，我以爲白過明貴人雪如，哪知這是兩個白族女兒，這個糊塗的蘇凌阿，奏摺上寫的太含糊。」說罷又大笑起來。

劉墉已得知蘇凌阿處理完了貴州省的事，知道這條泥鰍又滑過去了，於是便經安徽到了江寧。此時蘇凌阿也正好到了江寧二日。只這二日之中，他仍撈了些銀子。

江寧有一位富商要出門到蘇州去，他的妻子說：「人家都說蘇州什麼東西都有，就是那西洋的東西也多得很！你這次去，須給我買一件東西。」富商正要出門，聽妻子說此，道：「你要什麼，我給你帶，只要不是天上的月亮就行。」妻子道：「就是天上的月亮。」富商道：「開什麼玩笑。」妻子道：「我是要一個像月亮一樣的牙梳兒。」

富商到了蘇州進好貨，正要回家，忽然想起妻子的交代，這可不能忘了，這個娘們一向刁悍潑辣，若不給她買時，還不鬧個天翻地覆。可是一想這「牙梳兒」是什麼東西呢？自己沒見過，不知道這是什麼東西。忽然想起妻子說像天上的月亮，於是便抬頭望著天上，這天正是十五，月亮格外的圓。於是他就照著月亮的形狀，買了一件西洋的禮品——鏡子。

玻璃鏡子在當時極難見到，比中國傳統的銅鏡不知清晰了多少倍，江寧的人極少有人見過鏡子。回家以後，妻子拿鏡子一看，只見裡面有個年輕的婦女，又驚又氣，罵道：「牙梳不買，如何反娶一妾。」婆婆聽到了媳婦的喊叫聲，出來解勸，忽然看見鏡子裡面有一個老太婆，也責道：「我兒，你就是只知道浪費錢，怎麼娶個老太婆？」

妻子一聽，火氣更來了，於是和丈夫打起來，此時正好富商的內弟來了，見姐姐挨打，就把富商踹倒在地，富商急促間抓住內弟的那玩意兒，內弟竟昏暈過去，醒來後竟直不起腰來。內弟又是朝廷命官，受此等屈辱，那還了得，一紙告到江寧府。這富商在江寧極有勢力，江寧知府又多得他資助，覺得此事不好辦，恰在這時蘇凌阿回到南京，於是便上報給蘇凌阿，蘇凌阿接過案子，見是那位赫赫有名的富商，便想敲他一筆，果然略一提醒，那富商便送來了許多價值連城的珍玩。蘇凌阿於是一個文告判出來，說是那內弟尋釁鬧事，夫妻倆爭吵，乃是爲常理常情，做弟弟的怎能不勸反而火上澆油。

內弟躺在床上感到窩火，又想從今以後萬一被廢了怎能再立於世上。正好此時聽說到劉墉來了，便又重告，希望讓劉墉來判。這人乃是劉墉舊吏，過去劉墉在江寧做知府時跟劉墉做事。

這一天劉墉坐於大堂旁側，蘇凌阿發簽道：「把那牙梳兒及一干人犯拘來。」

諸人到後，蘇凌阿又從頭到尾問了一遍事由，這事情的起因是那牙梳兒，於是蘇凌阿道：「把牙梳兒呈上。」差役把「牙梳兒」放在公案上，蘇凌阿低頭一看，非常氣惱，怒罵道：「花了兩個臭錢就能坐在我的案上和我吹鬍子瞪眼睛……怎麼還這麼凶……太不像話了……不就收你幾樣破爛兒嗎？……」劉墉看那蘇凌阿對著鏡子大喊大叫，忍俊不止。

第二天，總督府大堂的門上又多了件新鮮事。原來蘇凌阿自詡公正無私，在大堂的門上貼上一幅對聯，上聯是「愛民如子」，下聯是「執法如山。」可是這一天蘇凌阿來到大堂門前一看，這幅對聯長出了一截，只見上聯變爲「愛民如子，金子銀子皆是子」，下聯變成「執法如山，錢山靠山豈非山？」

劉墉看罷蘇凌阿斷案，認爲蘇凌阿太過昏庸，現在又見了這幅對聯，更認爲蘇凌阿難擔其任，就對身邊的一位江寧官員說：「蘇大人爲官如何？百姓如何？」這位江寧官員道：「蘇大人爲官，下官不敢妄加評議，這百姓情況我倒知道一二。」劉墉曰：「請道其詳。」這官員道：「我就以街面上看到的一幅對聯來回答大人吧。」於是他便說出了一聯：

上聯　**二三四五**

下聯　**六七八九**

橫批　**南北**

劉墉看這對聯要說的是缺衣（一）少食（十），沒有「東西」。回答很巧妙，不得罪人。劉墉把他在江寧的所見所聞寫成奏摺，奏摺最後說：「蘇凌阿昏庸無比，請陛下治其罪。」這明顯是在彈劾蘇凌阿。

和珅接到奏摺，內心裡雖不十分緊張，但也有點七上八下，因爲這個奏摺裡並沒有什麼真憑實據，並沒有什麼要害的東西。但畢竟劉墉的奏摺比其他人的有份量，皇上正在火頭上，若一不高興，把蘇凌阿給處罰了，也未可知。

哪知這天在金殿之上，乾隆看到劉墉的奏摺，哈哈哈地笑個沒完沒了，王公大臣們見皇上如此，起初是莫名其妙，不一會兒自己也都莫名其妙的哈哈哈地大笑起來，連和珅也笑起來。大約笑得喘不過氣來了，乾隆才止住笑道：「這劉墉怕朕這些天煩惱，竟上了這麼個奏摺，把朕的惱怒氣悶全打發了。」和珅心裡的一塊石頭落了地，乾隆把劉墉奏摺中的事情當成是劉墉爲解皇上的悶兒而編的故事。又聽乾隆道：「蘇凌阿要是知道劉墉這樣編排他，還不氣炸了肺。」

劉墉可沒想到他的這份奏摺落得這個效果。

劉墉離開江寧，便巡察皇上交代的重點：浙江。浙江的文人們已經老實，埋頭於考證，什麼音韻啦，訓詁啦做了許多文章，寫了許多書，奏摺遞到皇上那兒，皇上心裡高興。只是這浙江的官兒也和全國其他各地一樣，隱蔽的手腕十分高明，任你劉墉有什麼本事，也還是查不出來，查出來的只是幾個小巫。因爲此時老百姓再也不敢說官府壞話，雖然防民之口甚於防川，但這些官吏們得到了經驗，一定想方設法把百姓的嘴給縫上。劉墉沒有查訪秘密社會的那些社團，這已經由皇上派專人在查。

說到劉墉自浙江回到江蘇蘇州，後又經揚州到了山東，由山東入直隸。最後回到北京，一路參奏了許多的官吏，有的殺頭，有的革職，和珅反倒得意，他的幾個心腹一個也沒有出事，只幾個小卒子出了點問題，無關大局，主力不曾動得分毫。

且說劉墉給皇上述過職後，在家告假三日。三日後又去早朝，來得特別早，沒到五更已經立在漏宮之內。不一會兒大家也都來了，眼看五更雞鳴已過，也不見皇上傳召進殿，有幾個官員便拍劉墉的馬屁道：「劉大人一路辛苦，貪官污吏聞風喪膽，百姓們都稱劉大人爲「劉青天」，比故劉中堂宰輔大人聲望還高。」他是說劉墉超過了他的父親劉勳統，這當然是拍馬了。這話劉墉聽了不自在，和珅聽了也不自在：若劉墉的聲名高過了他的父親，這不是明擺著說我和珅不如他，在他之下嗎！心裡這麼想，口裡譏諷道：「抓幾個小毛賊也算本事，在坐的哪位下去，想抓幾個擺擺樣子還不容易，只是若有那大官他便不敢動了。」劉墉道：「你說哪位大官犯了法，說與我聽，我怎能不敢參他？」和珅道：「我若知道哪個有罪證，怎能輪到你去參他，須能找出那人罪過才算本事。」劉墉道：「哪怕是最大的官，我也能找出他的證據，參他一本。」劉墉說這句話的意思是影射和珅，如今不是和珅的官最大還有誰，阿桂官最大一定也不管事了。這話是說和珅，在坐的也都聽得明白。

可是和珅心裡一轉彎道：「劉大人，我若說一人他的官最大，你若敢參他，我就給你磕三個響頭，不過，你若不敢參他，你就給我磕三個響頭。」劉墉心道：「這次我須調戲調戲和珅，這朝中的大臣，無論哪一個，我開一個玩笑，在皇上面前奏他一本，說不定還能讓他討得皇上喜歡。」心裡這樣想，口上便說：「和珅，這話可是你說的，不得反悔，任他多大的官，你把他名字說出來，我不敢參他，我向你磕三個響頭。」劉墉與和珅較勁，在座的王公大臣們心裡也都明白，這是兩人在比著誰在皇上面前得寵，明白一句玩笑，實際上包含著誰也不服誰的問題。

只聽和珅道：「劉大人聽清了，無論他多大的官，你都敢參他，奏他一本？」劉墉道：「沒錯。」和珅道：「兩位王爺做證，他若不敢參時，他向我磕三個頭。」兩位親王最愛湊熱鬧，見二人如此，都道：「哪個不遵守諾言，我們就把他扔到海裡餵王八。」劉墉道：「好，有二位王爺在此作保，不怕和珅賴了去。」和珅亦道：「二位王爺一定作主，不要讓那劉墉滑了。」二位親王道：「請二位大人擊掌。」於是和珅和劉墉啪啪擊了三掌。

劉墉道：「你把他名字報出來。」和珅道：「放眼這天下，官做得最大的莫過當今天子，」和珅頓了一頓，「當今聖上，你敢參嗎？」此時滿屋的人都驚呆了，二位親王也驚得說不出話，劉墉心裡也是驟然一沉，背上的駝峰頓感沉重了許多，心道：「這和珅果然狡猾，為我設下一個陷阱。」想了一想，這陷阱無論如何要跳過去，即使跳不過去也要跳，心一橫道：「就是當今聖上我也敢參！和珅，你不要食言，我若參了當今聖上，你給我磕三個響頭。」和珅道：「再擊三掌。」二位親王癡呆呆地直楞。

此時太監已宣王公大臣們上殿。

人的才能有時並不靠讀書萬卷，張良諸葛亮有才，也不見得讀了萬卷書，那才能最體現在四個字上：隨機應變。劉墉邁入金鑾殿內，已是胸有成竹，待兩邊文武站定。劉墉走出，道：「啓奏皇上，臣劉墉請罪。」乾隆道：「什麼罪？」劉墉道：「欺君之罪。」乾隆道：「你說你怎地負朕。」劉墉道：「臣巡視江南，到了杭州，見一個戲班，頓時被他迷住了，其聲音清麗婉轉，體態流麗，天下無有哪個劇種可比。臣帶到京城後，明為請假，實在家看了三天大戲，故為欺君。」乾隆差點站起來，因為他最愛聽戲，確實，康熙、雍正，以至乾隆母后都愛聽戲，乾隆自幼受他們薰陶，最愛看戲，如今已是老年，八十多歲，更喜那戲曲了，聽到劉墉帶一個戲班，唱念扮相，無有哪個劇種媲美，心中癢癢，待聽到劉墉竟在家裡聽了三天，這必是好戲了。便道：「確是欺君之罪，不過你可將功贖罪了。」「臣劉墉想恭請聖駕到敝府看戲。」乾隆道：「准奏。」便轉身向殿內道：「無本退朝。」

不料劉墉又道：「臣仍有一本，要奏一人，只是不敢上奏。」乾隆道：「快快奏來，不要耽擱。」劉墉道：「臣不敢奏。」「爲何不敢？」「臣乃要參一皇室。」乾隆道：「你有證據嗎？」劉墉道：「有。」「是何罪過。」「乃是一流放罪，流放閭左陋巷之罪。」「朕問你，這人是誰？」劉墉道：「臣不敢說。」乾隆道：「你既有確鑿證據，只管參他，皇室犯法，與民同罪，武侯云：『不可使內外異法也』。」劉墉道：「皇上恕臣無罪時，臣才敢說。」乾隆道：「朕恕你無罪。你快快奏來。」劉墉磕三個響頭道：「謝皇上恕罪，臣要參的，乃是龍座上的萬歲爺。」乾隆一震道：「你要參朕？」劉墉道：「是萬歲。」

乾隆道：「大膽劉墉，玩笑開得太大了。」劉墉道：「偷墳掘墓，罪在流放。」乾隆騰地從龍座上站起，剛要發怒，轉念一想，這劉墉……必是……心裡想清楚了，反露出笑容來，道：「朕什麼時候偷墳掘墓了？」劉塘道：「幾年前，大火燒了乾清宮，您老人家無處取木，便從明陵運來木頭，這不是偷墳掘墓嗎？只是皇上未親自動手，乃臣下所爲，罪雖可輕處，但責無旁貸。」乾隆道：「你剛才說的流放閭左，就是你想的處罰朕的徒刑？」劉墉道：「皇上聖明。」乾隆道：「要不要戴刑具了。」劉墉道：「皇上乃是老佛爺，老佛爺項上掛串念珠便是枷鎖了，流放之地便是臣家。」乾隆道：「有本早奏，無本移駕劉中堂府。」劉墉道：「皇上不能坐轎乘輦，須微服騎驢而去，由臣扈駕。」乾隆道：「快走。」路上，乾隆騎在驢背上好不舒坦，道：「朕已二十年沒騎過驢了，今日騎驢比坐轎乘輦愜意十分。」

劉墉道：「百姓們也見了天子老當益壯，精神矍鑠。實不瞞皇上，臣在微服訪查時，曾聽有的人說皇上有點老態，故此要皇上騎驢走在街上，讓萬民一睹皇上風采依舊。」乾隆道：「朕也有此意，朕確實是老驥伏櫪，志在千里，不覺老態，朕當經常出外走走，讓百姓們放心。」劉墉道：「皇上過幾天可到郊外打獵，做幾首詩詔告天下。」乾隆道：「過兩天就去！不過，劉墉，今日之事本不要費這許多周折，你必和誰賭口，那人是誰？」劉墉道：「是和大人，他激爲臣參劾皇上。」乾隆道：「我已猜得十分，你們賭的什麼？」劉墉道：「三個響頭。」乾隆似有不悅，道：「只是和珅玩笑開得也太大了，怎能激到朕身上來了！」劉墉急跪道：「臣誠惶誠恐，伏望皇上恕罪。」乾隆道：「行了，行了，走快點，看戲吧。」

第五章　狼煙西起・春夢纏綿

「桃花樹下寄吟身，爾也溫存，我也溫存。纖纖玉手往來頻，左也消魂，右也消魂。柔桑擕去一籃春，剪到三分，採到三分。落花如夢又黃昏，未種情根，已種情根。」

新娘道：「這果是好詞兒，段郎也向我詠過的。」說罷眼中春光閃閃，乾隆心猿意馬，哪能忍得住這種挑逗，急撲過去，摟那女子……

乾隆自劉墉處看戲回來非常高興，果然這越劇婉轉流麗，爲各戲之冠，於纏綿悱惻之處最能傳情，便賞了劉墉及戲班。回到宮中則便想訓斥一下和珅。不料和珅奏曰：「福康安大軍已整兵分路進剿廓爾喀，將西藏自擦木至濟嚨邊境全部廓清，大軍已越過喜馬拉雅山，深入廓爾喀境內。」

乾隆聞報大喜，哪裡還來得及訓斥和珅，便道：「糧草供給如何？」和珅道：「和琳籌措及時，西藏後方穩固。」乾隆道：「爲西藏事，你也寢食不安，傳諭表奏俱你一人辦理，這西藏安定，確有你一份功勞。」

的確，在滿朝文武中，能精通滿、藏、漢等各種文字的僅和珅一人，因此皇上對西藏的命令，西藏呈朝廷的奏文，都經和珅翻譯，特別是對西藏的命令，滿、漢、藏三種語言並行，都由和珅起草，請皇上定案。

和珅奏曰：「皇上，廓爾喀平定指日可待，但西藏安定卻是個難題，須想一個一勞永逸的辦法爲是。滿朝文武都同意和珅的看法。乾隆見大家議論熱烈，道：「眾卿所奏極是。朕目前也想不出什麼很好的辦法，爾等回去思謀討論，若有什麼辦法，即時奏來，只是目前，和珅傳朕旨意，大軍收服廓爾喀後，不須久留其地，但應震攝其國，命其永不再犯。」

西藏自唐朝文成公主嫁給吐蕃首領松贊干布以後，和中原關係密切。元朝，中央政府開始正式管理西藏地方事務。

西元一二四七年，元將闊瑞與西藏喇嘛教領袖薩班會晤。西藏地方勢力同蒙古建立宗藩關係，西藏向蒙古呈獻貢禮，西藏正式歸蒙古管轄，一二五三年（憲宗三年），薩班之侄薩迦派法王八思巴在六盤山會見了忽必烈，忽必烈封八思巴為國師，並派他擔任總制院的第一任長官。總制院後更名為宣政院，宣攻院秩從一品，掌釋孝文僧徒及吐蕃之境即隸治之。又把前後藏分為十三個萬戶，萬戶長以上的官吏由六朝中央政府任命。

佛教分黃教、紅教、白教、花教等，藏族和蒙古族都信仰喇嘛教（黃教）。明朝萬曆年間，黃教首領鎖南嘉措被尊為達賴（「大海」的意思）喇嘛（「上師」的意思），就是達賴三世（前兩世是追認的）。

西藏除達賴喇嘛之外，又有班禪。班禪全稱為班禪額爾德尼，班禪的封號是由衛拉特蒙古和碩特部汗王顧實汗贈與的。一六四五年，顧實汗控制青藏後，以黃教教主卻吉堅贊為師，贈以「班禪博克多」稱號，「班禪」是「班智達欽波」的簡稱，「班」即「精通王明的學者」，「禪」即「大」，博克多是對有智有勇的英雄人物的尊稱。從此有了「班禪」這一稱號。

清奉喇嘛教為國教，順治十年（一六五四年）封達賴世為「西天大善自在佛所領天下釋教普通瓦赤喇怛喇達賴喇嘛」，康熙五十二年（一七一三年）敕封班禪爲「班禪額爾德尼」，「額爾德尼」意爲「寶」。從此「班禪額爾德尼」尊號固定下來，一般又簡稱爲「班禪」。

歷史上有名的班禪是班禪四世，名叫羅桑卻吉堅贊。十七世紀前半葉，衛藏擾攘期間，羅桑卻吉堅贊主持黃教事務，任扎什布倫布寺座主，哲蚌、色拉二寺座主，一六一六年，四世達賴死後，他說服藏巴汗，允許五世達賴轉世，並由他主持迎到哲蚌寺。他曾爲五世達賴授沙彌戒和比丘戒。顧實汗和藏後，請他主持扎什布倫布寺，並劃後藏部分地區歸他管轄。順治四年封他爲「金剛上師」稱號。一六六二年，羅桑卻吉堅贊圓寂。五世達賴爲他選定轉世靈童，從此黃教裡又建立了一個活佛轉世系統。羅桑卻吉堅贊以前的班禪都是追認的，達賴五世爲他選定的轉世靈童叫羅桑耶歇，是爲五世班禪。

從此班禪、達賴互爲師徒成爲定例，班禪與達賴在處理西藏的事務中地位平等。

達賴五世有一個私生子，叫桑結嘉措，很得寵。達賴五世讓他當了西藏的最高行政官——第巴。後來達賴五世圓寂後，桑結失去依靠，很不甘心，就想出一條計策，暗中找來一個和達賴五世相貌相似的人，假裝是達賴五世，坐在那裡擺擺樣子，他自己照樣發號施令。他還支持蒙古的噶爾丹叛亂，過了十五年，直到清軍平完了噶爾丹的叛亂之後，達賴五世去世的消息才洩露出來。

西藏的郡王拉藏汗知道自己受到了桑結的愚弄，大發雷霆，決意報復。桑結得知此事，一面把早已找來的轉世靈童送到布達拉宮坐床，一面派人往拉藏汗碗裡放毒藥。不料下毒藥的事敗露出來。拉藏汗率兵捉住了桑結，把他處死。桑結立的那個達賴六世，也在押送北京的路上不明不白地死去。拉藏汗大權獨攬，又派兵把自己的兒子送到布達拉宮坐床，宣佈他是達賴六世，可西藏百姓卻稱這個新達賴爲「古學」（先生），蒙古、青海各地也不承認這個達賴，在青海又立了一位達賴六世。這樣西藏就有了兩個達賴六世。

準噶爾部的頭目策旺阿拉布坦乘機攻入西藏，殺死了拉藏汗，囚禁了拉藏汗的達賴六世。清軍往救，被打敗，西藏陷於混亂。

清政府派重兵攻入西藏，驅逐了準噶爾騎兵，平定了戰亂，把青海立的那位達賴六世護送到拉薩，舉行了隆重的坐床大典。清政府讓拉藏汗的遺臣康濟鼐負責管理前藏，頗羅鼐管理後藏。雍正年間，中央政府爲了避免西藏首領之間的紛爭，又派出駐藏大臣長期駐守西藏，監管地方事務。可是西藏仍然常常出現動亂。康濟鼐在一次叛亂中被害，頗羅鼐率兵平定了叛亂，被清政府封爲郡王。從此，西藏在頗羅鼐的管理下安定了二十多年。

可是頗羅鼐死後，他的兒子珠爾默特那木紮勒卻一心要獨霸西藏。他請求乾隆皇帝撤去在西藏的駐軍，乾隆答應了。清軍剛一離藏，他就斷絕了西藏和內地的交通，準備叛亂。

駐藏大臣傅清和拉布敦察覺到珠爾默特那木勒圖謀不軌，一起商量對策。傅清道：「珠爾默特那木勒一旦叛亂，不但我們要被殺死，而且大軍難以進藏，西藏也難免丟失。咱們不如先發制人，把他殺了。」拉布敦贊同，說：「雖然我們也難逃一死，可殺了他，再恢復西藏秩序，就容易多了。」

於是二人把珠爾默特那木勒召到駐藏大臣官署，說有皇帝的詔書，請他上樓接受詔書。珠爾默特那木勒一上樓，就有人暗中撤去了樓梯，他還不知道，一心一意地在那裡跪拜行禮，準備接受詔書。傅清趁他俯身磕頭的機會，從背後猛揮一刀，把他砍翻在地。珠爾默特那木勒的隨從見樓梯被撤了，知道大事不好，急忙調集人馬，把樓團團圍住，開炮放槍點火燒樓，人喊馬嘶，亂作一團。兩個駐藏大臣被困在樓上，傅清身上多處受傷，知道難以活命，便舉刀自刎而死。拉布敦手持戰刀，大喊一聲，從樓上凌空躍下，左砍右殺，斃了幾十個人，最後因寡不敵眾，也剖腹自殺。

西藏貴族中有個班達，反對叛亂，他在兵荒馬亂之中，集合了一些士兵把守住布達拉宮，緊緊地護衛達賴六世。達賴六世的衛隊奉命平叛，叛軍孤立，很快被平定。不久清軍在岳鍾麒的率領下趕到拉薩，恢復了西藏的秩序。爲了進一步穩定局勢，岳鍾麒等人和班達商定了一個《西藏善後章程》，規定西藏不再設郡王，只設四個噶布倫（地主官），作爲達賴喇嘛的輔佐，凡事要請示達賴喇嘛和駐藏大臣。於是西藏復又安定。

乾隆四十五年，六世班禪不遠萬里走下雪峰，到熱河參加乾隆七十萬壽節，覲見皇上。六世班禪東來期間，乾隆帝的賞賜，在京王公、蒙古諸部的奉獻，達數十萬金，寶冠、瓔珞、念珠、晶體缽、鏤金袈裟不計其數。這些福物送歸西藏後，都由掌管班禪物品的六世班禪的胞兄仲巴胡圖克圖保管，不料六世班禪在北京染病而死。仲巴胡圖克圖把這些財物據爲己有，既不佈施，各寺喇嘛一無所得，也不分給其弟子紅教喇嘛沙瑪爾巴圖克圖。沙瑪爾巴圖克圖當時居住在廓爾喀，他垂涎含恨，便向廓爾喀國王進言仲巴胡圖克圖擁有班禪的巨萬資財和奇珍異寶，並將西藏信佛厭戰和藏兵懦弱畏敵的情況也告訴了廓爾喀國王。最後，沙瑪爾巴圖克圖唆使廓爾喀以商稅增額、食鹽摻土爲辭，派兵入侵西藏。

廓爾喀原是尼泊爾的一個部落，位於加德滿都西北，後來勢力漸強，舉兵征服各部，遷都加德滿都，建立王朝。

沙瑪爾巴的商稅增額、食鹽摻土，實際上是指廓爾喀和西藏的貿易糾紛。以前，廓爾喀和後藏之間的交易，使用廓爾喀所鑄銀錢，摻有銅鉛，成色不純，後來廓爾喀改鑄新錢，銀的純度提高，廓爾喀讓西藏人承認其制定的一個新銀錢當兩個銀錢用的方案，西藏人不同意。在貿易中一些藏族商人在廓爾喀人必用的食鹽中摻入沙土，牟取暴利，引起廓爾喀人的強烈不滿。這樣，廓爾喀在恃強剽掠之心極盛的情況下，力圖向北擴張，便以西藏官員妄稅課、鹽摻沙土為由，在乾隆五十三年六月，出兵三千搶佔了後藏聶拉木、濟嚨、宗喀等地。

乾隆一道道諭旨都由和珅譯成藏文發往西藏。並寫好檄諭，譯成番字，以清將慶麟、雅滿泰名義發往廓爾喀。

可是欽差巴忠與將軍鄂輝、成德等畏懼不前，帶兵入藏後，竟瞞著朝廷私自與廓爾喀簽定喪權辱國的議和條約，讓西藏每年向廓爾喀獻銀三百錠，一錠折合內地銀三十二兩，三百錠即為九千六百兩。巴忠等人不敢讓朝廷知道，於是讓這些銀子由西藏單獨負擔。議定和款後，巴忠等欺瞞朝廷，向皇上奏曰：

「廓爾喀畏罪輸誠，遣頭目來營乞降。臣等察其意誠，遂將藏兵先行撤退，一面宣告恩威，設法招致。廓爾喀頭人環跪巷門，悔罪乞恩，表示冒昧侵犯邊地，今大兵遠來，我等不敢抗拒，各設盟誓，並取其該部落永不滋事圖記……」

乾隆並沒發現巴忠、鄂輝和成德的欺騙行為。鄂輝反而升任四川巡撫。

哪知西藏負擔不起那九千多兩白銀巨額，廓爾喀逼取銀兩不得，便於乾隆五十六年八月，進兵佔據聶拉木、濟嚨，又圍困扎什倫布。駐藏大臣保泰也一向隱瞞西藏情況，待廓爾喀發兵後，急急地將六世班禪由羊八井一路移送到前藏，不幾日廓爾喀軍隊進駐扎布倫布寺。

朝廷震驚，乾隆又不明西藏真相，交軍機處議論。不久知悉西藏詳情，巴忠、鄂輝、保泰等俱被拘鞫。九月二十八日，乾隆諭示兩廣總督、協辦大學士、一等嘉男公福康安入京，面授方略，封其為大將軍，統率大兵前往西藏征剿廓爾喀兵，又任猛將二等趙通公海蘭察和成都將軍奎抄為參贊大臣，協助福康安辦理軍務，不久各路兵馬陸續入藏共一萬四千名。

乾隆帝發下諭旨要大臣們想一個好辦法解決西藏問題，最好是一勞永逸。大臣一時想不出，便傳諭準備移駕熱河。劉墉奏曰：「臣在微服查訪時，曾聽到有些人對皇上身體的議論，皇上此番去熱河不如於乘輦時把簾幔捲起，有時不妨騎騎馬、騎騎驢。儀仗等以簡爲好，侍衛也不要帶多，若想到哪位百姓家看看，不如就隨意走進去。」

乾隆道：「你這不是讓我微服前往熱河嗎？」劉墉道：「不必微服，皇上只須降下聖諭，令沿途百姓不得延誤農時，不事勞作，令沿途官吏不准擅自接駕，皇上隨意要到何處時，何處再接駕不遲。」

乾隆自己也想，雖說我八十二歲了，卻耳聰目明，精神矍鑠，勤於政事，確實該讓天下人看看我的身體有多健壯，到了避暑山莊後，到大海裡暢遊一番，寫幾句詩刊行天下，也知道朕與民同樂的意思，志在千里雄心。於是便讓和珅福長安扈從，劉墉等留在京中，於五月啓鑾前往熱河。

五月，正是初夏，中午炎熱，乾隆多在早上及傍晚行走，中午歇息。一路上，讓那車空著，自己騎在驢上，福長安在前牽著，和珅在後面跟著，旁邊的侍衛只是三人，其餘人等相隔甚遠。

乾隆在驢上望著田園風光，從內心裡感謝起劉墉來，他頓時覺得也真的年輕起來，眼睛看東西似乎更爲清晰，耳朵聽聲音似乎也更真切，心情舒暢，路上不時走過幾個人，對皇上笑笑，乾隆頓時覺得自己和百姓接近了許多。以前在江南曾微服私訪，但那種感覺和今日不同，現在天子的身份放在明處，能和百姓們融洽相處，心裡多麼得意，平日裡和百姓們隔著不知多少官吏，今天以天子身份置身其中，對於八十二歲的乾隆來說真正是與民同樂了。

第二天乾隆來到一個莊上，但見：

蒼松棲鶴枝枝秀，綠竹交加數萬竿。

老樹龍吟聲徹耳，風移林影漸生寒。

看那莊上的人時，俱都鼓腹謳歌，怡然自樂，真是太平天子樂，盛世庶民安。

和珅看到這種景致，道：「這都是皇上治理得好呀！我們何不進莊看看？」乾隆正有此意，於是和福長安和珅一起進村，只帶一個侍衛。進得莊時，卻正見一戶農家張燈結綵，在辦著喜事。乾隆倒沒有見過農家的喜事是如何辦的，於是就走過去。莊上人早知道皇上來了，呼啦啦跪了一大片。這是莊上萬世的榮耀。乾隆道：「你們都起來吧，若不照原來的樣子辦喜事，朕倒不高興了。」眾百姓聽皇上如此說，方才起身，但不一會兒，乾隆身邊圍得水泄不通，倒是和珅和福長安硬把百姓們說散，百姓們才各幹各的事。

乾隆看著這淳樸的風情，百姓對自己的愛戴，從內心無限欣慰，轉念一想，不由得一笑說：「和珅，今帶了銅錢嗎？」

和珅道：「我還真帶了，帶了不少。」

乾隆道：「拿六枚銅錢來。」乾隆接過六枚銅錢，送給那農家的主人道：「朕望你們全家六六大順！」這農夫全家都跪下叩頭，都覺得這必是前輩積下的陰德，在大喜的日子裡，皇上居然來了，且又送給六枚銅錢，這哪是銅錢，這是幸福之源呀。正在高興，又聽皇上道：「拿紅紙和筆來，朕為你們寫一副對聯。」

全莊人見了，都高興，皇上的墨寶呀！那是萬金、十萬金、千萬金、萬萬金也求之不來的呀！這農家主人把紙筆拿來，搬過案子。不料乾隆卻寫道：

六個銅錢賀禮，嫌少勿收，收財愛財。

寫罷道：「這下聯朕一時想不出，哪位對上？」眾人剛才心還提在嗓子眼，特別是這農家主人，不知是收那六枚銅錢好，還是不收好，此時見皇上出了上聯，讓人對下聯，才知道皇上是故意借此考考這段家莊的文采。眾人都想對出，討皇上歡喜，可哪能說出一字。此時，新娘從屋裡聽到了，脆聲對出下聯：

兩間茅屋待客，怕窮莫來，來者好吃。

乾隆道：「對得好！」

和珅也道：「對得好，真才也。」於是皇上與和珅福長安一同進屋。

皇上進屋，到了洞房，正是鬧房時節，三天不分大小，鬧得愈狠愈好，皇上也知道這風俗的，便道：「朕看你這女子，生得俏麗，又能對出我那對子，你不如隨我到京城，做朕孫媳，朕封你爲福晉如何？」那新娘道：「烏鵲高飛，不樂鳳凰。妾是庶人，不樂寧五。」

乾隆見她引用的如此得體，不由真的喜歡起她來，想再試她一試，便道：「你若不許時，朕的鋼刀，便架在你脖子上。」只聽那新娘道：「我心匪石，不可能也，我心匪席，不可捲了。」

乾隆笑著對和珅道：「我朝無女科，若有女科，朕必取她爲女狀元。」和珅道：「皇上，你就取她爲狀元如何？」不料乾隆還沒開口，新郎從門外進來，朗聲唱道：

「清夜無塵，月色如銀，酒斟時須滿十分。浮名浮利，休苦勞神。歎隙中駒，石中火，夢中身。雖抱文章，開口誰親？且陶陶樂盡天真。不如舊去，做個閒人。對一張琴，一壺酒，一溪云。」

歌聲清亮悠揚，乾隆與和珅看他時，正是二目朗朗，如同星月，面龐紫紅，如同重棗。乾隆道：

「難怪新娘對你心儀如此，真是才貌雙全，你願隨朕到朝中爲官嗎？」不料那小夥子又唱起一首歌來。這時，新娘端起一根竹簫和那歌聲，那小夥子唱道：

「桃花塢裡桃花庵，桃花庵下桃花仙。桃花仙人種桃樹，又摘桃花換酒錢。酒醒只在花前坐，酒醉還來花下眠。半醉半醒日復日，花落花開年復年。但願老死花酒間，不願鞠躬車馬前。車塵馬足顯者事，酒盞花枝陷士緣。若將顯者比隱士，一在平地一在天。若將花酒比車馬，彼何碌碌我何閑。別人笑我太瘋顛，我笑他人看不穿。不見五陵豪傑墓，無花無酒鋤作田。」

乾隆聽罷悵然，和珅聽罷酸然，福長安聽罷鄙然。

中午乾隆就在這農家用膳，碗內是金黃的小米飯，桌上是時鮮蔬菜，自做麵果。桌子上放著兩個盆，一盆清燉雞，一盆紅燒魚，雞僅一隻，魚擺兩尾。乾隆吃著菜飯比那宮中不知香甜了多少倍。他平時最講究節食養生，今天卻大吃特吃，似乎有失天子風度，更不像個八十多歲的老翁。

鑾駕行了兩日，乾隆甚覺無味。眼看著太陽又沒入地平線，乾隆又駐蹕行宮。乾隆覺得眼皮重了許多，耳朵也已重聽。和珅心細如髮，便和福長安一起扶他躺下，爲他按摩，好不容易乾隆才睡著覺。

和珅看福長安時，也已有睏意，便把胳膊搭在福長安的頸上道：「送我回寢室去。」福長安自己雖也極累，也只得扶著他，進了和珅寢室，把和珅扶到床上，福長安要掙開脖子，哪能走得了，看那和珅時，瞇著眼睛。福長安心裡明白，也就和他滾在了一起，摟抱而睡。

福長安起初還想同和珅爭突，待看和珅無論哪一方面比自己都強，自己在皇上的心目中遠遠比不上他，便死心塌地做起和珅的奴才來。和珅無論有什麼要求，沒有他不答應的。傅恒泉下有知，必爲有這個兒子感到慚愧，福康安若知他如此，那鋼刀不是斬向林爽文、緬甸、廓爾喀，必先把自己的弟弟給砍了。

次日，和珅看乾隆好像疲勞仍沒解除，一夜長睡仍沒有歇過乏，便搜腸刮肚地找著笑話。自己整日在皇上面前講笑，唱曲兒，唱詞兒，都能得到皇上歡喜，可今天無論他怎樣講，怎樣唱，乾隆也不高興，於是便講國泰講過的故事來，果然引得乾隆笑了幾聲。和珅見皇上這樣精神頹唐，便想了一個法兒，道：「皇上，奴才以爲還是微服私訪好。皇上不如午後換了服裝，到外面走一走。」乾隆道：「也只有如此了。」

中午，駐蹕行宮。和珅與福長安少不得又要爲他按摩捶背，乾隆忽然覺得一聲霹靂，裂天拆地，定睛看時，原來是一株大鐵樹，高有數丈，闊不容籠，正綻著華麗的花朵，有如瓔絡垂珠一般，乾隆哪見過如此高大的鐵樹開過如此繁盛的鮮花，不禁看得愣了，卻聽一人在背後誦道：「馥鬱芳香十里聞，絳去兩朵共爭春。蓬萊仙種人間發，只爲朝王始下塵。」

乾隆回身看他時，正是前天見到的那個新郎段生。便道：「朕從沒有見過這麼大的鐵樹開出如此繁盛的花朵，你道它爲何如此高大，爲何花開如此富麗？」段生道：「此樹已長了幾千年，每隔數百年便開花一次，只是都沒有開得這麼繁盛。幾千年中，人們在樹的四周，在地下、在空中爲它施肥、澆灌，最後自己的屍骨也成了肥料，血液也成了養分，呼吸和靈魂也成了空氣縈繞在翠葉之間，這肥料愈積愈多，積到如今便把鐵樹供養澆灌得如此高大，開花如此富麗。」

乾隆道：「再數百年後，其花不更大嗎，必然超過今日。」段生道：「陛下這就說錯了。這鐵樹從此便會枯萎了，再開些花也不會繁盛。若要能真的繁盛，除非這鐵樹和這護養澆灌的人都成了瘋子，都成了妖精。」乾隆道：「那是爲何？」段生道：「只因這養花的人漸漸的明白，這鐵樹並不把他們當成人待，自己也覺得變了人性。陛下想想，若他們都想回復人性，便不再澆灌施肥，這花豈不慢慢地枯萎了？若是真的再能比今日茂盛，豈不是這樹和這人都成了妖精瘋子？」

乾隆道：「你也是這養花的人嗎？」段生道：「我也養花種樹，只是不養護這鐵樹，我家住在桃花源，我只種桃柳。」「朕能到你那裡遊覽一番嗎？」段生道：「敢不從命。」

乾隆隨著段生轉過一個山嘴，果然眼前豁然開朗，只見漫山遍野，芳草鮮美，落英繽紛，花雲香海之中雜以榆柳，阡陌縱橫，雞犬相聞，農人正往來種作。乾隆歎道：「似此地，做那天子何爲？」說著，隨著段生來到一個院落，荆條織籬，籬編翠藤。開啓柴扉，進得院落，庭院清清，花樹掩依。三間茅舍向陽沐浴，並不閉戶。見那屋中有幾個女子圍坐桌旁戲嬉玩耍，見有人來也不迴避。段生道：「我們這裡，女子並不迴避男子，也不知天子是誰，你就和她們玩兒，我鋤地去。」

乾隆看這四個女子都是十五六七歲的年紀。個個面如桃花，光華奪目，正中面南的一個正是前天見過的新娘。四個女子見他癡呆的，俱都大笑。一女子道：「世上竟有這樣泥木之人？」乾隆回過神來，聽她這話，頗不是滋味，道：「幾位仙姑，果是聰明靈慧，怎就罵朕是泥木之人？」一個道：「誰是『朕』？」乾隆這才想起段生說過這裡人不知是誰。便道：「我便是朕。」一個道：「看你癡呆的樣子，沒有靈氣，不是泥木之人又是什麼。你若說你不蠢不愚，你就以這『春景桃花』爲題做首詩來。」乾隆心想，我正要顯顯本事，治服你這幾個瘋丫頭，便不加思索，口出四句：

春飲屠蘇福壽綿，景新物換興盎然。

桃花映就胭脂面，花氣襲人醉若仙。

乾隆以爲這四句詩必能讓她們嘆服，哪知剛剛吟罷，四人俱是笑得彎下腰去。乾隆道：「爲何笑成這樣？」那新娘道：「沒想到你的詩俗氣竟至這般。」此時乾隆渾身覺得不自在。那新娘子道：「你們也別笑了，像他這種人濁臭逼人，除了『福』呀『壽』的，還能說出什麼好話來。」其餘幾人便不笑了，起身道：「段哥怎請這種人來，妹妹們都不能的。」說罷紛紛告辭。

剩得這新娘一人，乾隆正不知如何是好，只見這新娘對他目送秋波，道：「你隨我來，看看桃花源景致。」乾隆跟在她身後，只覺香氣襲人，不知是這新娘身上的香味還是這桃花的香味。到了桃花叢中，新娘回頭看著乾隆，見他頭上身上落了些桃花，遂伸手來爲他拂去，乾隆頓覺一身酥軟，看那新娘時，人面桃花相映紅，更加嬌麗，不由心動。

而看那新娘眼波，似對自己有意，便有心要試探一下，道：「有一首詞兒說與姐姐聽聽，好嗎？」新娘道：「你們外面人都稱女子爲『姐姐』嗎？」乾隆道：「並不只這一種，究竟有多少稱呼，我也說不清楚，總有幾百種吧。」這新娘奇道：「那許多種稱呼有何用？不都是女子嗎？」乾隆道：「似你們這裡人是不懂的，我也解釋不清——你聽不聽我的詞兒？」新娘臉一歪，對乾隆做了個鬼臉，笑靨如花，用個指頭在腦上一點，道：「你也能做出好詞兒，我不信呢？」乾隆愈看她愈俏麗，愈看她對自己愈有意思，便道：「我這曲兒，最爲動聽，你必然喜歡。」那新娘無限嬌羞地道：「就說與我聽聽。」乾隆遂道：

「桃花樹下寄吟身，爾也溫存，我也溫存。纖纖玉手往來頻，左也消魂，右也消魂。柔桑攜去一籃春，剪到三分，采到三分。落花如夢又黃昏，未種情根，已種情根。」

新娘道：「這果是好詞兒，段郎也向我詠過的。」說罷眼中春光閃閃，乾隆心猿意馬，哪能忍得住這種挑逗，急撲過去，摟那女子，把嘴唇遞過去。哪知那女子竟一抖身將他甩開，道：「外面的人都是畜牲，怎能這般不顧廉恥。」說罷玉手舉起照乾隆臉上就是兩巴掌。乾隆只覺兩聲炸雷響起，打得自己眼冒金星，待金星散去，睜眼定睛一看，懷裡卻抱著一個和珅。原來剛才是一個夢境，怔怔地呆著。

和珅剛才見皇上把自己愈摟愈緊，也曲意逢迎。現在見乾隆猛然間坐起，癡癡怔怔，才知他剛才是在做夢。過了一會見皇上仍怔在那裡，便道：「皇上，妃嬪們馬上就跟上來了。」

車駕繼續北行，和珅的慾念卻被皇上給逗引起來，看福長安時，他已走遠了。

乾隆到了熱河，便沒有來時那番興致，也不想去游泳了，只是和珅不肯，道：「皇上，奴才以爲游泳乃是個象徵，就如秋天到木蘭打獵一樣，那是表示八旗弟子不廢習武，表示皇上青春永保，這去游泳也必不能廢，且要聲勢浩大。」乾隆准奏，恰好此時傳來福康安勝利的消息，不由精神振奮，便準備去游泳。

這一天，天藍藍，海藍藍，海鷗逐浪飛，陽光明豔。沙灘上兩千男女早已列隊站好。和珅爲討得皇上高興，特選了一千個年輕健壯的男子，又選了一千名年輕健美的姑娘，教了他們歌曲，教了他們口號，教了他們游泳，教了他們如何歡笑。這兩千名男女也覺得能和皇上一起暢游是種榮耀，充滿了自豪。

待皇上轎子出現在海灘上時，歡呼聲如海嘯激蕩，乾隆也無比振奮，幾天來的頹靡頓時不見了，便急急地下了轎子，甩掉身上的衣服。兩千多男女歡呼起來，簇擁著乾隆撲向碧藍的大海。天藍藍，海藍藍，海無垠，天無邊，身邊笑語聲喧，乾隆重又有了青春的感覺，又找回了自己的雄心。

七月末正秋獮木蘭，和珅轉來福康安的奏章。

原來福康安廓清藏境，又接乾隆諭旨，很快攻入廓爾喀境內，福康安爲了防止敵人繞襲後方，把全軍分成三路。領隊大臣成德、岱森保以及兌後諸種保等分爲左右路，以分敵勢。福康安等爲中路，中路又分前後軍，海蘭察為前軍，福康安隊為後軍。

這日清軍臨近葛多，從葛多正路至作木古拉巴載山樑，二十餘里，山下有一道橫向大河。若渡過河佔據山樑，廓爾喀都城即在腳下。於是福康安不聽海蘭察扼河立營蕩清北岸廓兵的建議，仗著銳氣，渡過南岸，冒雨登山。清軍戰靴盡皆朽爛，只得赤腳踏在利石上，時大雨傾盆，螞蝗遍地，清軍多兩腳腫爛，滿腿吸著螞蝗，副都統阿滿泰在爭橋時中槍落水而死。清軍不顧廓爾喀地勢有利，奮力登山，木石如雨滾落下來。福康安大刀起處，奮力前衝，兵士們也冒死前行。此時正精疲力盡，忽見兩邊又出現廓爾喀兵，搖旗吶喊，震撼山岳。福康安穩住陣腳，調整隊形，與敵人雜在一處，眼看力不能支，卻見台斐英阿、張芝元、德楞泰等將領兵從兩面殺來，海蘭察率著後隊，本扼守橋樑，阻北岸敵兵，此時也一起殺向南岸，福康安得救，清軍遂攻上山去。此役清軍攻克大山二座大木城四座，石卡二十一座，斬殺敵將十三員，敵兵六萬名，而清軍統領台斐英阿等陣亡，御前侍衛墨爾根、保和、英貴等將軍也先後戰死。

福康安在山上立下大營，派海蘭察扼守大橋，暢通後路。這樣加德滿都已在福康安腳下，廓爾喀國王遣使求和。福康安飛奏朝廷。

乾隆看罷奏摺，心內大喜。和珅奏道：「皇上，此時已是深秋，福康安似不能再進，若不及時翻雪峰回藏，冬季到來後，福康安進則攻城不下，退則大雪封路，糧草不濟，福康安處境堪憂。」乾隆道：「正合朕意，朕深恐福康安冒險再進，貪那都城。你即起草詔諭，火速送往福康安。」

於是為乾隆草諭曰：「藏內氣候驟冷，九月以後，冰雪封山，今歲氣節較早，預計九月中旬，已可能在雪霰，若非及早藏事撤兵，如果糧運稍有不繼，是進不能直搗賊巢，退又為大雪封阻，事關非小。福康安應就近籌酌，如實在萬難進取，不妨據實奏明，交降完事。朕遠在萬里之外，不能一一遙爲指示，唯在福康安臨機應變，妥建藏功。」

乾隆看罷首肯，於是詔諭，火速送往福康安。過了兩天，已到八月，乾隆召和珅曰：「前日詔諭，似有模糊之處，你即再傳朕的旨意，今年氣候較上年更涼，下雪封山更早，萬一福康安銳於進取，冒險深入，轉瞬冬至，進退兩難，關係尤爲重大。你再傳諭福康安等，如實不能進取，巴都爾薩野又不敢親自來營，即趁其畏懼忌氣，令其遣大頭人進京，具表納貢，悔罪投誠，亦即受降撤兵。」

福康安決定接受投降。八月中旬乾隆回到避暑山莊，福康安奏摺送到，言稱廓爾喀已派大頭目噶箕第達特塔巴等人恭齎表準備前去北京，並備樂工、馴象、番馬、孔雀等貢物二十五種隨表進貢，表示以後永不敢再犯。且又送大營水牛一百頭，豬、羊一百隻，食米二百石，水果和糧食一百筐，酒一百簍，慰犒官兵。

九月，乾隆還京，福康安班師回藏。

乾隆召和珅道：「令福康安留在西藏處理藏務。」和珅道：「皇上聖明，奴才以爲，廓爾喀雖罪不可赦，但其侵入與西藏內部亦有關聯，福康安將軍當於西藏查清藏情，制定方略，務使西藏穩定。」乾隆道：「正合朕意。此番廓爾喀入侵，與西藏喇嘛及駐藏大臣怠忽職守都有關係，朕也覺察到西藏官吏及某些喇嘛、噶隆，必有腐敗搜刮現象。你即傳朕諭旨，令福康安嚴懲駐藏大臣及肇事喇嘛，並制定規章，理順西藏秩序，明確各方面職責。」和珅即起草詔書，頒往西藏。

十月，乾隆御稱頌自己有十大武功：「十功者，平準噶爾爲二，定回部爲一，掃金川爲二，靖臺灣爲一，降緬甸、安南各一，即今二次交廓爾喀降，合爲十。」

乾隆本想封福康安爲王，這可急壞了和珅，便和乾隆講了許多吳三桂及唐藩鎮的故事。於是乾隆思路漸漸清晰，遂詔諭曰：「福康安系孝賢皇后之侄，大學士傅恒之子，若封王，會有人以爲朕厚

於後族，且福康安父子兄弟多登顯秩，富察氏一門太盛，與其家亦屬無益。今因廓爾喀畏罪投誠，福康安遂傳旨受降，班師藏事，是以不予王封，但賞以世職一等輕車都尉外，仍命照王公名下親軍校之例，賞給六品頂戴藍翎三缺，以昭寵異。」

海蘭察本爲二等公爵，此時晉封爲一等公。

和珅因襄贊功兼任翰林院學士，和琳留前藏管理事務。

次年正月，福康安根據皇上的旨意，鑒於西藏地區邊防、吏治差賦、貿易直至駐藏大臣的任何情況都存在嚴重問題，會同喇嘛、班禪制定了《藏內善後章程》，章程送到北京，乾隆大加讚賞，命交軍機處補充完善，由和珅全面負責。不久，《欽定藏內善後章程二十九條》（藏文名《小牛年文件》）公佈於天下。

西藏問題得到圓滿的解決，福康安回到北京述職，被任命爲雲貴總督。此時乾隆皇帝又接到英國使者馬戛爾尼將訪華的奏章。

第六章　英使來華．和珅施智

馬戛爾尼道：「敝國一向沒有什麼『裹腿』的風俗，這不是個簡單的風俗問題……」

在西方國家的對華貿易中，英國屬於首位。乾隆五十四年，在廣東停泊的八十六艘外船中，英船占了六十一艘。正因爲如此，英國急於打開中國的大門。乾隆五十二年（一七八七年）英曾派遣卡斯卡特爲特史訪華，但途中卡斯卡特卻病故了。於是乾隆五十七年八月初十日，英國政府在其他資本主義國家的支持下，以喬治．馬戛爾尼勳爵爲特使的由軍事、測量、繪圖、航海機械師等各方面隨員一百三十五人組成的訪華團，利用東印度公司的錢，由英吉利海峽的朴茨茅斯港出發，分乘軍艦「獅子號」和「印度斯坦號」前往中國，兩隻船整整裝了六百箱貴重禮物。馬戛爾尼希望此行能簽署中英通商的協議。

船行二個月後，兩廣總督郭世勳接到英國商人的稟告，他派人把稟告翻譯出來：

「我國王兼管三處地方，向有夷商來廣貿易，素沐皇仁。今聞天朝大皇帝八旬大壽，未能遣使進京叩祝，我國王心中惶恐不安。今我國王命親信大臣公選安干貢使馬戛爾尼前來，帶有貴重貢物進呈大皇帝，以表其慕順之心。願天朝皇帝施恩遠夷，准其永遠通好。」

乾隆聽後極爲高興，明年的八月十三，正是自己八十三歲的生日，這兩個八十三的重合是多麼難得，若在慶典上出現慕順的遠夷，那該有多麼威風。英國使臣和其他國家使臣一樣匍匐在自己腳下，載入史冊，十全老人豈不更完美。

乾隆等呀等呀，等得實在焦急，直到乾隆五十八年七月底，英國使團的船隊經過將近一年的航行，終於到達天津大沽口。

乾隆早就傳諭沿海各省，當英吉利貢船泊岸時，要先期派定統兵大員帶領官兵列營站隊，旗幟務必鮮明，甲杖務必精粹，以在西洋貢使面前顯天朝威嚴。又諭：英國使臣不能與緬甸、安南等近邊藩屬相比，一定要悉心照料。

船到大沽口，六營士兵，整整齊齊地站在岸邊，旗幟鮮明，刀槍映著陽光，一陣鼓聲響過，兵士們的吒叱之聲驚天動地。儀式結束後，直隸總督梁肯堂和欽差大臣徵瑞立即派人到船上歡迎，並送去大批食品：牛二十頭，羊一百二十隻，豬一百二十頭，雞鴨二百隻，麵粉一百六十袋，大米一百六十包，麵包十四箱，紅米、白米二十箱，小米十箱，茶葉十箱，李子和蘋果二十二箱，黃瓜四十箱，南瓜一千個，西瓜一千個，甜瓜三千個，另有酒、蠟燭等等，應有盡有。

馬戛爾尼喜道：「有這麼多的食品，實在令人難以想像啊！」副使斯當東說：「這樣的招待，除了東方，世界上任何地方也是辦不到的。」

第二天，梁肯堂又派人將四桌豐盛的酒席送到使船上，其中每桌菜肴就有四十八種之多。

次日，欽差大臣、長蘆鹽運使徵瑞登船和英使商談一些事宜。徵瑞在此之前，接到由理藩院尚書和珅草詔的密旨：「徵瑞應當於無意閒談時，婉詞告知各藩國屬國到了天朝覲見進貢的事，不僅陪臣俱行三跪九叩大禮，即使國王親來朝貢者也是如此。如今爾國王遣爾前來祝壽，自然應遵守天朝法度。」並授以機宜。

於是徵瑞見了馬戛爾尼和斯當東道：「聽說你們國家的人都有用布紮腿的風俗，不能跪拜，但是你們叩見大皇帝時可以把紮腿布暫時放下來，等到行禮後再把它紮上，這也是非常方便的。如果你們拘泥於你們國家的風俗，不行此禮，殊失你們國王派你們來祝壽進貢的誠意，而且也使其他人笑話你們，譏笑你們不會跪拜，而且在朝廷中若不行禮，那些行禮大臣也不答應。你們現在就要練習練習，不然到時跪拜不習慣，讓別人笑話。」

馬戛爾尼道：「敝國一向沒有什麼裹腿的風俗，這個問題不是簡單跪拜的問題，而是代表著國家地位尊嚴的一種行動，這個行動不是代表我個人的，我是代表我們國家的。任何一個國家的臣民對他們君主所行的禮節，絕不能要求外國的代表也這樣做，前者代表屈服和順從，後者代表尊敬和友誼，二者是有區別的。」

徵瑞道：「你作爲進貢的使者，在我們大清皇帝生日的宴會上，怎能不用最隆重的禮節，表達你們對皇上的尊敬？」馬戛爾尼道：「我在這裡要闡明的是我們不是『貢使』，我們是來和貴國談判一些事情的，雖然我們爲大皇帝陛下準備了許多貴重的禮物，但這和你們所說的『進貢』是有所不同的。「貢使」意味著服從、從屬；贈送禮物意味著崇高的、真誠的尊敬和友誼。」徵瑞道：「對中國的皇上表示最崇高的真誠的敬意的方式就是行跪拜禮，希望你們入鄉隨俗。」馬戛爾尼道：「若讓我們下跪叩頭，我們也可答應，但要有個條件，我帶來了我們國王的御像，你們須派一個地位、身份都和我一樣的特使，朝衣朝冠在我們國王的像前，也行跪拜禮。這個附加條件非常必要，我們爲此要搞一份正式的備忘錄。」

徵瑞拿著那個英使給的覲見的備忘錄，也不敢拿出來，見了皇帝也不敢如實地奏報那些大逆不道的話。

於是馬戛爾尼等人被命令改乘中國小船，經天津駛往北京。清朝官員在每個小船上卻安有三面小旗子，旗上寫著「貢船」二字。斯當東道：「那旗上寫的是什麼？」馬戛爾尼道：「貢船。」斯當東道：「把它扯下來。」馬戛爾尼道：「我們費盡千辛萬苦，行了一年才到此地。我國交給我們的任務是什麼？如果因爲這些小事而誤了國家大事，豈不有辱使命。」於是他們便裝糊塗，任由那旗子飄揚。

到了北京後，被安排在城內和西郊宏雅園居住。稍事休息後，便又起身前往熱河避暑山莊參加乾隆的八十三歲萬壽大典。七月二十日，馬戛爾尼一行分爲兩部分，一批人留在北京，一批人隨馬戛爾尼前往熱河。

到了熱河避暑山莊以後，大學士兼理藩院尚書和珅馬上來到英使駐地，看望英使。

和珅遠遠地望見馬戛爾尼快步迎了出來，一頭金髮捲曲而又濃密，一雙深陷而又碧藍的眼睛透出精明，身材高大挺直，精神旺盛。馬戛爾尼第一眼望見和珅，也被和珅深深地吸引了。挺拔的身姿，輕快的步伐，顯得瀟灑從容，面白如粉，白裡透著紅潤，二目如多瑙河的河水明亮而又深邃，特別是額上一顆紅痣，恰是最好的點綴，和珅全身透著精明。這個老練的外交家第一眼見到和珅，就意識到自己遇到了對手。以至於在他後來的回憶錄中對和珅大加讚揚。

二人皆躬身行禮。和珅道：「大使爲中英兩國友好，橫渡重洋，不辭辛苦，遠道而來，我大清皇上對足下深爲嘉獎，對貴國國王深爲尊敬。我本人對足下也深爲欽佩，對貴國國王也深表崇敬。」馬戛爾尼道：「雖遠隔萬里，但久聞中華地大物博，禮義昌隆，敝國君臣百姓對大清國都仰慕有加，故派在下不避重洋險阻來到貴國，表達我國君臣百姓對大清皇帝陛下的敬意，對大清國人民的敬意，對大清國文化的敬意。」

和珅道：「足下遠道而來，對中國生活習慣還能適應嗎？若有照顧不周的地方，請儘管指出。中國先賢孔子曰『有朋自遠方來，不亦樂乎』，我們既是朋友，彼此都不要見外，不要客氣。」馬戛爾尼道：「自進入中國以來受到大清朝君臣的盛情款待，在下銘感於心，一年來的旅途勞苦蕩滌已盡。兩國政府初次接觸就氣氛良好而熱烈，在下深感欣慰。」

二人進殿落坐之後，和珅道：「中國與英吉利國遠隔萬里，國家間乃至民間極少往來，因此對一些風俗習慣所知更少，想英吉利國必無跪拜叩見之禮節。」馬戛爾尼說：「本國實無此禮。」和珅道：「中國有句話，叫入鄉隨俗，即是說到了哪個地方，就要遵從哪個地方的風俗。大使負貴國王及百姓美意而來，我國上下至爲感動，但是一國風俗日久成爲定例，既成定例，就不好改變，若隨意改變，反不爲人接受。我大清皇帝接見外邦使臣乃至國王時，外國使臣及國王都行三叩九拜之禮，這已成定例。雖然如此，讓公使行三叩九拜之禮，確實是難爲了足下，不知足下近日練習得如何了，對這禮節嫺熟否？」

馬戛爾尼道：「我及我國國王臣民極尊敬貴國及貴國大皇帝陛下，但我國和那些附屬國家不同。我本人是欽使，卻不是貢使，若行中國臣民的禮節去拜見大皇帝陛下，在下實是不能答應，我一國王使者負國王建交之命，怎能改變國王命令而行附屬國的跪拜大禮。」

和珅內心大驚，但仍面露微笑道：「大使這幾日沒有練習跪拜大禮？」馬戛爾尼道：「本大使曾遞交貴國政府一份備忘錄，不知貴國以爲如何？」和珅已知徵瑞沒有把英國公使所給的備忘錄拿出，而隱匿起來，心下有氣，仍不露聲色道：「我大清皇帝萬壽大典所行之禮，非比一般臣民叩拜君主之禮，是對皇上本人壽誕的慶賀與祝福，並不真的就顯示了國家間的地位及關係。既然公使足下對大皇帝本人極爲尊敬，就該遵從這一中國祝壽的傳統禮節才是。以示兩國間友好互敬。」

馬戛爾尼道：「在下若以私人身份到貴國，可對皇帝陛下行三拜九叩大禮，但在下今日乃爲一國公使代表一個國家，也代表國王，這個禮節，在下實是不能接受。」

和珅笑道：「我二人只顧說話了，」說著從袖裡拿出一柄晶瑩剔透的玉煙斗道：「聽說貴國好吸煙斗，我就爲公使準備了這個禮物。禮物雖不貴重，但代表了我及我國國民對大使及貴國國民的一份崇敬友好情意，請笑納。」馬戛爾尼知道和珅有意營造氣氛，且確實驚異於這玉煙斗的巧奪天工，遂順水推舟道：「在下及敝國國民對貴國深表謝意。」又道：「聽說閣下也好吸煙，不知道喜歡我們西洋煙否？」和珅道：「足下對我倒很瞭解，確實我好吸煙，卻沒有吸過西洋煙。」馬戛爾尼笑道：「請閣下品味一下。」說著拿出一根雪茄遞給和珅，和珅接過，副使斯當東掏出火柴，「嚓」地一聲爲他點著，和珅吸了幾口連聲贊道：「好煙，好煙……好煙。」馬戛爾尼道：「閣下如此喜歡，就送閣下兩箱。以後我再讓人爲你送些。」和珅忙道：「如此多謝了，好，好。」吸了幾口又道：「那點火的用具也給我一些。」馬戛爾尼道：「給你一箱子，足夠用了。」和珅笑道：「吸雪茄乃貴國吸煙習慣，我馬上學會了，而且很喜歡，可足下對我們中國的習慣倒很難適應的。」馬戛爾尼笑道：「所以，在下更欽佩閣下。」

和珅告別了馬戛爾尼，到了乾隆那裡，乾隆此時才知道實情，急召來徵瑞。和珅訓斥了他一番：「如此重大的事情，怎能隱匿不報！」若不是自己的門生，和珅非處分他不可。徵瑞嚇得連忙跪倒道：「奴才只想多開導他幾日，希望他回心轉意，不想他竟執拗若此。」乾隆的自尊心受到傷害，訓斥道：「英使者如此不懂我朝規矩，朕實不高興。爾等侍候過分，才使英人驕傲自大，不服天朝法度。如此無知外夷，本不配以禮相待。」

和珅本想讓徵瑞再去和馬戛爾尼交涉，但怕談僵了。於是自己又親自去訪馬戛爾尼。

和珅見馬戛爾尼來迎，道：「謝謝你的雪茄了，很有衝勁兒。」馬戛爾尼道：「和大人這次來，我已明白，不然閣下不會親自來。」二人坐定，和珅道：「你總不想現在就回去吧，我們老朋友之間還想敘敘。我還想陪老朋友到別處看一看，走一走。」馬戛爾尼道：「在下在謁見本國國王時——實際上也是所有英吉利國的臣民在謁見國王時——都一足跪地，一手輕輕地握著國王的手而以嘴吻之。大人說了，我對待大清皇帝陛下，應向對待英國國王一樣，在下以爲就用這單腿跪地謁見大清皇帝陛下，不知閣下以爲如何？」和珅心想，此事對方不可能再讓步，便道：「你我朋友之間，什麼都好說，只是皇上那裡不知意見怎麼樣。我以爲，若我到了貴國，必對國王表示我由衷的崇敬，絕不會倨傲而顯得無知。」馬戛爾尼道：「我們兩國本應以誠相待。在下絕沒有輕視貴國的意思，在下對大皇帝陛下行臣下覲見國王禮，足見在下對大皇帝的崇敬。」和珅道：「如此就好，形式上倒不必苛求。我倒真是謝謝你的雪茄，我現在真的離不開它了。」於是二人又寒暄了起來。

和珅奏曰：「皇上，奴才以爲他以單腿下跪行禮，也是表示了他是臣子，這本是他們國家臣子向國王所行的大禮。若真的讓他行三拜九叩大禮，他那笨拙的身軀驟然做起來，反而很難看，倒不如就讓他行那單足跪地的禮節。」乾隆道：「就如此，只是大典之後，立即讓他滾回去。」

和珅派徵瑞前去通知馬戛爾尼。徵瑞見了馬戛爾尼道：「皇帝已做出決定，覲見時特使先生及隨行人員可以行英國見國王禮，只是……」馬戛爾尼有點著急道：「只是什麼？」「只是，照中國風俗，拉著大皇帝陛下的手來親個嘴，總不是個道理，這親嘴一條不如改爲雙足跪下爲好。」馬戛爾尼道：「雙足跪下，決難從命。」徵瑞道：「算了！雙足、單足跪下暫且不去管它，只是拉手親嘴這個動作須免去才是。」馬戛爾尼道：「悉聽尊便。」

乾隆降下密旨道：「對英國使團的所有格外賞賜一概撤掉，大典之後，即令其回京回國，京師中不必招待他們戲劇，留京大臣接見使臣時，不必起立。朕於外夷入覲，如果誠心恭順，必加恩待，以示懷柔，若稍涉驕矜，則是其無福隨恩典，同時即減其接待之禮以示天朝體制——此駕馭外藩之道宜然。」令和珅執行。

八月初十日，乾隆皇帝在避暑山莊萬樹園御幄，接見了英國的使者，雖內心不快，卻表現了他涵容四海的氣度。

這一天，太陽剛剛噴薄而出，萬樹園的樂隊已奏起了音樂。乾隆從一個鬱鬱蔥蔥的小山後轉出，坐在一個無蓋的肩輿中，十六個人抬著，輿後有侍衛執事多人，手執傘旗和樂器。皇帝衣服係暗色不繡花的絲綢長褂，頭戴天鵝絨帽，形狀同蘇格蘭帽有些相似，帽前嵌一巨珠，這是他衣飾上的唯一珠寶。

皇帝進大幄後，立即走至只許他一人用的御座前面的階梯，拾級而上，升至寶座，中堂和珅和另外兩個皇族親王緊緊地靠在皇帝旁邊跪著答話。

特使馬戛爾尼身穿繡花天鵝絨官服，綴巴茨騎士鑽石寶星及徽章，上面再罩一件掩蓋四肢的巴茨騎士外衣。通過禮部尚書的引導，雙手恭舉著裝在鑲著寶珠鑽石的金屬盒子裡面的英王書信於頭頂，至寶座之旁拾級而上，單腿下跪，簡單致詞，呈書信於皇帝手中。皇帝親自接過，並不啓閱，大學士和珅隨手接過匣子。皇上滿面春風，笑容可掬，仁慈地對特使說：「貴國君主派遣使臣攜帶書信和貴重之物前來致敬和訪問，朕非常高興。朕願向貴國君主表示同樣的心願，願兩國臣民永遠友好。」於是拿過一柄半尺長的玉如意交給馬戛爾尼：「如意，送給英吉利國王，祝他事事如意，祝英吉利和平興旺。」隨後又送給馬戛爾尼及副使斯當東如意各一柄。馬戛爾尼也呈上自己的禮物。

馬戛爾尼打量著乾隆，完全不像是八十三歲的年紀，倒如六十多歲，兩眼炯炯有神，氣度莊重，精神飽滿，皇帝陛下自始至終愉快自如。

馬戛爾尼拉著副使斯當東的兒子，此時斯當東的兒子剛十三歲，會說幾句漢語，馬戛爾尼向乾隆介紹道：「這是我們使團的見習童子，亦是副使斯當東的兒子。」乾隆滿面慈祥笑容，讓小斯當東來到御座前，小斯當東走到前面道：「祝大皇帝陛下，玩（萬）歲，玩（萬）歲，玩玩（萬萬）歲。祝皇上玩（萬）壽無疆。」那似通非通的漢話，倒使乾隆大爲高興，隨手從腰帶上解下一個檳榔荷包親自賜給小斯當東。小斯當東喜形於色，道：「些些（謝謝），皇帝陛下。」

會見的氣氛因爲有了小斯當東而顯得更爲融洽愉快。

八月十三日，萬壽節大典舉行。皇上御澹泊敬誠殿，扈從王公大臣官員及蒙古王、貝勒、貝子、公、額駙、台吉，並緬甸國、英吉利國、安南、朝鮮國等使臣到乾隆前行祝賀禮，馬戛爾尼至御前單腿跪下，祝皇上萬壽無疆。

祝賀儀式結束後，乾隆舉行盛大宴會，在宴會上，他請馬戛爾尼來到御前，親手給他斟酒，並且說：「朕已過八十，希望你們的國王也與朕一樣長壽。」眉宇間露出得意的神情。此時，宴會上鴉雀無聲，畢恭畢敬，靜聽皇帝的講話，馬戛爾尼也不禁對乾隆肅然起敬，用結結巴巴的漢語祝皇上萬壽無疆。

宴會後，和珅恭送各國使節。馬戛爾尼道：「和大人，中英兩國之間，似應開始談判了。」和珅道：「足下這幾日必勞累了，且回去休息，我已派人到公使館，給足下做些西洋飯菜，希望足下在此生活愉快。」馬戛爾尼道：「我們在貴地生活非常愉快，感謝中國政府對我們的盛情招待，只是……」「公使先生，」和珅沒等馬戛爾尼「只是」說完，馬上岔開話題道：「公使先生不要客氣，不要盡是『只是』，我們盛情招待公使先生是應該的，應該的。」說罷示意管世銘，管世銘領會，道：「大家都操勞了幾天，十分疲憊，我這就陪公使先生回館。」和珅忙道：「本相不遠送了。」說罷轉身而去。

馬戛爾尼在和珅那裡吃了軟釘子，心有不甘。中國人以爲他來華祝壽、進貢的使命已完成，可對於馬戛爾尼來說，他真正的使命還沒有開始。可是正當他處心積慮盤算著如何打開僵局的時候，卻接到了乾隆帝讓公使團先期回北京的諭示。

馬戛爾尼回到了北京，並不願意離開。八月二十六日，乾隆帝也從熱河回到北京，他沒有先進城，而是逕自前往陳設英國「貢品」的圓明園的正大光明殿內。乾隆仔細地看著每一件東西，讓英方人員當面演示各種儀器。

乾隆在一艘軍艦模型前停下來，久久地看著，這是「皇家號」軍艦的模型，裝有一百零十門大炮，他詳細地詢問了軍艦的航速、載重、大炮的威力，乃至一些機械裝置的細節。問過以後，道：「貴國機械之巧，造船業水準之高，令人佩服。」於是又詢問英方人員，英國的造船業和軍事力量究竟達到了什麼水準。

次日，乾隆召集軍機大臣，密諭道：「英吉利在西洋諸國中，最爲強悍。該國王奉到敕諭後借辭生事，不可不防。」乾隆又擔心乘坐軍艦而來的英國人回航時在沿海偷偷佔據島嶼，又命令軍機大臣立即傳諭沿海各督撫：「該督撫等督飭各營，于英吉利使臣過境時，務宜鎧仗鮮明，隊伍整嚴，使其知所畏忌。即如寧波之舟山等處海島，以及廣東澳門附近島嶼，皆在相度形勢，先事圖維，毋任英吉利夷人潛行佔據。該國夷人雖熟悉海道，善於駕馭，但便於水而不便於陸，且海船在大洋，亦不能進內洋也。如果口岸防守嚴密，英夷斷不能施其伎倆。沿海督撫，應嚴密查察，切不可使濱海奸民，勾結外夷。」

乾隆帝參觀過英國的「貢品」之後剛一回皇宮，就聞報說英國人水土不服，死了三個人，仍然不想回國。乾隆帝大爲嫌忌，馬上對和珅說：「英國人來了就死人，真不配到這裡來。你親自去一趟，讓他們辦完了就走。」

第二天一大早，和珅就去拜訪馬戛爾尼，一見面，直截了當地說：「公使先生，首先讓我對貴國幾位去世的隨員表示哀悼。皇上很體諒你們，知道你們西洋人不習慣北京的寒冷天氣。你們大概不知，霜降以後更爲寒冷。若是冰天雪地之中，皇上和我很擔心公使足下及隨員的身體，我們本該留你們在此多住些時日才對，但鑒於這種情況，也只好讓公使先生早些回國。」馬戛爾尼道：「承蒙皇帝及閣下垂念，敝使不勝感激。北京雖天氣寒冷，可敝使身體素來耐寒經凍，即使住的時間再長也不會影響身體。敝國欲同貴國友誼永固，且敝國國王想讓敝使常駐北京，就近與貴國政府商討有關事宜。倘若貴國皇帝也願向敝國派出使臣，敝國一定歡迎，所用船隻費用，可以由敝國籌備。和大人曾說想到敝國，若和大人前往，乃敝國舉國的榮幸。」

和珅聽完他的表述，道：「足下雅意，我一定稟明皇上，足下如果有什麼具體建議，也一併提出。」

馬戛爾尼根據本國政府的訓令，向和珅提出了六項要求，請清廷考慮。

一、請中國准許英國商人在舟山、寧波和天津三處貿易。

二、准許英國商人在北京設立一個貨棧，以便買賣貨物。

三、請予舟山附近海域指定一個未經設防的小島，給英國商人使用，以便英國商船到了該處可以停泊、存放貨物，並允許英國商人居住。

四、請予廣州附近，准許英國有上述同樣權利，及其他較小權利。

五、在澳門的英國貨物運往廣州，請特別優待，免予納稅，或從寬減稅。

六、請中國海關公佈稅則，以便英國商人依照中國所定的稅率切實納稅。

和珅看罷道：「足下是不是嫌我們照顧得不周到，想要建立一個國中之國吧！」馬戛爾尼道：「如果敝國有不同意見，盡可商量。」和珅道：「使用中國的土地，又不准中國設防，這樣的事也能拿來商量？足下到中國來，難道就是爲了這個？這些要不要我向皇上轉奏？作爲朋友，你別爲難我了，作爲朋友，更不該提這樣的要求。」

馬戛爾尼道：「貴國政府可以進行修改的。」和珅道：「此事斷沒有商量的餘地。我現在還是請足下及隨員吃頓便飯，免得我們倆在這兒打起來。」說罷哈哈大笑，站了起來。

筵席上居然有許多西式菜點，也準備了精美的西式餐具。和珅道：「我大清皇帝陛下，對足下極爲關懷，特意宴請大家，以褒獎你們對我國友好的美意。大家請。」眾人落座，驚訝面前食品的地道，好像又回到了英國，坐在自家的餐桌上。馬戛爾尼非常激動，道：「我深深地感謝貴國對我們的招待，感激之情無以言表。」和珅道：「我替你表達吧，兩國平等相處，絕不妄生輕視覬覦之心。」說到這裡鳳目盯住馬戛爾尼，微笑著站起身來道：「來，爲兩國的繁榮富強，乾。」馬戛爾尼亦起身與和珅碰杯。二人復又坐下，馬戛爾尼道：「中英兩國互相尊重，互派使節，各自在對方首都開設使館……」沒等他說完，和珅忙拍手叫管世銘，管世銘到了和珅跟前。和珅道：「把皇上賞賜給大使的東西拿出來。」管世銘會意，搬過一個箱子。和珅道：「這是我國的繪畫精品，有鄭板橋先生的繪畫，亦有聖祖時原濟的作品。今吾贈送鄭板橋及原濟作品，實望中西文化合流共進，你我當爲此推波助瀾。」

馬戛爾尼道：「正因爲如此，我們兩國爲加強交流，互設使館乃當務之急。」和珅道：「西洋畫法與我們中國畫法不同，中國寫意而西洋寫實。中國畫不拘於實物而又追求自然，西洋畫重寫實，重解剖，但意蘊上總不如中國畫。更有意思的是，中國人畫春，乃畫一花，而西洋畫則畫一裸體女人，則這似乎又是你西洋以意取勝了。」

這一番話說得馬戛爾尼暈暈沉沉，再不好開口提兩國間的事，不免有點懊喪，覺得自己有負國王陛下的重托，也覺得中國皇帝及官員極不可理解，正在發怔，和珅拉著他手道：「乘著酒興，我爲足下畫一肖像如何？」馬戛爾尼道：「爲此當然求之不得。」這句話本是搪塞之言，可是見那和珅把右手舉一舉，頓一頓袖子，拿起毛筆，鋪開宣紙，只幾下，好像很隨意，便把馬戛爾尼的形象勾勒出來，仔細看那肖像，神情畢露，自己的個性心思均顯露無遺，又似永遠說不完，高深莫測，馬戛爾尼大爲讚歎，道：「閣下所言中國以意取勝，在下確實體會到了。」內心驚喜，拿起那幅畫，竟愛不釋手，覺得不遠萬里來到中國，真是不虛此行，單就領會了中國畫的妙處，此行也是值得的，心裡的懊喪也頓時不見。

宴罷，和珅回宮，把馬戛爾尼的要求全部奏與乾隆。乾隆以毫無商量的口氣把合理不合理的一概拒絕：「我天朝物產豐富，無所不有，本不需外夷貨物。因爲茶葉、瓷器、絲綢乃西洋各國必需的東西，朕體諒西洋各國的難處，所以准許在澳門開設洋行，滿足夷人所需。至於額外貿易之事，與天朝法度不合，不准進行。天朝法制森嚴，每一尺土地都載於版圖，不容分制。英人請求賞給土地一事，斷不可行。至於英商免稅、減稅一節，西洋各國均屬相同，亦不便將英國上稅之例獨爲減少，公佈稅則一節，粵海關向有定例，毋庸另行曉諭。」

在敕諭的結尾，乾隆以天朝上國大皇帝君臨天下的口氣對英王說：「爾國王唯當善體朕意，益勵款誠，永矢恭順，以保全爾有邦，共用太平之福。」

次日，和珅召見馬戛爾尼。一會面，和珅二話沒說，交給馬戛爾尼國書及禮品，示意馬戛爾尼馬上回國。

在接見英國使臣的當天，乾隆皇帝曾寫了一首詩：

博都雅（即葡萄牙）昔修職貢，英吉利今效盡誠。
豎亥橫章輪近步，祖功宋德逮遙瀛。
視如常卻心嘉篤，不貴異聽物詡精。
懷遠薄來而厚往，衷深保泰以持盈。

當然，乾隆對英國實質上是要求中國割地、開埠、減免稅率以及許可其種種特權的斷然拒絕，是英明的，這一點他的後世子孫（媳）和他比較起來應該汗顏。

嘉慶二十一年（一八一六年），英國又派阿美士德來華，也是由於禮節上的爭執，嘉慶根本沒有接見他。一八四〇年以後的事，大家都知道了，英國終於以大炮打開了中國的大門。

和珅在這次接待英國使團的活動中，忠實地執行了乾隆的外交方略，既熱情，又不失原則，靈活機動，使馬戛爾尼一行受到最禮貌的迎接，最殷勤的款待，最警惕的監視，最文明的驅逐。

第七章　放縱門徒・傷天害理

吳省欽做了學政，憑銀子送的多少和手中的「條子」，決定考生的名次，偏偏遇到了李調元……

送走馬戛爾尼，已是暮秋將盡的季節，西北風捲起漫天灰沙，把個北京城裹了個嚴實，即使是晴朗的天氣，太陽被灰黃的塵沙蒙著，也顯不出它的燦爛光彩。街道兩旁，槐樹的葉子都已枯乾，灰中帶黃，大風吹來，在街道上盤旋飛舞。牆根旁向陽的小草，也都失去了青綠的顏色，柵欄上，牆頭上的絲瓜秧，爬牆虎秧，都已乾枯，有幾片孤零零的葉子，被枯藤繫住，大風吹來，啪啪作響，寒冷的冬天要到了。

可是和珅的心裡卻春意融融。他被任命爲教習庶起士，兼管太醫院及御膳房事務，更讓他高興的，是納蘭隨劉寶杞來到了府上。

已做直隸知府的劉寶杞顯得比以前白胖了許多。他還是首先到哥哥呼什圖那裡。呼什圖見弟弟來了高興異常，忙問長問短，納蘭道：「怎麼大管家不認識我了。」呼什圖忙道：「小姐怎又調侃起老奴來。」納蘭道：「乾爹呢？」呼什圖道：「你到姨太太卿憐那裡去找。」納蘭笑著去了。劉寶杞道：「別忘了交代你的事。」呼什圖道：「又有什麼事讓相爺辦？」劉寶杞道：「是爲常鬼頭的事，他過去不來找過你麼？」呼什圖道：「他又有什麼事？」「他現在又被革職了，求相爺運動運動。」

這常丹葵，又叫「常鬼頭」，直隸交河人，頗有資財。巴結上呼什圖後，靠呼什圖的關係，捐了一個吏目。乾隆四十二年分發到湖北。四十八年，「賣」給和珅三十頃地，「賣」給呼什圖十頃地，把契約予于呼什圖後遷升爲恩施縣丞，因糾察民間秘密結社和異教組織有功被乾隆皇帝召見，後奉旨回任，以知縣用，五十七年升爲蘄州知州，因查秘社及教徒被賞之後，常丹葵更熱衷於此道了。

蘄州城有個商人叫崔同，母親六十多歲，整日神經兮兮，一個人獨處時便好哭哭啼啼，崔同見母親如此，就請那上了年紀好說話拉家常的老嫗到自己家裡來，果然母親好了許多。老人們在一塊說笑，免不得說些鬼神的事，有些時又集體唱一些歌兒，就如那耶酥教會唱得一樣。一天常丹葵的轎子從這裡路過，院子裡的老嫗們正在唱歌，咿咿呀呀也不知唱的是什麼。常丹葵好奇，掀開簾子看時，卻看見一個深宅大院，於是這個皇帝表揚、嘉獎爲模範的人頓時高興起來。要是個四壁透風的人家他就走了，可這深宅大院裡肯定會有不少銀子。

常鬼頭叫停轎，帶著衙役來到大門前。門子通報進去，崔同喜不自禁，知州大人親自到來，真讓他受寵若驚，忙具衣冠出迎。哪知他打扮得愈整齊鮮亮，這知府便愈要揩他們油水，真是豬羊恭迎屠宰手，一步一步尋死來。

常鬼頭隨崔同進了院裡，繞過照壁，看那左邊廂房坐著一群人，心裡踏實了許多，喝道：「給我拿下崔同。」崔同驚愕間已被捆住了手腳，崔同道：「老爺，這是從何說起？」常鬼頭也不答話，對衙役問說：「叫都頭來，多帶人，把這個院子圍起來，只准進不准出。」正唱歌兒的老太太們聽院子裡有動靜，忙跑出來，哪知跑出一個便被捆一個。那剩下的老太太便待在屋子裡不敢出來。這時常鬼頭道：「崔同，你聚徒傳教，秘設教社，被我親見，還有何說。」此時崔同才知道所爲何事，忙辯解道：「老人們在一起隨便唱唱。找點事做，與教社邊也不沾，請老爺明察。」常丹葵道：「大膽刁民，還敢狡賴，必從重治罪。」

不一會兒都頭來了，衙役們動起手來，把一院子裡的成人全捆了，留下崔同的妹子在家帶著崔同的小孩兒。若不是常丹葵看這個崔同的妹子有用處，長得漂亮，早也一併捆去讓她嘗嘗什麼是受罪的滋味。

當即常丹葵做了兩件事：第一件是佈告百姓，知情必報，第二件事是放出風去，花錢消災。便有幾個懂事的忙拿銀子交上了，老太太也就被領回去，說她只不過是一時無聊瞎跟著玩幾下。那一時湊不夠錢的人家，老太太便被關在牢裡，說她有意慫恿別人入社。這首犯當然就是崔同，說他借孝敬母親為名，實是想私傳教義。不久崔同的妻子被放出，說她實在不知丈夫所為，且家中有幼子，知府大人特寬宥於她。其實，常丹葵之所以放她，是因為崔同的妹子在家嚇得六神無主，竟不知道往知府那裡送錢，儘管有許多人開導她。

果然崔妻回家後馬上就派人送到知府家裡幾百兩白銀，於是便把崔同的母親放了，說她認罪較好，舉報了幾個傳教的人，並按上了手印。那老婦人出來後，當天便吊死了，臨死前說了句：「無臉見人了。」

於是常丹葵把那一條街的百姓盡都抓來，道：「現有著崔同母親的供詞。」即使沒有老婦人按了手印的供詞，常丹葵要想抓那一條街的人也照樣抓。

清代實行保甲制，不論是州縣城鄉，每十戶立一牌長，十牌立一甲長，十甲立一保長。每戶門上掛一印牌，上寫戶主姓名和丁口數，並登入官冊，戶口遷移，需注明來往處。同時又責成地主、窯主對所屬佃戶、雇工嚴加管束，或附於牌甲之末，或附於本戶之下，如有反抗事件發生，一併連坐治罪。

崔同是個大商人，又開了幾家工廠，你想他一人犯罪，豈不牽連千戶。有幾個經不住打的，經不住哄的，真的供出崔同是首犯，暗地裡結社，傳教。

清朝刑法《大清律》主要部分爲「五刑」、「十惡」、「八議」、「十惡」之中，集合結社便屬於首要。

崔同暗地結社傳教已成鐵案，常丹葵便把證據遞了上去，很快上達到朝廷，軍機大臣和珅傳令嘉獎，號召全國各省向這位查教模範學習。

崔同已奄奄一息，他的四肢被鐵釘釘在牆壁上，他的母親就是看到兒子這個樣子，並被告知說如若她不承認傳教且指出其他同黨，她的孫子也將這樣被釘在牆上，老人在昏昏沉沉中按了手印，畫了押。

崔同連同幾百個黨徒被押進船裡送往省城。妹子、妻子被官賣，兒子淪爲家奴。

本來查的案子愈多，得到的銀子也愈多，官升得也就愈快，可是爲什麼常丹葵被革了職呢？

原來，因爲他是全國查教的模範，和珅等也有點大意，吏部尚書劉墉在考察官吏時，偏偏考察到常丹葵，以常丹葵失察書吏舞弊等因，被革去了職務。

原來清朝考察官吏制度規定，三品以上官員向皇上自陳，四品以下的官事由吏部、都察院長官考察，大學士同察，正巧，常丹葵撞到了劉墉手下。

常鬼頭被革職後，忙具銀兩來找劉寶杞，道：「幫人幫到底。」他的官本是劉家爲他運動方才做上的，後又有和珅引薦見了皇上，而不斷升遷。「內劉」家也不斷收到常丹葵的禮物，崔同的夫人、妹子被官賣，就是被常丹葵低價處理給了劉寶杞。劉寶杞和納蘭二人都喜歡這兩個婦人，所以當常丹葵央求他們到和珅那裡運動運動時，二人愉快地答應了。於是夫妻二人帶著常丹葵送給和珅的金佛，雙雙來到和府。

納蘭來到藏賬樓，見樓裡的帳本比過去增加多了，堆積如山，樓裡多了許多婢女，有認識納蘭的，但更多的人不認識她。卿憐見她來了，喜不自禁，忙攙著她手道：「生了一個娃兒，反比過去更水靈了，更迷人了。是吃了什麼駐顏養顏的藥了？」說罷低聲附首於納蘭的耳邊：「是吃了劉郎的春藥成這個狐媚樣兒吧？」納蘭道：「你還是像過去一樣不正經。」於是二人到了一間內屋，關起門來。

卿憐道：「聽說你那男人特健壯，比你乾爹更勁猛吧？還想不想你乾爹？」納蘭摟住她，把她扔到床上，壓在她身上道：「看你這個騷樣，乾爹肯定幾天沒來了，肯定呼什圖那個老東西不中用了。你身邊這些婢女，不會學呼什圖的本事吧？剛才我見到一個小太監從這門前走過，莫非你又有了新相好？」卿憐道：「不瞞你說，呼什圖確是不行了，我真的養著一個太監，但那技術總是不行。我只羨慕你，有時真想看一看能迷住你的人是什麼樣兒。」納蘭道：「你要見了他，還不把他給吃了。不過你我既是姐妹，我哪天把他讓給你。」卿憐神往起來，道：「真的？」納蘭道：「我還騙你不成，現在乾爹在什麼地方？」卿憐道：「我說你不會先來看我，這不現了原形。老爺在書房裡。」

納蘭起身告辭。卿憐道：「別忘了你說的話！」納蘭道：「看把你急的，你若這樣，我真的耽心你把他搶了去。」說罷笑著出了門。

納蘭進了和珅書房，看這屋內除了多了些書外，一切擺設和以前一樣，沒有絲毫改變。內監和書童們多認得她，此時呼什圖又來把他們叫走了，大家心裡都明白了。

納蘭進門，和珅仍伏在案上，便輕輕地走過去，從背後用雙手蒙住和珅的眼睛。和珅一反手抓住她胳膊，和珅道：「是納蘭，是納蘭來了。」說罷急轉身，一把將她抱在懷裡。納蘭道：「乾爹怎知是我？」和珅道：「這和十五年前一樣。」納蘭也不禁想起十幾年前的事，心裡便溫熱起來。和珅把她扶起。左右上下地把納蘭端詳了一遍，見納蘭雖然比以前更胖，肌膚卻更加晶瑩潔白，目光中多了幾分成熟，渾身又增添了許多風韻，比十幾年前的十三四歲的娃兒更有韻味了。和珅輕輕地摟著她，又到了那矮床上，二人互相把衣服急急地解去。納蘭見和珅雖微胖，但更加壯實，身姿依然挺拔。和珅看那納蘭，只是小肚微微鼓起，卻更加迷人，顯得曲線優美。

於是二人驟然間緊緊地抱在一起，納蘭比以前更猛浪，身子比以前更顯柔軟滑膩。事罷，和珅道：「十幾年前，你那時才十三四歲，怎懂了這麼辦？」納蘭道：「還不是乾爹的春宮圖。」和珅道：「你爹那裡沒有？」納蘭道：「我也曾偷偷地看過，只沒有你的更真切，更撩人。」和珅道：「你看的是圖還是書？」納蘭道：「是偷看的，是書叫《石頭記》。」和珅一驚道：「你怎麼早不說，我尋這書已多時了，並沒找見。」納蘭道：「父親花了幾十金方才買來，視如珍寶。只是我能隨便進他臥室，便偷看到了。乾爹若是要，我向父親要，把它拿來。」和珅道：「我要不如你要……還是你要來吧，只是不要說是我要的。」納蘭道：「明白。」

和珅道：「這個丈夫還滿意嗎？」納蘭只是笑，和珅道：「看你滿意得很呢，嫁過去後，把乾爹忘了，竟不回來一次。」納蘭道：「我時時想念著乾爹，只是不久便有身孕了，後來有了孩子，便沒有來看乾爹，只是心裡想得很呢！」於是納蘭猛又抱住和珅吻起來，把和珅從上到下吻了個遍。

和珅的女人中，最漂亮美麗者是瑪麗和豆蔻。一個是東方美女，一個是西方美女。瑪麗姿容絕世，但只能給和珅以肉體感官上的享受，所以和珅對豆蔻的感情，除了對妻子馮氏以外，最心愛的便是她了。豆蔻比妻子馮氏更多才多藝，和珅從她那裡享受著知識，享受著關懷，享受著理解，進行著感情思想交流，她是夫人的一個影子。在小妾之中，豆蔻最受寵。其次便是卿憐了，卿憐除有絕世姿容外，更有理財的本事，這一點與和珅一樣，這是一種天才。但是在琴棋書畫上她比豆蔻略遜一層，她對和珅的要求，肉體和金錢多於感情，她是和珅在家中的左右手，所以寵愛只略遜於豆蔻。其次黑玫瑰進和府時間不長，本是乾隆出宮的女子，嘉慶把和珅娶她列為一大罪狀，排在二十大罪狀的前面，和珅對黑玫瑰多是肉體上渴求，情感居於其次。

對納蘭，懷有複雜的情感，有疼愛，有欲求，更喜納蘭的爛漫。有些話，有些動作，他有時只能在卿憐身上使用，在豆蔻身上是怎麼也使用不出來的。納蘭比卿憐更活潑，更富有青春的朝氣。

看著眼前的納蘭像以前一樣逗笑活潑，和珅道：「你今年已三十歲了，性情上比以前沒甚變化，反而更有韻味了。」納蘭道：「人們都說最有韻味的是少婦。我現在已成了少婦了，你看我的韻味在哪裡？」和珅道：「這韻味只能看見，是說不出的。」

晚上用飯，和珅讓寶杞和呼什圖都與他一桌。和珅道：「寶杞，你可要好好對待納蘭，她可是我心愛的乾女兒，你若得罪了她，乾爹可不饒你。不過納蘭總是誇你，想你平時對她必然很好。今日見了你，就是我也喜歡起你來。」劉寶杞道：「承蒙相爺錯愛，奴才感激不盡。雖肝腦塗地，也難報相爺恩情。」和珅道：「尹壯圖盤查直隸時，你做得很好，皇上很高興，但因你是我家人的弟弟，故不便急忙提拔。你且放心，若做得好時，本相絕不埋沒你的人才。」劉寶杞聽了這番話，心道：「我要升官了。」忙說：「老爺的地租，我已代為收訖，以後還有什麼吩咐奴才，要奴才做的，奴才萬死不辭。」和珅道：「常丹葵之事，納蘭已和我說了，不日我就奏明皇上，恢復他職位。他的金佛，我收下了。至於你們的銀子，就拿回去。你不要往這送什麼，只要有孝心，讓納蘭常來看看乾爹就行了。」

這劉寶杞哪有不答應的，便把納蘭留在和府，自己告辭，並沒有把送和珅的銀子真的帶回去。

第二日，納蘭對和珅道：「我想去看看父親。」和珅道：「正該去看看，他已來到京城，我已見過他，這事你不必給我說。」納蘭用胳膊勾住和珅的脖子道：「我是想讓卿憐姐姐和我一起去。」和珅道：「我知道你們二人好，但在外面，卻不能姐妹相稱，你一個小姐，與她地位懸殊，卻叫姐姐，讓人家笑話。」納蘭道：「我在外面不叫就是，只是你同意不同意她和我一塊去。」和珅道：「那就一起去吧。只是明天就回來，一下子身邊少了兩個心肝寶貝，乾爹耐不住寂寞的。」

納蘭和卿憐乘轎出去，並不到蘇凌阿府上，卻往劉寶杞在北京開的一個旅店裡行來。旅店有三進院子，進得大門，是一排平房，平房後面左右起著兩層樓閣，穿過這樓閣，有一圍牆，圍牆中間，開一道大門。進得大門，迎面又是五間平房，皆是精雅之舍，左右廂房，一爲廚房，一爲浴室，轎子便直抬進這裡面的院子裡。

卿憐下了轎，見這房子氣派及院中心的假山水池，驚訝道：「人都說『三年清知府，十萬雪花銀』，果不其然。」便問納蘭：「在北京還有什麼店鋪？」納蘭道：「也有當鋪、糧店、皮貨店、車行。」卿憐道：「我若是男的，我便創下天大的家業。」納蘭道：「姐姐若是男的，肯定比皇上和乾爹還富。」卿憐內心裡確實有點遺憾。二人正說著話，劉寶杞從屋內出來，見了卿憐，忙跪倒叩頭，卿憐道：「怎多出這種禮節來。」便讓劉寶杞起來，劉寶杞在納蘭前雖要掩飾一下，癡呆呆地愣在那裡，這卿憐看劉寶杞，早已心許十分，見劉寶杞相貌英俊，人高馬大，粗壯有力，早估算起他的豪勁來。

納蘭哈哈大笑道：「一見鍾情不是。」說著便擰著二人耳朵進了東邊的浴室，道：「我出去了，你們玩吧。」轉身出門，劉寶杞忙追出來道：「若相爺知道，還不要了我的小命！」納蘭道：「你一向賊膽包天，什麼事都敢幹，怎就怕起相爺來。我實話對你說，你若使出本事，討得這姨娘的歡心，明年你就做了巡撫了。即不做巡撫，你的家業從此也就會發了。」劉寶杞仍站著沒動，納蘭拉著他進了浴室，見那卿憐已脫得一絲不掛，看這劉寶杞仍傻呆呆的，納蘭便剝去他衣服，見他不舉，道：「你這樣男人，再做不過知府去。」卿憐笑道：「你出去吧，我有辦法。」納蘭道：「我就在這室內，誤你們事了？」卿憐道：「你在跟前，我倒不好使我那辦法。」說罷，把納蘭推出門去。納蘭在門前細聽，果然，不一會兒屋裡傳出劉寶杞那種熟悉的聲音，納蘭輕輕地說道：「這下我們家可發了。」

直到次日晌午，納蘭等三人才到了蘇府。蘇凌阿聽說女兒女婿來了，已極高興，又聽說卿憐來了，更是喜從天降。蘇凌阿哪能不知呼什圖和卿憐是和珅的內管家，他怎能不知這和珅對她的寵愛程度。

用過午飯，室內獨有蘇凌阿和納蘭。蘇凌阿道：「我現遷宰輔，可有件事想說卻沒對他說。正好你來了，你對他說豈不最好。」納蘭道：「什麼事？」蘇凌阿道：「我想回京。」納蘭道：「父親已做到兩江總督，已如得了天下一半，皇上在北京，你在南京，怎又想進北京來。」蘇凌阿道：「我已年老，不喜那總督，且官愈大愈好做，我想做大官，」納蘭驚道，「還有多大的官，你要高過乾爹不成？」蘇凌阿道：「那就在你乾爹之下。你必和你乾爹說說，且我已爲你準備了二十萬兩銀子，你做乾女兒的，也該孝敬乾爹了。」納蘭道：「你那一本《石頭記》能借我看一看嗎？」蘇凌阿道：「你什麼時候知道我有這本書？」納蘭道：「你不要問，只把那書借給我。」蘇凌阿道：「是誰看？」納蘭道：「又多問了不是？」蘇凌阿畢竟聰明，猛然想起一個人來，差點脫口而出，到底不好意思和女兒開玩笑，便道：「我與你拿去。」

不一會，蘇凌阿把那《石頭記》拿來，卻道：「我喝奶時撒點在上面，竟被老鼠咬去了許多，現在早已於坊中修好。」

當天下午，納蘭與卿憐二人回和府。到了和府，和珅也已從朝中回來。卿憐識趣，忙讓和珅去看帳本，納蘭也跟著，到了藏賬樓卿憐內室，卿憐就走了出來。

和珅道：「書帶來了嗎？」納蘭道：「這不是。」於是從懷中掏出。和珅攫來，如獲聖寶，貪婪地翻了幾頁道：「好，好。」一轉身摟過納蘭：「你真是我的好乖乖。」於是和珅與納蘭就如三秋不見，急解衣寬帶。事畢，納蘭把蘇凌阿不想在兩江總督位子上的話說了。和珅揉搓著納蘭肥美的乳房道：「此事重大，須慢慢來。」

納蘭走出藏賬樓，卿憐走進內室道：「納蘭今天又帶來二十萬兩，前天她已帶來五千兩，另有其他地方送的，在一起共有一百萬零三萬兩。這些銀子閒置在家裡，又放不出去，不知老爺打算怎麼處理。」和珅道：「我也發愁，這些銀子堆在家裡總不好。讓各銀鋪把利息壓低點。待收息時讓馬八十三想想辦法。」卿憐道：「這仍然會剩些銀子，不如把這些銀子兌成金子，蓋一個房子放在裡面，我就住在這房中。」和珅道：「你總想和金錢在一起。」

於是和珅便命人又造一房，中有間壁，把黃金及一些貴重物品放進去。

且說劉寶杞回到任上，更加胡作非爲，可是誰也不敢對他有半點違拗。他是和珅內管家的弟弟，又是兩江總督蘇凌阿的女婿，又是和珅的乾女婿，因此，即使是他的上司，也都看他眼色行事，大大小小的官吏都去討好他。比他小的，希望從他那裡分一杯羹，比他高的，想通過他認識呼什圖，再通過呼什圖能把禮物送到和珅手裡。於此同時，劉寶杞的銀子也愈積愈多，竟在京城開起銀號來。

正像納蘭估計的那樣，自和卿憐那一日一夜的風流之後，城裡的生意竟愈來愈興隆，真可謂是財源滾滾，卿憐不時地把各種資訊通過呼什圖透露給劉寶杞，呼什圖也幫著管理幾個弟弟在北京的店鋪。

可是，劉寶杞心裡並不快活。他回到任上後，當晚住在小妾崔氏的房內，他把崔氏的衣服扒下來，本來她很順從的自己脫，可是他不許，他把崔氏的衣服撕得粉碎，抓弄著崔氏的乳房，抓弄著崔氏的下體，抓得鮮血直流。崔氏驚恐地叫著，聲音淒厲，刺破夜空。這個崔氏便是崔同的妹妹，連同她的嫂嫂、及侄兒被賣到這裡，實際上是常丹葵把他們送給了劉寶杞。聽到妹妹的叫聲，崔同的妻子走到崔氏的門前推開了門。她看見劉寶杞面目猙獰，臉如紫肝，目露凶光。

他像瘋了一樣仍在撕捉著崔氏。崔同的妻子走上前去拉扯著劉寶杞，劉寶杞見崔氏的嫂子也來了，發出瘮人的怪笑，一把抓過她也把她的衣服撕了個精光，然後把她扔到床上和崔氏在一起，橫施淫欲。他大叫著：「你是納蘭，打你個騷貨，打你個破鞋……」他把崔氏當成納蘭，復又縱到崔夫人身上大叫：「你是卿憐，你是和珅的小老婆，看我把你的也撕個爛，你個和珅的小老婆，老子把你玩死……你個和珅……我操你小老婆……哈哈……」不一會，復又伏床大哭。大哥哥呼什圖是被真的閹割了，而自己和二哥、三哥呢？是不是也被人閹割了？而自己竟被當成面首……想著哭著，不知什麼時候沉沉睡去。

崔氏姑嫂欲哭無淚，她們咬著牙，為崔同的兒子而活著。

自此以後，他只要在審理案件中見了女的，就一定說那女的犯了姦情，他特製了一個又厚又重的枷子，砍削了一根棗木棍，見有女犯人，定將那女的枷起來，用棍搗爛她下體，必讓那下體流血生膿。他嘴裡總念念有辭：「看你還能勾引男的嗎？」

有一次帶著衙役去查妓院，竟把那嫖客一個一個地抓起來，把那妓女的下體搗爛，用血塗在那嫖客的臉上道：「看你們今後還嫖女人不。」

暫且不說這直隸的總督，且說直隸府新來了位學政，這位大人乃是大名鼎鼎的吳省欽。點了學政，遇到鄉試，他竟不往治所，卻先到了老師和珅那裡。

和珅對吳省欽吳省蘭這兩位門生最爲滿意。不僅僅是他們聽話，給他告密，而且他們有滿腹的學問，這弟兄倆的學問無論在朝在野，都是婦孺皆知，因此做起事情來，總有些手段，總有些高深的見解，使用他們，朝野中的非議也較少，若有唱反調的，也好駁斥他。

吳省欽拿來幾條鱘魚，四斤冬蟲夏草，四十對雌雄蛤蚧，和兩瓶紹興女兒紅，貴賤不論，這些東西恰是和珅最喜歡的，就如和珅給乾隆爺送東西一樣，送得恰到好處，這錢不一定花得很多。

吳省欽道：「承蒙老師抬愛，爲弟子點了學政，弟子特來向老師致謝。」和珅道：「以你之才，正應銓選優學。今年鄉試在即，你速去上任去吧。」吳省欽道：「學生正要上任，只是先來向老師請教一二。」和珅道：「科選考試，又有弊病，試卷上只見才而不見德，這人才要德才兼備，德是最主要的。什麼叫『德』？『德』就是要有一顆向著皇上的忠心，這顆紅心在考場裡是考不出來的，只有在具體的行動中才能考察出來或考驗出來。故你要首先注重對人才的『德』的考察，即如我考察天下官吏一樣。」吳省欽領命而去。

吳省欽首先考察起生員的「忠心」來。第一個來拜訪吳省欽的是一位才子，這位才子讀了許多卷書，詩詞歌賦無所不通。對第一個拜訪的人吳省欽顯得格外親切，待這位才子俯身叩頭後，吳省欽急忙把他拉起道：「你我既是師生，就不要見外，坐、坐。」這位才子道：「學生熟讀天下書籍，難道不知道師道尊嚴，難道不知尊師的禮教。小子在老師面前絕不敢坐的。」吳省欽見他對自己如此尊敬，在心裡已誇讚他幾分，道：「你平時最喜哪部書？」這才子道：「除《四書》、《五經》之外，我最喜的乃是《金瓶梅詞話》，那可是一部好書，其次便是……」吳省欽道：「你一個生員，怎讀這種書？」

那才子道：「先生，我且請教您，這沒有用的學問可是真學問，沒有實用的書可是真正的好書？」吳省欽道：「當能致用。」「這就是了，就如那溫庭筠、柳永的詞最有用，辛棄疾的詞最無用，《金瓶梅詞話》也是這樣，學過即能用，不然我怎能刊印出許多詩詞？這直隸的婦孺哪一位不知我的才名？」吳省欽道：「你且說說你刊出了什麼詩詞？」那才子道，「便是大街小巷酒樓茶館的牆壁上都有的。最是那個鶯兒、燕兒崇拜我崇拜得五體投地呢！」吳省欽看他說得實在不像話，心裡便有些失望、嫌惡，便道：「你就這些學問?你的才就這些?」這才子忙道：「至聖先師孔夫子在收徒時也收點豬肉、小米兒，弟子我拜師豈能空手而來?」說罷從袖中取出一塊元寶來，放在吳省欽面前的案上道：「這就是弟子的拜師禮了，若老師肯收下弟子時，弟子敢不孝敬老師?老師若收下弟子時，學生的一腔報國之志，也都盡能施展了。」說罷跪下，五體投地，久久不起。

倒是吳省欽把他拉起來道，「我收下你這個學生了。」心道：「我要取他為第一名，那塊元寶不小呢。」那才子聽他如此說，忙站起身來，笑道：「老師，方才我說到鶯兒、燕兒，你微微皺眉，學生卻看到了。老師在京中為官，不常出去走動，你當然不知道這鶯兒、燕兒的好處。」吳省欽道：「這鶯兒、燕兒有何好處?」這才子急到吳省欽面前，滿臉堆笑，如一朵燦爛而開的向陽花，道：「這天下最受看最受聽的人便是優兒，他從小擺腰弄姿，舞柳飄帶，不只在臺上，就在台下也無時無刻不自然地顯出風流體態，且那師傅自幼兒教他拿腔捏調，飛眉閃眼，那樣兒便不在臺上也勾人魂魄。這鶯兒、燕兒就是這優兒中的這個。」說著他把大拇指伸到吳省欽的鼻尖，吳省欽被他說得神往，只聽那才子道：「待大人忙過大考之後，學生帶著你去消受消受，他必愛老師愛得輾轉反側，想老師的才學，寫起詩詞來，比學生我的不知高到多少倍，我的如牛糞，你的如鮮花。」

二人正說得漸漸投機契合，彼此的感情愈來愈近乎，此時卻又進來一位，那才子好不氣惱，待那人叩頭站起看清來人時，這才子和剛進門的都認識，齊道：「是你！」那人道：「吳才子呀，你倒比我先來一步。」吳才子道：「吳良辛！沒想到你老兄也來拜師，這我倒不明白了，你不是正做著生意嗎？」這吳良辛也不理他，又向吳省欽行禮。吳省欽讓二位坐下，二位不坐，這時吳省欽倒記起並沒問清那才子的姓名，此時問起，知這二人乃是直隸有名的大戶人家，一個叫吳良才，一個叫吳良辛。

這吳良辛看著桌上的金元寶道：「這是老弟帶的拜師禮吧，也太寒酸了，老師乃天下有名的大學問家，名冠天下，拜他為師，怎能這麼不經心？」說罷吳良辛跪在地上道：「老師名滿天下，只怕不肯收下我這個弟子，但學生我確實崇拜老師的為人風範和蓋世之才，特備薄禮拜謁，若是老師嫌我資質愚鈍，不堪做你的學生，學生也不怪，但這顆心，對老師卻只崇拜得……我也說不上來，有時我想，就是能見上老師一面，賣身上的血也是願意的，現在見到了老師，弟子愚笨不知用什麼來表達我的心情。」說著把禮單高高舉起，旁邊的書童接過，吳省欽早瞄上了一萬兩白銀，吳省欽道：「我收下你這個弟子了。」吳良辛忙叩頭謝恩。

呈良辛起身道：「我們三人本是一家，如今更親密了。」吳良才道：「敘一敘家譜，老師該是我們的父輩才是。」吳良辛道：「該是我們的父親才是。」吳省欽高興得合不攏嘴，道：「待鄉試結束，我們再敘。」良才、良辛二人急忙雙雙跪下道：「鄉試過後，懇請老師到府上一敘，我們本是一家，老人家哪有不到小輩家看看的道理，做小輩的哪有不孝敬老人家的道理。」吳省欽道：「如今皇上治天下，最講這個『孝』字，最倡這個『孝』字，二位有這等孝心，正是國家的才幹。」說著吳省欽心裡想，這吳良辛就為第一名，吳良才就為第二名。正是：

人世結交須黃金，黃金不多交不深。
縱令言語暫相許，終是悠悠行路人。

這吳省欽在直隸府上貪得無厭，利用學政的身份公開舞弊，索賄受賄，目無朝綱。他有一個本子，上面記著送銀的多少，按銀取名。

放榜那日，吳良辛中了第二名，吳良才中了第三名，原來這第一名是和珅介紹的。

吳省欽錄取三種人：

第一種是寫了條子的。這寫條子的人多是吳省欽的上司，也有吳省欽的親友同事。那親友同事的條子，往往被吳省欽接過後就扔了，上司的條子便揣在懷裡。這上司跟上司又有不同，有的有實權，有的有職無權，有的雖有權自己利用不著他，這就要區別對待。但是和珅寫來的條子，對吳省欽來說，那比「聖旨」還「聖旨」。自然和珅寫來的「條子」必然錄取爲第一名了。

第二種是給了銀子的。大凡給了銀子的人，送了禮物的人便是「忠」，便有「德」，而選拔考試中，「德」最重要，對生員不以銀子評價他們的德行，還能依據什麼？依據他們口頭上表示的對大清的忠心？

第三種便是有才的人。即使是這種人，「德」這一條仍然是最重要的，要處處體現出以「德」爲標準來。

可憐那些窮書生，十年寒窗，受盡磨難，只指望金榜題名，哪想到那一個個有錢的卻榮登榜上，自己雖有學問卻名落孫山。不知是哪個考生，氣憤地把一副對聯貼在考場門上：

少目焉能識文字

欠金安可望功名

橫批是：

口大欺天

上聯的「少目」合在一起乃是一個「省」字，下聯「欠金」合在一起又是一個「欽」字，上下聯的首四字合在一起；恰是「省欽」二字，橫批中的「口大欺天」和「口」「天」之合，正是一個吳字。上聯質問吳省欽認不認得字，罵他沒長眼睛，下聯說他只收金銀，按銀取名，沒有送錢的窮書生只能名落孫山，橫批罵他貪財吞金的「口」比天還大，同時「天」又是雙關，罵吳省欽置王法於不顧，欺君罔上，科場舞弊，膽大包天。

這天上午，吳省欽又到考場主持面試，卻見考場門口，黑壓壓圍滿了人，學政大人近前一看，氣得嘴歪眼斜，忙命人撕去，正氣得七竅生煙的時候，卻聽到一個響亮的聲音道：「好！好！這個對聯寫得好！」

眾人雖心知是罵吳省欽，都沒有一個敢議論，待吳省欽來到，圍觀的人便是悄無聲息，乍聽這個人大聲吶喊，都心道：「是誰這樣大膽？」於是眾人一齊回頭望去，看那人時，個個都在心裡豎起拇指，這個人不是李調元又是誰。

李調元，字羹堂，號雨村，綿州人，乾隆進士，考翰林院庶起士，任考功員外郎，授廣東學攻，此時正做直隸通水道。

在場的人及吳省欽在內，哪一個不知道李調元乃是本朝的一個才子，又是一位骨鯁之士。

李調元從小才思敏捷。有年夏天，他和幾個小夥伴上樹摘桑椹吃，折斷了許多樹枝。私塾先生看見滿地的斷枝爛葉，非常生氣，就罰李調元對對子，先生道出上聯道：

蠶作繭，繭抽絲，織成綾羅綢緞暖人間。

這上聯是斥責李調元糟蹋樹木，不知桑樹的價值。李調元會意，即對出下聯。

狼生毫，毫紮筆，寫出錦繡文章傳天下。

下聯也是說明要珍惜東西。先生聽罷，消了怒氣，又想，此子天份極高，更應接受管教，於是便出上聯道：

四口同圖，內口都屬外口管。

「圖」字，外「口」之中，又有三「口」，爲拆字聯，又蘊含學生須聽老師管教的寓意。李調元遂對道：

五人共傘，小人全靠大人遮。

「傘」字，正合拆字上聯，又順把老師恭奉了一番。

從此李調元，聲名遠播。他在赴廣東做學政的路上，途經湖南。湖南巡撫對其大名早有耳聞，於是將湖南的一些文人墨客請來，在洞庭湖畔爲李調元設宴接風，想借機一睹文采，眾人圍坐在洞庭湖邊的一座涼亭裡，邊飲酒邊欣賞美景，甚是愜意。一位書生起而稽首道：「早聽說學政大人才學過人，文筆不凡，今日得見，實屬幸會，在下有一聯正好與這洞庭湖有關，卻百思不得下聯，請先生賜教。」於是出上聯曰：

洞庭湖，八百里，波滾滾，浪滔滔，大宗師由何而來。

李調元淺酌一杯，略加思索，道：

巫山峽，十二峰，方靄靄，霧騰騰，本主考從天而降。

眾人一聽，對的果然正整。又一書生抱拳出聯曰：

四維羅，夕夕多，羅漢請觀音，客少主人多。

李調元思這聯乃是個拆字合字聯，且聯中不無譏諷之意，乃脫口對出下聯曰：

弓長張，只只雙，張生戲紅娘，男單女成雙。

一個書生又道：

李打鯉，鯉到府，李沉鯉浮。

李調元馬上對曰：

風吹蜂，蜂撲地，風息蜂飛。

此時眾人皆心悅誠服，無不欽佩。

四川江岫匡山書院的太白祠中，有李調元爲詩仙李白題的一副楹聯，乃聯中精品，至今猶存，此聯是：

上聯：豪氣壓群雄，有使力士脫靴，貴妃捧硯。

下聯：仙才媲眾美，不讓參軍俊逸，開府清新。

眾人回首見是李調元，暗暗稱讚，吳省欽看著他雖心裡恨極氣極，卻不便發火。心道：「有朝一日我要收拾你。」

此時眾人已揭下那對聯，吳省欽驅散眾人，走了進去。

當晚，吳省欽內心的陰霾被歡樂的勁風吹得乾乾淨淨。吳良辛把他叫到家裡，果然富足得很，院子三進，後面又有一座小花園，也點綴些亭台閣榭。吳省欽想：無商不富，無官不貴。他既富如此，還要大貴呢。

吳良辛府中的男丁都出來跪接，吳良才也在那裡和吳良辛比肩站著。吳良辛道：「老師到來，我家滿堂光輝，闔家歡喜不盡，真如天神降到我家了。」吳省欽看這等接待，心裡熨帖之至。

當晚酒到半酣，吳良辛把身邊的婢女盡都支走。那吳省欽還有點不情願，身邊這美女，侍奉得如此體貼周到，怎能又支開她們，但又不便開口。這樣想著猛見門口又進來幾位女子，比先前更為鮮亮了許多，吳省欽心內大喜。見這幾個女子，到了吳省欽身邊，為他繼續把酒，那幾個女的都坐下來，看那手上，有板鼓胡琴，只知要唱支曲兒，不知是哪位唱，正在疑惑，見門口進來二位絕色佳麗來，生得確是閉月羞花，沉魚落雁，看那體態眉目最是風流嫵媚，吳省欽家內也有幾個婢女，和這幾個比起來，還不是烏鴉比作鳳凰。

那兩個女子站定，板鼓響起，胡琴即跟著演奏起來。看這兩個女子啓朱唇，露玉齒，體態婀娜，秋波與眉黛閃動，聽那玉潤珠圓的聲音，真如鶯歌一般。吳省欽不由想起元喬吉的一首曲兒來：「手抬紅牙兒滿滿頭，愛唱春詞不解愁。一聲出畫樓，曉鶯無奈著。」這兩個女子的聲音真使黃鶯兒也害羞不盡。

唱了幾曲，喝得盡興。吳良辛道：「老師看這鶯兒燕兒可愛嗎？」吳省欽道：「果是可愛，我從沒見過這等美貌女子。」不料吳良才、吳良辛大笑道：「老師才高八斗，高過曹植，學問淵博，博過至聖先師，怎眼拙如此，此乃是兩個男子。」吳省欽面上一紅，心內大驚，看那兩個優兒玉乳聳聳，蠻腰可握，目橫春波，怎是男子。剛要開口，卻想：須不讓他們笑我見少識淺才是。於是說：「爲師正疑他是男子，又不敢肯定，故這麼說，既言是男子，正驗我剛才的懷疑，只不過，我見了許多優兒，再沒超過這兩個的了。」吳良才道：「老師何不賦詩一首，學生也好學習一二。」吳省欽道：「就以二人歌吟一律。」遂道：

歌聲婉囀過橋東，鶯燕啼青春正濃。
或向柳梢迎曉日，急從花底怨暖風。
飛來閣上呈嬌語，舞罷桌前訴苦衷。
青山碧水無限好，畢竟君情勝天情。

吳良辛、吳良才齊聲贊道：「老師作罷，學生卻不敢作了。」吳省欽道：「你們不要謙虛，但作給爲師聽聽。」

吳良才道：「我先獻醜了，我就說一首絕句吧。」

一朵銀花依雪下，九天碧月落雲中。

深深款款風弱柳，嬌嬌滴滴露花紅。

吳省欽道：「果然多才。」吳良辛道：「我須作一首更好的，讓老師誇誇，我這第二名，須壓過你那第三名。」於是道：

二位佳人巧樣妝，洞房夜夜換新郎，
一雙玉手千人枕，半點珠唇萬客嘗。
做就幾番嬌體態，裝成一片假心腸。
縱縱送送知多少，玉泉盈盈春水香。

吳良才道：「老師在此，不得無禮。」吳良辛道：「你沒我做得好，你不要妒嫉，這首詩比你那詩酸溜溜的要強。袁才子要抒寫性靈，我這就是抒寫性靈。」說罷轉向吳省欽道：「老師，你說是嗎？」吳省欽道：「先賢云：食色性也。聖人不要虛偽。」

吳良辛道：「老師既如此說，那就再做一首。」吳良才道：「老師是孔聖人門徒，不像你我讀了許多豔詞麗曲。就你我二人做幾首讓老師開開心吧。」於是二人讓老師出題，寫在兩個紙片兒上，誰拾到哪個紙片兒上的題，誰就這個題做首詩或什麼的，文體不限。

吳良才先抽，展開紙片一看，見是個「藕」字，道：「老師這個題目出得難，但也出得好，比那鄉試上的題目還難還好。」於是道：

大藕如舟兮灣碧海，小藕如臂兮枕牙床。大葉如蓬兮梳風避雨，長枝似槁兮破浪衝波。玉為骨兮生自在，冰為魂兮水中央。縱使碧玉已開，遂有銀絲難割。

吳良辛從老師手中拈過紙片，展開一看，是個「月」字道：

飛紅上頰點凝脂，花粉香流玉齒時，
醉向瓊樓眼榻上，月光斜度照香肌。

吳省欽道：「這首詩有意境，很好。」吳良才道：「老師只向著吳良辛，似這首詩本不切題的。」吳良辛道：「老師都說好，你反倒歪批起來，這詩中本有個『月』字。你若不服氣，我出一個帶『月』字的上聯，你若能對上來時，我倆的名次就換一換。」吳良才道：「你出出看。」吳良辛說了上聯：

新月如舟撐入銀河仙姐坐。

吳良才想了想道：

紅輪似鏡照歸碧海玉人覿。

吳良辛道：「果然不錯，我這第二名就與你。」吳省欽道：「別開玩笑了，讓那兩個優兒再唱曲。」吳良才道：「這才是正題。」

當晚，吳省欽就宿在這裡，左鶯右燕。「孔夫子云：學而優則侍（仕）。」信然。

吳省欽在直隸玩得正快活，忽然接到和珅的手令，讓他與劉寶杞急速到京。

和珅接到一個奏摺，奏摺上說直隸州知府劉寶杞私設刑具，暴虐婦女，貪索屬吏，勒索黎民，直隸學政吳省欽勾結知府，在鄉試中按銀取名，其第一名者乃爲槍替，第二名爲奸商，第三名爲一流氓，並且出示的證據確鑿有力。

封建時代，科舉得士被讀書人奉爲第一要義，事實上也是得中後，「一舉揚名天下知」，只要看一看范進和孔乙己就知道讀書人是怎樣的把人生的希望全部維繫在科舉上了。於是封建社會考試的舞弊行爲屢禁不止，屢禁屢犯。順治十四年的順天鄉試、江南鄉試兩案即是明證。當時北闈時，有目不識丁的人也被錄取。案情敗露後，有七人腰斬，家產全部籍沒，父叔兄弟妻子家屬等一百多人流放或官賣。行賄的二十五人從寬免死，另有瀆職者受到嚴懲。

乾隆十六年會試中舞弊案發，考官及行賄者俱受懲處。封建皇帝明白，若國家考試中公然舞弊，則官吏腐敗已經透頂。因爲國家官吏就從這些考中的士子中來，若因舞弊而考中作官，做官後豈不加倍地舞弊。

自和珅當權後，清朝考試大權都落入其手，即使他本人不做考官，其學生親信也必把持這重要的職位。所以考試舞弊現象天下共知。

考生作弊的手段有多種：挾帶、槍替（雇人代考）、口相授受、傳遞紙條等等，這些是牽涉到應試者本身的，若一旦發現作弊現象，會被當即逐出場外，取消考試資格，斥革原有功名，枷號示眾。另有涉及到考官的，如眼見其挾帶、槍替而不指出等，這種買通考官的做法更多的是讓考官預先洩露試題，或約定在試卷某段某行第幾字便用某字。因爲明清時科舉都沿用宋代禮部省試的辦法，試卷一律糊名，由官方雇用抄手重新謄錄，試官閱卷只看謄錄的副本，既不知姓名，又無法辯認筆跡，只有約定暗號，才能保證取中。這些種種的作弊方式有一個專用名詞叫「關節」。

科舉分爲院試、鄉試、會試、殿試四級。會試、殿試往往都由皇上親自主持。一般說，會殿試作弊較難，作弊者往往是皇上的寵臣，如和珅多次充當會試閱卷官，讀卷論卷時，其意見多被皇上採納。最好作弊的是鄉試，因爲富貴人家的子弟即使是個草包，只公開納資捐銀，便能捐進縣學，或取得略勝於府縣生員的國子監監生的資格，不必冒什麼風險。再進一步即中舉，中舉後可進入會試中進士，退可以結交官府，在地方做個頭面人物，即如吳良辛，他即使不去會試，但落一個舉人的文憑，面上光彩，做生意時牌子也響亮，更何況瞅準機會，在會試上也能成功。若中進士，這種人做得官來，比那書呆子強了萬倍，總會左右逢源，官運亨通。因此大小官員無不希望得到「考差」，而「考差」中最實惠的考官就是鄉試的主考、副主考。和珅便爲吳省欽點了鄉試主考，這等於往吳省欽口袋裡放銀子。哪知這次考試竟失了風，被那李調元抓住了把柄。

吳省欽、劉寶杞飛馬趕到和府，和珅劈頭蓋臉首先把劉寶杞訓了一頓，說這個年頭做官誰不撈誰不拿不撈白不撈不拿白不拿撈就撈了拿就拿了可是你——你卻幹那種事，這種事傳得快、捂不住，你若不是納蘭的丈夫、呼什圖的弟弟，相爺我真不管你的事。劉寶杞高大的身軀又跪了下去，豐隆挺直的鼻樑緊緊地貼在地上。也不知爲什麼，這個高大健壯的男兒一見到和珅，便魂飛魄散，比女人還女人，儘管背地裡掐他們多少遍、擰他們多少遍咬他們多少遍。和珅道：「你起來吧。」他不動，又道：「你起來吧。」他還不動。和珅把桌子一拍震得出響大叫一聲：「你起來吧！」劉寶杞就如一個跳蚤看見一隻手指向他按來，騰地躍起，然後直挺挺地站在那裡如受檢閱的儀仗兵，他大哥是那玩藝兒被閹了，劉寶杞是男子的氣魄被閹了。

和珅道：「我找的那個『槍替』卻原來是李調元的一個酒友，整日吟詩詠聯，正窮的無一分錢，妻兒又正病，便讓他替二姨太太的弟弟考一下，誰知他是李調元的相識。而且這種事不是別人能捂住，若皇上要像乾隆十六年那樣親自主持，讓考生重考一下，很快便會露餡。如今之計，該怎麼辦。」吳省欽道：「如今之計就是搶時間，在李調元發覺我們知悉他奏摺之前把他幹掉，如此也能給那些生員看看。」和珅道：「是該這樣無毒不丈夫。只是我想了很長時間，總沒有什麼好辦法。」吳省欽想了想道：「這事交給我和劉寶杞來辦。」劉寶杞道：「我怎辦這事？」和珅道：「你只要聽省欽的就行了。」和珅又擔心地道：「那辦法行嗎？」吳省欽道：「准行，就從他的錢庫著手。」和珅道：「須要栽在李調元身上才行。」吳省欽道，「學生明白。」和珅道：「此事要做得滴水不漏，不能透半點風聲。」吳省欽道：「老師您放心，決不會閃半點風聲，且這事皆我所爲，與別人絕無瓜葛。」和珅道：「無論如何，也要把李調元搞掉。」吳省欽明白他這話的意思：必要時犧牲了吳省欽，也要把李調元幹掉，因爲幹不掉李調元，和珅打通鄉試關節的事就會敗露。

和珅也不問吳省欽用什麼法子，便只要劉寶杞照著吳省欽的話做，不能違拗。劉寶杞哪敢違拗，不僅自己搗爛幾個女人，看見的人多，而且這次鄉試，自己也做了手腳，若查出來，大家都完蛋了，想自己四肢發達，頭腦簡單，吳省欽乃有名的飽學之士，進士出身，定有好計謀，聽他的就是。

清朝鄉試除正副主考官之外，還要有同考官，又叫房官，負責分房閱卷。同考官往往由進士出身的現任知官或州府屬吏擔任。劉寶杞雖是個捐官，卻被吳省欽借調爲同考官，你想這劉寶杞閱卷怎能閱出文章的優劣，便只看那記號，只記住懷裡兜裡揣的條子，只記得在閱卷的空隙東跑跑西串串，把自己批不到的條兒遞與別的同考官。因此，若此案敗露，知府劉寶杞也難逃罪責。所以劉寶杞下定決心除掉李調元，決心聽從吳省欽調遣。

到了保定以後，吳省欽找來吳良辛和吳良才道：「李調元已將我等告下，但奏摺還沒遞上去。你等知道，若奏摺遞了上去，我受賄你們行賄，按《大清律》盡都斬決，抄家籍沒。」吳良辛道：「這不得了。我是聽說過的，這種事若被發現，是要滿門抄斬。但這事不是笑話嗎？天下的考試，不都這樣嗎，還不把天下的舉子進士都殺光了？把考官都殺光了？」吳良才道：「你不要胡說八道，這事嚴重得很，皇上高興時，可放你一馬，若認真起來，這種罪必滿門抄斬，而且這種事又不好遮掩，確實要想個辦法。既然那奏摺還沒遞上去，就把李調元給幹掉算了。」吳良辛道：「就是，這麼簡單的事——明日我把他做了。」吳省欽道：「你若真做了他，也不算乾淨俐落，追查起來，還會懷疑到我們身上，雖然我們也不怕懷疑，但總不能理直氣壯，所以還要另想辦法。」吳良才道：「老師必有好辦法了。」吳良辛道：「既然有辦法，快快說來，我們做去。」

於是吳省欽便定下一個計策。

直隸府治所保定城的西郊有個倉庫，這是河道的錢庫。錢庫由兵丁把守，守護的頭目叫剛保，滿人，副頭目叫來泰，也是滿人。二人都已三十多歲，成了家立了業。可是妻子兒女遠在北京，很少會面，管庫的事又極清閒，於是二人免不了寂寞，時常到窯子裡去，吳良才便認識了他們。

這一日二人交代好了兵丁事宜，又到了城裡去，卻見前面走著兩個年輕的婦人，都是十分的姿色，白白胖胖，腰卻細軟，二人在後面跟著，眼光早剝掉了她們衣服，想著那好事。走著走著，只見二人拐進路旁的一戶人家，關門時，回頭望瞭望，秋波一閃，正好與剛保和來泰的目光雙雙相對。人的淫念，全體現在眼上，二人看那婦人目光，早已不能自持，但又不敢馬上逼上前去，便眼睜睜地看著她把門關了。二人走了十幾步，不約而同地停下來，相互間望了一眼，彼此心照不宣，便又往前走。

走到這個院前，剛保伸手拍門，不一會兒聽裡面道：「誰呀？」剛保道：「我。」裡面道：「你是誰？」剛保道：「我們是守庫的軍士。」裡面的女子道：「這麼晚了，你們有事嗎？」剛保道：「借個小鍋用用，因家裡來了人，要做點小菜，卻沒有鍋，要到城裡去，可現在店鋪都該關門了，故來煩憂你們。」於是院門打開，看正堂屋是四間，左右各有廂房。院裡的女子開門道：「我丈夫出遠門了，我本害怕，所以接了妹妹來。這個院子裡。只我們姐妹兩個，所以生人決不開門，只是你們是守庫的兵士，我們放心，才把門打開。」二人聽罷，心花怒放，看那女子時，比在外面更爲俏麗。

因爲外套已脫去，只剩了緊身衣裳，鼓鼓的圓圓的看得分明。只見其中大一點的女子道：「若是來的女眷，便在這裡住又何妨，我們只是加雙筷子加床被，並不麻煩。」剛保道：「謝謝二位大姐的關心，女眷們才不來這裡呢！」那小一點的女人道：「卻是爲何？」剛保道：「這裡都是男丁，和家眷分住時間長久，若來了個女眷，還不生出事來。」二位女子笑道：「你們就不想女人？」來泰道：「想得很呢！」二位女子的眼便斜斜地閃了二位護衛幾眼，那年紀大點的女人便拿過鍋來，走到來泰面前，對來泰嫣然一笑，來泰接鍋時那手倒沒有抓住鍋，反抓在那女人的手上，女人也沒有大呼小叫，又斜斜地看了一眼來泰，來泰哪能守得住，便把手伸出去撫了撫那婦人的臉頰。

婦人道：「真是饞貓！」來泰聽她這樣說，便一把把她摟過來，親個痛快淋漓。剛保見他這樣，也奔向那個女人，哪知那個妹妹抵死不從，一轉身，用力太猛，頭竟撞在牆上，眼見她癱軟了。剛保用手伸向她鼻子，哪裡還有氣息，便驚恐道：「來泰。」來泰也沒聽他叫聲，剛保一把扯過他。剛保道：「那個女人死了。」來泰大驚。姐一聽說妹妹死了，叫道：「殺人了。殺人了。」二人正驚恐間，門外已進來幾人。那姐姐道：「兄弟，你可來了，妹妹死了。」

一位年輕人走到妹妹那裡，摸了摸她鼻子，道：「怎麼死的？快把她抬進屋去。」姐姐道：「是這二位官爺幹的事。」剛保和來泰還沒愣怔過來，已被捆了個結實，推搡到堂屋裡。聽那年輕人道：「我乃新科的舉人，叫吳良辛。」又指了指身邊的一位道：「這是本族弟弟，也是新科的舉人，叫吳良才，有我們倆把你們送往官府，後果怎樣？」剛保、來泰俱都跪倒道：「二位爺饒命。我二人確沒有害人命的意思，只是無意間把她弄倒，不想竟撞在牆根上死了。二位爺體諒我們家下有妻小，上有老父老母，放過我們，我們便變驢變馬供你們使喚。」

吳良才道：「好，你二人若能爲我們做一件事，不僅放了你們，保你們能升官發財。」剛保道：「二位爺只要饒命，儘管吩咐，無有不從。」吳良才道：「雖如此，你們先把自首狀寫好。」說罷遞過紙去。於是剛保和來泰便寫了因色生淫，無意間把婦人弄死的事寫下來，具名畫押按了手印。

「你們已是已死了的人。若爲我們辦事，便尋了一個活路，又能發財，若不依時，這狀子隨時就交給官府。」二位護衛道：「二位爺有什麼事，吩咐吧！」吳良才道：「命你們偷庫銀。」剛保來泰頭「嗡」地一下差點暈了過去。吳良才道：「二位是不願幹了，那好吧，現在就跟我們到官府去。」來泰道：「大哥，到了這個份上，不偷是死，偷也是死，反正都是死，爲什麼不去偷，說不定真的能活出去。」剛保覺得這是唯一的生路了，便道：「二位爺既然說偷能讓我們發財，必然還有別的法子，我二人栽在你們手裡，心裡已明白，跟定你們就是，不過，事做完了那張狀子須交還我們，反正我們是已死的人了。不交還我們時，我們對二位爺也不會客氣。」吳良辛道：「這個你們二位放心，想你們也知道我吳良辛的大名，我本不想用你們去辦這事。既然撞上了，你們辦更好。」

剛保和來泰心知是上了他們的圈套，只好按他們說的去做。當晚二人在飯食中下了蒙汗藥，守庫的兵士俱都沉沉睡去。剛保來泰盡其力氣拿了金條銀錠，也不知有多少，走出來又到了那院子中交給吳良辛、吳良才。吳良才道：「你們把鎖砸爛，你們倆也吃點蒙汗藥，以防別人起疑。」二人回去，撿一個做飯的兵士拉出去殺了，扔得遠遠的，這才吃了蒙汗藥睡去。

李調元是個愛聽戲的人，這天晚上，他在家中照例聽了一會曲兒，便回房睡去了。就在這時，一個戲子把個包袱扔到李調元的廚房。當晚戲子們回到了戲班。

次日清晨，洗漱之後便是讀書，讀罷書後就去用飯。正吃著飯時大門被踢開，看來了兵丁和衙役，且知府親自來到，橫衝直撞。李調元怒喝道：「大膽劉寶杞，敢在道員府裡撒野。」劉寶杞道：「本府接到報案，河道錢庫被盜，守庫軍士中有一人死去，軍士們皆言昨晚晚飯之中被人撒了蒙汗藥，大家都沉沉睡去，並不知盜銀者爲誰，特來本府報案。本府到錢庫驗看回府時，路上有人告知本府說是昨夜見你家人從錢庫這邊走過，抱著包袱慌慌張張甚爲可疑，故此，本府帶人來查，不願得罪大人，實是公務在身。」李調元道：「待本道和你一同前往查訪。」劉知府道：「你既是嫌疑，便不便與本府一同查訪，現在本府倒要搜一搜你的家裡。」李調元道：「既如此，但搜不妨。」劉寶杞道：「搜！」於是兵丁衙役們應聲散開。

不一會兒，一衙役從廚房中提出一個包袱，跑過來：「大人，這有一個包袱，像是貴重物品。」劉知府道：「打開。」待打開看時，李調元驚呆了，白亮亮金燦燦不是道錢庫的金銀又是什麼。劉寶杞喝令把李調元押往大牢。李調元大叫道：「本道要奏明皇上，讓刑部親自來審，本道冤枉，必是有人陷害於我。」劉寶杞哪裡理他。

和珅向乾隆奏曰：「直隸通水道李調元令家人偷盜錢庫金銀，投放蒙汗藥，並殺投毒者滅口。今已在其家搜得庫中金錢，奴才以爲必對其論以大辟，嚴懲執法犯法。」乾隆道：「此事必不是調元所爲，應是其家人貪財，但調元也應負失察之責，大辟過重，當流放伊犁。」原來乾隆素知此人有才，有心袒護於他。和珅見皇上如此，也只好遵旨行事。於是李調元被押往大漠。

第八章　紅樓一夢・橫空出世

蘇凌阿把爛了的《石頭記》拿到琉璃坊中修補，工匠們抄下，《石頭記》於是流行……

和珅得到蘇凌阿的《石頭記》，又請高鶚續寫，高鶚又荐了程偉元……

數月後有了《紅樓夢》……

和珅從納蘭那裡得到了蘇凌阿家的《石頭記》，一連看了幾天，見它確是天下第一小說，由不得傾心折服，想這書毀了太可惜。這個毀書的大家，毀書的蠹蟲，也不忍毀它，躊躇了許久，忽想起一個美妙的法子，既可討得皇上歡喜、討得天下人歡喜、討得後代人歡喜，又可爲自己撈得橫財。

雪芹祖父名曹寅，詩詞文章名稱一時。曹寅死後，其子曹顒繼任江寧織造，可在任不到一年即病死。康熙帝把曹寅的侄子曹頫過繼給曹寅，擔任江寧織造。雪芹是曹顒的兒子，曹頫的侄子。

康熙帝諸皇子爭儲，曹家支持皇八子元禩，四皇子元禎即位後抄曹家。那時雪芹十三歲，平時受到百般寵愛的曹雪芹，過慣奢靡豪華生活，錦衣紈褥，飫甘饜肥的曹雪芹，灰溜溜的到了北京，政治上的傾軋如此殘酷恐怖，遂使雪芹看破世情，終日遊手好閒，不事功名，因與戲子交往廝混，被父親鎖在家中三年。

後爲雪芹仍狂傲不羈，在宮裡的差使也丟了，不久又把祖上的產業賣了個精光，最後窮得在城裡住不起，便搬到鄉下，蓬牖茅椽、繩床瓦灶。在鄉下清苦閒適的生活中，他反思著自己家族的沉淪變遷，並由此悟及國家社會的興衰，更受某種激情的驅使，便寫起長篇小說來。

乾隆三十八年夏天，京郊流行痘疹，曹雪芹唯一的兒子染上病毒，雪芹買不起牛黃、珍珠等藥，眼睜睜地看著活蹦亂跳的兒子憔悴下去，至秋天，兒子病死，雪芹也倒在病榻之上。在除夕那天，當辭舊迎新的鞭炮震響在家家戶戶的時候，曹雪芹孤獨、寂寞地撒手人寰。他留下一個後續夫人和一堆殘稿——《石頭記》前八十回和零零亂亂的後四十回目錄。

不久《石頭記》傳開，蘇凌阿花費巨金買到了《石頭記》原抄本。可是不小心沾上了牛奶，被老鼠啃咬了多處，蘇凌阿拿到坊間修補，夥計們看此書有利可圖，便抄錄下來，從此《石頭記》一書漸漸流傳開來，無論是公子王孫，還是平民寒士都欲一觀其書，不惜巨金。但清朝禁書風緊，人們便只能偷偷地傳抄。

和珅早已聽說《石頭記》一書，但總沒有得到。和珅乃「四庫全書」館總裁，是毀書和文字獄的罪魁禍首，哪個敢把書讓他知道而引來殺身之禍，不料踏破鐵鞋無覓處，得來全不費工夫，和珅從納蘭那裡得到了原抄本《石頭記》，其狂喜的心情可想而知。

和珅如饑似渴看過全書以後想：此書只有八十回，而目錄有一百二十回，我何不請人把八十回書加以刪改，再續完整後四十回？當年在《四庫全書》編纂過程中，對一些書籍就曾大加刪改，刪改後往往能討皇上歡心。和珅心道：「此書之香詞麗語，繁華景象，人情世態，必為皇上歡喜，刪改續完使其完璧後，獻於皇上然後刊行，自己又能落得一大筆，每本書絕不下於數十金，這樣自己豈不又發了一大筆財，同時天下的士子們也都會認為我幹了好事，使此書得以流行。」

於是和珅便請來一位寫書的高手，名叫高鶚。高鶚，字蘭墅，正做內閣侍讀，聽和珅傳他，心裡七上八下，不知是何原因，只得硬著頭皮前往。

和珅道：「你讀過《石頭記》嗎？」高鶚不敢回答，若說讀了，他說我讀些淫詞麗曲，我如何以對；若說沒讀，也許他是要徵求我什麼意見，反失了一個進身的機會。正猶豫間，和珅說道：「你既然不說，必已讀過，我交給你一件事，把那《石頭記》刪改完善續寫完整。」高鶚驚異道：「屬下絕不能勝任。」和珅道：「你不必擔心，若辦好此事，皇上必嘉獎你。」高鶚並不回答。和珅道：「你回去吧，想好了再告訴我。」

高鶚回家之後，找到了他的朋友程偉元，實際上他和程偉元早已在續此《石頭記》，已大致完成。原來程偉元看那《石頭記》目錄上寫著一百二十回，而所看到的只八十回，殊非全本，又聽說雪芹後四十回也有殘稿，便求其全璧，竭力搜羅殘稿，不論是藏書大家還是故紙堆中，無不留心。幾年以後積有二十餘卷。一天偶然間在鼓擔上（貨郎架上）得到十餘卷殘稿，重價購之，欣然翻閱，見前後起伏當屬接榫，然漶漫不可收拾，於是便找到了好友高鶚，剔僞存真，截長補短，大致把全書一百二十回補齊，並改《石頭記》書名爲《紅樓夢》。今天聽高鶚說了和珅的話，遂高興起來，道：「此事正該答應他。你想，即使我們續寫完整，若沒有朝廷允可，此合璧《紅樓夢》怎能刊印發行？且此書乃空前絕後之作，若完成於你我之手，豈不流芳千古。」

高鶚道：「既如此，明日我即去答應他。」

次日，高鶚回和珅道：「予聞《石頭記》膾炙人口者已幾十年，既然無全璧，也沒有定本，於是謀思使它完整。今年春天，友人程子小泉拜訪我，把他用重金購買搜求的後四十回殘稿給我看，並說：『這是我數年銖積寸累之苦心，欲使《石頭記》合璧，你較清閒，何不與我一起使它完善？』我就答應了他，我以爲這本書雖是稗官野史之流，然尚不謬於名教，欣然拜諾，便幫助他整理撰寫，如今已大致完成。」和珅大喜道：「如此更好，你明日把書稿拿來我看，然後遞與皇上。」

和珅接過續書後，看了幾日，便皺起眉頭，若讓寧榮二府俱都敗亡，無法復興，真的是「忽喇喇似大廈傾，昏慘慘似燈將盡，好一似食盡鳥投林，落了片白茫茫大地真乾淨」，皇上豈能喜歡？至於讓那黛玉悲切切死去，似她那性兒尖酸刻薄，原應如此，若讓妙玉淪爲妓女，香菱悲慘死去……萬萬不可。於是和珅召來高鶚道：「此書須重新續寫，賈府不該覆滅，應該中興，且最後應有蘭桂齊芳之描寫。至於前面八十回，個別地方應刪削才是。」

高鶚回去，與程偉元商議，看法一致，只有一條路，絕對別無他途，遵照和珅意圖去寫，書稿於一月後完成。

和珅接過新的書稿後歡喜不盡，道：「如此，《紅樓夢》便可刊行天下了。」高鶚和程偉元聽他如此說，俱都高興。

和珅把《石頭記》——應是《紅樓夢》一百二十回本呈到乾隆面前。乾隆看過幾日，也深爲雪芹才氣所折服，道：「朕以前也曾聽到《石頭記》、《紅樓夢》的名稱，並不見得其書，以爲是淫詞濫曲，必欲禁之，今看此書字字珠璣，語語精妙，實爲傑作。」和珅道：「奴才以爲此書禁不得，才呈皇上御覽。皇上想，王公大臣，平民士子誰不欲得此書？至於皇子皇孫中有此書亦未必是臆測，故此書禁也是徒然。」但和珅已窺知乾隆意圖：唯恐天下人把這紅樓一夢聯想到皇家，故和珅贊「皇上聖明」，於是和珅便把乾隆的這種說法傳揚開去，乾隆就默許了《紅樓夢》的公開刊行。

和珅召來高鶚程偉元，讓其細心校對，因爲他已把《紅樓夢》交予全國最精美的刻印版——武英殿聚珍版印刷出版。從此，「全本」或稱「合璧」《紅樓夢》流遍全國，風靡一時，《紅樓夢》的書名也代替了《石頭記》。後世的「程甲本」和「程乙本」即源於此。

已是春天，和珅在淑春園島亭看著新刻的《紅樓夢》，隨手一翻，竟看到這麼幾句：「機關算盡太聰明，反誤了卿卿性命。生前心已碎，死後性空靈。家富人寧，終有個家亡人散各奔騰……」不再往下看，跳過去幾行，又恰是「爲官的，家業凋零，富貴的，金銀散盡……」也不想往下看，便翻了幾頁，復又翻了回去，停下手不翻，定睛看時，正看到《好了歌》：「世人都曉神仙好，唯有功名忘不了；古今將相今何在，荒塚一堆草沒了。世人都曉神仙好，只有金銀忘不了，終朝只恨聚無多，及可多時眼閉了……」看到這裡「啪」把書合上，便不再看，但心裡總覺得不是滋味，有一種不吉利的感覺，便呸呸地吐了兩口唾沫，從亭子裡走出去，信步走到花神廟，進得慈濟寺，跪下祈禱一番，隨手又搖了一籤，仔細看時，上寫著：「兒孫滿堂」，心裡不覺一動。心想今天總遇著不吉利的事，只是這一籤，卻吉利非常，原來此籤正中和珅心事，弟弟和琳生得一子，可豐紳宜綿卻至今沒生下一男半女，自己兒子豐紳殷德已成婚多年，可也沒見公主有孕。想自己就豐紳殷德一個兒子，如今成了額駙，若再有個兒子，便可繼承自己的家業，繼承自己的書香門第。恰好妻正懷身孕，今天這籤寫著「兒孫滿堂」，莫不是預示我要生兒子？這樣想著便步出廟門，要回府裡。正走著見一內監飛跑而來道：「老爺、老爺、老爺大喜！」和珅見他如此，大聲道：「兒子？」那內監已跑到和珅跟前：「老爺怎知生了兒子？」和珅撲通跪倒在地，一步一步磕頭回去，一直磕到廟裡菩薩面前，點了香後，才飛也似地走到車旁道：「快回府！」

妻子面帶笑容，兒子豐紳殷德和公主已在屋內。豐紳殷德的眼裡含著盈盈的淚光，目不轉睛地看著弟弟，和珅一步跨到床前，看兒子紅紅的臉蛋胖乎乎的，眼睛瞇著，小嘴不時吮動著。一股暖流通遍全身，滿眼盡是淚花。和珅道：「你快快長大，讓哥哥殷德教你讀書練劍。」殷德也道：「長大了哥教你讀書練劍。」殷德的感情是複雜的，深摯的，對弟弟有種長兄爲父的感覺。

和珅父子沉浸在歡樂之中，和珅全家沉浸在歡樂之中。

第三天是「洗澡」的日子，吝嗇的和珅這天也不吝嗇了。合府中的家人幾百口俱得到賞錢，俱賞了新衣服，擔任護衛的一千名兵士也得到了賞錢，身上掛著紅綢。

在京城的親友都來了。和琳的夫人，豐紳殷德夫婦，和珅大女兒及丈夫貝勒永鋆，侄女及郡王綿慶，蘇凌阿夫人、女兒，吳省欽、吳省蘭的夫人等等俱都前來。

洗澡的禮儀隆重而又熱鬧。

收洗姥姥一進門，便招待她一頓豐盛的酒席，和珅又賞了她銀兩，感謝她為兒子接生，今天又前來施洗。飯後，收洗姥姥掛起娘娘碼兒、床公床母碼兒（神像），供上五盤毛邊缸爐燒餅。收洗姥姥焚香祝拜後，便討要圍盆紅布，桃臍銀簪，把熬好的槐條薄艾水倒在洗盆內，旁置冰水一碗，大茶盤兩個，一盤盛胰子、鹹、胭脂、粉、花兒朵兒，茶葉白糖，青布尖兒、白布頭兒、升兒斗兒、鎖頭秤鉈、棒槌、梳子篦子、鏡子、金銀錁子等等，一盤盛紅雞蛋、花生、栗子、棗、桂元、荔枝、喜果以及蔥、薑、香蠟等等。

此時親友們齊集床前，收洗姥姥把孩子抱起，請眾人添盆。

納蘭先添了涼水，姥姥道：「聰明伶俐長流水。」

和琳夫人添乾果，姥姥道：「棗兒栗子，連生貴子；枝元桂元，連中三元。」

十公主添銅錢金銀飾物，姥姥道：「金滿箱，銀滿箱，來年中個狀元郎。」

於是大家一一地添去，這姥姥便一一地說著吉祥話兒。和珅每聽一句心裡就多一層歡喜，彷彿看到兒子長大了，讀書了，中狀元了，做高官了。

添完，姥姥拿槌攪和得水溫不涼不熱，邊攪邊道：「一攪二攪連三攪，哥哥領著弟弟跑，七十七，八十八，歪毛淘氣希裡呼魯都來啦！」說得豐紳殷德心裡甜甜蜜蜜，彷彿真的帶著弟弟跑到這裡，跑到那裡。

姥姥打開襁褓把孩子順著往盆裡放，撩水上身，孩子哭起來，滿屋的人便都露出笑容。哭叫「響盆」，是好兆頭，若不哭便不好了，在孩子響亮的哭聲中，大家都在爲他祝福著。姥姥手洗著口裡不停地說著：「洗洗頭，作王侯；洗洗臉，不端金碗端銀碗；洗洗肩，天天站在朝裡邊；洗洗腰，一輩倒比一輩高；洗洗蛋，做知縣；洗洗溝，作知州；刷刷牙，漱漱口，跟人說話莫丟醜；三梳子兩櫳子，長大戴個紅頂子……」

然後用艾球炙過孩子腦頂面門，臍帶處敷上燒過的明礬末，復又把孩子包在襁褓中，拿蔥往身上打三下後扔到屋頂：「一打聰明，二打伶俐，三打長壽有福氣。」

拿鎖頭三比：「頭緊，腳緊，手緊。」

拿秤鉈一比：「秤鉈個兒小，重量壓千斤。」

拿鏡子一晃：「照了腚，白天拉屎晃乾淨。」

將孩子托在茶盤上：「左掖金，右掖銀，使不了，賞下人。」

將花朵往供爐上插：「桃杏玫槐晚香玉，梔子花兒茉莉花兒，花瘢痘疹，稀稀拉拉，都不見兒。」

盆內盤內的食品金銀都歸了姥姥，她收斂齊全，最後把床公床母神像當院一燒，祝告曰：「床公床母本姓李，孩子大人交給你，多送兒，少送女。」

滿月慶典更是隆重非常，王公大臣及在外督府縣大小官員俱來送賀禮。和珅親信、心腹、門生更不待說。

和琳聽到哥哥生一貴子，喜極而泣，忙遣家人五百里快馬前來慶賀。

孫士毅等封疆大吏也飛馬送來禮物。孫士毅自那次鼻煙壺之事，真切體會到和珅權勢薰天，便拜倒在和珅腳下，而成爲和珅死黨。

百日那一天也極隆重，秉燭燒香，祭神祀祖，大宴親友，酒、麵、鞋帽、衣服、飾物、金元寶、銀元寶、小金佛等等又源源不斷地送來。

於是百日後不久，從中央到地方便來了個大調動。

書麟徇私受賄被免去江南鹽政，巴寧阿交結商人被革職，其署蘇州織造安排別人。和琳調往四川任總督，福康安任雲貴總督，松筠爲工部尚書，調富綱爲兩江總督，但在其沒到任之前，蘇凌阿仍暫時全權管理兩江總督。總督孫士毅回京聽候安排。果然不久，大學士嵇璜病卒，由孫士毅繼任，孫士毅便由封疆大吏躍爲宰相。只是蘇凌阿之事，朝中反響甚大，爲相之事又被擱置，各省巡撫也有調動。

山東、直隸、山西等地連續地發生水災。直隸、天津俱受賑濟，山東，幾個縣發放一月糧食。到了和珅兒子周歲生日，慶祝的隆重更超過滿月百日。

和珅長子爲額附，當然更希望再生一子，承其書香門第。弟和琳亦只一子，且豐紳殷德並不育有男孩，所以和珅在其四十五歲、豐紳殷德已十九歲時又生一男，其全家的喜悅可想而知。誰若在這件事情上討好和珅，肯定是事半功倍。

第九章　乾隆禪位．嘉慶爲難

乾隆一臉嚴肅鄭重道：「朕明日就把禪位的事諭示天下。」和珅心內一涼，似有誰緊緊地在他的胸腔裡攥住了他的心一般，全身不禁一抖，「拍！」手中的棋子落在棋盤上。乾隆是他的靠山，是他的保護傘，萬一新皇上不信自己，未免失去尊寵……

乾隆六十年（一七九五年）除夕，剛交子時，和府中紅燈高掛，爆竹響起，焰火在天空中變幻著五彩，此時北京城整個兒地在爆竹聲中震撼著，人們辭去了舊歲，迎來了新年。

和珅抱著兒子，兒子也被屋外的爆竹聲驚醒。和珅用帽子捂住他的耳朵，兒子此時已會咿呀學語。豐紳殷德跟在和珅的後面，手裡拿著香。父子三人拜過神祭過祖便前去用膳。

和珅把象牙做把，黃金做勺的湯匙握在兒子手裡，拿著兒子的手撥著餃子，果然，有一個餃子裡面藏著寶石，和珅大喜，親了兒子一下道：「我兒一生必大吉大利。」豐紳殷德也過來掏出一掛珍珠項圈掛在弟弟的脖子上。

吃過飯天已微明，卿憐把百事大吉盒擺出來，盒裡面盛著柿餅、荔枝、桂圓、花生、栗子、核桃、紅棗等，準備款待來拜年的親友。隨後又擺上五堂供品：蜜供、蘋果、月餅、素菜、乾果。神佛祖宗面前又插上繪有八仙和福、祿、壽三財神的供花。隨後，和珅與夫人馮氏坐下，由豐紳殷德和十公主先來向公婆拜賀新年。隨後小妾及家人亦都一一來拜。和珅一一地爲他們遞了一個紅絹小包。

和珅受過拜賀之後，便讓家人備好轎子，乘轎到宮裡去爲皇上拜年。

天已大亮。地上並無積雪，但顯得特別潮濕，鉛一樣的灰色陰雲佈滿天空，有一種「黑雲壓城城欲摧」的感覺。步軍統領的番役們在街上收拾著屍體，大年初一早上的屍體似乎特別多，粥米廠的門前更是橫七豎八地倒了許多，番役們把幾個死屍剛抬走，不一會便又有幾個倒下來，再沒有氣息。粥廠門前黑壓壓圍滿了人，對剛倒下的屍體一點感覺也沒有，他們也似乎並沒有意識到這是新年，雖然天空中、大街上震響著爆竹。

這是一個寒冷的冬天。大年三十，禮部向乾隆皇帝報告說安南使者凍死在會同四譯館內，乾隆極爲厭惡，禮部侍郎和尚書都被和珅訓斥了一頓。這一年的冬天，烏鴉被凍死了，樹木被凍死了，小孩老弱被凍死了，就連健壯的人也有被凍死的。

和珅跪倒在乾隆皇帝面前爲他祝壽，向他恭賀新年，乾隆道：「天監官們奏報說今日有日食，十五又有月食，朕正爲此擔心，擔心國家會有刀兵之事。」和珅曰：「皇上，朔望有日食月食，確爲兵象，但這種兵象必出現於國家一隅，待大軍到處，其星星之火即被撲滅，實瞬息間事，自漢迨明，其事屢驗。皇上不必擔心，最近的一次朔望剝蝕在乾隆五十一年，皇上記得當時是林爽文騷擾臺灣，福康安大兵一到，海疆平靖，我大清江山反比以前更穩如泰山。」一席話說得乾隆疑慮全消。

不一會日食真的發生，紫禁城和全北京被黑暗攫住，乾隆內心的陰影此時也重又籠罩上來。待日食過後，陽光復照，乾隆道：「朕治理天下曾有什麼失策嗎？」和珅道：「皇上建亙古未有之烈，懷柔天下，以民爲子，萬民敬仰，天下歸順，皇上確無失策。」乾隆道：「雖如此，但日月之食共出一月之中，非是好兆。朕命普免天下錢糧，你明日即頒旨天下。」和珅應著。

於是大年初二，乾隆命普免有漕各省應徵錢糧。這是乾隆第三次，也是最後一次普免天下錢糧。

其實在乾隆的心靈深處還隱藏著一個秘密：他馬上就要禪位，他要爲新皇上帶來一個安定的局面。

初二的清晨，和珅第一個到了廣安門外六里橋的五顯財神廟，燒了頭柱香，隨後向該廟財神獻了元寶，求財神保佑發財。

北京舊俗，初二日爲祭財神日，鞭炮聲晝夜不休。商家最爲重視，都供奉著天聖大帝、玄壇趙元帥、增福財神。案上擺著潔淨的供品：羊肉、雄雞、活鯉魚、年糕、饅頭，並將火燃於酒杯之中，取火灑活魚之意。送神時，把松柏枝架在芝麻秸上加黃紙張元寶當院焚燒，劈啦作響。

有的在頭天晚上趕到廣安門等候，希望廣安門開時，能搶在最前面去爲五顯財神燒頭香，可是無論他去的多早，總不能趕在和珅的前面。

初八日，諸星下凡，和珅家和其他富戶人家一樣，燃燈爲祭，只是更爲豪華，每層門皆設一百零八盞燈。燈上的燈芯和棉紙拈成花形，灌進香油，然後點燃，院中光花四散，滿地皆星，真似眾星下凡一般。

白日弘仁寺喇嘛跳布扎打鬼，京城萬家空巷前來觀看，喇嘛們扮成金剛佛母，諸天神將，黑白妖魔鬼怪，手執彩棒，揮灑白沙，嗚鑼吹角，鼓聲咚咚。喇嘛們身著奇裝異服，演念經文的同時，演跳驅魔斬鬼之舞，迎祥除祟。

和珅就在這一天接到奏報：貴州銅仁府大寒營苗民首領石柳鄧造反起事，湖南省永綏廳石三保、鳳凰廳吳豐生、乾州吳八月等各寨的苗民紛紛起來響應。

和珅一面指令福康安、和琳等征剿，一面把奏報扣壓在軍機處，他要過了正月十五以後再奏報皇上。

元宵節晚上，本應在頤和園觀燈，但今年和珅特意奏請皇上改在天安門廣場「與民同樂」，乾隆欣然答應，破那「月食」，和珅陪著乾隆，站在天安門城樓上看燈，城中各處，無論衙署、廟寺觀院，還是商號民居，均懸掛各種各樣紗絹燈、玻璃燈、明角燈，上繪各種小說圖畫，如《三國》、《水滸》、《紅樓夢》、《西廂記》等等。天安門城樓上也掛滿了各色絹燈及玻璃燈，另有人物燈、魚龍獅象燈。用冰凍成的山石人形、奇花異草燈，冰內點燃紅燭，真是晶瑩剔透，光彩奪目。

天安門下，火樹銀花，爭奇鬥豔，車馬喧嘩，笙歌聒耳，人山人海。卻不料，一片黑雲在吞吃著月亮，頓時滿城皆黑，卻更顯出城上城下光華燦爛，此時城根下一人點燃一個炮仗，只見火星往四面潑灑開去，突然間一片紅光躍起，帶著一道火簾，躍到二丈高時復又停下，變幻著紅黃綠紫各色火焰組成的圖案，這一火簾剛要燃完，驟然間復又一片紅光騰空而起，在天空中變出一個五顏六色的大花籃，花籃剛要暗淡，只聽一聲驚天動地的爆響後，花籃變爲一座燦爛的城樓……隨後一個個煙花炮仗被點燃，和珅在向皇帝指點著：這是水澆蓮，那是金盤落月，一會又是線穿牡丹、花盆、二踢腳、麻雷子、飛天十響，之後又是葡萄架、珍珠簾、長明塔等等，最後一煙火盒子被點燃，真是幻出奇妙的景象來：

火樹銀花百尺高，過街鷹架搭沙蒿，
月明簾後燈籠錦，字字光輝寫鳳毛。

原來，煙花先呈目明簾，後呈燈籠錦，最後變幻出七個五顏六色的大字：「五夜漏聲催曉箭。」字如斗大，火焰熒熒，良久方滅。

和珅道：「皇上，這正是此時無月勝有月呀。」乾隆心裡的陰霾又被吹蕩得乾乾淨淨。

正月十六早朝，和珅奏曰：「苗民逆匪，舉事反叛，已在貴州、湖南、四川等地紛起作亂。」

於是，和珅遞上湖廣提督劉君輔的奏摺，奏稱：「黔省松桃廳屬大塘苗人石柳鄧，聚眾不法，恐竄入楚境，現帶兵堵城。據鎮筸遊擊田啓龍等稟稱：偵聞永綏廳屬黃瓜塞苗人石三保，糾眾搶劫，田永綏之黃土坡及鳳凰廳之栗林，燒毀民房，殺斃客民，現在竭力保護城池等語。恐石三保等，或與大塘苗人勾結，檄派永靖辰沅、常德兵千四百名，速赴鳳凰栗林處聽用，臣帶本標將弁及戰兵六百名，前往辦理。」

乾隆諭軍機大臣等：「貴州、湖南等處苗民，數十年來，甚爲安靜守法，與漢人分別居住。向來原有漢人不准擅入苗塞之例。今日久懈弛，往來無禁，地方官及該處土著及客民等見其柔弱易欺、恣行魚肉，以致苗民不堪其虐，劫殺滋事。迨至釀成事端，又復張惶稟報。看來石柳鄧、石三保等不過糾眾仇殺，止當訊明起釁緣由，將爲首之犯拿獲嚴辦，安撫餘眾，苗民自然貼服，何必帶領多兵前往，轉致啓其難懼，甚或激成事端。是因一二不法苗民，累及苗眾，成何事統！」

和珅聽皇上這一番訓導，內心大驚，沒想到皇上對苗民的事如此熟悉。

自清初改土歸流以後，清廷在苗族地區建立了府、廳、州、縣等行政機構和鎮、協、營、汛等軍事據點，對苗民直接控制。清朝大小官員多是掠奪剝削苗民，漢族百姓也輕辱苗民。苗民告狀，要交納所謂的「規矩錢」，滿漢地主和高利貸商人也在苗族居住區大肆盤剝。如高利貸，月息五分，三個月不還，就要轉息爲本，如此滾翻，一年之內，息即過本數倍，無錢歸還就折算田地。此外還有「放新欲」、「斷頭糧」等名色，苗民在青黃不接時借穀一石，秋後要還三五石。故此苗民在收穫甫畢，盈無餘粒，此債未清，又欠彼債，盤剝既久，田戶罄盡。

確實，在和珅當權後，漢民已苦不堪言，苗民較腹地編民尤爲魚肉。苗民居住於湘黔山中，環以鳳凰、永綏、松桃、保靖、乾州各城。官兵營汎相望，「其馭苗也，隸尊如官，官尊如神。」乾隆旨諭處理苗民的辦法，確是中肯。

和珅不知乾隆爲何知道這些情況，是知之甚少，還是知之甚清，心下疑惑。可是此事不能照乾隆帝這樣辦，若如此，則和琳無立戰功的機會，若整頓廉治，還不把別的地方也整頓出問題來，弄得天下大亂？於是和珅定下方略，決不能讓乾隆通過整治官吏的辦法來解決苗民問題，現在想來壓它幾天奏摺收到意外的好處——福康安與和琳必已動手，兵剿苗民，勢在必行。

果然，沒過幾天，和珅新提的湖廣總督福寧奏：「據長州府稟報：乾州城已被圍，倉庫被劫，並聞署乾州同知宋如椿、巡檢汪瑤俱已殉難。各路苗人約有數千，征剿臣明安國在永綏、鴨酉地方被阻。」和珅奏曰：「苗賊勢大，不能養癰待患，應急征剿之。」乾隆遂諭：「逆苗聚眾不法，必須痛加剿除，福康安迅速到彼，相機剿捕。」又諭：「和琳速赴酉陽駐紮，孫士毅赴川，設和琳有需要帶兵策應剿捕事宜，孫士毅兼辦軍需，期多一人，多得一人之益。」如此和珅的目的已經達到。

和珅之意甚明，封拜和琳之欲一目了然，他哪裡管他什麼苗民百姓。而此時的乾隆亦有封賞福康安之意，遂與和珅想到了一起，於是又諭曰：「據百戶楊國安供：苗人生計本薄，客民等交易不公，與苗人爭執，以致生變。客民與苗民爭利，固事之所有，但地方的胥吏、兵役，藉端滋事，良民尙被擾累，何況苗民，豈有不恣行凌虐之理？而地方微吏員弁，任意侵欺，亦所不免，何得以客民交易爭執，即爲釁起之由？此事著福康安事完後，必須切實查詢，究明嚴辦，以示懲創。」乾隆既然知道苗民激變是有原因的，其原因就是地方官的苛刻，那麼查處官吏就應該在用兵之先，待事完後，則屠戮已暢，封拜已遂，這確實是一種失誤，或者是故意？

而和珅，封弟之意，實屬深思熟慮而爲之。

果然，從此以後，福康安與和琳捷報頻傳，和琳專心於軍事，四川總督仍由孫士毅署理。

福康安一賞三眼翎；再賞田公爵進封貝子；三賞貂尾褂，四賞其子德麟副都統，在御前侍衛上行走，五賜御服黃裏元狐端罩。和琳一賞雙眼翎，再賞封一等宣勇伯爵，三賞上服貂褂，四賞黃帶，五賞太子太保賞元狐端罩。

如此迫不及待的封賞，和琳是和珅的弟弟大家都好理解，只是福康安如此尊寵究爲何因？難道以八省之兵捉幾百個苗人，就該受到如此的封賞？當湖廣總督福寧、湖廣提督劉君輔奏報軍功時，乾隆立即看出破綻，並予以戳穿：「該督軍此次帶兵一千五百名，殺賊只數十名，爲數甚少。算了幾及官兵百名，殺賊一名，足見無能，豈尚能謂之奮勇？朕批閱至此，代伊等羞慚，不知該督亦自知愧否？」

乾隆在忙著征苗的同時，也在暗暗地籌畫著另一件事情——周甲歸政，禪位於子。

原來早在六十年前，在君臨天下之時，曾焚香告禱上蒼：「昔皇祖御極六十一年，予不敢相比。若邀穹蒼眷，至乾隆六十年乙卯，予壽躋八十有五，即當傳位皇子，歸政退隱。」

如今正是六十一甲子，皇天似乎垂降不祥之兆，大年初一日食，正月十五月食，正月裡又出現苗疆之亂，因此乾隆一爲實現自己登基時向皇天后土祖宗神明許下的諾言，二爲擔心自己再不禪位，發生「大故」，便急急地準備著禪位。

他清楚地記得自己的登基，是在雍正皇帝晏駕之後，當時大學士鄂爾泰、張廷玉等派人取出藏在正大光明匾額後面的主儲諭旨，當眾宣讀後，才堂而皇之的以嗣君自居。這樣在皇上晏駕與新皇帝登基的過程中必然出現權力的真空，引起時局的動盪。因此，乾隆想盡快地將禪位的大事公佈天下。

不過周甲歸政的秘密藏在皇帝的心裡，只有皇太后及幾個親近的親王才知道。

早在乾隆三十七年十一月，他曾向皇子們下了一道諭旨，諭曰：「皇十五子年已長成，經賞與端罩，致祭奉先殿亦著開列。皇子原與外間王公有間，一切服甲悉如親王。現在皇子中四阿哥、六阿哥俱晉封郡王，其俸銀及護衛官員自應視其爵秩，而一應服甲仍照皇子之例，俟朕八旬六歸政時，再按爵秩，方爲元協。」

第二年冬，十五阿哥永琰被密定爲皇太子，歸政一事，在皇帝心中已作了安排。與此同時，他讓和珅在皇宮的東北部大興土木，修建了寧壽全宮。這組建築包括有寧壽門、九龍壁、皇極殿、寧壽宮、養情殿、樂壽堂、頤和軒和乾隆花園等，以備在入政太上皇時居住，並親筆寫下一幅對聯：「樂在人和，肯寄高閑規宋殿；壽同民慶，爲申尊養托潘園。」

乾隆四十九年十二月，七十四歲的乾隆皇帝召見皇子、大學士、軍機大臣，說出了心中的秘密：「朕即位之初，曾焚香默禱上天，若榮眷佑不敢上同皇祖康熙帝紀元六十一載之數，得在位六十年，即當傳位嗣子。當時默禱此話時，朕剛二十五歲，並未顧及六十年朕已八十五歲了。至五十歲生日時，與母后談及此事，母后說皇帝如能助政愛民，天下臣民也不肯聽皇帝歸政。朕又默禱，若上天嘉佑母后壽過百歲，朕即八十五歲也何歸政？今母后已歸天，回憶這些話，實甚悲咽，不過，朕離歸政尚有十一年，將來歸政頤養，親爲援受，豈不是古今稀有之盛事？」當時，也沒人把這話放在心上，畢竟要歸政尚有十一年。

太子是誰，只有天知地知乾隆知，大臣們並不知曉，但鑒於康熙年間主儲的慘事，誰也不敢多言，康熙帝的英明天下共知，偏偏在晚年爲主儲的事弄得懊喪異常，以致一直到死也不明不白。

康熙帝共三十五個兒子，除了夭折的和過繼出去的還有二十六個。古語：「立嫡以長。」論起年紀應立長子允禔爲太子，可是允禔乃妃嬪所生，不是由皇后產生。皇后只生一子允礽，康熙極爲疼愛這個兒子，在他一歲零七個月時就立他爲太子。康熙帝親自手把手地教他讀書寫字，在允礽六歲時又請大學士張榮、賜張履、李光地做他的老師，康熙二十五年允礽稍大以後，康熙又指定專人輔佐太子，允礽學會騎射，又精通滿漢文字，又能寫詩塡詞。康熙在第二次親征噶爾丹時，讓允礽留守北京，處理政事，深受大臣們的讚揚。

皇子們逐漸長大，內中有四皇子允禛，秉性陰沉，八皇子允禩、九皇子允禟，更生得異常乖巧，康熙帝格外寵愛。他們都想方設法結交朝廷重臣，討好皇上，培植私黨，同時又和嬪妃們密謀。康熙帝日間同儒臣們研究書理、處理軍國大事，夜間少不了與後妃們共敘歡情，做那魚水之事，枕邊衾裡，免不得有陰謀奪嫡、媒孽允礽的言語，起初康熙帝拿定主意，不聽婦言，可是流言蜚語不絕於耳。常言道：「三夫誠市虎。」說本來市中沒有老虎，若有一個人說時人們不信，第二個人說時半信半疑，第三個說時，大家便都認爲那市中有了老虎。就是康熙帝這樣英明的聖主，聽了大臣們及後妃們的唆挑，也對允礽起了疑心，康熙三十六年，康熙第三次親征噶爾丹，又由允礽留守。便有大臣們又在康熙的身邊搬弄是非，回來後把允礽的親信都殺掉了。諸臣子俱得參政。

八阿哥允禩，模樣最俊，暗想自己的相貌究竟配不配做皇帝，遂換了衣裝，去找相面的先生張明德，誰知張明德一邊早有人通報，等到允禩進來，明德即向地跪伏，口稱萬歲。允禩連忙搖手，明德見風使舵，導允禩入內室，一面說允禩定當大貴，一面又俯伏稱臣。允禩不但露出身份，且與明德密謀。明德僞稱自己有好友十餘人，都能飛簷走壁，他日若用，都可招致出來效勞。允禩辭別回宮，正遇著大阿哥允禔，這允禔自知母親出身低微，知道自己不能被立爲太子，就依附於允禩，因此允禩視之爲心腹。這允禔見了允禩道：「張明德稱你萬歲，你作何感想？」允禔驚疑道：「大阿哥如何曉得？」允禔道：「我是順風耳、千里眼。」允禩道：「你既知道，須瞞過父親。」允禔道：「這個自然，只可惜允礽不死，昨日聞說父皇仍要重用允礽。」允禩頓足道：「這可如何是好？」允禔道：

「我有個妙法。」允禩道：「你快說來！」允禔道：「牧馬場中，有個蒙古喇嘛，精巫蠱術，能咒人死，若叫他害死允礽，豈不更好？」於是，允禩便托允禔前去佈置。

允禔到了牧馬場後，匆匆回京，見了康熙皇帝道：「有個相面先生叫張明德，他斷定允禩一定能做大貴人。並說如果要殺允礽不必出自父親的手。」康熙拘來明德，問過口供，綁出宮門，凌遲處死。

但一些大臣仍不知就理，在康熙重提再立太子的事時，竟異口同聲地舉薦允禩。一查原來大學士馬齊等人串通的，便拘了馬齊，又禁鎖了允禩。允禩一想，這件事情只有大阿哥知道，他讓我死，我也讓他死，於是便對宗人府正道：「願見父皇一面。」宗人府便把允禩帶到宮內。

康熙正在生氣，因爲十四阿哥允禵在九阿哥允禟的支持下正爲允禩說情，氣得康熙暴跳如雷，抽出刀來就要砍允禵，五阿哥允祺見勢不妙，跪在地上抱住父親的腿爲他求情，康熙放下刀，恨恨地道：「朕一旦崩逝，爾等必把朕扔在乾清宮不管而去互相殘殺。」康熙帝話音未落見允禩來了，便勃然大怒，劈面就是兩巴掌，允禩泣道：「兒臣不敢妄爲，實都是大阿哥教的。」康熙帝道：「胡說，若是他教的，他自己還會來告訴我嗎？」允禩道：「父皇如若不信，可去牧馬場拘來蒙古喇嘛審問。」

康熙命侍衛們將蒙古喇嘛拿到，嚴刑拷問，得供事實，把地板掘起，果然下面有好幾個木頭人兒，埋在土內，侍衛們取出，帶進宮內奏復，康熙遂把刀交於侍衛，叫他去殺掉允禔。侍衛哪裡敢殺大阿哥，急忙跪下，俯伏地上爲大阿哥求情。此事早有宮監報告惠妃，惠妃系允禔生母，得了此信三腳兩步趕至康熙帝前求康熙開恩，康熙見此情景不免心軟起來，便道：「愛妃且起。」惠妃站過一旁，粉面中珠淚瑩瑩，額頭上突起兩塊青腫。美人幾乎急死，滅子未免傷情，遂將佩刀收入，命侍衛起來，帶允禔拘禁；又對惠妃說：「看你的情面，饒了允禔，但我看他總不是個好人，須派人看管方好。」惠妃不敢再言，謝恩回宮。康熙即親書手諭，將允禔革去王爵，即在本府內幽禁，領班侍衛奉旨去訖。

康熙經這一氣竟也氣出病來，當晚遂不食夜膳，次日隨發起燒來。唯皇四子允禛晨夕請安，且從中說廢皇太子的冤枉，康熙正在後悔對允礽的態度，聽到皇四子說此，遂喜歡允禛公正，於是放出廢太子，亦令入宮侍候。過了幾天，宣召諸王大臣道：「朕暇時披覽史冊，古來太子既廢，往往不得生存，過後人君，莫不追悔。朕自拘禁允礽後，日日思念，今日有病，只皇四子默體朕心，屢保皇太子允礽勸朕召見。朕召見一次，病就好一分。朕本來就懷疑允礽的過失真受詛咒引起，現在看他守視湯藥，舉止頗有規則，不似從前疏狂，現在既又改過，但要從此洗心。古時太甲被放，終成令主，有過何妨改之。」

四阿哥允禛跪奏道：「兒臣奉皇父的諭旨，說兒臣屢保奏廢太子，兒臣實無其事，蒙皇父褒獎，兒臣不敢承受。」康熙微哂道：「爾在朕前，要爲允礽保奏，爾以爲沒有證據，所以當眾經辯。爾果不欲居動，爾衷尙甚共諒；爾如畏允禔、允禩，故意圖賴，便非正直，轉大失朕意了。」皇四子叩道謝道：「十年前侍奉父皇，兒臣省改微誠，已荷父皇洞鑒，今兒臣年逾三十，大概已定，喜怒不定四字，關係兒臣身上，仰懇皇父於諭旨內，思免記載，兒臣深感鴻慈。」康熙便對王公大臣道：「近十年來，四阿哥不已改過，不見有忽喜忽怒形狀，朕今不過偶然諭及，今他勉勵，不必盡於記載便了。」

於是，次年復立允礽爲皇太子，並封皇三子允祉爲誠親王，封皇四子爲雍親王，皇五子允祺爲恒親王，皇七子允祐爲淳郡王，皇十子爲敦郡王，皇九子允禟、皇十二子允祹、皇十四子允禵爲固山貝子。四年後允礽又被廢去太子，廢去以後，再不立太子，有幾個不識相的建議立儲，隨被斬黜。

四阿哥允禛同母弟十四阿哥允禵最有作爲，被康熙任命爲撫遠大將軍，統率大軍駐在北京，平定新疆、西藏，戰功卓著，但是其兄允禛最有心計。當允礽又被廢黜太子後，就陰結四方高人，不論在朝在野，都養了許多，特別對京城的統領國舅隆科多，更是百般討好。

康熙六十一年，六十九歲的康熙在遊暢春園，由隆科多和諸皇子陪同。此時皇上病重，晚上服了藥全然無效，反而加重。是夜康熙召隆科多入侍，命他傳旨，舌頭翻到「十」字，停了許久，又翻出個「四」字，意思是讓十四阿哥回京。當晚康熙病故。

次日隆科多宣佈，康熙遺旨：「傳位於四子。」

其後，雍正帝立儲把名字藏在乾清宮「正大光明」匾額後，待駕崩後由大臣請出宣佈。

因此，乾隆在位幾十年，雖年已古稀並不立儲，大臣們沒有敢說及此事的，偏有一個書生倒沉不住氣。乾隆四十三年九月，錦縣生員金從義趁皇帝東巡謁祖之機，跪在御道旁呈「建儲」、「立后」的奏摺，結果被處以極刑。此後，若不是皇上提及此事，哪個更敢重蹈康熙時建議立儲的覆轍！

乾隆五十九年九月，貴州征苗戰事正緊，皇宮中也氣氛緊張，因爲十月初一日，皇上要頒發第二年的《時憲書》，要頒發《時憲書》就必須有新皇帝的年號，這就意味著十月一日，就可以知道新皇帝是誰了。

可是乾隆沒有等到十月一日。

九月初二日，烏雲密佈，寒風呼嘯，預示著又一個寒冷的冬天來臨了。

乾隆正在與和珅對弈，棋子每每投錯，似乎有什麼心事，和珅道：「皇上莫不是有什麼心事，說與奴才聽聽，奴才好爲皇上分憂。」乾隆推棋立起，一臉嚴肅鄭重，踱了幾步，道：「朕明日就把禪位的事諭示天下。」和珅心內一涼，似有誰緊緊地在他的胸腔裡攥住了他的心一般，全身不禁一抖，「拍！」手中的棋子落在棋盤上。

乾隆是他的靠山，是他的保護傘，萬一新皇上不信自己，未免失去尊寵，急忙啓奏道：「皇上，內禪的大禮，前史上雖是常聞，然而也沒有多少榮譽。唯堯傳舜、舜傳禹，總算是曠古盛典。但帝堯傳位，已做了七十三載的皇帝；帝舜三十征庸，三十在位，又三十餘載，始行受禪。當時堯舜的年紀，都已到一百歲左右，皇上精神矍鑠，將來會比堯舜還要長壽，再在位一二十年，傳與太子，亦不算遲。況且四海以內，仰皇上若父母，皇上多在位一日，百姓也多感戴一日，奴才等近沐恩慈，尤願皇上永遠庇護；犬馬尙知戀主，難道奴才不如犬馬嗎？」

這一番話說得甚是圓滿。

首先，做太上皇「沒有多少榮譽」，他雖不說不光彩，但乾隆豈不知內裡的意思：漢高祖劉邦尊其父爲「太上皇」，僅尊而已。南北朝時，魏獻文帝禪位於魏孝文帝，因母后干涉，北齊武成帝傳於高緯，至唐「玄武門之變」李淵不得不傳給李世民，誅殺韋后後，唐睿宗不得不傳給唐玄宗，唐肅宗在靈武即位後，遠在蜀地的玄宗不得不做「太上皇」。至宋朝，金兵南侵，宋徽宗授璽於宋欽宗，實爲不得已，南宋趙構傳位於宋孝宗，趙構又傳位於宋光宗趙惇，雖此二位是主動禪位，但二人名聲也並不可嘉，明朝，土木之變後，明德宗登基，明英宗只有退位。和珅說這番話是讓乾隆「知恥」而罷禪，但說得毫不刺耳。其次說堯舜的故事。乾隆最喜人把他比作堯舜和康熙帝，而堯舜都活到一百多歲，「在位」的時間都超過六十年，這豈不能打動皇上。

最後又拍一下馬屁，說天下人都希望皇上繼續執政，說皇上繼續在位實乃順應民心，是爲四海安定、國家昌盛。

哪知別的事和珅如何說，乾隆皇帝都是「正合朕意」，偏偏這事就是不從，道：「你只知其一，不知其二。朕二十五歲即位，曾對天發誓，若在位六十年，就當傳位嗣子，不敢同皇祖六十有一的年數。今蒙天佑，甲子已周，初願正償，何敢再生奢望？皇子永璉不幸早逝，唯皇十五子永琰克肖朕躬，朕已遵守家法，書名密緘，藏在正大光明匾額後面，明日朕即宣佈永琰為太子，命他嗣位，若恐他初登大寶，或致照脞，此時朕躬尚在，自應隨時訓政，不勞你等憂慮。」

和珅見乾隆如此堅決，不知不覺又說出一句：「奴才見皇上精神煥發，老當益壯，實可再在位一二十年，然後傳位也不晚，況皇上多在位一日，子民也多感戴一日，奴才等尤願皇上永遠庇護。」乾隆已覺察出和珅的不安，道：「你害怕永琰初登大寶，會做錯事情。這點你不必憂慮，此時朕尚在，自然應隨時訓政。」

和珅聽了這話，心中略略放心，是的，皇上做「太上皇」要做真正的「太上皇」，要讓那新皇帝有名無權，我豈不還是一樣的當權？在此期間我要好好地鞏固基礎，牢牢地控制好上上下下的文武百官，把自己的網絡再編織得更結實更牢靠，量也不會出現什麼新問題，同時在新皇帝面前，要盡可能地向他獻媚巴結，也許會成為兩朝股肱之臣。心裡雖然這樣做著美夢，但總覺得有點不踏實，於是他急急地跪別了乾隆皇帝，又去運動去了。

和珅急急地出宮是想找到和碩禮親王永恩等，聯合匯奏，皇上暫緩歸政。但是急慌慌地到了和碩禮親王門前，又急令轎夫侍衛回轉，他心裡一冷，又思索道：「這一步棋幸虧沒走，若有走了這步棋必既失寵於老皇上，又轉成了新皇上的敵人，此是皇上信任我說及此事，若把這個秘密告訴親王，豈不讓乾隆大為惱火？若此事傳揚出去，新皇帝還不對我恨之入骨？」

中午回到府中，和珅哪有胃口吃飯，站也不是，坐也不是，躺下來更睡不著，急得如熱鍋上的螞蟻。漸漸地鎮定下來，思路清晰，乾隆整日自稱自己是文治蓋世，武功超絕的十全老人，若再加上周甲歸政的禪位大典，豈不是錦上添花，功德圓滿，若自己一意孤行，一奏再奏，必爲乾隆憤恨，得罪新皇帝更是自不待說。爲今之計是趕緊向新皇帝靠攏。

於是，他又急急地到宮裡找永琰表達自己的心意。

自康熙諸皇子競植私黨，釀成數起獄案後，清制：皇子不許與諸大臣有任何來往，皇子不得擅離宮中。乾隆有一個孫子叫綿恩，是長子永璜之子，自幼聰明乖巧，面貌俊美，體魄魁偉，飛騎矯捷，猿臂善射，因此乾隆特別喜愛，乾隆五十八年，四十多歲的綿恩作步軍統領，有一次正陽門外，民巷起火，綿恩前往督軍救火，被燒的是個妓院，當時巷口之中站著一大群妓女，粉白花紅者數十人，綿恩不解，驚訝的道：「這是誰家?竟有這麼多女子？」可見皇子皇孫極少與外界接觸。

和珅竟冒天下之大不韙，給永琰送去一柄玉如意。

永琰聞報和珅求見，忙起身恭迎，和珅見到永琰忙雙膝跪倒五體投地，磕下三個響頭：「奴才和珅見王爺千歲，千千歲。」永琰忙道：「宰輔怎能對本王行如此大禮，折煞本王了，快快請起，快請起。」和珅這才起身，不敢抬頭，永琰道：「宰輔請坐。」和珅道：「奴才不敢坐，王爺面前，奴才怎敢造次。」永琰道：「你若不坐，真是爲難本王了。」和珅就是不坐。永琰道：「宰輔來見本王，有什麼事嗎？」和珅道：「久不見王爺，心裡思念得很，皇上時常提到王爺勤勉有加，才智過人，因此奴才對王爺心儀已久，早已神交。故這幾日不見王爺，心裡思念，特來拜望。奴才見王爺豐神俊朗，身體健康，內心有說不出的高興。今日奴才特送玉如意一柄，祝王爺事事如意。」

永琰早已覺得和珅來得蹊蹺，今又見他送玉如意，心道：「莫非，莫非……」心裡一震，「莫非父皇要立我爲太子……是了，必是如此。」想到這，見到和珅便如吃了一蒼蠅在肚裡，直想嘔吐，但是表面上更笑得燦爛道：「本王怎敢受宰輔的大禮！本王應向宰輔表示恭敬才是，只是礙家法、國法不便向宰輔表達我對宰輔的一片誠心。」和珅聽他如此說話，心裡頓感輕鬆，道：「奴才實沒有讓王爺恭敬處，奴才只願爲王爺的上馬石，做王爺的胯下鞍。」永琰心道：「這個狡猾的狐狸，是要恩惠於我，以擁戴自居，又要脅我若坐穩寶座只有依靠於他，這不是對我的賄賂收買嗎？把我當成什麼人了？」心裡這樣想著，嘴上卻道：「本王萬事都要仰仗宰輔大人，本王若有什麼不是處，還望大人教誨，本王必恭聽心受。」

是的，永琰心裡明白：即便自己真正被封爲太子，即使自己真的在明年做了皇上，但是有太上皇在，他就必須俯首貼耳，允礽一廢再廢就充分說明這一點，太子隨時都可以被廢除，而和珅正是父皇面前的紅人，言聽計從，若他在皇上面前進言廢黜太子，也並非難事，即使做了皇帝，按父皇的秉性，必不肯大權旁落，一個一生熱衷於獨掌大權的人，絕不會丟棄自己手中的權力，何況有許多人靠他手中的權力而擁有權力。這第一步就必須走對，必須穩住和珅，因此他對和珅一味的恭維，解除和珅思想的警惕。果然永琰的話有了效果，談了不一會兒，和珅就大大咧咧地坐在那裡談笑風聲了，而此時的永琰更如一個小學生一樣恭立在那裡，聽著老師的教導。

和珅告辭出門，心道：「此等孺子可玩於股掌之上。」

永琰心道：「必殺此兒！」

實際上，皇十五子永琰恨和珅，不是自今日始。

乾隆元年七月初二日，剛即位的皇帝在乾清宮西暖閣召見總理事務大臣、九卿等，鄭重宣佈建皇儲。他說：國家大計，莫過於建儲一事，因此自古以來，帝王即位，首先舉行立儲之事。但明立皇儲，容易別生事端，或者太子恃貴驕矜，落至失德，或者左右小人逢迎諂媚，引誘爲非，是以皇祖康熙當日建儲一事，大費苦心。皇父雍正，創立秘密立儲家法。朕再三思維，只有循用皇父成式，親書密旨，照前收藏。隨後，在總理事務王公大臣在場的情況下，親書建儲密旨，由宮中總管太監收藏於乾清宮「正大光明」匾額之後。

此時乾隆二十六歲，春秋正富，急於立儲，乃是因爲有可立之人，有自己心中之人。皇帝親書密旨上的皇二子永璉，是皇后富察氏所生，其時七歲，其時，尚有庶妃富察氏所生皇長子永璜，十四歲，庶妃蘇氏所生皇三子永璋，二歲。永璉名字爲雍正親自命名，他自幼聰明，氣宇不凡。但是乾隆三年十月，永璉患疾早殤。乾隆只得撤出「正大光明」匾後的皇儲密旨。此後乾隆想立皇后富察氏所生皇七子永琮爲太子，可惜七阿哥又兩歲夭亡。

乾隆悲痛欲絕，乾隆十三年，皇后富察氏仙逝，立嫡的願望遭到毀滅性的打擊。從此二十多年不再立儲。不僅如此，在皇后仙逝後，乾隆訓斥已二十一歲的大阿哥永璜，對母后之死幸災樂禍，有覬覦神器的野心。「大阿哥、三阿哥如此不孝，朕以父子之情不忍把他們誅殺。但朕百年之後，皇位則二人斷不能承繼！大阿哥、三阿哥日後若心懷不滿，必致兄弟相殺而後止，與其讓他們兄弟相殺，不如朕在之日殺了他！」乾隆告誡滿漢大臣：「若有請立太子者，朕必將他立行正法，決不寬貸！」

到乾隆三十八年重新立儲，乾隆十七個兒子中已有十人故去。所剩七人中，皇四子永珹過繼履親王允祹爲孫，皇六子永瑢過繼慎郡王允禧爲孫。皇十二子永琪，爲廢后烏喇那拉氏所生。因爲廢後，禍及其子，繼位無望。

有希望繼承皇位的只有四人。

皇八子永璇，才學平平，剛愎自用，爲乾隆所嫌。

皇十一子永瑆，視財如命。其妃是傅恒之女，他將豐厚的嫁資全部封存，使妃只能以薄粥度日。

家有庫銀八十萬兩，卻不拿出一文使用，任其子孫外出盜竊，一日他的坐騎死了，令煮馬代膳，當天全家不得舉炊做飯。

皇十七子永璘，多次狎妓，微服出宮，被乾隆知曉後，深爲憎惡。

皇十五子永琰，乾隆二十五年十月初六生於圓明園的「天地一家春」。生母魏佳氏，二十四年封爲貴妃。育有皇七女和靜公主，皇十四子永璐，皇九女和恪公主，皇十五子永琰。

乾隆三十八年，乾隆皇帝把此立皇儲之名封緘於匣內，置於「正大光明」匾額後面。

可是永琰卻不知自己會被封爲太子。

皇室教育皇子皇孫是嚴厲的，是外人難以想像的嚴厲。皇子皇孫滿六歲一律入上書房學習，皇帝親自挑選德才兼備的京堂、翰林爲師傅，分別教授經史策問，詩賦古文，又指派大學士、上書等幾位重臣爲總師傅，稽察督飭。同時還簡選滿州蒙古大臣和侍衛教授滿修和騎射。尙書房有兩處，一處在圓明園的勤政殿前，一處在乾清宮的旁邊，與皇帝日常辦公之處近在咫尺，皇帝隨時都可親臨檢查。

一日永琰在尙書房覺得頭昏腦脹，便抬起頭來伸伸懶腰，看師傅們都不在，便站起身，只覺眼冒金花，定一定神，覺得舒服了許多便走出房去。猛抬頭看見園中的垂槐已綠葉舒展，不覺一楞：這是暮春還是孟夏？我還以爲是冬天呢！便恨時光流逝之快，自己埋首書堆竟不察春夏之變化，永琰便信步走去，見旁邊一個宮女和小太監正在踢毽子，忽想起劉侗《帝京景物略》的兩句：「楊柳兒死，踢毽子。」看那宮女踢得最好，毽子一會兒繞過頭頂，一會兒飛過肩頭，一會兒兩腳翻飛，那毽子便蹦跳在雙腿之間，不一會兒小太監的腿腳伸出，於是毽子便在兩人之間翩翩起舞，有如蝴蝶翻飛。

永琰心裡一喜，便三步兩步的跑了過去，一伸腳竟沒有踢到毽子卻踢到了宮女的腿，宮女哎喲一聲正要罵時，見是皇十五子急忙跪倒：「賤婢多有冒犯，請十五爺恕罪。」永琰笑道：「是我的錯怎麼成了你的不是？快起來，我們幾個踢毽子。」那宮女死也不肯，永琰讓那太監教他時，那太監也已跪下，永琰自己踢了幾腳總不能踢過三下，便對那宮女太監道：「你們倆快起來教教我，若不起來的話，我可要把你們當毽子了。」見那宮女、太監仍是不起，永琰便假惺惺地抬腳要踢他二人，恰在這時身後一聲震喝：「永琰不得無禮！」但聽那聲音不是父皇還能有誰？忙「咚」的一聲，跪倒在地。乾隆道：「你怎麼如此不思上進？貪求玩耍甚至要踢那太監宮女。」永琰道：「兒臣知錯了，請父皇治罪。」

乾隆便讓那太監宮女起來，從上書房拿來一塊板子，狠狠打了永琰十下，打過後，乾隆道：「你隨朕來。」於是永琰便跟隨乾隆到了勤政殿，道：「朕看你不思長進，特命你微服出宮，撥給你侍衛二人，去尋訪木魚石，若尋不到木魚石，就不要回宮見朕。」永琰雖不情願，但心裡哪敢違拗，便跪下叩頭道：「兒臣尊命。」

永琰出去後，乾隆召來身邊的兩位侍衛，乃是武功絕頂的武林高手，道：「你二人隨皇十五子微服尋那木魚石，皇十五阿哥若有半點損失，要你二位項上人頭。」二位侍衛領命而去。

木魚石又叫木變石，滿語稱「安倭阿」，滿蒙人認爲此石極會唱歌，你若敲敲它，它便會發出美妙動聽的聲音。它的歌聲能給人智慧、勇氣和力量。

皇宮人還以爲永琰關了禁閉，而永琰以爲這必是父皇對自己的懲罰。實際上乾隆則有他的考慮：我已秘密定他爲儲君，書本上的學問固然重要，但是熟悉民情對一個君王來說確是治民的根本，就借著此事讓他出去考察民情，吃點苦頭，歷練一番。

十五阿哥帶著兩個侍衛，出了紫禁城，還沒出京，就挨了一鞭子。

三人正走到西直門外，見車行前圍了一群人，三人走進一看，原來是一個車夫昏倒在地，眾人正在救治，不料裡面走出一個人，一臉的橫肉，身上橫披著一個褂兒，走上前來，支開眾人，把那個倒在地上的人拎起來，放到車上，交代說：「把他送回家去，別死在這兒了，晦氣。」永琰走上前去道：「怎能這樣草菅人命。」沒提防那人舉手就是一鞭，正打在永琰頭上，二位侍衛扭那人時，永琰已挨過了。二侍衛哪肯罷手，倒是永琰讓侍衛住手，道：「暫且饒他日後算賬還不遲。」不料那人一陣狂笑，道：「你小子真是自不量力。」二侍衛正要動手，永琰又喝住他們道：「不要與他計較。」便轉身走了，那個滿臉橫肉的人又是一陣狂笑。侍衛道：「這等東西怎能饒他？」永琰道：「父皇讓我們尋木魚石這才是正事，哪能不出京城就惹這事？」二位侍衛聽他的在理也就去了，不料走了幾步，有幾個趕車的跟上來道：「三位爺虧了走得快，不然必受大累了。」永琰道：「爲何？」趕車的道：「這車乃是和相爺的，他家的手下，你得罪得起嗎？」永琰便對和珅沒有好印象。

出了京城往南行，便來到了保定地界，只見一群人正在往前飛跑，永琰跟上前去，永琰問道：「你們跑什麼？」有人道：「你若是要飯的，也快跑了，官府的衙役正往這邊行呢？」永琰道：「你們既是討飯的，有何可怕的？」那人也不答，生怕跑不掉，往前急行。不一會兒，幾個衙役過來，便把永琰等三人執住，道：「拿錢來。」永琰道：「爲何要我們錢？」衙役道：「你裝什麼糊塗？」說罷就要伸手，二侍衛忙把他制住，衙役怒道：「你們造反不成?出去要飯，竟敢不交錢？」永琰聽他此說，便令侍衛放了二個衙役，道：「我是討飯的，爲何要交錢？」衙役道：「知府大人有令，凡出外鄉討飯不老老實實在家者，收討飯費。」永琰道：「你們知府是誰？」衙役道：「原來你們是外鄉人，竟不知我們知府是劉寶杞大人，他乃是呼和圖的弟弟，」永琰道：「呼什圖是誰？」衙役道：「和相爺的內監，內管家，如此你們乖乖的交錢吧？」永琰道：「我不是討飯的，爲何要交錢？」衙役道：「外流人員要交費，內流人員也要交錢，走出本州、踏進本州都要交錢！」二侍衛正要發火，永琰攔住他們，從懷中摸出銅錢，交與衙役，衙役們便走了。

永琰一路行來，木魚石沒找到，只看到哀鴻遍地，民不聊生，官吏如狼似虎，只知勒索百姓，哪裡有愛護百姓的官吏？尋那根源時，總是一個和珅，永琰便立定志願，必要除那和珅。

三人行到大同，往山上走去，只道木魚石總在山上，敲敲打打並沒有一個會唱歌的。

這一日走到一個山坡，見許多人在採著礦石，問時，說是爲銀廠和錫廠採的，永琰便走下山去。入了大同，交過城門費，來到城裡，進了一個酒家。飯罷，拿出銀子，小二咬了咬，看了又看，喜道：「竟是真銀、純銀呢！」喜得遞與櫃檯，櫃檯裡的先生，也是左看右看，左咬右咬，看罷咬罷喜不自勝。永琰看著奇怪，便走到帳房那裡道：「這裡假銀多嗎？」小二和先生立即正色道：「這位客官怎這麼胡說八道，這朗朗乾坤，光明世界，哪裡有假？」永琰心內疑惑，明明聽他說「竟是真的純的」，那不是說必有許多假的不純的？

永琰覺得這事透著奇怪，便與二位侍衛說：「我們今晚就住在這裡。」於是又到帳房那裡交了銀子，帳房又情不自禁地看了又看歡喜一番。

永琰一行上樓，剛到走廊，見一個商人走上來道：「三位爺看樣子是外地來的，我也是外地來的，看你這小小年紀，並沒有出過門，不懂這世上的事呢！」永琰道：「我怎的不懂？」那商人道：「你是京城口音，又帶著兩個高大的隨從，想必是個大人物，不一定是個商人吧？現在全國各處，暗探極多，專偵對朝廷不滿的言行，故小二與先生見你們是陌生人決不敢胡說。」

永琰道：「適才見那小二與帳房神情，似乎市上有假的銀子？」那商人道：「我見你言語真誠，不像是假作的，故才敢與你說這番話，你果然是個不懂事的小孩子，天下的銀子，假的極多，大同這個地方，假的更多，極難見到真的、純的。這天下的事就是這樣，若人咬了狗時，大家都司空見慣，不覺稀奇，若狗咬了人時，大家卻反而沒見過，倒覺得非常稀奇了。你剛才給了純色的銀子，在當今真是奇事，故小二與那帳房先生覺得稀奇。」永琰道：「據你說來，這假銀子遍行天下了。」那商人道：「不僅是這銀子，現在天下哪有不假的東西？」永琰道：「官府不治嗎？」

商人笑道：「你又沒聽懂我那『狗咬人是奇事，人咬狗決不是奇事』的意思，現如今若真有治假的，那必定是『狗咬了人』，現如今早不見了，真出現了這樣的奇事，官府還不把它宣揚的四海都知道，倒是把打假二字倒過來變成『假打』就是司空見慣的了。」永琰道：「如此，這官府不也有假的？」商人道：「官府比那銀子假得更很，最假的便是官府了。」永琰聽了商人這些話頓覺毛骨悚然，想了一想又道：「這天下這麼多的讀書人難道不知道改變這世風？」商人道：「你若說這讀書人，我越發看不起他們了，倒不如農夫村民懂得是非，專一會隨風拍馬屁。有兩個正直的早被和珅給嚇住了！」

永琰道：「和珅又怎麼能嚇住這讀書人？」商人道：「你真是乳臭未乾，這個天下誰人不知，那和珅整日裡嗅嗅這，聞聞那，專找那文字裡夾著什麼不可告人的東西，虧他是個火眼金睛，竟能把那些詞呀、詩呀、曲兒裡的『叛逆』的意思都能識別出來，那文章裡蘊含的意思更躲不過他的眼睛，這樣，讀書人多被殺頭流放，個個有如驚弓之鳥，誰還敢多放個屁！即是放個屁，若響聲不對，說不定也會被扭住治罪。」

這商人乃是逞能的人，永琰也真的糊塗，這商人走南闖北，見的人多，知永琰不是裝的，便大吹大擂講了許多。

嘉慶登基後，有兩件好事乃是有目共睹的，吊死了和珅，摒除了文字獄。

且說這十五阿哥永琰帶了兩個侍衛，沿著太行山一路地尋著石頭，翻太行山由山西入陝甘，復又進入蒙古。不知乾隆怎麼已經知道他到了那裡，傳旨他南下，入河南，經安徽過長江，由湖北、江西而尋到浙江，在浙時，反被官府關了起來，因他最好打抱不平，愛管閒事，虧得二侍衛身手不凡，把他從牢獄中救出。入下江時復又被官府抓住，這一次不是二侍衛劫牢，而是亮出了腰中御前侍衛的信物。出下東（江蘇）進山東，直至孔廟，然後由曲阜，往登泰山，皇上來旨，問他尋到了木魚石沒有，他奏道：「敲遍三山五岳的石頭，無一塊會唱歌。只是看到貪官污吏像石頭一樣多。」乾隆諭令他回宮。

兩侍衛被擢升自不待說，乾隆看到永琰身板更爲硬朗，二目透出神光，嘴角露出剛毅，心下歡喜，永琰跪道：「兒臣不敢再見父皇，兒臣並沒尋到那木魚石。」乾隆關切地道：「你已尋到，我早看見了。」永琰越感不解，便又奏道：「兒臣手中有許多彈劾官吏的奏摺，不敢隱瞞父皇。」乾隆道：「有真憑實據嗎？」永琰道：「兒臣每劾一人，必得實據充足，方敢留於行囊。」乾隆道：「呈上來。」竟有一口袋。乾隆翻了幾本閱罷，心中大喜，字裡行間透露出永琰辦事沉穩，謹慎，內心細密，看問題能看出要害，抓住本質。於是便有幾十個官吏稀裡糊塗地被罷了官。

永琰做儲君在乾隆心中已不可更改，不久，就選了朱珪做他的老師。

可那和珅從永琰處出來時，興高采烈，心裡泰然了許多，從此以後，便應了古人話本裡常說的一句話：豬羊前往屠宰家，一步一步尋死來。

乾隆六十年九月初三日，豔陽高照，天空澄明，圓明園勤政殿裡皇子、皇孫、王公大臣齊集這裡，皇上將乾隆三十八年自己的親筆緘藏的傳位密旨當眾開起，上面是「立皇十五子永琰爲皇太子」，乾隆降旨曰：

「朕寅紹丕基，撫綏方夏，踐阼之初，即焚香默禱上天，若蒙眷，得在位六十年，即當傳位嗣子，不敢上同皇祖紀元六十一載之數，其實亦未計年能否歷一周甲子。敬念維天維祖宗所以付託在予者，至重且臣，於繼休援受之際，曷敢不倍切兢兢。朕前此不即立儲之由，節經頒發諭旨，及覆申明，蓋以歷史觀史冊，三代而下，自漢迄明，儲貳一建，其弊百端，前鑒具在。我朝太祖、太宗、世宗俱未預立儲位，唯聖祖仁皇帝曾以嫡立理密親王爲太子，後竟爲宵小誘惑，兼患瘋疾，不克祗承。其時大臣中曾有以國本應行建立陳請者，仰皇祖聖裁獨斷，訓諭特頒，不復冊立，迨傳位皇考，十三年勵精圖治，內外肅清。雍正元年，皇考即親書朕名，貯於乾清宮正大光明匾額之上。又另書密緘，常以自隨。朕纘紹鴻業，六十年間，景運龐洪，版圖式廓，十全記績，五代同堂，積慶駢藩，實爲史冊所罕覯，此皆仰賴皇祖、皇考貽謀燕翼，用能啓佑後人，綏茲多福。朕欽承家法，踐阼後亦何嘗不欲立嫡，以皇次子爲孝賢皇后所生，曾書其名遵皇考之例，貯於正大光明匾上。不意其蚤年無祿，不能承受。曾同大臣等緘閱看，贈爲端慧皇太子，此中外所共知者。嗣於癸巳年冬至南郊大祀，敬以所嗣位皇太子之名，禱於上帝，並默禱所定嗣位皇子倘不克負荷，即降之罰，俾臣得另簡元良，以爲宗延遠無疆之福。又於盛京恭謁祖陵時，敬先太祖、太宗在天之鑒。是朕曾不明立儲嗣，而於宗祐大計，實早爲籌定，特不效前代之務虛文而貽後患耳。朕誕膺大寶，今六十年矣，回念踐阼時，默禱上帝之語，並追憶朕年五旬後，曾於聖母皇太后前奏及歸政之事，彼時蒙聖母諄諭，以朕躬膺付託之重，天下臣民所繫望，即至六十年，亦不當傳位自逸，次晨，朕即以聖母所諭，默奏上帝，若能長奉茲寧，壽躋頤慶，朕亦何敢複執前願。乃自丁酉以來，所願既虛，於是仍冀得符切志。茲無恩申錫，竟獲周甲紀元，壽躋八旬開五，精神康健，不至倦勤，天下臣民，以及蒙古王公外藩屬國，實皆不願朕即歸政。但天聽維聰，朕志先定，難以勉順群情。茲於十月朔日頒朔，用是取吉於九月初三日吉日，御門理事，召皇子、皇孫、王公大臣等，將癸巳年所定密緘嗣位皇子之名，公同閱看。立皇十五子嘉親王永琰為皇太子，用昭付託，定制孟冬朔頒發時空書，其以明年丙辰為嗣皇帝嘉慶元年。俟朕長主齋戒後，皇太子即移居毓慶宮，以定儲位。皇太子生母令懿皇貴妃，著贈為孝儀皇后，升祔奉先殿，列孝賢皇后之次，其應行典禮，該衙門查明定例具奏。皇太子名上一字改『顒』字。其餘兄弟及近友宗室一輩，以及內外章疏，皆書本字之『永』，不宜更改。清書缺寫一點，以示音同字異而例臨文。至朕仰承昊眷，康疆逢吉，一日至倦勤，即一日不敢懈馳。歸政後，凡遇軍國大事，及用人行政諸大端，豈能置之不問，仍當躬親指教。嗣皇帝朝夕敬聆訓諭，將來知所稟承，不致錯失，豈非天下國家大慶。」

永琰之「永」從此改為「顒」。琰聽了這個聖諭，高興之餘，又復憂慮：皇上「軍國大事，及用人行政諸大端，豈能置之不問」，這實際上不給自己一點實權，我真是成了一個「兒皇帝」，從今以後待人行事更要處處小心，不然更易招致蜚短流長。

和珅聽了這個上諭，憂慮之餘又復高興，皇上只是叫了「太上皇」，並沒交權，一切軍政人事大端，仍有乾隆帝親自過問，我有何擔心的？

乾隆大帝說明過禪位後的政治格局後，又著實把自己誇讚一番：

「朕纘紹丕基，撫綏函複。勤求自理，日有孜孜，仰賴上天眷，列聖貽謀，寰宇安，黎康阜，聲教四乞，中外一家。御極以來，平定伊犁、回部、大小金川，擴土開疆數萬里。緬甸、安南、廓爾喀以及外藩屬國，震懾威棲，恪修職頁，其自作不靖者，悉就殄除，功邁十全，恩覃六合，普免各省漕糧者三，地丁錢糧者四，展義巡方，行慶施惠，蠲逋帳貸，不下數千萬億。振興土類，整飭宮常，嘉輿萬邦黎獻，海隅蒼生，同我太平躋元仁壽。朕持盈保泰，弗懈益虔，勤念雨暘，周咨稼牆。於庶言、庶獄、庶慎，靡不躬親，宥密單心，時幾交敕，用上副祖宗付畀之重，下撫億兆，仰戴之誠，日慎一日，六十年於茲矣。父右文典，學學美富兼賅四章，以匯經、史、子、集之全，建四閣以標津、溯、淵、源之義。文明之運，莫盛於斯。近者舉耆宴，建辟雍，御經筵歌，抑戒增歷代帝王之祀，每歲無不躬親，直省銀糧王次普行蠲免，六巡六國，指示河海堤防，四幸陪京，篤念祖宗綜造，六巡五台，弘揚佛法。今明足授受，爲千古第一全人，不特三代以下所未有，以示堯舜，不啻過之。」

大臣們恭請乾隆繼續在位，稱聖上康頤，內禪事還可以緩，乾隆復以拒絕，這些不過是表面文章。於是大臣們又向顒琰祝賀一番。之後，乾隆賦詩記之曰：

歸政丙辰天佑荷，改元嘉慶憲書觀。
祖孫兩世百廿紀，繩繼千秋比似難。
弗事虛各收實益，唯循家法肅朝端。
古今惇史誠希見，愧以為欣敬染翰。

次日，顒琰經過一夜的考慮，跪在乾隆的面前奏曰：「荷沐恩慈，冊立臣爲皇太子。以臣之材質，撫衷循省，已弗克勝，複奉此諭，將以半年畀政於臣，臣王內戰兢，局蹐彌日，奏請父皇改元歸政事宜，敕停舉行，兒臣謹當備位儲宮，朝夕侍膳問安之暇，得以稟受至教，勉自策勵。」

之後，和碩禮親王永恩受和珅之托，又率王公、內外文武大臣及蒙古王公等合詞奏請皇帝俯順億兆人之心，久履天位。和珅的意思是大家恭皇上「久履天位」，雖不能達到目的，但也讓顒琰看看王公大臣們都心繫乾隆。這無異是一種示威，琰怎能不感到這種壓力，若自己稍有不慎，輕者被廢，重者被囚，乃至被殺，因而和珅便感到自己暗下安排的奏請多麼正確。

乾隆因諭曰：「若因群情依戀，免遂所請，則朕初心焚香之語轉爲不誠，汝等毋庸再行奏請。」

但和珅等人的另一目的也已達到，乾隆更堅定了自己雖已禪位，但軍國大事，必自己親自處理的既定方針。

乾隆又諭令自乾隆五十九年至嘉慶二年，連續三年舉行歸政恩科鄉試會試，及嗣皇帝即位恩科鄉試、會試，以嘉惠士林。

欽點的會試主考官是竇光鼐而不是和珅，天下的舉子雲集京城，竟有幾千人。

京城中的考試——順天府的鄉試及中央的會試，那些滿漢大員的子弟們多能猜中主考官是誰，於是事先便和那人打通關節，有的靠父輩的，有的轉彎抹角，不管怎樣，想盡一切辦法也要找到主考官。會試的主考官也叫總裁，多由閣部大員擔任，不是內閣大員，也是部員，於是和珅向往常一樣收看舉子們的禮物，因爲就閣部說，除閣老阿桂和劉墉外，其餘的都聽自己的，阿桂已昏聵無能，劉墉正招人厭煩，特別是皇上這些天對他頗有微詞，所以此次會試總裁即便不是和珅，和珅以爲亦是自己心腹。退一步說不從閣部選取，如六部中篩選，那便是自己的天下。於是和珅把舉子的禮物心安理得地收下，記著他們的禮物多少，若是朝中大員之子，自己便親自接見「世侄」，若不是王公大臣之後，則讓呼什圖接待，無論如何對待舉子都要客氣，送多送少，只要送來，一定要好言回他，因爲舉子的前途無量，取中了就是國家的官員，對舉子培養就是自己的親信，說不定能成自己的臂膀，現在的幾個巡撫及吳省蘭兄弟不就是如此嗎？

送禮的舉子考慮的與和珅相同，任你皇上選誰爲總裁，總繞不過和珅去，因此事先與和珅打通關節，搞好關係，把禮送出去，心裡就踏實了許多，至於那些窮鬼送不起禮物，本也不配參加考試，理當讓賢。

但是，所有的人都想錯了，主考官的名字一宣佈，那名字竟是——竇光鼐，和珅的臉一下子拉長了。

原來，對今科會試的主考官，乾隆皇上非要顒琰點不可，不論顒琰如何推辭，乾隆都不允他，道：「此番會考，乃單為你嗣位登基而設的恩科，父皇總要看看你的想法。」顒琰無法，只得答應，便道：「左都御史竇光鼐可。」又問他副主考，卻點了一個翰林和咸安宮官學的正總裁。這兩位副主考大家很少聽到他們的名字，不知顒琰是如何知道的。

乾隆心道，顒琰果不識朝中元老權臣，他之所以點竇光鼐乃是因為當年他找木魚石時看了些吏治腐敗的現象，而這竇光鼐乃是憨直出名的人，朕讓他做左都御史，讓他監察百官也是看中了他這一點，兒臣究是以國家為重，想借科考整頓吏治，雖思想不免幼稚，但其意旨都是好的，決沒有一己的偏思，至於兩個副主考乃是有名的才子，平時朕也提起過二人，欣賞二人的才氣，讓他們當做上書房師傅，那咸安宮官學的總裁洪亮吉，雖有時迂腐執拗，但才氣頗高，京城中乃至天下的文人沒有一個不知道他。乾隆聽他點這幾個人時，初時出乎意料外，想了一想又覺得是在情理之中，也正合自己的心意，便肯定了顒琰的提名。

這下可難壞了和珅，收了這麼多禮物，有的送得極多，且已在他人面前許下了，如今若辦不成事，那舉子也不敢說什麼，只是如果自己手上的名單一個也沒有取上，不免給人一種失了權威的感覺，特別是皇上剛剛宣佈內禪，這種感覺決不能讓其蔓延，要讓天下人知道，我和珅以前是、現在是將來更是頭號的當權者。

只是這事如何去辦理呢？先找竇光鼐，不行，此人與我最為不和，想當年在處理浙江富勒渾的案子時，我婉轉地讓他參劾阿桂，可他竟然袒護阿桂，歪曲事實，甚至頂撞於我，多年來總想敲一敲他，無奈只是皇上喜歡他的憨勁。和珅轉又想到那個翰林——更不行，這個人必是個牆頭茅草，竇光鼐若放個屁他也會認爲是香的，我給他說了他肯定當面答應，但是在試卷時，他決不敢對竇光鼐有絲毫的違拗。

於是和珅最後想到了洪亮吉，覺得這個人也許可以，於是和珅對洪亮吉開始調查，愈調查心愈涼。

洪亮吉，初名蓮，又名禮吉，字君直，又字稚存，號北江。乾隆十一年九月初三凌晨，生於江蘇常州中河橋東南興隆里的一個士大夫家，原籍安徽歙縣，遠祖曾做過明朝的工部尙書，曾祖父洪璟，於康熙三十七年拔貢生，任八旗練習，父洪翹，連舉人也未中，家道敗落，其死時，其子洪亮吉五歲，其次子兩歲。

調查到洪亮吉的弟弟時，和珅狂喜，因爲其弟洪靄吉正做崇文門副偵，而且在那裡已幹了七年，找到他弟弟，那洪亮吉還有什麼說的？

那和珅再往下調查時，對洪亮吉起初是心涼，後來就如吃了個蒼蠅一樣的厭惡。洪亮吉開始時爲人做幕僚，先入朱筠幕，之後竟入王杰劉權之幕，他竟然是王杰的幕友！再者他是乾隆五十五年的欽兵榜眼，而那一年禮部會試的主考官因我忙於籌措皇上八十歲萬壽節事宜沒有去做，而讓給了別人，這幾位主考官竟都是內閣學士鄒奕孝、洪亮吉這些人的門生，能是什麼好貨色？

和珅不知從哪裡弄來洪亮吉的詩稿（也許是洪亮吉的弟弟那裡，因爲洪亮吉與他弟弟住在一起），和珅邊讀邊氣。因爲這些正是洪亮吉今年從貴州往京師的路上寫的。「楊柳千條蒼，夫容百尺樓；可憐兵火後，剩有夜鳥愁。」「六州兼十縣，魚鳥竄紛紛；只惜桃源洞，難容爾許人。」他竟說官軍征苗賊弄得連鳥都發愁，連魚鳥都遠竄。「鷹隼何不仁，抽腸作常食。」「人頭及人脛，一半出魚腹。」「怪底帆不前，荒灘鬼叢笑。」夠了，不要往下看了，也許乾隆爺對苗民的事情瞭若指掌，就是這洪亮吉搞的鬼。當他翻到下面一首時，竟氣得把那詩扔在地上，踏了一腳又呸呸地吐了兩口唾沫，這首詩是：

早聞內禪光唐宋，欣喜元年值丙辰。
全楚正欣秋再稔，史官應奏日重輪。
堯階未在迫陪列，尚愧西清侍從臣。

無須再看，無須再看！突然間，和珅又急速地拾起詩稿，仔細地看起來，他已有幾年沒幹過這樣的事情，今天他要再興一次文字獄，說不定能把竇光鼐的主考官給連帶著免了去。他果然找了幾首，用紅線畫下。次日早朝，和珅懷揣著洪亮吉的詩集，對乾隆奏曰：「奴才見一詩集，其中詩作多有誣我官府，影射攻訐我大清之意，特呈皇上御覽。」乾隆接過，也看不甚清，道：「待會兒交大臣們議論。」和珅也不好再說什麼，他見皇上確實看不清，若固執地讓他當廷表態，必然迕了皇上的意思。

早朝罷，一些大臣們退去，只留下顒琰、劉墉和王杰，乾隆道：「和珅，你念一念，那詩中有哪些迕逆。」於是和珅邊念邊解釋：「六王雖畢閭左空，男行築城女入宮；長城東西萬餘里，永巷迢迢亦無庥。宮中永巷邊長城，內外結成怨苦聲；入宮詎識君王面，三十六年曾不見。……」乾隆打斷他的話道：「這不是說秦始皇的嗎？你怎拿來比朕。」言語中有些生氣，和珅忙道：「他後面尚有『思垂鑒』、『千秋垂』的話，那不是影射本朝嗎？」乾隆道：「附會。」再不多言。和珅還想再揀幾首，哪知他第一首找錯了，掃了乾隆的興。和珅想：「我是急得糊塗起來了？怎能這樣比譬，惹皇上不高興？」哪知他這裡剛一猶豫，王杰劈手把詩集奪了過去，一看竟是洪亮吉的，便明白了幾分，他對洪亮吉的詩特別熟悉，馬上找到一首奏道：「皇上，臣為皇上讀一首，聽聽洪亮吉是怎樣『影射』

本朝的，《萬壽樂歌》三十六章序：

「皇上御極五十五年，仁如天，宏如地，舉九廣。聖極神謨，文寶武類，非形容所克盡致。今者恭值八旬萬壽慶節，臣幸得擢巍科，備『員詞館』。法祖勤民察吏諸大政，足以度越百王而垂則萬世者，已不下數十事。輒不自量，謹依類撰次，為《萬壽樂歌》三十六章。」

念到這，王杰停下不念了，乾隆聽出了興頭，道：「呈上朕看看。」王杰呈上，乾隆順著往下一看，愈看愈歡喜：「免錢糧，免漕糧，四次兩次看謄黃。今年詔下龍恩厚，普免正供由萬壽。三分減一，十減三。前史盛事何庸談，大農錢粟雖頻散。耕九餘三積儲糧，戶部銀仍八千萬。」

乾隆看到這裡已喜不自禁，眼也明亮了，再往下看時，是歌頌自己勤於政事的：「夜未央，乾清宮中燭蠟煌。日將出，勤政殿前傳警蹕，機廷文閣三兩賢，日或一再瞻天顏。萬機當晝皆周遍，七品宰官多引見。」下面又有「四部書，帙萬萬……」贊自己的文治，「貢及犀兕兼猞猁……」贊自己的武功。乾隆看罷道：「和珅，你為一己之私陷害別人，該當何罪。」和珅跪倒在地道：「奴才該死，奴才只知忠於皇上，見不得半點有損皇上的事，見到此詩體中有衙胥不之恤等語，又誣官兵征廟，故獻於皇上，絕無二心，奴才到現在，並不認識洪亮吉的。」乾隆道：「朕也知道你對朕的忠心，只是今後別在這上面下功夫。兒臣也記著，朕對以前查禁書籍，頗有悔意。對文人應因勢而利導之。」

顒琰道：「兒臣謹記父皇教誨。」心道：「這和珅就是可惡，父皇明護著他，那和珅不是明明的陷害嗎？怎麼就饒了他？況且洪亮吉乃我親點，今陷洪亮吉，不是責我失察，所用非人嗎？」

人總不能一輩子聰明，這和珅到了四十五歲以後，鬼使神差，盡幹蠢事，向顒琰獻玉如意蠢，誣陷洪亮吉蠢，此後蠢事一件接一件，那往日世事洞明的腦袋瓜子好像換掉了。

次日，和珅又召來洪亮吉，道：「你弟在崇文門任職，本相一向待他不薄，至我全家待之亦甚厚，我正要提拔他，……」不等和珅說完，洪亮吉道：「相爺提拔不佞弟弟，是要從他那裡得到我的詩集呢？還是要我的項上人頭？」說罷轉身而去。

果然，閱卷時正與和珅估計的那樣，全是竇光鼐一人說了算數。

放榜了，有的人迫不急待地去看，有的卻想看又不敢看。和珅坐在家裡，心裡也很焦急，擔心看那王公大臣的兒子們若一個都考不中，自己豈不是有麻煩？正籌畫時，呼什圖來報，道：「有幾個舉子求見，說有要事報相爺。」和珅硬著頭皮道：「讓他們進來。」幾個舉子進來即叩首道：「相爺，此次科考必有舞弊事情。」和珅道：「不要亂說。」一舉子忙道：「竇光鼐取了兩個浙江的舉人爲前兩名，這不是明顯的舞弊嗎？且這二人竟是同胞兄弟。」和珅跳了起來：「真有此事？」幾個舉子道：「豈能有假？」和珅道：「快給我備轎。」

和珅到了皇榜前，看那第一名是王以鋙，第二名正是王以銜。和珅心想：「這便好了。」說罷徑自往皇宮行去。那心裡便咬著牙齒，恨恨地道：「必論竇光鼐、洪亮吉以大辟。」

和珅奏曰：「皇上，竇光鼐久在浙江爲官，必受浙江人賄賂，不然決不至兄弟二人同甲錄取，且一爲第一，一爲第二。」說得乾隆也頓生疑竇。乾隆道：「既爲禪位恩科，竇光鼐又爲皇兒所點，皇兒以爲此事如何？」顒琰道：「和閣老所言甚是，同胞兄弟一爲第一名，一爲第二名似有舞弊，當重考復試以判真僞。」乾隆深以爲然，道：「復試主考官爲誰？」顒琰道：「請父皇重新簡選。」於是乾隆點了紀昀爲主考官，並且另選閣部大臣及六部大臣會同紀昀閱卷。

復試那日，和珅竟調來兵丁，環列稽察，一爲監視考場，另爲監視閱卷官，並沒有偵得作弊的事情。而復試時，和珅指摘王以鋙中試之卷疵累甚多，而罰他停科，不許他入場考試，只讓王以銜參加復試。

考試完畢，考官們向乾隆帝呈進了殿試卷十本，名次均已定好，乾隆拆開彌封，看那第一名的名字時，正是王以銜。乾隆奇道：「難道真的沒有舞弊？」便向和珅道：「這第一名是誰取的？」和珅回道：「是紀昀。」乾隆道：「你也讀了這卷子嗎？」紀昀道：「和大人自始至終參加閱卷，取此卷爲第一時，諸大臣都無異議，和大人也首肯。」乾隆道：「是如此嗎？」諸大臣都道：「此次閱卷諸臣皆秉公認真，亦無作弊，如有失當，何妨異置？」乾隆道：「若此，則彼之兄弟聯名，或出偶然，科第高下，殆有命焉，非人意所能測也。何必異置？且既拆彌封而再異置，則轉不公矣。雖如此，朕欲親試二王，傳其上殿。」

二王到了殿上，三拜九叩後，抬起頭來，滿朝文武及乾隆看那年輕的一個，竟是一個獨眼，因有劉墉爲羅鍋已官至大學士，乾隆及滿朝文武無一嫌棄他，且此人雖只獨眼，卻氣宇軒昂並無半點委瑣自卑之態。只和珅道：「吾有一聯試你，你且對來。」於是出了上聯：

獨眼不得龍虎榜，

不料這王以銜沒半點含糊，出口對出下聯：

半月仍然照乾坤。

乾隆道：「朕亦出一上聯，你且對來。」道：

樂啟明，西長庚，南箕北斗，朕乃摘星漢。

王以銜內心喜道：「這是皇上考我呢！」於是朗聲對出下聯：

春牡丹，夏芍藥，秋菊冬梅，臣是探花郎。

乾隆聽罷贊道：「好一個探花郎。」不是和珅作梗，若依第一次考試，這王以銜是第二名正是探花，其中也暗含兄長冤枉之意。乾隆哪能不知。便道：「朕再出一上聯試試兄長。」遂出個上聯：

四口心思思父思母思妻子

此上聯出得絕妙：「思」爲四個「口」和一個「心」組成，「四口心」便爲「思」乃一合字聯，且此時已近春節，官員們準備告假回家，而舉子們自京中應試，已離家多日，多有思歸思家之意，皇上此聯一齣，滿廷文武俱覺難對，都以爲自己對不出來。王以鋙想了片刻，悟出此聯的巧妙，不禁佩服皇上的才思，遂對出下聯：

寸身言謝謝天謝地謝君主

「寸身言」合成一個「謝」字，又呼應上聯君王體思百官及舉子思歸之意，出得妙，對更爲奇妙。乾隆帝遂以二人爲狀元探花，再不更易。

臚唱之日，輿論翕然，數千名舉子，無不嘆服，獨和珅好似被人照臉打了一巴掌。

國家舉行的考試正在進行的時候，禮部就開始爲內禪大禮而忙碌著，這內禪制度對清朝來說乃是創例，禮部便參酌古制，揆合時宜，定得冠冕堂皇，來滿足乾隆帝的心意，一直到大年三十，才把大典的禮儀制定好，並把它交於乾隆帝聖裁。乾隆見定得得體尊崇，立批照行。

嘉慶元年正月初一，正是雞鳴時刻。夜幕籠罩著北京城，太平門太和殿便張燈結綵，一片輝煌，太和殿比以前更顯巍峨莊嚴。太和殿正中的御座前設皇帝拜禱，東楹設詔案，上陳「傳位詔」，西楹設表案，上陳傳位賀表。寶座旁兩側設兩個香几，左旁香几之上預備著放皇帝寶印，右邊則預備放傳位的詔書。

太和殿外的簷下兩邊佈置好了中和韶樂龐大的樂隊。丹陛大樂的樂隊則安排在太和門內。東方露出晨曦，太和殿前王公大臣、文武百官已整整齊齊分班列好，各國使者也尾隨在班末。

突然，籌備主辦大典的大學士劉墉得報：總管太監入內宮取皇帝印沒有取到。劉墉道：「再去！」劉墉心急如焚，大典辦到這個節骨眼上卻不願意交皇帝玉璽，從古到今哪有沒有「大寶」的天子。不一會太監又報，乾隆爺就是不交！

劉墉道：「典禮暫停！」顧不得許多，急急奔往乾清宮。此時乾隆正局促不安，手內緊緊地攥著包著玉璽的錦囊帶，似乎生怕人奪了去。和珅隨扈在旁，神情也極不安，見到劉墉斥責道：「你不主持大典到此作甚？」劉墉匐伏於乾隆面前道：「臣劉墉冒死懇請皇上把玉璽傳於太子。假若傳位而不傳印璽，天下人會說陛下什麼呢？難道陛下留戀帝位嗎？」乾隆道：「胡說！」劉墉道：「臣以為陛下決不是留戀帝位，先前王公大臣、蒙古貝勒聯名奏請皇上暫緩禪位，皇上聖意果決，不願違背六十年前對上蒼許下的諾言，禪位決心既如此堅定，臣實不解皇上為何不傳玉璽。」和珅道：「皇上是為太子著想，嘉慶皇上即位，初理政事，恐有閃失，皇上為慎重起見，過一時期，待皇上見嘉慶皇上熟悉政事，處理得當，再交不遲。」

劉墉道：「自古無印之帝怎能叫皇上，臣以為，若太上皇心繫國家，對新皇上悉心指數，可佩太上皇印，此於理相合，太上皇亦可保有帝位。」

乾隆再也沒有說話，便交出玉璽。

大典重新進行。

午門外，象隊、馬隊、黃蓋、雲盤、龍亭、香亭排列整齊，隊形威武雄壯。

太陽升起來，光明燦爛，整個廣場沐浴在陽光之中。此時乾清門外太監高聲叫道：

「吉時——到——」

乾隆皇帝身著黃色龍袍袞服，外罩紫貂端罩，頭戴紅絨結頂的玄狐暖帽，帽頂上嵌著一顆碩大的東珠，乘輿出宮。頓時，午門外鐘鼓齊鳴，廣場更顯得莊嚴、肅穆。皇太子顒琰著太子冠服隨行於皇帝之後經中和殿來到太和殿。此時，各種樂器一齊奏起中和韶樂，歌隊唱著《元平元章》：

「維天眷我皇，四海升平泰運昌。歲首肇三陽，萬國朝正拜帝閶。雲物奏嘉祥，乘鸞輅，建太常。時和化日長，重九澤，盡梯杭。」

乾隆聽著這首親自改寫的樂歌，緩步走向太和殿正中的寶座，步履略顯艱難。和珅有意無意地扶他一下，他揮手制止了和珅。於是自己拾級而上，坐在高高的寶座上。內閣學士捧著傳位詔書到了詔案，禮部官員舉著傳位賀表到了表案。

中和韶樂在乾隆帝就座的一剎間，恰好闋終，此時，皇太子顒琰也緩步來到殿內向西侍立，只見鑾儀衛官進至中階之右，一聲鳴鞭，階下立即響起三聲清脆的鞭子聲，這是令王公百官安靜肅穆的「靜鞭」。丹陛大樂隨鞭聲而作，這是特為大典時皇太子率王公百官跪拜時而填寫的《慶平元章》。——鳴贊官抑揚頓挫的聲音迴盪在整個廣場：「跪——拜——，跪——拜——，跪——拜——。」太和殿外黑壓壓的人群三起三落，向高踞在寶座上的乾隆行三跪九叩大禮。

跪拜禮畢，年高得韶的大學士、軍機首席阿桂和大學士、軍機次席、第一權臣和珅引導嗣皇帝款款來到乾隆寶座之前，顒琰跪在拜褥之上，阿桂側身從御座左邊香几請出「皇帝之寶」，跪奉皇帝。乾隆帝手捧「皇帝之寶」玉璽，端詳良久。這是一柄三寸九分見方，厚一寸，上有二寸一分高蛟龍紐的青玉大印。乾隆身體微微前俯，莊重地、虔誠地將國家最高權力的象徵——「皇帝之寶」，授給了匐伏在腳下的皇太子顒琰。

之後，太上皇帝沒有參加在太和殿舉行的嘉慶皇帝的登極大典，而乘輿回宮。新皇帝行登基禮，王公大臣文武百官又在樂聲中行三跪九叩大禮。最後禮部鴻臚寺官登上天安門城樓，宣讀傳位詔書，佈告全國。

正月初三，福康安和琳奏報到了軍機處，奏稱：「今日暴雨阻路，大軍不能前進，而軍士毒死者甚眾，苗匪吳八月詭稱吳三桂之後，其勢甚張。」和珅來到乾清宮，乾隆南向而坐，嘉慶西向侍，和珅要把奏摺遞與乾隆，乾隆道：「你且轉奏。」和珅曰：「苗匪頭目吳八月詭稱為吳三桂之後，自稱吳王，竟有苗民紛往投之，漢民若干也風聞而至，福康安和琳請求加兵並增添糧草。」他把奏摺中「軍士毒死甚眾」等語盡皆瞞下，至於「漢民若干風聞而至」純系子虛烏有。若只有一個福康安，和珅必借此詆毀之：與爾十萬大軍，七省財物竟撲滅不了那星星之火。可是因為弟弟和琳在，和珅正要借著征苗，讓弟弟握有重兵，兄弟二人，一相一將，一內一外，自己根基豈不更穩，所以把那奏報意思改了一改，讓朝廷增添征苗軍隊並軍用物資。

嘉慶皇帝站在一旁，一聲不出，見和珅入殿，並不向自己跪拜，只是作個樣子，已是不滿，此時聽他轉奏，已聽出那其中的虛假，若那吳八月打著別人的旗號，漢民還可能歸之，他打著吳三桂的牌子，漢民不唾罵他才是怪事，心裡如此想，也不駁他，只是低眉微笑。

乾隆道：「依你之見應如何處置？」和珅道：「依奴才之見，應急速加兵，開七省府庫，滅那苗賊。湘黔多山，應把大山封住，而勿使其與不軌漢民勾結。」乾隆道：「皇上以爲如何？」嘉慶道：「和相所言甚是，吳三桂之亂，幾禍至江南全部，應引以爲戒才是。和相爲國勞瘁而又見識高遠，想苗賊不日可破。」

和珅心下歡喜，暗道：「你雖爲皇上，實爲一沒見過世面的儒生。」當下從乾隆身旁退下，道：「奴才就把太上皇和皇上的旨意，頒往雲貴湘川各省。」

和珅正要出門，乾隆道：「明日千叟宴不知準備得如何？」和珅道：「稟太上皇，皇上，參加明日千叟宴的親王、貝勒、貝子、大臣及蒙古貝勒、貝子、公、額駙、台吉等俱已至京，兵民也已來齊。計有九千九百人。」太上皇帝聽了非常高興，有雙九之老叟赴宴確爲禪位大典錦上添花。

次日即正月初四日，在寧壽宮皇極殿舉行千叟宴，參加千叟宴者，王公大臣六十歲以上，兵民須七十歲以上。

和珅被乾隆賜「紫禁城騎馬」，他的轎子直入宮門，隨滾滾人流直入寧壽宮太和殿前。在轎子上他鄙棄著那些步行的人們，對身邊的人群，嗤之以鼻，他欣賞著自己崇高的權力，尊貴的地位，洋洋自得。突然看見前面也有一頂轎子，轎簾掀起，見那人白髮蒼蒼，佝僂著脊背，不是阿桂是誰？和珅不免有點生氣，竟有和自己一樣平起平坐的人！轉而一想，忽又看不起阿桂，一把老骨頭，不值得憂慮矣！就是那福康安，他那兵權，他那勢力，我且一日日地給他分點出來。此時更覺和琳建立功業的必要，心道：「明日再爲和琳加一千兵丁，再從火器營撥去二百兵丁。」和珅這樣想，雖高興，但未免總有點不快：多少年了，這老東西阿桂壓在我頭上，如今雖不管事，但那職位還在，架子還在。內禪典禮時，他奉冊寶，今天的千叟宴，又是他的領班，這個世界就是不公平，他有什麼能耐，竟在我之上，我爲這千叟宴忙裡忙外，他倒好，不聞不問，來了就是領班。

鞭響炮鳴，大家起立安定，由阿桂向太上皇、皇上賀壽賀年，對太上皇皇上行禮畢，大家落坐。

和珅為這千叟宴簡直操碎了心，單看席上擺放的火鍋，就可知和珅為籌備此宴，花了多少心思，今年天氣如去年一樣奇寒，舉行千叟宴，人員眾多，想不出理想的取暖辦法，於是和珅別出心裁，竟調來一千五百五十多個火鍋，這真是世界歷史上最大的一次火鍋宴，和珅僅為此宴，也該千古留名，可惜在座的老叟們沒有一個站起來祝他一杯酒，沒有一個人說：「和大人，你辛苦了！」他們只知道吃，喝！

嘉慶帝陪伴著太上皇，為王公大臣們勸著酒，偏是和珅眼尖，竟夾在二人之間。三人走到一席旁，只見一老者站起，對著乾隆道：「恕奴才年邁，不能恭行大禮，奴才敬祝太上皇、萬歲爺、萬歲，萬萬萬歲。」說罷一飲而盡，轉而又到了和珅面前道：「奴才祝皇上萬歲，萬壽無疆！」和珅見這人時，正是蘇凌阿，氣得一杯酒摔在他的臉上，厲聲道：「放肆！」蘇凌阿老眼昏花，此時才看清是和珅，嚇得一屁股跌倒癱軟在地，既忘了叩頭，也忘了謝罪。倒是乾隆爺打個圓場道：「朕有時也把你和嘉慶看混了呢！你饒過他就是。」和珅回頭看那嘉慶帝時，竟是一臉笑容，全無怒色，嘉慶道：「有幾位皇兄，也說我長得像宰輔呢。」和珅心裡的一塊石頭落了地。

又有一位老者站起道：「如今二聖臨朝，實萬古未遇的完美禪位，老臣請問太上皇皇上，以後奏摺呈送批閱及降旨等事與以前有何不同嗎？」前半句說得乾隆舒服，後半句乾隆就怪他沒有把禪位的詔書看懂，也好，此時再讓皇兒或和珅解釋一下。正這樣想時，只聽和珅道：「皇上稱太上皇，用宮中喜字第一號玉寶鐫刻上太上皇之寶。那嘉慶帝登極的詔書上就鈐著太上皇之寶，而次才是皇帝之寶；內外大臣慶賀請安折，俱備兩份呈進，凡有奏事，俱著書太上皇帝，一切奏事由太上皇裁決定奪，嘉慶皇上可以轉奏。」

乾隆道：「和愛卿解釋得甚爲清楚，還有什麼疑問嗎？」眾人再也不吭。唯蘇凌阿還想說話，卻被和珅一眼掃過去，竟再不張口，老老實實地坐在那裡。

晚上回到府上，和珅一眼看到了納蘭，也不理她，納蘭急過來道：「乾爹，今天怎麼了，父親回家驚恐萬分，急讓我來向你謝罪，他又狠命的往自己臉上打，又痛哭流涕，這到底是怎麼了？」和珅也不說話，家人見此，也都退去。納蘭一雙胖乎乎的手不知怎麼這般靈巧，早遊到和珅的內衣裡，撫摩著和珅胸脯，一會兒又往下探去，納蘭柔聲道：「怎麼了？」和珅此時才說：「我差點身首異處。」納蘭道：「父親若得罪了乾爹，乾爹看在我的份上饒了他，他是一心向著乾爹的，對乾爹，再沒有誰像他那樣忠心了。」和珅此時似乎已消了氣，道：「這個我也知道。」納蘭道：「多日不見，我想乾爹呢，乾爹忘了我了？」和珅劈胸抓去道：「他的罪過，要讓你來償還！」納蘭就勢倒在和珅懷裡，和珅竟與往日不同，兩隻手只管在納蘭的玉乳上抓撓，狠狠的，納蘭究竟是高手，兩隻手也早伸向和珅下部，不一會兒舌尖兒上去，和珅哪還呈凶？一晚上，二人又把那春宮圖上的姿勢排渲了一遍。納蘭的這種肆無忌憚是別的女人少有的，也是和珅最喜歡她的地方。

汪如龍竟參加了在乾清宮舉行的宗親宴，參加宴會的共二千人，其中包括皇子、王、貝勒、貝子、公，以及三四品頂戴宗室等。汪如龍身爲兩淮鹽政，本沒有資格參加這個宴會，可是和珅太喜歡他了，每年二十萬兩白花花的銀子，一分一厘都不少，準時送到，另有其他的珍奇。況且這汪如龍對和珅是真心的佩服，又是文化上的朋友知己，經常詩畫來往，和珅以有這樣一位朋友而驕傲，而自豪，吳省欽兄弟雖有文名，但格調總比不上汪如龍高雅。所以是歲宗親宴，進去的人，可都是皇親國戚。因此和珅便謀劃著讓汪如龍參加。

初八日太上皇、皇上設茶宴於重華宮，並以「雪」爲題讓大臣們作詩，和珅便有意無意的在詩中吟出了「雪如」二字，這兩個字別人不知，乾隆怎能不知？它本是現今已成明貴人的藝名。想當年汪如龍正是在乾隆南巡時，以贈送此女而結識了和珅並送豆蔻於和珅，乾隆也就記住了汪如龍這個名字，後來汪如龍又進一女，又被封爲貴人，如今和珅作詩在詩中吟出「雪如」二字，正引起乾隆對汪如龍的回憶，宴罷，乾隆曰：「汪如龍進京了嗎？」和珅道：「太上皇竟忘了，汪如龍特趕來參加內禪大典，又捐了銀子，年前太上皇接見過他的。」乾隆道：「他回任上去了嗎？」和珅道：「還沒有，奴才以爲二位貴人都稱他爲義父，他也應是太上皇的親戚呢，」太上皇笑道：「他既沒走，就讓他赴宗親宴吧。」和珅道：「奴才正如此想。」乾隆道：「朕也窺知一二。」

嘉慶帝倒聽不懂他們的談話，也不過問，只靜靜地侍立一旁，待二人說完，便侍候乾隆回宮。自做了皇帝後，嘉慶比以前更體貼乾隆，每日飲食起居都親自過問，這倒不是他又在耍什麼晦韜之計，他對乾隆的孝敬，那可是做兒子的本分，倒是發自內心的、真摯的。正因爲如此，太上皇越發以爲他所選正確，心裡也極高興。至於嘉慶帝對乾隆處理政事，明知不對，而不加勸阻，那就是迫於環境的晦韜之計了。

初十日，宗親宴如期舉行。和碩親王以下，輔國將軍以上四十八人的宴桌，設在大殿之內。近支將軍、侍衛、官員、近支閒散宗室的宴桌，設在丹墀左右，汪如龍就坐在這裡，甬道兩旁擺放遠支閒散宗室宴桌，共爲五百三十席。

和珅緊跟著乾隆，嘉慶隨後，爲眾人祝酒，這已使汪如龍感到意外，待宴後分發禮物，和珅伸手接過，向與宴的諸人們分頒著如意、朝珠、文玩、銀幣等，和珅到汪如龍跟前，給了他一方黑墨，這裡顯然是對汪如龍的偏愛。

汪如龍細看那嘉慶時，立於乾隆身側，紋絲不動，眼觀鼻、鼻視口、口向心，那氣定神閑的意態好像對世上的一切都不在乎，看世界上的一切都是一樣的，一片樹葉、一粒沙塵、一塊石頭、一縷清風，漫天的雲海，巍峨的群山在他的心裡只是「一」，萬物爲一，他的內心是那樣的平靜，平靜如不起任何漣漪的浩瀚的大海，汪如龍再看和珅，又說又笑，得意洋洋。汪如龍頓時毛骨悚然，渾身冷汗淋漓：和珅已爲刀下之鬼矣！

汪如龍跌跌撞撞走出宮去，第二天來到和府，和珅正要上朝，汪如龍道：「學生準備今天就要回揚州，有一事想求相爺成全。」和珅道：「你我怎麼客氣起來，有什麼事，但說不妨，我能做到的，難道不盡力而爲嗎？」汪如龍道：「是相爺必能做到的，我欲辭去兩淮鹽政。」和珅道：「想到京城來嗎？」汪如龍道：「學生想做平民百姓。」和珅驚訝道：「這又爲何？」汪如龍道：「我汪家有祖傳的毛病，過了四十歲時，兩耳轟鳴，目眩頭暈，這幾日在京城有幾次差點出事了。」

和珅道：「這有什麼，別推辭了，我還要上朝去，你若走，我也不留你，只是這鹽政，不要辭了。」汪如龍道：「相爺，你我既爲知己，我有一句話，想和你說。」和珅道：「但說無妨。」汪如龍道：「老師曾找人把《石頭記》續寫完整，那高鶚程偉元續完之後，把《石頭記》改爲《紅樓夢》，老師想過沒有，這《紅樓夢》三字有什麼意蘊嗎？」和珅道：「我就奇怪你爲什麼辭去鹽政，現在明白了，你們揚州盡出怪人，你的身體裡流淌著他們的血液，總也改不了文人的氣質——算了，不說這些，這兩淮的鹽政，仍是非你莫屬。」

汪如龍見事情不可挽回，道：「學生想讓豆蔻回揚州一趟，不知老師允否？」和珅笑道：「你一會兒一句相爺，一會兒一句老師，我能不答應嗎？我也正有此意，是該讓豆蔻回揚州一趟。」汪如龍道：「你有什麼要交代豆蔻的嗎？若沒有，今天就想動身。」和珅道：「等一天吧。」

和珅雖捨不得豆蔻離開一天，但既是汪如龍提出來，也不好拒絕，問那豆蔻時，看她情形，也極高興，過了兩天，和珅就讓豆蔻和汪如龍一起動身回揚州。

　　車輿行在路上，汪如龍傳話豆蔻讓她和他共乘一輛車，豆蔻不肯，汪如龍讓車子停下來，走到豆蔻車前道：「你既認我爲義父，我即把你當成親女兒，父女同乘一輛車，有何不可，相爺素知我的爲人，你只去不妨，且我有一句話，實在不能等到揚州再說。」豆蔻說：「在這說不行嗎？」汪如龍道：「只要對你一人說。」

　　豆蔻到了汪如龍車裡，汪如龍定定地看著豆蔻道：「爲父想遠走高飛，總不忍心撇下你，你願意跟爲父走嗎？」豆蔻也定定地望著汪如龍，四目相對，互視了許久，豆蔻眼中轉著淚花，終於忍不住，伏在汪如龍懷裡哭了起來：「父親你也看出來了？」汪如龍道：「這麼說，你也知道你托靠在冰山之上。」豆蔻道：「大奶奶、公主都曾勸過他，還編過戲曲，勸他該住手時須住手，可誰也勸不了他？」汪如龍道：「你還沒理解我的意思，如今既使他住了手，也死定了。」豆蔻大驚。

　　汪如龍對豆蔻的情感極爲複雜，當初豆蔻在他家裡時，她是歌妓，他也沒有覺得對豆蔻有什麼特殊的感情，待他把豆蔻送與和珅之後，悔恨的心情與日俱長，現在看到和珅必死無疑，他反而痛恨自己起來，於是便企圖勸說豆蔻離開和府，這真是糊塗透頂的想法，大凡聰明的人有時辦起事來，比愚蠢的人更愚蠢。

　　不久豆蔻仍回到和府，而汪如龍卻掉進湖裡，被救起來後，雙目失明，於是鹽政的職務自然辭掉，後來汪如龍到了什麼地方，誰也不知道。

　　且說和珅送走汪如龍之後，已是元宵節，去年的元宵節，觀燈及燃放煙花，他奏請乾隆在天安門廣場舉行，爲的是沖淡月食帶來的恐怖，又有與民同樂的意思，果然受到乾隆的褒獎。今年的元宵節，仍按照舊例在圓明園歡度。而正月初七，枝江宜都的白蓮教徒萬餘人已率先造反，和珅案頭已有關於白蓮教起義的奏摺。

清晨，圓明園山高水長樓前的小廣場上，數十架煙火，已經排好。下午，王公大臣以及一些使者來到山高水長樓前，坐於兩側，正中放著御座。申時已過，乾隆乘小轎到來，後面是嘉慶與和珅，乾隆帝入座後，嘉慶帝西向陪侍，於是太上皇向王公大臣們賜茶，和珅代表太上皇、皇上向各國使節各賜名茶一巡，又贈他們果盒餅肉一份。此時各種樂器齊鳴，樂奏二闋，滿洲、蒙古歌唱會開始，隨後是摔跤、爬竿、射擊等表演賽。諸戲演畢，天色漸暗，此時，由三十人組成的大型燈舞開始表演。每人手提彩燈，唱《太平歌》，迴圈進止，翩翩起舞，不斷組成各類造型。

突然間隊形變成幾十個小圓圍著一個大圓，大圓放著光芒，小圓呈絢麗的向日葵圖案，組成朵朵葵花向太陽，突然小圓又復變化，幻成顆顆明星，隨後大圓和紅星又重新組合成「太」「平」「萬」「歲」四個字，此時燈舞結束，隨後侍衛將架子上的煙火點燃。突然頃刻間煙火沖天而起，猶如一道閃電，旋即那一道閃電幻成千萬條光道，光道五顏六色，赤紅黃綠青藍紫無所不有，隨著一片耀眼炫目的火光之後，只見煙霧蒸騰，猶如禪雲瑞靄，把人帶入仙境。此後，福海沿岸編籬上擺好的花炮一齊點燃，萬響齊發之後，一時間似群星謫凡，圓明園真正成了人間仙境。

煙火罷後，太上皇、皇上賜饌款待。和珅一一地向王公大臣們問好，又來到外國使臣們的身邊，他長久地站在那裡，看著使臣們所食多少。不一會又俯下身來，向一個朝鮮使者含首致意。朝鮮及琉球、安南等國的使臣們都對和珅表示感謝，和珅道：「這是太上皇、皇上讓我來看大家，務要讓大家吃得甘甜，觀覽得開心，不是我私自來看望大家。」

卻說福長安有個姐夫，正是乾隆十一子成親王永瑆，乃是個才子，其書法使用所謂的「撥鐙法」，三指握筆，懸管寫字，獨創一格，與當時翁方剛、劉鏞、鐵保並稱書法四大家，他雖以書法名世，但偶爾潑筆玩墨，勾勾勒勒，點點染染之間，蘭草秀潤，修竹如生，山水邱壑，意境高遠，空靈超妙，曾自戲云：「山水素不習，偶爲之，荒率離披數筆盡矣。其胸中無邱壑可知，人或以馬一角呼之可矣。」戲稱自己爲「馬一角」，謂作畫極少極稀奇，但就那偶爾爲之，每被大方之家歎絕，乾隆帝素被稱爲風雅天子，見了永瑆的詩書畫，也每每讚歎。常言道文如其人，但偏偏這成親王的爲人與其詩書畫迥異，既娶傅恒之女，便得了如山的奩資，但卻全被封於成王府庫中，永瑆平時更是鐵公雞一毛不拔，可憐當朝第一宰相的女兒，入到皇家以後，原想有享不盡的富貴，卻每天啜以薄粥，薄粥之外吃過一次肉，還是永瑆的乘馬死了殺過後烹馬代膳，方才吃上。

那位生於鐘鳴鼎食之家的小姐也能忍耐，竟爲永瑆生了許多兒子，哪知永瑆對兒子也是一樣的慳吝，待兒子稍一長大，便教他摘取人家的腰中之物，讓他們學習「三隻手」的功夫。

正月初永瑆福晉回了娘家，住在福長安家中，福長安素知姐夫吝嗇，便讓姐姐多住幾日，永瑆便讓幾個兒子跟來，幾個兒子卻是「三隻手」中的高手，竟把舅舅的許多珍玩「夾」走了許多。福長安尋到永瑆那裡，永瑆道：「你做舅爺的，不予甥郎壓歲之物，反讓其自拿，你不自責，怎反咎人？」福長安道：「我那東西之中，有價值連城的寶物。」永瑆道：「如此，則該褒揚他們才是，眼光獨具，盡得乃父真傳，都是識貨的行家。若是那粗俗之物，皇孫豈能入眼？」福長安道：「你若不還我那寶石，也就罷了，爲我作一幅畫如何？」福長安知道，外邊求成親王字畫的極多，其字畫也是價值連城，雖抵不上他那塊鑽石，但總比空手回去好。永瑆道：「畫什麼？」福長安道：「畫四幅春夏秋冬的掛屏，在立春時掛上。」永瑆道：「你回去吧，我派人送去。」福長安以爲他所言是真，便回到家裡，可是等了幾天也沒見有人送畫來，便派人去催，結果家人把畫拿來卻是三幅，再看那幅字，原是幾行詩句，道：「世上之人真個俗，求畫必要作四幅，嚴冬過後何必春，唯有夏秋才富足。」

福長安氣得七竅生煙，可他是親王，幾個外甥是皇孫，福長安更不敢跟姐姐說，生怕她氣出病來。他想了多日，總要收回那鑽石，便想到了和珅身上，哪個皇子皇孫不怕和珅？於是福長安待元宵節後，便尋到和珅，和珅道：「若是小物件也就罷了，既是鑽石就要收回，不過，你把成親王的字畫拿來我看。」次日和珅看那字畫時，心中狂喜：「福長安真是個笨伯，這缺了一幅的畫，又有這首詩，絕對比那完整的更爲值錢，超過那完整的不知多少倍，真真的是『嚴冬過後何必春』。」和珅把畫收起道：「這畫就與我吧，至於你那鑽石，我給你收回。」

別人的事和珅不管，福長安的事他豈能不問？

乾隆每天都要賦詩數首，老而彌篤。這一日正寫著忽然想不起一個特別熟悉的字來：「這麼熟的字怎麼就忘了。」也不便問人，也不想翻字典，總覺得自己能想起，可愈想愈模糊，不免對自己的記憶力有點懷疑，便煩惱起來。和珅在一旁看得真切，道：「太上皇，奴才有一事不想奏但不得不奏，請太上皇恕罪。」乾隆道：「奏來。」和珅便把永瑆的那首詩遞與太上皇並解釋說：「這是成親王戲弄福長安之作。」乾隆正在氣頭上道：「朕昔日曾教訓他：詩書畫雖學問正道，但脫劍學書，漸染漢人陋習，難免丟失滿洲勇武的祖風，此關國遠人心，良非淺鮮，今日看他真的以書畫戲人，走入邪道，你替朕管束於他。」和珅道：「奴才聽福長安及親王福晉說過，成親王對兒子失於管束，致使皇孫常奔走於狹路曲巷。」乾隆大怒道：「把他們拘來。」和珅急忙跪倒道：「太上皇息怒，其實成親王才高八斗，染漢人習氣實在情理之中，復又濡染皇孫也不是存心有過，乃疏忽大意此致，奴才前去傳太上皇旨意，令其謹慎就是。」乾隆道：「拿朕家法去。」

和珅拿著乾隆的「家法」，出了勤政殿，讓太監去傳成親王，自己便來到上書房，皇孫們見和珅手中拿著乾隆家法，哪個沒領教過，俱都嚇得冷汗淋漓，卻聽和珅叫成親王，都略略鬆弛些。只成親王的兩個兒子走上前來，和珅令他們抬起屁股，家法面前，哪敢不從？和珅讓一小太監過來，道：「打。」太監不敢不從，和珅笑瞇瞇地數著：「一下、二下、三下……」打過之後，和珅令二人交出福長安鑽石，二人俱稱在父王處。和珅便對著所有的皇孫乃及皇曾孫道：「不知明天打誰。」

和珅出了上書房，永瑆已來到，見和珅手裡拿著乾隆家法，也膽戰心驚，雖與和珅差不多年紀，又是親王，但心知自己在父皇心中的地位不如和珅，腿便有點打軟。和珅笑瞇瞇地望著他道：「成親王要見太上皇嗎？」成親王道：「父皇傳旨讓我進去嗎？」和珅道：「那要看你的表現，你教子不嚴，太上皇震怒，速把福長安的寶石交出，不然家法侍候。」永瑆不敢違拗，應答而去。

和珅得意揚揚右手中拿著乾隆家法，左手中拿個簽，邊剔著牙，便咕噥道：「明天麼打哪一個呢？明天打哪一個？」恰在這時嘉慶帝騎馬路過，正聽他嘀咕，和珅抬起頭，見到皇上急忙跪倒，皇上也急忙下馬道：「宰輔請起。」嘉慶帝稱和珅三個字：「宰」「輔」「相」，或擇其一，或組合而用，從沒叫過他名字。待叫和珅名字時，和珅已是他階下之囚。

和珅起身後與嘉慶一同步入勤政殿。哪知和珅見皇上在紫禁城及圓明園騎馬，總覺有點不大舒服。這絕頂聰明的和珅怎麼了？一句話：權令智昏。

一日，和珅把一堆奏摺放在太上皇面前，太上皇看了許久，便看得頭昏目眩，一旁的皇上道：「太上皇小憩片刻如何？」太上皇道：「所剩不多，批畢再歇息不遲。」嘴上這麼說著，那手卻直打顫，寫的字跡也不清楚，橫豎撇捺折的筆劃粗細不等，混雜一處，和珅看見抓過來道：「不如撕去，另行擬旨。」說罷竟真的撕了，太上皇與和珅朝夕相處，隨便慣了，對此也沒太在意，只是一旁的嘉慶怒火中燒，熊熊不息，雖面上神情依舊，渾身卻不住地發抖。

卻說福康安、和琳得了朝廷增派的兵丁，添加的糧草，合力往山裡攻擊，哪知苗匪反而愈攻愈多，後方也屢被擾敵，漢民真的與他搗亂起來。

原來，地方官吏借著征苗，對苗民更是大肆搜刮，苗民仍沒有活路，本不願造反的，也紛紛地造起反來，大軍到處，雞狗不得寧。漢民也紛紛抵抗官軍，搶掠官府，此時白蓮教徒又在數省起事，福康安和琳瞻前又要顧後，真是步履艱難。福康安什麼樣的惡仗沒打過，只是征苗民起義卻一籌莫展，你若攻時，他卻於惡水密林之中，你若一安定，他便四處騷擾，福康安步步爲營，也管不了許多，十萬大軍層層地往山林裡推進，偏又在這時，暴雨連連而下，瘴氣繚繞，兵士們死的死、傷的傷，哪還能打仗。福康安見用強攻不行，便又懸賞招撫，哪知苗民把官府的文告當作放屁，竟沒有一個來降，只一味地和官軍作對，福康安、和琳落得剿撫兩空，此時朝廷諭令又下，又讓他們分出兵來，用以對付白蓮教匪，福康安想：「我一世的英名，決不能毀在這幾個苗匪身上。」便呼吸著毒癘，冒著瘴氣，頂著暴雨，揮兵進入密林，福康安竟在嘉慶元年五月真的擒住了苗匪頭領之一的吳八月，哪知在密林惡水裡得了勝利，乾州城卻被苗軍佔領，福康安大驚，調軍急回，四面也不知又哪來的苗軍，東一個，西一個，南一隊，北一群，一路上只在福康安大軍疲憊時出現，待大軍到了乾州城下，兵士將領也死了許多，福康安一心只要報效朝廷，便包圍了乾州城，身先士卒攻那城池，可是只覺頭昏眼花，身上發燒，將官們把他挽下，抬回大營，不幾日竟死了。

噩耗傳到朝廷，滿朝文武無不震驚悲痛，乾隆更是老淚縱橫。

和珅獲悉福康安染瘴而死的消息後，忙向福長安表示自己的悲痛，實際上福長安雖和福康安是親兄弟，對他哥哥的死，竟無動於衷，他是個追求實惠的人，誰對他有用，他就對誰好，在做侍衛時，他曾與和珅暗中較量，但知道自己比不上和珅，於是倒在和珅的腳下，唯命是聽，甘做和珅的奴才。

福長安見和珅向自己表示其哀悼之情，竟也淚流滿面道：「國家正用人之時，想不到兄長竟英年早逝。」哭過之後，遂道：「國不可一日無君，軍不可一日無帥，我當請奏太上皇，讓和琳掛帥。」

嘉慶元年五月，太上皇、皇上在熱河避暑山莊拜和琳爲大將軍，接福康安的職，留在湘黔，繼續征苗。於是七省的軍隊統由和琳指揮，至此，和珅兄弟一相一將，天下側目，太上皇之天下，實爲和珅之天下。

和琳既爲將軍，遂率軍攻乾州城，福康安在時，其城將破，不料福康安在城將破之時而歿，和琳乘勢奪下城池，竟擒住了苗酋石三保。捷報馳入朝廷，和琳受賞三眼翎。

哪知苗軍遭到如此大的重創，其勢不減，另一首領石柳鄧竟佔據了平隴，吳八月的兒子吳廷禮、吳廷義復又帶領苗民四處騷擾，和琳驅兵進入高山密林之中，又陷入福康安當年的圍境，你縱有百萬大軍，但那苗軍躲在樹縫裡，石頭裡，你看不見他，豈能奈他何，於是和琳望崇山峻嶺、莽莽叢林而長歎。

最後，和琳不得不重又採用以苗人治苗的方法，分化苗人，以官秩和金帛進行招撫和利誘，於是和琳也陷入福康安當年剿撫兩空的境地。

和琳在前方犯愁，和珅在避暑山莊卻得意非常，沒想到不費吹灰之力，弟弟和琳取代了福康安，放眼天下，再沒有敵手，於是便更胡作非爲起來。

清朝考察官吏，京官叫「京察」，外官叫「大計」。京察內容分爲「回格」，即守（操守，如清、謹、平）、政（政績，如勤、平）、才（才能，如長、平），年（年齡，分爲青、健、壯），三品以上的官員向皇上自陳，四品以下的部院司員由吏部、都察院長官考核、大學士同察。根據情況分爲稱職、勤職、供職三等。稱職者稱爲「京察一等，可以得到加級、記名（有缺則優先升用）、引見等獎譽。」「京察一等」有定額爲七比一，不准私自濫保以充數。

和珅身爲大學士兼軍機大臣，可以同察官吏。但是，考察官吏乃是剷除異己，培植私黨的好機會，地方各級政府利用這一機會，順我者昌，逆我者亡。京城中的官吏往往掌握朝廷要害部門，和珅更不能把此事交於別人。

前些年，吏部由自己主持，自己擔任吏部尚書，主察官員，名正言順，後來自己不再擔任尚書，但蘇凌阿等做吏部侍郎，吏部尚書也不敢違拗，只是今年不同，吏部尚書是劉墉，而劉墉又是大學士，自己對吏部便玩不轉，於是便想著法子。

和珅奏曰：「太上皇、皇上，值此內禪盛典、皇上親政之際，正應肅清吏治，以彰太上皇、皇上的恩威，張國法、明綱紀，故考察文武官吏之事至爲重要，奴才以爲，此等重大事宜應悉歸內閣與軍機處署理，吏部輔助參考，以杜絕徇私舞弊。」

不料，從來都不言語的皇上今天卻「干預」起政事來。嘉慶道：「祖法，考察官吏由吏部考功司主持，大學士同察，朕以爲吏部熟悉各級官吏，檔案明瞭，熟知官吏種種隱晦手段，吏部尚書劉墉又清正廉明，天下共知，必不徇私舞弊，且有大學士同察，太上皇鑒察，朕以爲此等事情依祖法仍交吏部、都察院處理爲好。」

乾隆聽他說這番話，也沒覺得有錯，但總是不舒服，嘉慶爲什麼最後不用「請太上皇定奪」呢？這不是自作主張嗎？心裡又沒有理由駁他，便道：「此事交王公大臣、內閣軍機處再議。」

嘉慶一怔，和珅一喜。

嘉慶走後，和珅道：「太上皇，皇上是要掌握銓選降調天下官吏之權，皇上素示恩於劉墉，如此，天下的官吏盡入皇上案前了。」這幾句話正戳到太上皇疼處，乾隆是要做亙古未有的名副其實的太上皇，而銓選迂調天下官吏之權不在自己的手中，豈能是握有實權的太上皇？天下的官吏不在自己手中，那句「大事還是我辦」的話豈不成了一句空話？於是遂頒旨調體仁閣大學士劉墉爲工部尙書，福長安爲吏部尙書。和珅提拔紀昀爲禮部尙書，正在太上皇面前顯示自己的正直無私。於是考核官吏的權力交於內閣與軍機處，吏部提供考選材料。和珅把吏部牢牢地抓在自己的手中，太上皇絲毫也沒感到大權旁落。

嘉慶帝被擠兌，更明白了自己的地位，從此以後哪還敢多言？嘉慶帝真是五內俱焚，天下吏治糜爛，自己真正親政時，如何下手？

和珅過去是挾皇上以令天下，現在竟挾太上皇以令皇上，那種得意，無以復加，可正當他踏上喜悅的巔峰時，卻一下子跌入到悲哀的谷底——京城中傳來小兒子夭折的消息。

消息傳來，猶如晴天霹靂，把和珅擊昏過去，若和珅魂魄就此不在附體，也省了嘉慶的一條白練，只是他又甦醒過來，並且堅強地挺了起來，巨大的悲痛使他難以自抑，寫下《憶悼亡兒絕句十首，以當挽詞》：

其一

河漢盈盈兩淚傾，都關離別恨難平。

雙星既有夫妻愛，應識人間父子情。

其二

老來惜子俗皆然，半百生男溺愛偏。

今竟無情拋我去，幾淚搔首問青天。

其三

襁褓即知愛文章，癡心望爾繼書香。
歸家不忍看題壁，短幅長條一律藏。
其三
學語先知父母呼，每逢退食足娛吾，
秋來歸去無聊甚，觸處傷情痛切膚。
其四
寄語老妻莫過傷，好將遺物細收藏。
舊時昏眼如徑見，竹馬斑衣總斷腸。
…………

豐紳殷德正奉命在湖廣、貴州視察清軍鎮壓苗民起義的戰事，幼弟夭亡的消息傳來後，也是痛不欲生，寫下《瀘溪途次聞幼弟兇信挽詞六首》：

其一
憶得臨行見汝時，曾將果餌笑相嬉。
何期一月零三日，遂使千秋永別離。
其二
記否親承言笑時，曾云長幼太參差。
並期他日攻書候，指謂吾堪為汝師。
其三

爾我同生錦繡叢，吾親恩育極難窮。
似茲富貴遭夭折，豈若貧窮得壽終。

其五

唯有斷腸歌當哭，不堪回首淚如波。
弟兄情義尚乃爾，父母之心應如何。

其六

痛語豈能計工拙，泣書全不辨歌斜。
聊將向汝靈前吊，知未知兮空慟嗟。

福無雙至，禍不單行。在七月哀痛的淤埋中還沒透過氣來，八月和珅又接到弟弟和琳染瘴而亡的消息。福康安到死都在與和珅兄弟周旋，先和氏兄弟而去，想和琳之死，必是他在陰間追索而致。

和珅接到弟弟亡失的噩耗，其悲痛的心情是無法形容的，和琳生下時，母親去世，後來父親續娶一室，但繼母乖戾，竟企圖趕和珅兄弟出門，兄弟二人自幼相依爲命，在人生的旅途中相互提攜，相互扶持，相互鼓勵，如今各自走入輝煌，和珅沒想到和琳竟在四十四歲先自己而去。這個秋天真是傷心的秋天，悲哀的秋天，慘絕的秋天。

和珅作詩記下自己的悲哀：

序：「希齋弟督軍苗疆受瘴而卒，痛悼之餘，爲挽詞十五首，言不成聲，淚隨筆落，聊以當歌。」

其一

看汝成人瞻汝貧，子婚女嫁任勞頻。

如何又為營喪葬，誰是將來送我人。

其二

魂魄歸來冬季深，君恩賜奠重親臨。

先驅應早攙槍歸，好補生平報國心。

其三

吾弟功成名，遂惜年不永。

既邀九重異，數殊榮復有。

……

和琳死後，他的寵姬雲卿爲和琳殉身。和珅在詩後記述道：「寵姬雲卿爲之殉節，雖修短有數，亦可以生死無憾矣。」

和琳死後，晉贈一等宣勇公，謚忠壯。其子豐紳宜綿襲爵。乾隆賜銀五千兩爲他辦喪事，並賜陀羅經被，賜祭葬，命配饗太廟，祀昭忠、賢良等祠，並准其家建專祠祭奠。嘉慶四年，和珅誅，廷臣論和琳借勢邀功，嘉慶帝也追咎其會剿苗匪時牽制福康安，師無功，命撤出太廟，毀專祠，奪其子豐紳宜綿公爵，改襲三等輕車都尉。

和琳死後，額勒登保代將，斬石柳鄧之子及吳八月之子。至此苗軍首領被斬殺。於是急忙奏報朝廷，言苗事已定。朝廷封明亮爲襄勇伯，額勒登保威勇侯，實際上苗軍仍橫行山中，額勒坐保等人實爲謊報軍功，但這些戰將多是和珅提拔，也無人追究，直到嘉慶四年和珅被誅，苗人仍四處與官軍對抗，才弄清真相。

第十章　官逼民反·兵不厭詐

崇文門的稅收由和珅一家把持，其苛刻到了令人難以想像的程度。不論是農夫還是商人，以及一些讀書人更有許多的富户，都把官府當做仇敵，官逼民反啊！

白蓮教起義，把清朝推向沒落，清朝從此再也不能恢復元氣。而白蓮教起義則和苗民起義一樣，是乾隆末年吏治腐敗的直接產物。

安徽有個教主，名叫劉松，乃是白蓮教混元教創建者樊明德的弟子。自從師傅樊明德被處以極刑後，他便在河南鹿邑縣傳教，宣稱劫運已滿，彌勒佛將出世，凡是信教的人，有蓮花護身，可以渡過來日的大難大災，到那時，閒田曠土極多，教中人先納稅若干，將來按稅授田；並要入教者互相救助，有患相救，有難相死。入教後，不持一錢可以周行天下。清廷私查清楚這個教派後，京中派出暗察的侍衛，一個枷子把劉松枷到京城，皇上法外開恩，把他流放到甘肅。劉松的徒弟劉之協、宋之清聽說師傅受著徒刑，便暗地裡跟著到了甘肅，師徒三人終於找到機會聚首。

劉松道：「混元教破案已經很長時間了，朝廷對之極爲注意，若再傳教，必須改換一下名稱。我想好了，新教的名字，就叫『三陽教』。教中的經文，也要改一改，可以改成順口的歌曲，容易誦唱。」劉之協道：「弟子思謀著要尋一個人，託名是明朝朱姓的嫡傳，應合如今百姓們反清的心理以及仇視官府的情感。」宋之清說：「應另找一人，借托彌勒轉世，保佑教眾。」最後三人決定，尋找一個人，捏名「牛八」，姓與名合起來正是個「朱」字，稱他是大明嫡傳，將來必大顯大貴，君臨天下，讓劉松的兒子劉四兒充當轉世的彌勒，保輔牛八，猶如姜子牙保佑武王一樣，並保佑入教的人可免除一切水火刀兵災厄，本教教主仍然是劉松。之後，劉松繼續做他的犯人，劉之協、宋之清便四處傳教。宋之清又收齊林、伍公美等五徒，從此一傳十，十傳百，黨徒日眾。

乾隆五十九年，黨徒已逾三百萬。

乾隆五十九年十月，清廷偵得實情後，急在各省搜捕白蓮教教首，劉松等被逮捕，押到京城後，眾教首被處以極刑，只放走了那個所謂的「真命天子」牛八。可是，偏偏跑了個劉之協，他在被押往京師的途中，由徒弟們行賄，在扶溝逃脫，乾隆帝急諭代理兩江總督蘇凌阿道：

「劉之協一犯在扶溝逃脫後，或潛回原籍，亦未可定，並著蘇凌阿等督飭所屬，實力嚴密查拿，務期速獲。」

於是蘇凌阿坐鎮劉之協的原籍安徽太和，密派幹練文武各員懸立千金重賞，督飭嚴拿。並飛咨河南、湖廣、陝甘及直省，在關津要隘處所，一體截拿。

卻說前面表過的常丹葵，本是被革了職的，因通過劉寶杞納蘭夫婦送給和珅一個金佛，便恢復了官職，做著武昌的同知，此時接到上面的命令，歡喜非常，以前總是找碴誣陷，現在名正言順了。於是常丹葵不怕罪人多，只怕罪人少，索性將無辜的百姓，捉了數千人去，羅織成罪，都說他是教徒，動用酷刑，逼他們拿銀子贖人。境內有一個首富聶傑人，平時早被常丹葵看上，垂涎他錢財，一直沒找到藉口，現在正好放手施為。於是派了衙役過去，哪知衙役回報，那聶傑人竟聚著莊人農戶，抗拒逮捕。於是常丹葵親自出馬，調來兵丁，浩浩蕩蕩，總要取他錢財家產老婆女兒，但是趕到那裡時，只見滿莊皆空，連一個雞呀貓兒的也沒有，更沒有一個人影兒。常丹葵直到聶傑人家的大門前，只見門上寫著四個大字：「官逼民反。」聶傑人本不是白蓮教中的人，此時反而捐出了所有的家產，帶著全莊人投奔白蓮教了。

蘇凌阿坐鎮安徽，安徽更是抓得緊，鄉下有一種專門置辦婚喪嫁娶等事情的人，叫「轎店夫頭」，簡稱轎頭。若有備辦婚事的人找到他，他會爲你準備好樂隊、轎子、請帖等等；若有喪葬的人找到他，他會爲你準備好挽聯、拂幡、響（喪樂隊）等等。有一個姓趙的貢生，他的父親死了，將要出殯，遵循舊例，須通知曾經弔唁的親朋，刻期會葬，按門簿開單，共有一百七十多人，就把名單寫好，交給王「轎頭」替他挨門挨戶地通知。王轎頭將單子交給了雇工李自平，讓他具體辦這件事。

李自平通知各戶後回來，夜裡住在城隍廟，被官兵抓住盤問，交給都司衙門，搜出他身上的名單，見有一百七十多人，人數眾多，都司便以爲抓了條「大魚」，於是鞭子浸了水，往李自平身上抽去，而李自平又供說自己是由王「教頭」（轎頭）派他前去通知的。在李自平畫過押後，不明不白地被當即砍了頭。那一百七十多人及其連坐在一起，通通被官衙會同兵丁抓來，竟有近千人。蘇凌阿不管三七二十一，先把那一百七十多人的頭割下，掛在城門及鄉下的高竿上。其餘的人嚴刑拷問，後來明白，知道是冤案。即使如此，也必須拿錢來贖罪，凡是出得起錢的，當即宣佈無罪釋放，拿不出錢的，便關在大牢，直到被折磨至死。

河南、湖北、安徽各省的官吏，都是一個樣兒，得了聖旨，便命令一班狼心狗肺的差役，下鄉搜捕，挨門挨戶的敲榨勒索，有錢的百姓，還能用錢買命，無錢的百性，被差役指作叛徒，下獄受苦。又趕上貴州、湖南、四川等處興師征苗，沿途不斷騷擾百姓，牲畜和女人，被洗劫一空。此時又正是朝廷嚴禁私鹽，私鑄小錢，官府看見販鹽的，有小錢的，便通通抓來，一律說他們是私鑄假錢的，私自販鹽的，肆意勒索他們的錢財。

農村是這樣，城裡也有過之而無不及。

崇文門的稅收由和珅一家把持，其苛刻到了令人難以想像的程度。有一個進京出差的官員經過崇文門，稅吏讓他交稅，可他只有身上的一個鋪蓋卷，怎麼辦？稅吏讓他把鋪蓋卷留下，讓他辦完事後，拿錢來贖。

這樣，不論是農夫還是商人，以及一些讀書人更有許多的富戶，都把官府當做仇敵，把「官逼民反」四字作了話柄，趁著教民四起，一律往投，反正都是一死。

從此以後，以前入教的，便結黨成群，相互救助，更加鐵了心腸，一心向著教會；以前沒有入教的，爲躲避官府的迫害，也甘心從教，唯恐落後。

而劉之協，猶如魚兒游進教徒的汪洋大海，再也抓不住他。於是劉之協走過數省，約同張漢潮、姚之富、齊幗謨、齊林等在辰年、辰月、辰日（嘉慶元年三月初十）在四川、湖北、湖南、四川、陝西等地同時發動起義。

可是起義的風聲不小心被洩露出去。襄陽縣城的白蓮教首領齊林被縣令捉住，砍下頭顱懸掛在襄陽城示眾。

於是各地白蓮教，再不按統一的時間，於嘉慶元年正月起，紛紛起義。正月初七日，枝江、宜都等地白蓮教徒在張正謨、聶傑人的領導下率先舉事。以白布纏頭爲記號，並佔據灌灣腦山頭，進山的道路上埋了火彈地雷，四路紮了石卡，卡上都有槍炮滾木擂石，地下挖有土坑陷阱，用自製的幾百技抹了毒藥的弩箭，三百多桿鳥槍，六個栗木炮，以及錨槍等，與官軍對抗。

二月初二，齊林的妻子王聰兒，齊林的徒弟姚之富在襄陽黃龍壋起義，攻襄陽不克，焚掠樊城而去。之後，湖廣的荊門、來陽、鼓寨、鄖陽、漢陽、宜昌軍地，也相繼起事。

九月，四川達州徐天德、王登廷，東鄉冷天祿、王三槐，太平孫賜俸、經紹周等一時並起。

十一月，陝西將軍山的馮得仕，米溪的翁祿玉、林開泰，安嶺的王可秀、成百智，汝河、洞河的朝知和珅、廖明萬、李九萬也相繼起事。

河南省則遲至嘉慶二年二月舉事。

各省白蓮教俱樹「天王劉之協」大旗。

在諸路起義軍中，以王聰兒和徐天德兩路聲勢最爲浩大。

三月初二日，襄陽城郊的黃龍壋的一塊平川上，築起一方土台，土臺上放著三張桌子，第一張桌子前，供奉著齊林的牌位，後兩張桌子旁各站一人。右邊的一位是一位二十歲的女子，一身縞素，二道細眉斜插入鬢，一對鳳目含著威風與仇恨，左邊的一位，也是二十左右的年紀，濃眉大眼，虎背熊腰，這二人就是王聰兒和姚之富。土臺上幾十面黃色的大旗迎風展開，土台下一萬多人也都穿著教服。臺上臺下的人，手中都端著一碗酒，右手裡捏著一撮土，那是從襄陽城的十字街頭挖來的泥土。

王聰兒走到第一張桌前跪拜過齊林的牌位，站起身來，道：「繼承夫志，爲夫報仇，誅討官府，死而無憾！」誓罷，回到自己桌旁，雙手端起一碗酒，高聲道：「有患相救，有難相死！」下面一萬多人也都喝酒高呼，聲聲搖撼山岳。誓罷，一齊剪去辮子。

王聰兒自任大帥總教師，姚之富爲先鋒，下面設五個總兵，領五個營，其中一個總兵由姚之富兼任。

義軍起誓畢，遂吶喊著進攻襄陽，王聰兒頭紮白布，身穿白衣白褲，騎銀鞍白馬，手持雙刀，一馬當先，真是：

樂府重歌花木蘭，錦袍再見秦良玉。

偏偏有兩個清兵，看她蠻腰細細，苗條柔弱，素手纖纖，臉面細細白白猶如梨花，便大喊著衝上來：「抓妖婦，要活的！」身後的兵丁也一擁而上，王聰兒對那兩個清兵微微一笑，兩個清兵不知死在眼前，看了那春波也似的月光，更要留她活口，便一左一右拍馬上來，要擒王聰兒，突然間，只見王聰兒一腳跨於馬蹬上，全身懸空，一對繡鸞刀銀光閃處，二個清兵的頭顱早滾落在地上，想那頭顱掉在地上時還在做著美夢。其餘的兵丁，望風遁走，又哪裡能走得掉，只見王聰兒兩片刀上下翻飛，銀光閃閃，一會兒幾十具屍體倒在血泊之中。

再說四川的亂事，也是由官吏逼迫而起。官兵游勇，府吏衙役，四處剽掠，八方騷擾，欺男霸女，無惡不作。

達州知州戴如煌，昏庸如蘇凌阿，苛毒如常丹葵，又極好色。他派遣胥吏搜教徒，專找富戶乘勢勒索。又讓手下仔細打聽哪家有美貌女子，何處有小家碧玉，不論城鄉，被他打聽到了，一定要弄到手中，恣意玩弄，同時又要誣她父家或夫家為教匪黨徒，洗劫其家產。

達州境內有一個土豪叫徐天德，不僅有萬貫家財，而且有一小妾豔麗非常。戴如煌帶著衙役兵丁，圍住徐天德莊園。猝不及防，徐天德束手就擒。戴如煌掠去徐天德後，逼取其家產，並淫辱其小妾。徐天德平時最喜交四方朋友，徐天德出事後，這些朋友拿出徐天德家產上下行賄，四處打通關節，戴如煌便放了徐天德。徐天德惱怒激憤異常，遂於莊人一起約集，入白蓮教舉起造反大旗。王三槐、冷天祿等本是徐天德的好朋友，天德倡亂，二人也聞風而起。

清軍聞訊派軍征剿，屯兵於老營灣，老營灣內駐有重兵，營外以木柵為寨，寨外壕溝深達數丈，溝以外加派兵丁守衛。徐天德派軍挑戰，營內衝出一隊人馬，雙方激戰，徐天德不敵，轉身就逃，清軍緊緊咬住不放，徐天德一路狂奔，丟盔棄甲，好不狼狽。清軍驅走起義軍，洋洋得意，恥笑這等蝥賊，真是不堪一擊，於是晚上便放心睡去。哪知徐天德乃是佯敗，故意要使官軍鬆懈警惕。當晚，徐天德帶五千義軍，手持長矛，臉上塗了黑、紅、藍、白等各色顏料，悄悄摸進營裡，伏著不動。

第二天清晨，大霧彌漫，只聽一聲炮響。潛伏在溝外的義軍吶喊而起，把上萬個火球拋入清營。營內濃煙滾滾，烈焰沖天，義軍迅速用飛鉤把木柵鉤倒在壕溝上，隨即踏著柵欄，躍過壕溝。火光中，官軍個個焦頭爛額，人頭落地。

儘管白蓮教怒潮幾乎席捲了半個中國，但是和珅仍不斷地向太上皇奏報著佳音。乾隆比以前更顯得老態龍鍾，而對一個一個的捷報，乾隆也曾感到疑惑：既然官軍節節得勝，爲何還要從東北、從蒙古、從西北抽調軍隊？爲什麼一天天地增加著軍餉？他似乎意識到官軍的無能爲力，但是又不願承認這一點。難道官軍還不能收拾那幾個草寇？大小金川、回疆、林爽文、安南、緬甸都被他一一蕩平，這幾個教匪難道還能跳出他的鐵掌？他寧願相信官軍的勝利，他寧願相信他的帝國是多麼的繁榮富強，那些教匪只不過是蚍蜉撼大樹，可笑不自量。

有一天早朝後，乾隆又聽了幾個捷報，猛然間覺得頭昏目眩，身體像要飄起來。嘉慶帝看他有點搖晃，急忙扶住他。乾隆在嘉慶的扶持下來到窗前，坐在塌上，圓明園顯得是那樣的模糊不清，西南方向，一片迷濛。他盡目力望去，想看得真切，但是，不僅陝甘、河南、湖廣、四川在他的腦海裡是一片空白，而且眼前圓明園的亭臺樓閣，也輪廓不明。乾隆到底還是感到有些疲倦。近來經常這樣，早晨以後便覺得四肢無力，連扭動一下頭都顯得很困難。他終於坐下來，靠在榻上，過了一會兒，命和珅來見。

和珅到了以後，見太上皇面南坐在榻上。這是一種特製的小榻，可躺可靠可坐。太上皇靠在那裡，眯著眼；皇上面向西坐在一個小杌上。

和珅對著太上皇跪下，說道：「奴才和珅，叩見太上皇、皇上。」

太上皇似乎沒有聽到他的話，也不吭聲，只閉著眼睛在那裡好像要睡著了一樣。

和珅跪在那裡許久許久，隱隱約約聽到有什麼響聲，和珅抬起頭來，見太上皇雙唇不住的翕張，喃喃似有所語。嘉慶帝極盡耳力諦聽，最終也沒聽清一個字。又過了好長時間，突然，太上皇猛地睜開眼睛道：「其人何姓名？」

和珅應聲對曰：「王聰兒、徐天德。」

乾隆聽罷，復又閉目，口中又喃喃不絕。

半個時辰過去了，太上皇睜開雙目，讓和珅出去，再不說一句話。

嘉慶帝駭愕無比。

嘉慶帝尾隨和珅出來，把他召到無人之處，問和珅道：「你剛才聽太上皇說的是什麼？你回答太上皇那兩個匪首又是什麼意思？」

和珅回答說：「太上皇誦念的，是西域秘密咒。誦念此咒，他所討厭憎恨的人，就會無病無疾而死。要麼就有奇災橫禍降臨到他頭上。奴才聽太上皇念這種咒語，知道他所咒的必定是教匪悍酋，所以竟以二個匪首的名字回答。」

嘉慶帝聽他這句話，心內又是一陣驚駭：和珅怎麼竟熟知這種邪術！和珅怎麼竟這樣了解太上皇！幾乎與太上皇心意相通。

和珅回到淑春園，滿眼所見，盡是灰色，這是蕭索的色調，悲涼的色調，死亡的色調，令人憎惡的色調。

和珅還沒有從殤子逝弟的悲痛中解脫出來，他憎惡一切，他恨一切，他恨這個世界，這個不公平的世界。自己四歲喪母，十一歲喪父，在貧寒淒苦中度過童年少年，四處告貸，四處被拒，四處遭到旁人的白眼。那時候，自己手中雖然沒有提著棍，挎著破籃子，拿個破碗沿街乞討，可那比乞討更屈辱啊！弟弟沒有享受一點點童年的歡樂，可是正當壯年得志的時候，這上天卻奪去了他的生命。上天，你公平嗎？即使是和琳壯年得志的時候，他曾在家中度過幾日？西藏、四川、湖廣、貴州，在山川巒荒中穿行奔波，竟連女兒的婚事也不能回家辦理。可是上天，你卻一點也不顧惜他。

我那可愛的兒子……他會說的第一句話是「爹爹」。和珅抑制不住自己，早已淚流滿面，他對這個世界更加咬牙切齒了。都是那群同僚，那夥壞蛋！他們假惺惺地來向我賀喜，祝我老來得子，他們竟然鼓動我到乾隆帝那裡要求重新舉行「任子之典」。他們才該死，該死該死的是他們！

和珅想到乾隆帝現在也是恨恨的。他向我要錢，要軍費，他向我要歡樂，要……要……，要我的一切。可是他卻愛朱珪，寵著劉墉，聽任紀昀調戲我，更有王杰、董浩，竟讓他們做大學士。這群壞蛋，朱珪、劉墉、王杰、董浩這群壞蛋，總是戲弄我，看不起我，想吃了我！還要那個永琰成了嘉慶帝，對他也要多加提防。汪如龍失蹤了，不見了，臨別給我說的話，似是話裡有話，似有深意，也許他看到了什麼，聽到了什麼，我確實要提防他們。

我要盡快把蘇凌阿調到京城做大學士，現在就辦，明天就辦。和琳去世，我要培植幾個將軍。永保，我已讓他握有重兵。惠齡要多給他點騎兵，東三省的騎兵，蒙古的騎兵調三千給他。宜綿也不想在軍機處了，正好，我身邊要不了那麼多人，有一個福長安在軍機處足可應付一切，足可以和我一起，把軍機處攥在手心裡。盡快給宜綿一支軍隊，讓他奔赴前線。這天下雖是乾隆的天下，可沒有乾隆哪有我？乾隆的天下，就是我的天下。我要讓那些將軍們明白，吃過了、喝過了、拿足了、掠夠了，也要盡力剿匪，這也是在替我剿匪，一定要把那些該死的匪徒剿滅乾淨，盡快地剿滅乾淨，哪個將官不好好幹，也要給他點顏色看看。

和珅又恨起來。我為太上皇、皇上如此操心，保著大清的天下，可偏偏有人說我的風涼話，寫個對聯，做幾句順口溜來影射我，甚至把一個元人的小曲兒貼在我日日走過的大街上：

「**堂堂大元，奸佞專權。開河變鈔禍根源，惹紅巾萬千。官法濫，刑法重，黎民怨。人吃人，鈔買鈔，何曾見。賊做官，官做賊，混愚賢，哀哉可憐。**」

這不是明擺著罵我嗎？

晚飯後，和珅來到黑玫瑰房內，站在鏡前。他脖上掛著朝珠，左看右看，時而傻笑，時而瞪眼，嘴裡咕咕噥噥。黑玫瑰見他如此，驚訝地說道：「這是朝中御用之物，你不是皇上，怎敢戴此！若被人發現家裡面藏著這些東西，那是謀逆的大罪啊！」和珅聽罷她的話，回過頭來，走到黑玫瑰面前道：「我不能佩帶，還是我不配佩帶？」

黑玫瑰見他神情怪異，也不說話。

和珅走到她面前，托起她的下巴道：「我不如太上皇？你還想他？你對他這麼癡心，他怎麼把你趕出宮了？」說罷撕了黑玫瑰衣服道：「試試看，我和太上皇誰強？」

和珅狠命地壓在黑玫瑰身上，只想狠命的施為，可是那玩藝兒哪有半點兒堅舉，於是便又使用起過去用過的那個法兒，左右開弓打在黑玫瑰臉上，嘴裡叫道：「納蘭！納蘭！」黑玫瑰突然叫道：「我不是納蘭，我是宮女！」

和珅的眼睛猛地睜開，張開嘴巴，咬向黑玫瑰，黑玫瑰也不知哪裡來的勁，一翻身，把和珅摔倒在床上，劈哩啦啦往和珅臉上打去：「你如皇上嗎？」

和珅突然間躍起來，熱血沸騰，又向黑玫瑰撲去，但無論如何，總也尋不著一絲兒陽剛之氣，最後只有渾身打顫，委頓於地上。

次日，蘇凌阿做了大學士。和珅又奏請太上皇、皇上免去宜綿軍機章京的職位，封爲將軍，前往前線，於是一班統兵剿匪的大員，都成了和珅的黨羽。這些人的戰報、奏摺，連同銀子，源源不斷地送到和珅手裡。

軍機章京，軍機處行走的官員，除軍機大臣如阿桂、董浩等外，都是和珅的黨徒，軍機處實際上是和珅一人的天下，阿桂等人只是個空頭銜，沒有人把什麼重大的事情往他那裡稟報。一些將軍，是從軍機處出來的，他們的第一目的，就是要借鎭壓白蓮教起義，立些功勞，繼續往上爬；另外，就是撈些錢財。

永保本是軍機章京，去年（嘉慶元年）送與和珅禮物，要做將軍，和珅許了他，太上皇後降旨讓他總統剿匪事宜，因此，永保在諸路剿匪的部隊中，實力最強。他知道，只要送給和珅金銀，不論如何貽誤戰機，也是不妨事的。於是手下的人，拿賊都不在行，劫掠民財卻個個爭先恐後。不一年，永保便肥得淌油。

永保這路軍馬主剿王聰兒和姚之富。王聰兒率著隊伍，不走大路，只行山間，不攻城市，只在鄉村，忽東忽西，忽南忽北，攪得永保暈頭轉向，要不是天下大雨，王聰兒差一點兒拿下武昌。王聰兒從武昌城外撤出後，朝廷命令永保把她截住，哪知永保只會尾追，不懂追擊，更不懂如何包圍堵截，結果襄陽義軍從湖北橫掃河南後，又轉戰山西，復又回到湖北，此時永保才想起和珅的話：「拿夠了東西，也要給我拿住教匪！」可是想起這句話時已經晚了，朝廷怒他縱敵，逮京治罪，和珅也不爲他到襄陽，擬圈地聚剿，飛檄河南巡撫景安，發兵截擊。

說一句好話。

永保被逮入京後，和珅又奏請惠齡代之，不知惠齡給他送了多少銀兩。惠齡奉旨總統軍務後，來到襄陽，擬圈地聚剿，飛檄河南巡撫景安，發兵截擊。

景安是和珅的族孫，仗著和珅的勢力，升任撫台。得到惠齡的檄文後，率兵四千出屯南陽，表面上算是發兵，其實是逍遙自在，無非喝酒打牌，蓄優狎妓。部下的弁兵，不見有什麼軍令，樂得坐酒肆，嫖妓女，若嫖不著妓女，便掠擄民女，也不論醜俊老少。從上到下，軍隊裡都是這樣消遣時日。

襄陽的教徒分作三隊，直趨河南，如入無人之境。王聰兒、姚之富出中路，李全出西路，王廷詔出北路，兵鋒指處，盡皆披靡。義軍不整隊，不走平原，就如治永保的法兒一樣，只數百為群，化整為零，有時又忽而集零為整，忽分忽合，忽南忽北。景安只避匿城中，閉門不出。惠齡的湖北追兵，也是隨意逗留，由他衝突。當時流傳的民謠說道：

賊來不見官兵面，賊去官兵才出現。
賊至兵無影，兵至賊沒蹤。
可憐兵與賊，何日得相逢。

就是這個景安，屠殺無辜難民冒充大捷，連教匪都叫他「迎送伯」，只因為是和珅的族孫，聽和珅的指使，而一再受賞升官，竟然做到湖廣總督這樣的封疆大吏！

征苗的將軍明亮、都統德楞泰，帶著原先征苗的軍隊來到四川達州，連敗徐天德、王三槐等。四川鄉勇羅思舉，也幫助清兵奮擊，先後斃教徒數萬名。於是徐天德、王三槐等手下只剩殘眾一二千人。就在這危險的關頭，忽然河南的教眾，將三隊並作一隊，趨入陝西，復由陝西渡漢水，仍分道入川。徐天德得了這路援兵，又振奮起來，聲勢又重新壯大，縱橫川北。

惠齡因未能阻止住王聰兒、姚之富軍入川與徐天德、王三槐匯合，而被奪職留用，帶罪立功。任命宜綿總統川陝軍務，惠齡受宜綿節制。

宜綿任了統帥以後，仍然立定合圍掩群的計議，想把教徒逼到川北，一古腦兒殺個乾淨。偏偏王聰兒、姚之富等人，也會使刁，並不是省油的燈，他們也料到了清軍的這一計策。並且自從突入川北以後，見到處都是崇山峻嶺，路徑崎嶇，人煙稀少，軍需供應不足，便急急地要跳出包圍圈，打回陝西。不料川陝交界的地方，清兵密密麻麻，截住了去路。姚之富、王聰兒、王廷詔等人商議，仍然往湖北進發。於是王聰兒、姚之富作了頭隊，王廷詔作了後隊，率眾往東而去。兩隊各帶萬餘人，出夔州，趨巴東，破興山，再分路疾趨。王聰兒、姚之富由東北行進，出保漳、南康，南向襄陽，王廷詔由東南行進，出遠安，當陽，直窺荊州。

宜綿急檄明亮、德楞泰帶了精兵健馬，兼程追趕，留惠齡、恒瑞在川中防衛。

明亮、德楞泰，追趕義軍來到湖北，沿途轉戰而前，數千名義軍犧牲。明亮等怕王聰兒等仍然回到老巢，於是分作水陸兩路，緊緊趕上，德楞泰自水路逕自趨向荊州，明亮自陸路直接奔往宜昌。恰好此時朝廷調來吉林、黑龍江、索倫兵三千，察哈爾馬八千匹，明亮、德楞泰實力大增。

王聰兒、姚之富遭受到巨大的挫折，損失慘重，復向西尋求生路，王廷詔也受到重大打擊，竄入山林。

宜綿急奏朝廷，邀功請賞。實際上，宜綿只會畏縮不前，虧得自己是個主帥，能發佈命令，手下有一群將官代爲征討，而自己總忘不了投筆從戎的目的，最會專心地聚斂錢財。

湖廣總督畢沅，是狀元出身，爲和珅門生，在山西時，因彈劾朱珪，備受和珅賞識，升爲巡撫，後又被升爲湖廣總督。此人既然是狀元出身，也就確實不簡單，除了膽小如鼠，懦弱怕賊以外，渾身是智，最知道如何發戰爭財，如何把謊言說得圓滿。打仗也有一套辦法：敵退我追，敵進我退，敵圍我守，敵小我圍，人稱「畢不管」，不過這位狀元郎說謊話也有說漏嘴的時候。

他率軍圍攻當陽縣城數月不下，受和珅指使，報喜不報憂，於是攻城數月反而成了他的「戰功。」他在奏報中說：「敵人在城牆上挖壕溝，官軍連日炮轟城垣，斃敵四百餘人。」哪知連太上皇快九十歲的人看了，也不禁懷疑，說道：「敵人在城牆上，官軍用炮仰擊，被炮擊中者必往後倒，畢沅說他斃敵四百餘人，敵人既然倒進城牆內，你在城外，怎能知道具體數目？況且當陽乃一小城，城垣寬厚不過一二丈，若在城牆上挖壕溝，根本不須用炮轟擊，城牆自己就會立即傾塌。畢沅是書生，不諳軍旅，又圖邀功，誇大其詞，不顧自相矛盾。」

說得和珅都感到丟臉，因爲和珅接到畢沅的奏報後，也沒有發現破綻，就遞給了太上皇。

和珅想：乾隆年已望九旬，決不能讓他憂慮成疾，若把真實情況告訴太上皇，若太上皇真的受了刺激，一定經受不住。乾隆正是自己的保護傘，他若有個三長兩短，我豈不是失去了靠山？

並且，軍中的實情，軍中的事務也不能讓皇上知道或插手，要想使自己的地位穩固，必須牢牢地抓住軍隊才行。

和珅在鎮壓白蓮教徒這一點上，和太上皇、皇上的利益是一致的。和珅也確實痛恨教匪，所以當太上皇要撤去幾個前方戰將時，和珅也不在朝中爲他們說話，也是隨聲附和。但撤的是他的人，換上去的更是他自己的人，更聽話，更懂事，送的錢財也更多。和珅保薦的人員，效忠於他是第一位的，又要保證向他貢獻，同時，軍隊中有什麼動向，也要直接向他彙報。這樣，他就完全可以控制前線的動向，然後再依據戰局的變化要脅太上皇、皇上，每當乾隆問起前線戰況時，他總是報喜不報憂，有時乾脆把戰報壓在自己手裡，並不奏報太上皇、皇上，自己就處置了。

這樣，通過鎮壓白蓮教，數省的大員及戰將都控制在和珅手裡，都是和珅的黨徒。畢沅、宜綿、景安都成了總督或巡撫。特別是景安這樣的無能之輩，後來竟讓他做了湖廣總督，實在使人震驚。至於慶成、福寧、秦承恩等等大小將官，除額勒登保外，無不出於和珅門下。其他幾省的巡撫總督，也多有和珅的死黨，如山東巡撫伊江阿，就是靠和珅爬上去的，並且常與和珅有書信來往，和珅於不久前還寫了一首詩與伊江阿唱和：

山東巡伊中丞喜雨元韻（丁巳．嘉慶二年）

舊雨情般閱歲更，喜群蒞止體與情。
隨車甘澍天心顧，載道謳思眾志明。
勉勵風載征吏隋，倍饒清介厚民生。
聞賡佳作無多囑，願聽齊東起公聲。

和珅以爲自己這棵大樹根須佈滿全國，必定枝繁葉茂，即使到了乾隆百年以後，又有誰能撼動得了他。

阿桂於嘉慶登基時年已八十，辭去兵部尚書一職。他本希望嘉慶帝登基能有所作爲，可是看到和珅專權卻比往日更甚，太上皇對和珅言聽計從，心內大慟。

一天，嘉慶帝召來管世銘道：「你爲朕探望一下阿相，望他保重。」

管世銘領旨到了阿桂府上，這時阿桂已臥病在床。管世銘經至阿桂床前，見阿桂鬍鬚零亂，面容憔悴。阿桂看到管世銘，正要起身，被管世銘扶住。阿桂見到這個自己得意的部下，骨鯁之士，也已兩鬢蒼蒼，瘦骨伶仃，頓時一陣心酸，兩位莫逆之交，現在卻都是風燭殘年，兩位老人的手緊緊地握在一起，許久也不說話。也不知過了多長時間，阿桂道：「你也已經六十多了？」管世銘道：「是的。」阿桂突然大聲呼號道：「我年紀已經到了八十，壽享頤年，可以死！位居將相，恩惠無比，可以死了！子孫都在部中任事，心滿意足，可以死了！可是我現在還不想死啊！這點犬馬的心願，如能上達，則死了也沒有什麼遺憾了。」

管世銘淚流滿面，聽這蒼涼悲壯的聲音，心如刀絞，跪在地上道：「中堂要挺住啊，一定要活到皇上親政啊！奸賊已樹丈根深，爲皇上著想，爲國家社稷，中堂要挺住，要活著啊！」

可是阿桂並沒有活到嘉慶親政，嘉慶二年八月，阿桂撒手人間。此時乾隆嘉慶剛由避暑山莊回到北京，消息傳到宮內，乾隆老淚縱橫，讓嘉慶帝親自到阿桂靈前拜祭，贈太保，祀賢良祠，諡文成。

嘉慶帝心內更是悲痛，滿朝文武中，再也沒有像阿桂這樣的大臣，德高望重，能與和珅抗衡，他年我親政之日，除掉和珅，失掉一個堅強有力的支持者，失掉一位能穩住軍隊及政局的人。

阿桂晚年悲愴而不得志，總是被乾隆外放，不是視察河道，就是督建某一工程，在朝廷的日子極少，及到了風燭殘年，不再外任，但朝中已被和珅把持多年，阿桂並無實權。

和珅雖爲第一權臣，可是阿桂在時，其名分僅是次相。阿桂已歿，和珅繼爲首席軍機大臣，此時可謂夙願已償。自己最覺得是絆腳石而又搬不動的福康安、阿桂相繼去世，不能不讓和珅感到分外的得意。此時，乾隆的功勳之臣都先乾隆而去，和珅躊躇滿志，對天下大臣，心內再也沒有半點芥蒂，哪一個還被他放在眼裡。

這一天，和珅騎在馬上，行在紫禁城內，覺得天高雲淡，日明風清。往日在這裡行走，看那些宮殿，心上不免覺著重壓，今日再看這乾清宮、太和殿、天安門、前門，反覺得非常渺小，似乎自己吹一吹，它就顫動，跺一跺腳，它便搖晃。再想到這幾日與黑玫瑰雲雨之時，自己如長龍，如翼虎，酣暢淋漓。和珅竟哼起昆曲來，又唱又白：

唱：風流子弟身飄蕩，飄蕩身裁風流樣。自從見了那紅妝——嗏！上床直想到大天亮。

白：夜夜春風醉碧桃，夢魂長戀紫鸞簫。朝來又備金鞍馬，騎傍銀箏看阿嬌。啊——那小姐，我每日思量，經朝作念想與她乘鸞跨鳳，羞殺我徑路無媒！要思量竊玉偷香，恨殺那侯門似海——媽拉個巴子，宮門似海，老子不也弄她幾個，那黑玫瑰不是老子的……

馬停處，正是乾清宮前。和珅翻身下馬，進宮內時，見太上皇面南而坐，皇上西向侍，又有幾位軍機大臣。和珅心內高興，自己已是軍機首席，太上皇一定是召大家來明確職責。和珅跪倒，拜過太上皇、皇上，站立於乾隆身側。果然，是宣佈和珅爲軍機首席的聖旨。

和珅飄飄然起來，如升騰到雲霧之上，月宮之中，「卟」地一聲和嫦娥親個嘴兒，要不是在這乾清宮，他真想高歌一曲。正高高興興地和嫦娥親著嘴兒，遞著媚眼兒，猛聽得乾隆叫了一聲：「和珅！」和珅定一定神，見果然是太上皇叫自己，便又轉到前面，跪在地上道：「奴才在。」

乾隆道：「阿桂宣力年久，並且功勳卓著，你隨同列銜，事尙可行。今阿桂身故，單掛汝銜，外省無知，必以爲每事都是由你決定並發出命令，甚至稱你爲帥相，你自己揣摸揣摸，你配得上這個稱呼否？」

和珅猶如被當頭潑下一盆冰水，卻又聽乾隆說道：

「軍機首揆也不可擅權稱相，從此以後，你不得在軍機處所發的諭旨上列上你的名字，只寫軍機大臣字樣，其餘的軍機大臣，更不得列姓名於其上，著爲例。」

虧了此時八十八歲的乾隆老眼昏花，看不清和珅的面目表情，不然，也輪不到嘉慶帝賜他自盡，乾隆帝就會殺了他。

此時的和珅牙切齒，面如豬肝，眼珠子瞪得就如死魚的膘泡，只恨不得把太上皇咬在嘴裡，連骨頭也嚼他幾遍。

弘曆啊弘曆，你個王八蛋，多少年來我和珅對你盡心盡意。二十年來，你要錢，我給你，你要女人，我給你，你貪圖享受，貪圖淫樂，卻還要博得美名，我巧妙地為你謀劃。可你，你卻說我無功無勞，說我不配相帥的稱呼。原來你不過是對我使貪使詐，把我當作俳優弄臣！我只是個俳優弄臣哪！你個無情無義的王八蛋，你個道貌岸然偽君子，你把阿桂當作股肱之臣，卻把我當成朝廷中的小丑，「面首」……

和珅在心裡痛罵著乾隆，也不知道是什麼時候，是如何回到了自己的府上，他猶如一個沒有靈魂的空殼，麻木、呆滯。家裡的人也沒有哪一個敢問他，任由他東遊西蕩，任由他蒙頭大睡。午飯時，他遣走了家人，晚飯時又把家人打發走了。

當和珅從錦毯中起身，走到外邊時，一彎月牙已掛在樹梢。

不管我是不是個俳優弄臣，但乾隆已經把我當成俳優弄臣。和珅清醒地認識到自己的地位，在朝廷中的地位，在乾隆心目中的地位。他意識到了環境的險惡。他領會到了汪如龍問他《紅樓夢》這本書有什麼含義的意思了。汪如龍走了，他的眼睛瞎了，那是在提醒我呀。他掉到了湖裡瞎了雙眼，他怎麼會掉到湖裡！和珅對著東南的方向鞠了三個躬：老弟，我不知道你躲在何處，可你一定在為我擔心，你的眼睛雖然瞎了，可那顆心仍然在明亮地望著我，你也知道我已不能撒手。我的府第，我的淑春園，我的卿憐，豆蔻，我的一切，決不是一個夢境，決不能變成一個夢境，我要把這一切變成永遠的現實，永遠，永遠。

只指望兩朝帝王的寵愛是靠不住的。君王的寵愛豈能永遠。別說是兩個君王寵愛難於專一，就是同一個君王，對大臣的寵愛也是朝三暮四。乾隆帝不是治過劉統勳的罪嗎？不是兩次把劉墉關進監獄嗎？歷代的寵臣在換了主子以後，不都是一個個地落了個可悲的下場嗎？歷代的俳優弄臣的下場不都是可悲的嗎？我決不能只憑君王的寵愛。這，就如同空中樓閣。我要在乾隆固寵的同時，繼續培植我的力量。無論是在地方還是在朝中，無論是軍權還是政權，都必須是我的勢力範圍，牢牢地抓在我的手中，這樣才能使自己立於不敗之地。現在最危險的人物就是嘉慶帝了。可是除了嘉慶帝，又有哪一位皇子對我好呢？廢太子已是不易，若廢了已立爲皇帝的君主豈不是難如登天！但是，倘若嘉慶帝真的對我存異心異志，我也決不能有婦人之仁、霸王之心，而要想方設法廢了他！如果新立的君主是我的政敵，我豈不是死無葬身之地！

可是，我能做到哪一步呢？我只能憑藉皇家的權力皇家的勢力來鞏固自己的地位。目前我只能憑藉太上皇的權力撈取比皇上更大的權力，待到皇上親政的那一天，我畢竟在手中有可以要脅皇上的軍政大權。

同時，從今以後，更要小心，更要仔仔細細地偵視嘉慶，對他抱著百倍的警惕。

如何觀察嘉慶？如果他表面上依著我，依順著太上皇，而內心潛藏著殺機怎麼辦？他難道真心是屈從於乾隆的權力而與我周旋？他的內心奧秘怎樣才能探視出來？派侍衛？派太監？……忽然間，和珅心頭一亮：看他的詩，言爲心聲，歌以詠志，文如其人。把他的詩文搜集出來，那字裡行間必然流露真情。他即使如劉備那樣百般掩飾，若真的包藏異志，豈能躲過我如曹操般的眼光。他若真的是裝出的平庸，使用晦韜之計，我就是曹操，借太上皇之手除掉他，另換一個皇帝。

借太上皇之手，剷除掉與自己異心異志的嗣皇帝，和珅是有把握的，如果他偵察到嘉慶帝真的使用晦韜之計，和珅必借太上皇之手廢掉他。

和珅深深地了解乾隆，他知道乾隆是權力的奴才，癡迷地貪婪地熱戀著權力。在乾隆的一生中，權力就是他的第一生命。和珅早年討好乾隆的一個重要的方面，就是看出了乾隆這一點，而提出了許多加強乾隆專制集權的主張。乾隆每日拚命地工作著。清晨必在卯刻以前起床，這時在夏天剛剛黎明，在冬天卻是最黑暗的時候，軍機處值班的十幾個人，每天晚上留一個人值班，又恐怕朝中猝然有事，又在每天清晨派一人幫助那個值夜班的人，都是五鼓以前入宮。乾隆每日從寢宮出來，每過一門，必鳴爆竹一聲。

軍機處值班的聽到爆竹的聲音，馬上起床，知道乾隆已到了乾清宮。軍機處的人每五六日輪一早班，已勞苦不堪，可是乾隆卻日日如此。到了晚年，乾隆睡得更少了，每天只二三個時辰，事無巨細，他都要過問，奏摺、軍報，他都必須親自覽批，儘管記性不好，目力不好，他還是一如繼往甚至比以前更勤奮。他這樣做難道只是勤政？這種苦行僧式的生活是對權力的貪戀，是他政治上和心理上的需要。人有了權力，就有了達到目的機會，有了成功的機會，有了受人愛戴和歌頌的機會。總之，有了權力，才有成就和榮譽。乾隆做太上皇，他是要做一個真正的，有實權的太上皇。只要一息尚在，他的權威就絲毫不能動搖。

嗣皇帝只要觸動了乾隆那根權力的神經，乾隆就會把嗣皇帝廢棄，毫不猶豫地廢棄。和珅想，只要我探到嘉慶帝對我有異，對我心存二意，我就在太上皇面前說他陰結勢力，謀奪太上皇權力，至於證據，到處都有，人人可爲我提供。關鍵問題是，察知他內心的真實世界。

和珅又想，也不能讓嘉慶帝身邊形成勢力。嘉慶帝沒有登基時，按照清朝的法制，他只和上書房的師傅接觸過，他的三個師傅有二個已死，還有一個——朱珪。不能讓皇上接近朱珪，同時要尋一個理由把朱珪的總督撤了。和珅想要貶謫朱珪也不容易，那朱珪專會拍馬屁，吹得乾隆帝飄飄然如玉皇大帝。但是無論如何，一不能讓朱珪在朝廷，二不能讓朱珪握有那麼大的權力。劉墉呢？劉墉得到乾隆固寵，但已老朽無用，不久就會隨阿桂而去。王杰雖是個勁敵，但也已被我巧妙地逐出軍機處，他在內閣，——內閣有什麼用！讓他有用便有用，讓他無用還不是一個擺設。只有一個董浩，假惺惺地，偏偏乾隆帝認爲他方正，處事不像劉墉那樣模棱，又說他才幹非常。今後要吩咐內外，一些問題不能讓董浩知道，董浩手下的人也要一一審察，把他的心腹清理出去。要把他這隻「孔雀」的尾巴剪去，羽毛拔掉。無論如何要控制住朱珪、王杰、董浩。

於是和珅最後擬定：

一、派吳省蘭爲嘉慶帝侍讀，爲嘉慶帝整理詩文稿件；

二、既然乾隆把我當作俳優弄臣，我也要把他當成「弄君」戲一戲他，借他的手，放手地培植自己的骨幹，提拔自己的骨幹；

三、控制朱珪、王杰、董浩，控制並摒除一切接近嘉慶帝的人。

和珅抬頭望著夜空，明星閃爍，月如白璧。他步入黑玫瑰樓中，令人擺上酒饌，與黑玫瑰對飲起來，飲了幾杯，和珅道：「今夜這麼好的月色，可謂良辰美景，你唱一首如何？」黑玫瑰站起，拿著玉盤，用手中的象牙筷子敲打伴奏，唱道：

水精簾裡皮黎枕，暖香惹夢鴛鴦錦。
江上柳如煙，雁飛月殘天。
藕絲秋色淺，人勝參差剪。
雙鬢隔香紅，玉釵頭上鳳。

和珅望著她，見她比往日雖豐腴了許多，卻更爲婀娜，柳腰細細，反襯得肥臀玉乳更爲圓隆。且她眉目間總蓄著淡淡的哀愁，含著似火的柔情；看她皮膚，黑裡透紅，更加瑩瑩映人。初見她時，只是朵蓓蕾，如今，受雨露滋潤，綻芳吐蕊，畢現豐韻。

黑玫瑰見和珅對自己含情脈脈，目不轉睛，竟然生出嬌羞忸怩之態，一會兒身上又起了雞皮疙瘩，她知道，和珅一會兒能把你疼死，溫柔的似貓咪；一會兒又能把你整死，如惡狼。黑玫瑰正要回到座位，不料和珅卻道：「站著別動，站著別動，讓我好好看看。」和珅轉了一圈，抿嘴一笑，把頭搖了幾搖，點了幾點，解下黑玫瑰的髮髻，那滿頭的黑髮如瀑布似地飄落下來。黑玫瑰此時已是嬌弱不勝，以爲和珅又要攜她赴巫山約會，行那雲雨之事，不料和珅卻沒有抱她，扳倒她，只說了一句：「只是太可惜了。」

黑玫瑰道：「你說什麼？」和珅捧著她的頭髮道：「這頭髮太可惜了。」黑玫瑰道：「這頭髮有什麼可惜的？」和珅也不回答她，命婢女拿過剪子，說道：「你別動，你的頭髮中有幾根白的，我爲你剪去。」黑玫瑰道：「我怎沒見？」和珅道：「我剪下來，你不就看到了！」說完和珅一剪子下去，那條黑色的「瀑布」竟落在地板上。

黑玫瑰臉色大變，渾身顫抖：「你要爲何？」和珅把她按在小杌之上，笑道：「你不要動。」黑玫瑰哪裡還動得了，只是讓和珅任意修剪她的烏髮。和珅修剪了許久，前後左右看了看，拍手嘖嘖不止。和珅讓黑玫瑰站起，黑玫瑰早已癱軟無力，只認爲自己要被送到尼姑庵去了。想我是出宮的女子，這貴爲首輔的大臣怎敢久留我？又想：這必是讓我到淑春園去，學那《紅樓夢》裡樣子，要我做那妙玉，和珅整日說淑春園就如大觀園，也有十二釵，只是缺個妙玉，今天就尋著我了。

哪知和珅把她扶起，又看了幾遍她的全身，贊道：「真是仙女下凡——不！是女駙馬！」拉著黑玫瑰到了穿衣鏡前，黑玫瑰看那鏡子裡的人兒，髮僅半寸，初時一驚，但馬上又驚喜起來，只見自己雙眉細長，更加清晰分明；秋波閃閃，更顯亮麗。就因剪去了這頭烏髮，竟使自己嬌媚之中蘊著英氣，溫柔之中盡顯青春的活力和青春的爛漫。黑玫瑰這時才領會和珅的意思，一轉身摟住和珅的脖子，吻著和珅，吻著他的眉，他的眼，他的鼻子，最後是他的嘴唇，她吮吸著，傾注了她所有生命的活力和愛意盡情地吮吸著，和珅樓著她的腰肢，轉過桌子，移向床榻，挑起羅帳，她一絲也不敢把雙唇和香舌挪去一點，離開半分。和珅精神陡增，也似乎年輕了二十歲。這一夜，黑玫瑰全力盡心地迎合，和珅終於也顯出他無與倫比的豪強本色。

事畢，黑玫瑰伏在和珅胸脯上，和珅撫著她瑩潔的雙肩說道；「你是真正的妙玉呢——這世界上最美妙，最奇妙的黑玉。」和珅撫著她的頭髮又說道：「明日我就著人照著《紅樓夢》裡妙玉的住處，給你選一個雅潔的庵子，豈不更好？」

黑玫瑰道；「只道是不要叫它『庵』，你想在就爲它起個名字，讓我聽聽。」和珅道：「叫『月籠玫瑰』如何？」黑玫瑰道：「不如『玫瑰醉月』好。」

和珅道：「叫你玫瑰，還不如從今兒起就叫你爲妙玉，你是玉，我是『珅』，既妙且和。」說著一翻身道；「我們再妙和妙和，你那庭舍的門額就題爲『玫瑰滴露』。」

次日，和珅就奏請太上皇、皇上讓吳省蘭做嘉慶帝的侍讀學士，爲嘉慶帝抄錄整理詩稿。隨後，和珅又讓福長安隨時隨地監視嘉慶帝。

一天，嘉慶帝到了軍機處，看見福長安案上放著軍報奏摺，說道：「拿過來與朕看。」福長安不敢違拗，奉與皇上。皇上看過以後，說道：「宜綿的這個奏摺，似有不實之處，著他把實情重新奏來。」福長安不得不聽從他，擬了奏摺，皇上接著又發了幾道詔令。

福長安急報和珅，和珅急報於太上皇道：「皇上到軍機處，下了幾道詔令，不知太上皇知道不知道？」

太上皇立即召來嘉慶帝，問道：「你去了軍機處？」

嘉慶道：「兒原是順便前往。」

乾隆道：「你下了幾道詔令？」

嘉慶道：「宜綿奏摺確實有虛報不時之處，漏洞百出，朕斥之重奏。」

「朕看不出其中虛實。」

嘉慶帝見太上皇這樣質問，急忙道：「兒臣實無此意，請父皇明察。」

乾隆道：「你若下詔，須奏朕知曉，不得擅專。」嘉慶帝唯唯諾諾，心道；「原來福長安做狗做到這種程度。」

又過了幾日，嘉慶見軍隊毫無戰鬥力，就下了一道諭旨，要在冬季舉行大閱兵典禮。和珅奏太上皇曰：「皇上要親自執掌軍政兵權，盡快剿滅教匪，下旨閱兵，這是爲國家社稷著想。皇上作爲一國的君主，國軍的統帥，理當如此。然而，川、湘、陝、甘等地教匪正在囂張，於今冬閱兵，實爲不妥。」

乾隆想：「他怎麼成爲軍隊的統帥了，怎麼是一國之主了。」於是降旨曰：「今川東、川北教匪雖將次剿滅完竣，但健銳營、火器營官兵尚未撤回，本年大閱兵暫行停止。」

嘉慶帝有說不出的孤獨，他不能下任何詔書，像登基以前一樣，不能私自與任何大臣交往。孤獨之時，常常想起他的老師朱珪，正巧，此時傳來朱珪要進京的消息，他激動得差點流出眼淚。

原來朱珪在擔任兩廣總督的同時，把乾隆的詩作四萬多首，收編一起，訂成書冊，共分初、一、二、三、四等五集，並詳加注解評述。這真是一個偉大的工程，太上皇異常高興，便準備補授朱珪爲大學士。

嘉慶帝想，老師很快就會回到我的身邊，我再也不會寂寞、孤獨，於是寫下詩篇，向老師祝賀，並盼望朱珪早日到京，以解渴想之情。

吳省蘭發現這首詩後，立即抄給和珅，和珅想，正要找機會整一整朱珪，這正是時候。而且，無論如何，決不能讓朱珪回到京城，給嘉慶帝安一羽翼。

和珅跑到太上皇身邊偷偷地道：「太上皇要提拔朱珪做大學士，詔書沒有發，卻有人先向他報喜了。」乾隆道：「哪一個？」和珅把嘉慶帝寫給朱珪的詩遞給太上皇向乾隆道：「如此，則是嗣皇帝欲示恩於師傅。」乾隆聽說是嘉慶帝要向自己師傅賣恩討好，非常震怒：這不是培植私黨嗎？自己的權力受到了威脅，豈能聽之任之！太上皇立即召來董浩道：「你久在軍機處以及刑部，像嘉慶這樣的事，按大清律，違背了哪一條，屬於哪一款？」董浩心內大驚，思想道：「這是和珅欲害皇上，千鈞一髮，幸虧太上皇叫的是我。」於是跪在地上叩頭道：「臣請太上皇息怒，人發怒是由於心情激動，過於激動時就要說過頭話，待太皇上息怒，心平氣和，臣再爲太上皇解釋，若太上皇此時心情激動不止，臣則不敢講話。」

太上皇沉默了一會兒，漸漸冷靜下來，對董浩道：「朕已心靜如水，你說吧。」董浩道：「朱珪做了皇上五年的師傅，皇上與朱珪就是師徒關係，其情也就有學生與老師之間的感情，這樣看來，皇上詩稿中絕無過當之言。太上皇暫時擱下皇上與朱珪的君臣關係想一想，如果有一個學生，得知能與教授了他五年，與他朝夕相處了五年的老師相會，作詩向他的老師祝賀，這難道不是情理之中的事情嗎？這樣看來，太上皇只認爲皇上與朱珪爲君臣，卻忽略了二人爲師徒的關係。君臣之義是義，師徒之義，也是義呀。二者可以偏廢嗎？如太上皇與皇上爲君臣又爲父子也。皇上孝敬太上皇，體貼入微，這是人子之大倫也。如果只以君臣論之於太上皇、皇上，則懷疑皇上如此盡心盡意地對待太上皇，如此體貼扶侍太上皇，是有其他的圖謀，這實在是不恰當啊！」乾隆聽了董浩的話，也不好再說什麼，道：「你是朝中的元老重臣，希望你好好地爲朕輔助他，經常地教導他，讓他知仁、知義、知倫。」

滿朝文武都爲皇上和朱珪捏一把汗，也爲董浩擔心，沒想到董浩竟這樣三轉兩轉，左比右比，把大事化小，小事化了。

乾隆雖被董浩巧妙地說勸，但內心總覺得嘉慶帝有向朱珪示恩的意思，於是便找了其他的藉口，謫朱珪爲安徽巡撫。

一連串的事情讓嘉慶帝更加清醒，太上皇視權如命，自己如履薄冰，如不完全收斂，必爲太上皇所廢，過去康熙帝廢了多少太子，殺了多少大臣。

嘉慶帝清醒地認識到，他雖爲一國之君其實只是個擺設，對於和珅，嘉慶帝便對付不了他。嘉慶帝回憶起自乾隆四十六年，每年隨父皇前往避暑山莊，嘉慶帝都隨伴而行，可御前行列只有和珅隨從，別人不能靠近，連皇子們也不能隨意地在皇上身邊，嘉慶想，像我這樣對父皇絕無他圖，只是溫順地侍奉他，又有父子之情，但是自己在父皇心目中的位置，也絕比不了和珅。和珅揣摸透了太上皇的心思，幾十年來對太上皇的思想言行瞭若指掌，以致於太上皇念咒語他都能聽懂。我若不小心得罪了他，他必然挑唆於太上皇面前，他必然有種種說詞，借上皇之手要脅於我，乃至更改我的嗣位。

嘉慶帝把朱珪當年送給他的箴言又看了幾遍：養心、敬身、勤業、虛己、致誠。爲今之計，只有涵養身心，虛己以待，靜己以待，謀定而後動，做到今日「靜如處子」，他日「動如脫兔」。靜則可治動，靜則不顯露自己的真貌，不顯露自己的弱點，無誤無錯，而又能全神貫注地觀察敵人的弱點，敵人的破綻。有大作爲者，要虛己以待，等待良好的時機，要使事情瓜熟蒂落，水到渠成。「虛」則可容納萬物。老子云：「爲天下谷。」爲「谷」就可最好地保護自己而又容納萬物。「善建者不拔，善抱者不脫。」凡事欲速則不達。「飄風不終朝，驟雨不終日。」「知人者智，自知者明，勝人者有力，自勝者強。」我如今要克制自己，戰勝自己，不動聲色。只要我親政，殺他就易如反掌，想當年曾祖康熙帝殺那鼇拜，不也是不露聲色，至使鼇拜措手不及嗎？康熙帝至勝的要點就是置敵手於不防。而要敵手不防，自己就要無所事事。今天的無所事事，是將來成功除奸的關鍵。

嘉慶帝知道，吳省蘭是和珅安插在自己身邊的耳目，於是又補寫了幾首《詠玉如意》詩。嘉慶想：父皇宣佈我爲儲君的前一天，和珅曾送我一柄玉如意，以向我示恩，我何不借此麻痹他的警惕性。於是補寫幾首《詠玉如意》道：

序：「上皇詔宣朕爲皇儲前日，和相持玉如意一柄奉朕，擁戴朕之耿耿忠心可見矣。今日登基，不忘所自，以詩記之。」

其一

美玉產天西，良工琢成器。
溫潤而堅貞，命名曰如意。

其二

妙選昆岡百谷精，指揮如意應心成。
書祥伊始三登兆，嘉慰皇衷萬寶盈。

序：「辭舊迎新，又見如意，想此玉所自。朕已登基一載，想和相擁戴之德可表，勘亂治民之績亦可嘉焉，和相真股肱之臣也。」

其一

和闐嘉玉質精良，義取吉徵如意彰。
農願豐收繼昨年，民歌擊壤樂堯天。

其二

潔白質精粹，比德象溫純。
不為瑕疵累，常置黼座旁。

嘉慶除此之外，又做了許多的詠玉如意詩。

吳省蘭窮心盡意地搜索著，尋找著，大致地把嘉慶的詩分為六類：一類詠吉祥如意；一類寫征剿白蓮戰事；一類禱風調雨順，國泰民安；一類懷列祖列宗蔭德；一類感父皇教誨養育之恩；最多的是寫景、述事、感懷。前五類多是官樣瀚墨，吳省蘭不可能找出什麼。最後一類既多且雜，如《菊》、《聽雨》、《喜晴》、《一片雲》、《春園即景》、《暢遠樓遠眺》、《宋徽宗臨古》等等，這類詩往往蘊含著作者的情思，比如其中《靜坐》一首：

靜坐蕭齋度小年，梨清茶熟最怡然。
瑤琴掛壁難成曲，漫引南薰插五弦。

吳省蘭細細地品味這些詩作，只能看到嘉慶帝心滿意足，怡然自得，看不出他有什麼更多的奢望。搜尋來搜尋去，吳省蘭竟然看到有許多讚美和珅的詩句，偶爾也有吟詠和珅的壞處的，如，說和珅整日吸著雪茄，原本潔白的牙齒變得黑黃，身上又有一股煙味，真不想與他靠近，真不知他的那些小妾小妻是如何看法；最後，竟嘲笑起和珅喜歡西洋人的香煙，說相公喜歡什麼不好，非要喜歡那種東西，吳省蘭看嘉慶帝的那種嘲笑，實在是與和珅情感上特別親近的表現，說與和珅聽時，和珅竟咧著大嘴，露出滿嘴黑牙哈哈大笑。

吳省蘭與和珅得出相同的結論：嘉慶帝心無城府，是個無所事事的平庸之輩，頂多如李煜宋徽宗一樣，可也達不到他們那種文名。何況嘉慶帝對和珅更是有崇有愛又有依賴。和珅的警惕性漸漸地鬆懈麻痹。

嘉慶二年九月初八日，太上皇爲重陽節的到來而高興。

九月是北京最美好的季節。北京，春天風猛，時常挾裹著泥沙，路人行走不敢睜目；夏天，烈日酷毒，炎熱異常；冬天又奇寒無比，特別是這幾年，街上總是橫屍處處。秋天的北京，天高雲淡，風清氣爽，最爲宜人。所以乾隆帝準備在重陽節到來之際，到西郊打獵，然後再賞西山紅葉。

可是九月初八日，皇后喜塔臘氏，卻病故逝世。喜塔臘氏是嘉慶的結髮妻子，是旻寧（後來的道光帝）的生母，皇后冊封不到二年便捨嘉慶帝而去，嘉慶非常悲痛，寫詩記之曰：

琴琵和鳴忽斷弦，冬宵夏晝廿三年。
雲煙縹渺舊沖漠，兒女伶仃忍棄捐。
心緒縈牽情不斷，淚珠錯落酒同澆。

寂寞椒房誰是伴，獨聽蓮漏耐永宵。
觀憶搖風魂欲返，垂髫合巹豈忘情，
自歎癡情真說夢，鏡花水月片時濃。

正當嘉慶說自己「垂髫合巹豈忘情」而悲痛欲絕時，太上皇卻發下諭旨，雖處大喪，只是輟朝五天，嘉慶帝素服七日，遇到奠祭時，方才摘纓，各衙門章疏及引見折，照常遞呈。七日內，值日奏事之王公大臣及接見人員俱著素服，只是不掛朝珠。

乾隆到了晚年，最怕聽到兩個字：「老」和「死」。與「老」和「死」有關的一切東西，一切詞語，他都厭煩，聽了後心裡就不舒服，不愉快。何況是正在北京最美好的季節，又是重陽節到來的前日。乾隆想：這太不吉祥了，這不是損折我的陽壽嗎？

和珅命福長安對嘉慶帝嚴加監視，處處盯梢，若見其有「不孝」之事，立即稟報。福長安此時已是吏部尚書，在軍機處行走，哪有不聽和珅話的道理。太上皇也暗地裡讓和珅觀視皇上是否「重情愛而忘孝義」。

嘉慶帝聽罷太上皇詔諭，雖心如刀絞，也隨即對內閣下了詔諭，迎合太上皇心意，而更顯得自己孝心深厚：

「朕日侍聖上，昕夕承歡，諸取吉祥。禮以義起，宮中之禮亦得遵義而行。故王公大臣等，奏事如常，服飾如常。天下臣民等，自當若喻朕崇奉上皇孝思，敬謹遵行，副朕專降尊養至意。」

嘉慶知道，自己的皇位，就如築於幕帳的燕巢，稍有不慎，風吹草動，就會傾巢卵破。國喪期間，和珅與福長安向皇上遞了兩個奏摺，將皇上的活動作了詳盡全面的彙報：

七天之內，嘉慶帝從來不走乾清宮一路，帝去吉安所皇后靈堂時，俱出入蒼震門，不走花園門。皇帝因奉養太上皇，諸事唯取吉祥，至永思殿才換素服，回宮即換常服，隨從太監也換穿天清褂子。而且皇上總是以孝爲務，其能以義別情，並不過於傷感，御容一如平常。

嘉慶帝強忍著心中的悲慟，總算做到了滴水不漏。

一日，和珅想，我必須親自試探嘉慶帝一番。於是便帶了宜綿報來的前線奏摺，來到皇上面前，跪在地上，五體投地。嘉慶急忙扶起和珅道：「相公請起，以後見朕，不是公開場合，絕不要爲此大禮。」和珅道；「奴才怎敢在皇上面前無禮！禮儀乃義之表，若奴才豈敢違背君臣之大義！」嘉慶帝道：「相公盡心爲國，忠心侍奉太上皇上，此等大義，天下共知，一些小節，不必太苛。」和珅奉上奏摺道：「請皇上御覽聖批。」皇上道：「朕何能與焉?此等軍政大事，唯皇爺處置，朕於政事不諳，於軍事更不熟悉，諸事都要請教太上皇，仰賴相公，相公今後當不吝教輔才是。」

和珅心裡高興，後來又屢派福長安試探，福長安回報：看嘉慶帝的樣子，對政事軍事確實所知甚少，更不懂其中種種關節，諸事蒙懵，見解淺陋。雖是帝王，實際上只不過是一個書生罷了。

此後，嘉慶帝有事奏報太上皇，也都請和珅轉奏，和珅心裡更爲高興，轉念一想，又覺得此事可能有假，於是對自己派在嘉慶身邊的侍衛道：「你到皇上面前，怨怪皇上，看他如何說。」侍衛會意，對嘉慶帝道：「皇上向太上皇奏事，乃禮規所在?由外臣轉奏，有悖於情理。奴才等以爲皇上這種做法，實是失當。」嘉慶帝道：「你等有所不知，朕方依靠相公治理國家，哪能怠慢相公呢?朕正要厚待尊重於他，以使其盡力輔弼朕，如果相公對朕略有鬆懈，朕如何治國?朕靠誰治國?」

和珅分析多方面的情況，集中各方面的彙報，得到嘉慶帝的「真實」情況，便又趾高氣揚起來，便以為自己必定兩朝寵相，兩朝元老。即使嘉慶帝親政時對我不寵愛，現在普天下織著一個網，自己到那時便告老回家，要辦什麼事情，哪一個不聽吩咐？

和珅心裡高興，忽然由嘉慶中年喪妻，想起自己的妻子馮氏，她身體現一向不好，近來又不思飲食，現在太上皇已取消往西郊打獵，去香山觀賞紅葉，我何不告假幾天，帶全家遊玩數日，解我妻子心裡煩悶，闔家又享天倫之樂。

於是和珅請了幾日假，讓豐紳殷德、豐紳宜綿也都告假，一同去賞香山紅葉。

九月既望，馮氏霽雯挑起羅帳時，早已過了平明時刻。自從幼兒喪殤以後，她的精神再也沒有好過。老來得子，狂喜不已，又見兒子一天天長大，一天天活潑聰明，一天天越發可愛，可是驟然間一個活蹦亂跳的兒子從她身邊逝去，她的精神哪能經受往這種打擊，從此，她便如失掉了三魂六魄，沉浸在悲哀之中，再也解脫不出來。

這一天早晨又是懨懨睡個不足，憊懶之中挑開羅帳，猛然間眼前一亮。只見床前屋內，以至於妝台之上，放著各種秋海棠，每盆上面都有一個黃綢兒，寫著海棠的名字：纓絡秋海棠，蓮葉秋海棠，撒金秋海棠，楓葉秋海棠等等。有的葉子像秋天的楓葉，高潔瀟灑；有的葉子上有五彩的斑紋和彩環；有的葉子翠綠欲滴，葉面上銀星點點，閃閃發光，像是滾動著晶瑩的露珠，又如撒上亮麗的鑽石；有的葉面上露著一層密密的彩色茸毛，絢麗而又柔軟。各色花朵更是千嬌百媚，姿色各異：有的豔麗、有的嬌羞，有的含苞欲吐，有的怒放瀟灑，有的古雅清秀，有的熱列奔放，妝台之上放著一盆，高不盈尺，枝呈紫色，葉子前端銳尖，葉面濃綠中稍帶紅暈，光澤習習，葉背面深紅鮮豔，流光溢彩。葉上托著花朵，花瓣紅豔豔猶如三月的桃蕊，又似五月的榴花。

馮氏霽雯一一地看去，流連陶醉於色彩紛呈的世界裡，不知什麼時候，和珅進來，握著她的手，她頓時感到生命是如此的美好。和珅攙著她去用早飯，她彷彿恢復了往日的歡樂。

飯罷，殷德與公主、豐紳宜綿夫婦與其女兒，豆蔻、卿憐、納蘭等都已來到。馮氏道：「大家約好了嗎？」納蘭道：「乾爹特意讓大家聚在一起賞菊，過後還看香山紅葉呢。」

和珅不避兒婦等，握著馮氏的手，攙她來到天香庭院，只見上千盆菊花擺在紮好的支架上，堆疊成九花塔。各種菊花爭奇鬥豔，令人目不暇接：有的白如雪霰，有的黃如轉蓮，有的白中帶青，有的紅中蘊紫，一盆盆姹紫嫣紅，不一而足。連那菊花的名字，也都嬌豔動聽：

銀紅針、桃花扇、紫虎鬚、灰鶴翅、白鶴丹頂、玉樓春曉、楓林落照、紫電青霜，綠柳黃鸝、楊刀醉舞、西施曉妝、獅子滾繡球，天女散花、霜天曉角、蝶戀花、滿江紅、沁園春、念奴嬌、點絳唇、燭影搖紅……

大家無不讚歎，遍賞之後，出了天香庭院，來到後花園，只見長廊側，小徑邊，假山旁，亭台閣榭，無處不擺放著菊花。

和珅問馮氏道：「你喜歡哪首詠菊詩？」馮氏道：「莫嫌老圃秋容讀，猶看黃花分外香。」和珅道：「如此，則我願足矣。」轉而向豆蔻道：「你喜歡哪首？」豆蔻正要開口，馮氏卻搶著說道：「我為她說，必是這一句。」和珅道：「是哪一句，豆蔻先在我耳邊說出，看她能否說對。」豆蔻輕輕地在和珅耳邊說出「朱淑真」三字，和珅聽罷對馮氏道：「你說說看。」馮氏道：「寧可抱香枝上老，不隨黃葉舞秋風。」和珅驚訝道：「豆蔻真是如同你的影子呀！」眾人也都驚奇。

和珅道：「公主喜歡哪首？」公主道：「最喜歡元稹的《菊花》。元稹的菊花詩云：『秋叢繞舍似陶家，遍繞籬邊日漸斜，不是花中偏愛菊，此花開盡更無花。』」公主喜歡的這首詩，竟成了詩讖。

和珅默念著元稹的《菊花》詩，忽然一陣傷感襲上心頭。他想起自己在少年時與和琳一起賞菊的事情來。那時候和珅問和琳：「你喜歡哪首菊花詩？」和琳笑道：「我喜歡鄭谷的詠菊詩：『王子莫把比蓬蒿，九日枝枝近鬢毛，露溫秋香滿池岸，由來不羨瓦松高。』」和珅聽罷和琳的話，竟訓斥和琳道：「喜歡前兩句可以，像這後兩句，實為頹之語。」和琳問：「哥哥喜歡哪一首？」和珅竟然吟出黃巢的《題菊花》詩：「颯颯西風滿院栽，蕊寒香冷蝶難來。他年我若為青帝，報與桃花一處開。」當時和琳緊緊握住和珅的手，眼中噙滿淚花，說道：「我懂哥哥的意思。」……往事歷歷如在目前，如今和琳已先我和珅而去，真的成了「遍插茱萸少一人」，豈能不令人傷感。

豐紳宜綿見和珅低頭不語，說道：「伯父喜歡哪一首？」哪知和珅對他笑笑，竟然答非所問，說：「葛洪《抱朴子》中說，南陽酈縣的山中有一甘谷，谷中之水所以甘者，因谷上及左右到處都生長菊花，谷中的居民都飲谷中的水，沒有不長壽的。谷中三十多戶人家世代長壽，高壽者一百二三十歲，中壽者一百多歲，七十多歲就壽終的極少，已是低壽了。」和珅說到這裡，忽然覺得心中一疼，便不再往下說，納蘭卻搶過話頭笑道：「如此，我們天天要飲菊花茶了。」

次日，全家又乘車坐轎前往香山。一路之上，見那些文人墨客騎著驢兒，攜著酒葫蘆，絡繹不絕；更有豪家富戶，呼朋引伴，彩車綺轎，簇擁而前。賞過雲霞般的紅葉，眾人又坐湯溫泉，無不愜意非常。

次日，又到西郊射獵，帳幕早已搭好。和珅及豐紳殷德、豐紳宜綿、公主俱都滿載而舊，公主仍然是那樣豪邁，英姿颯爽。舊俗，九月出獵打圍賭射虎，射虎少的輸重九一筵，宴時立帳高處，飲菊花酒，並且切兔肝鹿舌拌醬而食，四人雖然沒有射到老虎，但家人已切好兔肝鹿舌，於是眾人一起開懷暢飲，津津有味的嚼食著兔肝鹿舌。

女眷們也玩得舒暢，馮氏等人散步，納蘭、卿憐等人則學著男子模樣，胸掛香囊，登高望遠。

這天晚上，和珅幄幕之中，溫暖如春。和珅擁著愛妻道：「你這幾日臉色好多了，彷彿回到了往日，我也就安心了。」馮氏道：「你如果沒有朝中的雜事，案牘奏議，我們就可以天天這樣。說真的，這幾日的快樂，在我往日所有的歲月中，也是少有的。」說著，馮氏撫著和珅的面頰和紅記，「我真想與你打情賣俏呢。」和珅擁她更緊，說道：「今後我終日陪伴著你，把虛擲的光陰補回來。」二人相擁了好久，生命的河流融匯於共同的大海。許久以後，馮氏說道：「你要多陪陪豆蔻才是，你看她已清瘦了許多。」和珅道：「夫人仁厚如此，當享壽百年，上天必佑我妻。」馮氏燦然笑道：「你到豆蔻那兒去吧，今日勞頓，我正想美美地睡一覺。」

和珅到豆蔻帳中，並不見人，出來看見南面有燈光人影，便走了過去。

此時無月，天穹上明星閃爍，光照曠野。豆蔻的思緒彌散於穹空曠野之間。想起童年時，沒有見過什麼，也就不羨慕什麼，自己是大自然的赤子，赤著雙腳，腳踩大地，踏入泥土之中，躺於自然的懷抱，融於萬物之中。後來，流離於街頭，汪如龍見而收養。教琴棋書畫，作詩填詞，自己雖是一歌妓，但實受小姐之待遇。義父雖爲私心，卻實有真情一片。豆蔻想到這裡，滴下淚來。想她自己在沒認汪如龍作義父之前，在沒有見到和珅之前，自己早已心許於他，夫人也已把自己當作汪如龍的人了。只是他竟然把我許給和珅，那時，他哪裡來的鐵石心腸？這官、名、利，真是萬惡之源，爲了這，他可以割捨他的一切，直至他的情感，他的良心，可是他最終得到了什麼？他刺瞎了雙眼，現在躲在皖南山間，我回和府時，他曾告訴我藏身的地址。想他現在或許正用他那顆殘缺不全的心靈望著星空，望著我，想著我，等著我吧。

可我此身既爲和珅所有，豈能再許他人？自古女子從一而終，難道我能做那些敗壞名節的事？雖我固知和珅大難不免，他爲我主，我怎能捨他而去？即使是大難之後，我也必隨他而去，義無反顧。豆蔻想到這裡，眼前突然一片漆黑，眼冒金花，待黑暗散去，見汪如龍手執拐杖，二目不住地掙動，竟怎麼也睜不開眼睛，汪如龍道：「我固知你必隨他而去，現在想看你最後一眼，竟看不上了。我去矣！」說罷飄逝。豆蔻大慟，伏在一塊石頭上失聲痛哭。近處，枯黃的草莖在霜風中不住地抖動，遠處，山巒在朦朧之中顯出黑色的輪廓，天地渺渺茫茫。

和珅見前面的燈突然間滅了，便加快腳步。聽有哭聲，幽幽咽咽，似冷風，似寒霜。和珅覺得冷氣砭人肌骨，不由止住腳步。他的耳邊似乎聽到汪如龍的聲音：「老師，你是讀書人中的英雄，卻如何連兩句俗語也不曉得？常言說，『月滿則虧，水滿則溢』；又道是『登高必跌重』。如今你赫赫揚揚，有一天如果樂極生悲，若應了那句『樹倒猢猻散』的俗語，豈不虛稱了一世的英名，枉費了幾十年的辛苦？」和珅心道：「如何可避免災禍？」冥冥中似有人又說道：「先生怎又癡了？否極泰來，泰極生否，榮辱自古周而復始，豈人力能可保常的？但如今能於榮時籌畫下將來衰時的世業，亦可常保永全了。」和珅心道：「如何籌畫？」哪知就在此時，一陣風旋過來，掃在和珅身上，和珅打了幾個冷戰，起了一身雞皮疙瘩。風過後，曠野寂寂，更有何物？和珅自言自語地道：「這是紅樓一夢嗎？是汪如龍學秦可卿警告王熙鳳一樣在警告我嗎？」

和珅往前走去，見到豆蔻的身影，她正在踱著步，聽她說道：「菊夢籬畔秋酣一覺清，和雲伴月不分明。登仙非慕莊生蝶，憶舊還尋陶令盟。睡去依依隨雁斷，驚回故故惱蛩鳴。醒時幽怨同誰訴，衰草塞煙無限情。」和珅聽時，吟誦的正是瀟湘妃子的題菊詩，不由覺得身邊冷氣嗖嗖，浸人肌骨。和珅忙上前擁住豆蔻，說道：「我也想汪如龍，我知道你的心意。」豆蔻依在和珅胸前，和珅遂伸出雙臂，緊緊地抱住豆蔻。和珅堅定地想：即使爲了汪如龍，我也要保住這個家。

第十一章　宮廷遊宴．軍隊腐敗

軍隊將官幾乎是清一色的和珅黨徒，只知搜刮敲剝百姓，貪污克扣軍餉……

轉眼到了臘月，白蓮教的鬥爭仍然如火如荼。不論是有罪的教匪，還是無辜的百姓，屍橫遍野，白骨遮道，真正成了「白骨露於野，千里無雞鳴。」那些三五成群、四處流浪遷徙的人，不論是教匪，還是百姓，如果遇到官軍，總是被砍頭；如果遇不到官軍，有的走著走著就斷了氣，有的坐下去就再也站不起來。那些沒有出門待在家裡的，擔心教匪的搶劫，又擔心官府官軍的掠奪，但是無論哪一方面都躲不過去，只剩得空空蕩蕩的幾間破屋。他們既然沒有糧食，就吃野菜，沒有野菜，就啃樹皮，沒有樹皮，就坐以待斃。

可是北京城，依然籠罩在迎接新年的歡樂氣氛裡。臘月，北京的街頭儘管照樣死屍橫陳，可是市場上貨物仍然很豐富，核桃、柿餅、棗、栗、菱角米、肥野雞、關東魚、野貓、野兔、野鴨、麻雀、臘肉，各種食物，應有盡有，鐵架、果罩、大佛花、斗光千張等等，各種供品祭器或節日用具，也掛滿了街頭。

和珅家準備的臘八粥比往年更加精美。和珅與乾隆一樣，隨著年齡的增長，愈加迷信，崇敬鬼神。今年的臘八粥，除了必備的珍珠、長白山紅參、燕窩、野雞湯等以外，更有三十多種果品。

臘八上午，和珅、豐紳殷德用臘八粥祭祖以後，呼什圖和卿憐又吩咐家人把粥盛在盒內分送親友。全家人也沒有忘了那些貓狗，餵過貓狗以後，又提著臘八粥在牆上、假山上，樹木上、道路上……塗抹了一遍，說這裡眾生平等，有福同享。

雍和宮內，今年的臘八粥比往年熬得更多。熬粥儀式也更加隆重，福長安任監粥大臣，另有供粥大臣二名。儀式舉行後，福長安揭去五口大鍋上的紅綢。這五口大鍋各直徑一丈二尺，高二丈。隨後，每口鍋裡裝米十二石，麥豆等雜糧一百斤，桂圓、棱桃等乾果一百斤。裝滿水後，點燃灶火，每年燒乾柴萬斤，今年爲一萬二千斤。粥熬好之後，把它送給宮中及王公貴族、文武百官。剩下的，裝罐封寄給各省督撫食用。然後，把那鍋底刮刮，分給京中的百姓。於是天下臣民都感受到了太上皇、皇上的關懷，也感受到了朝廷的關懷，和珅的關懷。

爲了感謝朝廷的關懷，各地在臘八以後，大車小車，絡繹不絕地、浩浩蕩蕩地往京中送著禮物。當然收禮最多的是和珅。

今年送禮的人與往年相比又有不同，過去多是督撫藩臬道府州縣，現在送禮的隊伍中，多了一些將校。京中的官吏們「檢閱」著天下的官吏，這真是一支「無往而不勝」的隊伍。

卻說杭州知府名叫赤赫峰，一定要做省中的撫台或布政使，他已到過京中一趟，大致摸清了路徑以後，又值新春佳節將到，便脫下官服，千里迢迢地來到京城。

赤赫峰對現實看得透徹，如今辦一切事情，須要兩件東西：「錢」和「人」。赤赫峰想：雖然我朝中無「人」，但只要有錢鋪路，一定能辦成事情。於是，他便攜了所有的家私，又向商人借了五萬兩白銀，這才上京。被借的人一點也不擔心他還不起，一點也不擔心他賴帳，因爲他是去「買」官，這個年頭，只要捨得花錢，捨得投資，做官是最能帶來利潤的買賣。另外，即使赤赫峰買不來布政使或巡撫，他現在也正做著知府，而又在杭州地界，抓錢容易之極。赤赫峰也不怕拿了這些錢花出去如肉包子打狗一去不回，他不怕，這年頭，花錢才能當官，花錢就能當官已成定理，已成風氣，所以只要捨得花錢，就能做上官。只要官一到手，手一翻，撒出去的銀子便又都回到自己手裡，而且會生出許多「兒孫」。

赤赫峰來到京城，成千成萬的銀子使出去，便有了名氣，受到人們的尊重，最後受到了福長安與和珅的接見。爲了鞏固感情，赤赫峰硬要請福長安與和珅到飯莊裡去吃一頓，最後和珅認爲他不夠「檔次」，便藉口推辭了。赤赫峰能請到福長安，也很高興，已覺得臉上有了十足的光彩。

福長安想，既然他要請，就要放放他的血，順便也讓他見見世面，看看他的笑話。於是福長安便點了同豐堂這個有名的飯莊。二人進堂內剛一坐罷，早有赤赫峰定好了的名優名妓走了過來。福長安心道：你雖然知道京城中請客必要擁妓挾優這種表面的東西，量你對酒桌上的實情也懂不了多少。於是福長安道：「你從南方來到京城，本來你是客人，如今卻要你請客，我甚是過意不去。現在既然來到這裡，菜就由你來點吧。」二人推辭了一回，堂倌把菜譜遞到知府赤赫峰的手裡，福長安心裡道：「嚇一嚇你這個土老冒。」便拿眼睛瞄著他。看那赤赫峰時，兩眼搜索著菜譜，臉愈拉愈長，菜譜上寫：

菜肴有：燒小豬、哈兒巴肉、燒肉、燒雞、燒鴨、燒肝、紅燉肉、萸香肉、木犀肉、口磨肉、金銀肉、高麗肉、東坡肉、香菜肉、果子肉、麻酥肉、火夾肉、白切肉、白片肉、酒悶蹱、硝鹽蹱、風魚蹱綯紗蹱、蹱火蹱、蜜炙火蹱、蔥椒火蹱、醬蹱大肉圓、煠圓子、溜圓子、拌圓子、上三鮮、湯三鮮、妙三鮮、小八妙、煠火腿珅火爪、煠排骨、煠紫蓋、煠八塊、裡脊、煠腸、燴肚、爆肚、湯爆肚、醋溜肚、芥辣肚、燴肚絲、片肚、十絲大菜、魚翅三絲、湯三絲、攔三絲、黃芽三絲、清燉雞、黃燜雞、麻酥雞、口蘑雞、溜滲雞、片火雞、火夾雞、海參雞、芥辣雞、白片雞、手撕雞、風魚雞、滑雞片、雞尾搧、清燉鴨、火夾鴨、海參鴨、八寶鴨、黃燜鴨、風魚鴨、口蘑鴨、香菜鴨、胡蔥鴨、京冬菜鴨、鴨羹、湯野鴨、醬汁野雞、炒野雞、醋溜魚、爆參魚、參糟魚、煎糟魚、豆豉魚、炒魚片、燉江鱭、煎江鱭、燉鰣魚、湯鰣魚、煎黃魚、湯黃魚、剝皮黃魚蟹粉湯、斑魚湯、炒蟹斑、湯蟹斑、魚翅蟹粉魚翅肉絲、清湯魚翅、黃燜魚翅、燴魚翅、拌魚翅、炒魚翅、湯著甲、黃燜著甲、燴魚肚、燴海參、炒海參、拌海參、十錦海參、蝴蝶海參、燴鴨掌、炒鴨掌、拌鴨掌、炒腰子、炒蝦仁、炒蝦腰、拆燉、燉吊子、黃菜、溜卞蛋、芙蓉蛋、金銀蛋、蛋膏、燴口蘑、蘑菇湯、燴帶絲、炒筍、萸肉、湯素、炒素、鴨腐、雞粥、十錦豆腐、杏酪豆腐、炒肫乾、肫乾、爛煽腳魚、蟲骨腳魚、生爆腳魚、珅麵筋、拌胡菜、口蘑細湯。

點心有：八寶飯、水餃、燒賣、饅頭、包子、清湯麵、鹵子面、清油餅、夾油餅、合子餅、蔥花餅、餾兒餅、家常餅、荷葉餅、荷葉捲蒸、薄餅、片兒湯、餑餑、拉糕、扁豆糕、蜜橙糕、米豐糕、壽桃、韭盒、春捲、油餃。

福長安看赤赫峰的臉愈拉愈長，心裡笑道：「小廟的和尚，沒見過什麼正經的經文。今天一定把你的衣服都扒在這堂子裡。」誰知那赤赫峰猛地把菜譜一摔，大叫道：「拿上等的來，當我是窮光蛋嗎？拿這等的飯菜來應付老子！」福長安初時認爲他是裝樣子，哪知他從衣袋裡摔出三個碩大的金元寶，叫道：「把上檔次的菜譜拿來！」堂倌急忙跑過來道：「這的確是本飯莊最高檔的菜譜了。聽客官的口音，是從蘇杭而來，這裡的菜譜，確是從那裡學來的。不過本館雖比不上蘇杭，在京城中也是數一數二的了。」赤赫峰見他說得懇切，也就不再怪責，道：「我也不點了，揀最好的上來。」

福長安大驚，頓時對赤赫峰另眼相看。

不料，赤赫峰又叫道：「怎能拿這種酒糊弄人？拿好的酒來。」此時飯莊的主人也已過來，見到了福長安，急忙叩頭道：「奴才不知大人到此，奴才該死。大人爲什麼不告訴一聲？」福長安道：「只不過興之所至，臨時有了主意在此消遣一宵，所以沒有向莊主打招呼。」

莊主和福長安又寒暄幾句，轉身問道：「這位官爺很是面生，煩請介紹一下。」也不等福長安介紹，赤赫峰道：「在下赤赫峰，杭州知府。」飯莊莊主遂肅然起敬道：「久聞大名，如雷貫耳。小人正想到杭州開一飯館，若到了杭州，煩請官爺照顧，請知府老爺多多照顧。」赤赫峰道：「這個好說，只是這酒，須換一換。」莊道：「換什麼酒？」赤赫峰道：「換家釀私藏的無名酒。」福長安正在驚疑，莊主笑道：「知府老爺果然是內行，不愧是天堂杭州知府。」原來，市上之酒，雖非常有名，但都是有名無實，像女兒紅、劍南燒、金陵春、汾酒等等，多是冒牌貨，而且即使是真貨，其窖藏年數，釀造工序，多半不能合乎標準。倒是家釀私藏的無名之酒，工序嚴密，取料精細講究，窖藏年數久遠。因此，好酒多半無名，有名多不是真正的好酒。

莊主見碰到了內行，於是道：「小人存有無錫惠泉酒，確爲自己釀造，貨真價實。」於是命人抱來一泥甕，剛一開口，香氣溢滿酒樓，福長安雖出身於大學士之家，官至吏部尙書，是朝中權臣，何曾聞到過這種酒香，斟好後，赤赫峰請福長安共飲，赤赫峰道：「這是地道的惠泉酒了。」福長安嘗這酒時，甘芳竣冽，清醇雋永，真仙品也！

自乾隆中期以後，大小衙門官府，文武員弁，整日吃喝應酬。於是飲食之奇巧豪奢令人難以想像，而豪奢之風，以京城和蘇杭爲最甚。

乾隆末期以後，民生凋敝，可飲食業卻一花獨秀，興旺繁榮。吏治的腐敗使得餐館飯莊呈現一種病態的空前發展，而大吃大喝又反過來助長了吏治的腐敗。

幾杯酒過後，福長安豪氣頓生，不時地站起來大喊大叫，胸脯拍得嘭嘭響，說道：「你的事，就是我的事，你的事，我……我全包了。」赤赫峰道：「相爺那裡……我想請他有閒暇時，到堂中一敘，大人看……」福長安道：「此事也包在我身上。」

赤赫峰心花怒放，知道從今以後，官運亨通。於是左擁右抱，盡情恣意地調弄起優童妓女來。

十二月二十日，欽天監照例封印，頒示天下。各部院掌印的官員便大宴賓客，觥籌交錯，大家都爲一年來取得的輝煌成果而高興，而互相祝賀。

和珅請來幾個京城中著名的戲班，在府第中，在淑春園，連番匯演。之後，戲班又轉到宮中圓明園。天子們最好與民同樂，這是做君主的所達到的最高境界，於是太上皇、皇上、和珅和禮部在爲今年的歡慶活動定著日程和方式，務必定出「天下太平」的主題。

二十三日清晨，和珅院內早早立起一根參天的巨桿，巨桿之上，懸著天燈。和珅用豐厚的祭品祭供神靈，神靈絕不會保佑窮鬼，因爲他們拿不出祭品。和珅的供品案上放著：糟猩唇豬腦、魚翅螃蟹羹、燎毛豬羊肉、醬蹱大肉圓，另有糖瓜、糖餅等等，飼神馬以香糟炒豆水盂。和珅用糖沾灶口塗抹，粘住灶王爺的口。祭拜後焚燒神像及千片元寶，和珅道：「上天言好事，回宮降吉祥。」和珅最懂賄賂，用糖抹了灶口，給他吃了那些好菜，到了玉皇大帝那兒，必爲我家請來好運兒。

除夕，和珅祭祀過宗族祠堂。他家中的神堂和祖先像下，供奉更是豐富。院內特建的松亭高掛天燈，天地桌上供品應有盡有……

這一日，家中的事忙定之後，和珅到宮中，保和殿內年終宴會隆重而又熱鬧，宴桌上擺上了滿漢全席，象徵滿、漢、蒙、藏、回等各族民眾在太上皇、皇上的英明治理下社稷安合，和珅致過以上述意思爲主題和簡短致詞以後，王公貴族、文武大臣、蒙古貝勒貝子，動起手中的筷子，搶著極少吃到的滿漢全席：

第一份，頭號五簋碗十二件：
燕窩雞絲湯，海參匯豬筋，
鮮蟶蘿蔔絲羹，海帶豬肚絲羹，
鮑魚匯珍珠菜，淡菜蝦子湯，
魚翅螃蟹羹，蘑菇煨雞，
轆轤雞，魚肚煨火腿，
鯊魚皮雞汁羹，血粉湯。

第二份，二號五簋碗十件：
鯽魚古燴熊掌，糟猩唇豬腦，
假豹胎，蒸駝峰，
梨片伴蒸果子狸，蒸鹿尾，
野雞片湯，風豬片子，
風羊片子，兔脯奶房簽。

第三份，細白羹碗十件：
豬腦羹，假江鰩鴨舌羹，
鴨舌羹，芙蓉蛋，
糟蒸鰣魚，假斑魚肝，

西施乳文思豆腐羹，爾兒羹，
甲魚肉，鵝肫掌羹。

第四份，毛血盤二十件獲炙，
獲炙，哈爾巴子（滿語：豬肩胛骨肉）
豬仔油炸豬，羊肉，掛爐走油雞、鴨、鵝，
鴿臛，豬雜什，
羊雜什，燎毛豬羊肉，
白煮豬羊肉，白蒸小豬仔，小羊仔，
白蒸雞鴨鵝，白麵餑餑卷子，
什錦火燒，梅花包子。

第五份，洋碟二十件
熱吃勸酒二十味，小菜碟二十件，
枯果十徹桌，鮮果十徹桌，

清軍在朝廷遊樂飲宴的歡樂氣氛中，征剿著白蓮教徒。

嘉慶二年七月，王聰兒率襄陽義軍由四川回湖北，攻襄陽不克，又轉向陝西。嘉慶三年正月，王聰兒命高均德引開清軍，自率義軍二萬，乘虛北進，攻下郡縣、周至，直逼西安。清廷急調各路軍馬赴西安，三月，王聰兒領軍折而東南，自山陽趨湖北。明亮、德楞泰率官軍緊追。此時，地主鄉勇在前堵截，白蓮義軍被包圍在鄖西縣三岔河一帶。地主鄉勇的首領羅思舉、桂涵二人都有飛簷走壁的本領。羅思舉不僅武藝高強，而且狡詐多端，曾經率領鄉勇數十名，劫破豐城王三槐巢穴，教徒稱羅思舉為羅家將。桂涵本來是江洋大盜，兩腿曾裹鐵沙數十斤，行千里之外。

清軍及鄉勇圍住王聰兒、姚之富率領的起義軍後，明亮、德楞泰派羅思舉、桂涵二人去捉拿王聰兒。他二人領了清帥的劄子，穿上一身玄衣，腰裡勒著爪繩，小臂上縛了袖箭，腳上穿著柔軟緊腳的深皮靴，離了大營，沒入山林。暮色中，接近義軍營壘，桂涵竄上一棵大樹，使出大盜特有的「千里眼」本領，凝神注目望去，見山坡上有一寺廟，寺廟周圍的樹木盡被砍去，不僅有嘍囉在明處巡邏站崗，而且草叢之下，似有洞穴暗哨。

桂涵看得真切，遂一躍而下，如一根羽毛輕輕落於地上，對羅思舉說：「王聰兒必在那個孤寺中。」二人往寺廟邊鑽去。到了一塊巨石的後面，探頭再看前面，已是平坦的開闊地帶，若稍一進入此地，一定會被教徒發覺。二人正想著進寺院的辦法，恰在此時，左邊樹上有一個貓頭鷹在怪叫，羅思舉一縱身，把貓頭鷹抓在手裡，從懷裡掏出一個綢帕，繫在貓頭鷹的爪腳上，然後用盡全力把貓頭鷹甩向寺廟，貓頭鷹撲楞楞在空中拍著翅膀，身後又飄著一塊綢帕，此時，前面開闊地帶草叢下面的洞穴之中，猛然躍起幾個黑影，追那貓頭鷹去了。於是羅思舉、桂涵二人如蜥蜴一般，眨眼間已爬到寺廟的圍牆下，翻過圍牆，又一縱身躍上廟頂，伏在屋上，看院中有一棵大樹，便甩出爪子，爪子上繫著細繩，二人抓著絲繩，飄蕩到樹上，注目看那屋內。見這個房屋內外兩分，外室之中盡是持刀持槍的甲冑之士，若要從這房屋的外室進到內室，絕不可能成功。

二人估計著內室中床的方位，心裡有了大致的成算後，復又甩出鋼爪，掛住房頂，瞬間，二人又飄回房脊。二人耐著性子，直等到三更過後，把房上的瓦片揭去，用刀削開屋板，往下看去，見室內紅燭高燒，垂著紅紗帳，偏偏有一隻小腳露出帳外，瑩白如玉，三寸有餘。二人復又把洞削得再大一點，飄落下去，摸到床前，從帳隙窺入，見一女子二十多歲，閉眼睡著，酥肩外露，玉乳半掩，真如海棠春睡，芍藥煙籠。二人直咽了數口唾沫，暗想：這樣齊整的女人也會造反，今日奪她性命，未免可惜……哪知二人這麼片刻的淫想，王聰兒竟在熟睡中覺出動靜，急飛出一腳向羅思舉踢去，不提防旁邊還有一人，此時桂涵眼明手快，腰帶即刻變爲利劍，削向三寸金蓮，只聽帳內「啊唷」一聲，那只蓮鉤已經掉下，二人拾了蓮鉤，哪等外室的人進來，早飛身上房，竄向山林之中。

二人回到清營，已交五鼓。明亮、德楞泰此時鎧甲未卸，正等在大帳之內。二人入帳稟見，獻上蓮鉤，視之不過三寸左右，雖已血肉模糊，但仍見細皮嫩肉，必定是王聰兒的腳了。明亮、德楞泰急傳號令，速攻敵寨。

此時王聰兒還昏暈床上，郎中也沒有什麼好藥，只是用綢布包紮了一下，血仍然不住地流淌。部眾驚惶不已，陡然間又聽到四周喊聲震天。姚之富急忙令人背著王聰兒，自己開路殺出寨外，四周清軍如蟻如蜂。姚之富急令義軍佔據山樑，義軍往山上衝去。據樑扼敵，哪知殺退一撥兒清兵後，後一撥兒兵又馬上衝來，一撥撥兒哪有止盡。此時王聰兒已被驚醒，急道：「後面懸崖之上有一羊腸小徑，我前日已探明，從那裡可以進入深山老林。」姚之富急忙命軍士奔往懸崖，但是到了崖邊，哪裡還能走脫，清兵和鄉勇早已圍上來，與義軍混戰一處。姚之富眼看無路可退，向王聰兒望去，王聰兒也正望著他，四目相對，二人都是燦然一笑，姚之富抱起王聰兒縱身跳下懸崖。

明亮、德楞泰命士兵追崖下去，檢點屍首。王聰兒、姚之富的頭被割下，屍體被凌遲。當二人的頭顱送到朝廷時，嘉慶帝向和珅祝賀道：「這都是相公調度有方，運籌帷幄之中，決斷千里之外。」

乾隆更是歡喜非常，好像年輕了三十歲。太上皇更是對和珅大加褒獎，和珅也總以爲這功勞是自己的，是自己指揮有方，便飄飄然起來，如騰雲駕霧一般。他忽然想到，何不趁著征剿苗匪，為自家掙個一等公爵！於是便尋找著機會。

朝廷正在高興，哪知白蓮教義軍死了一個頭目，便又出了兩個頭目，死了兩個頭目，便又出了四個頭目。湖北一方稍稍安靜，四川教徒卻日盛一日。四川總督及各路軍總指揮宜綿束手無策。宜綿便自己奏請朝廷，另外挑選臣來總統軍務，自己情願專管一方討賊事宜。

和珅見自己好不容易培養的一個心腹愛將，又是一個無能之輩，心內生氣。但宜綿總還是自己一手提拔的，生氣之餘，也不能降了他職，於是便調他到了陝甘做總督。和珅思來想去，把諸將考察了一遍，奏請太上皇、皇上，保舉威勤侯勒保總統軍務，調度諸軍，兼四川總督。勒保大喜，發誓一定要報恩和珅。

勒保是滿洲人，是永保的兄弟，本來並沒有什麼韜略。當初他征蘇時，是和琳手下的愛將，和琳死後，他帶領一軍人馬，竟立下汗馬功勞，被封為侯爵，而他的這個侯爵，其實是一位蠻寨中的佳人，幫他造成的。

在數年前，苗境洞灑寨的苗婦王囊仙，貌美好淫，同韋七緇鬚兩下裡偷情，並且號召徒眾，擾亂清軍住地南籠。那時和琳聞報，命勒保前往剿捕。勒保到了南籠，聽說王囊仙用妖術殺人，便不敢前進，只下書給貴州南部土司龍躍出兵，幫助剿捕。龍躍的曾祖是有名的酋長，世職遞降，只剩下一個千總職銜。龍躍的妹子叫么妹，生得才貌雙全，能文能武。接到勒保的檄文後，偏碰上龍躍生病，不能充役，么妹便代兄當差，竟跨了駿馬，帶了數十個苗女及數百名苗兵，到清軍大營聽從調遣。此時正遇到王囊仙、韋七緇鬚和清軍對陣，兩路夾擊，把勒保圍住，龍么妹飛騎陷陣，殺退叛苗，救出勒保。這天晚上，么妹便作為嚮導，引著勒保的軍隊，偷襲洞灑寨。

洞灑寨寨主王囊仙因出兵得勝，留住韋七綹鬚筵宴，乘著酒興，裸體講經，肉身說法。二人正淫樂得高興，不提防么妹引著清兵，突入寨中，王囊仙來不及穿衣，也不害臊，與么妹戰在一處，但她哪裡是么妹的對手，正在危急時，韋七綹鬚赤裸著全身徑往么妹，么妹迴避，王囊仙遂穿上了件小衫，逕自追上么妹，此時清兵已把韋七綹鬚圍住，你一槍，我一刀，把他打翻在地，活捉去了。但眾人都懼怕王囊仙妖術，不敢上前與她爲敵。么妹見韋七綹鬚被縛，便舞劍罩住王囊仙，不讓她施展妖術。么妹右手舞劍時，瞅準一個機會，左手把王囊仙的小衫上的絲條用力一扯，王囊仙支持不住，跌倒在地。么妹手下的苗女，一起上前，將她捆縛停當，扛抬去了。

苗寨被攻破以後，勒保奏報朝廷，只說自己功勞，根本就不提么妹一個字，么妹的功績遂付諸流水。

像勒保這樣，奪人功勞以爲己有，欺瞞朝廷而聒不知恥，卻讓他總統軍務，征剿白蓮教，可見當時朝廷用人，只知道選拔自己的親信，什麼國家不國家，早被個人的利益擠兌得一乾二淨。

勒保奉了朝命，起了十萬大兵，浩浩蕩蕩往四川而來。到了四川，捉住幾個王三槐的教徒，便小題大做地斬首號令；一面又連夜差人到京，奏報功績。和珅見了奏報，急奏知太上皇、皇上，太上皇和皇上十分歡喜，即下旨嘉獎，並傳令他搜捕王三槐。

這時，湖北的教徒因王聰兒、姚之富已死，謀與川北教徒聯絡，全部入四川。李全、高均德一股，由陝入川；還有張漢朝、劉成棟一股，也是王、姚餘黨，由楚入川。朝旨有「陝楚各賊，均逼入川境，四川滿漢宮兵不下五萬，勒保宜會同諸將，齊心殲賊，毋致竄逸。其令額勒登保、明亮專剿張漢潮、劉成棟，德楞泰專剿高均德、李全，並會同惠齡、恒瑞，夾剿羅其清、冉天儔；宜綿專守陝境，毋使川寇入陝；景安專守楚境；毋使川寇入楚；勒保於專剿王三槐、徐天德外，仍兼偵各路敵情，相機佈置，務其蕩平。」勒保接了此旨，自思身任統帥，總要擒住一二首逆方好立功揚名，遂接連發兵，先攻王三槐，怎奈王三槐據守東鄉縣的安樂坪，地勢艱險，手下黨羽又多，官兵不能進去，反被他出來攻擊，傷斃不少。勒保還是一味謊奏，今天殺賊數百，明天殺賊數千。

不想太上皇有些覺察，竟下諭責他，「徒殺脅從，不及首逆，官兵陣亡，以多報少，殺賊乃以少報多，無非妄冀恩賞，有意欺上，此後不得再行嘗試。」這數語正中勒保心病。勒保見了，嚇得渾身是汗。想了一日，又定出一個妙計，廣募鄉勇，令衝頭陣，綠營兵、八旗兵、吉林索倫兵，以次列後，再叫他們去攻王三槐。他的意思是鄉勇送死，不必上報，免得朝廷有官兵陣亡以多報少的責罰。起初，羅思舉、桂涵等人也頗爲他盡力，殺敗敵兵一兩陣。後來，聞知自己的功勞統被別人冒去了，也未免懊惱起來。自此鄉勇同官兵互相推諉，索性由教徒自由來往。

卻說戰將中有個額勒登保，舊屬海蘭察麾下，能征善戰。見勒保昏庸無能，遂把實情奏報朝廷，和珅見了奏報，本想壓下，但想他是海蘭察部將，必有海蘭察的一身悍勁，不敢不報於太上皇、皇上，於是把奏摺的意思稍加修改，轉奏上皇。太上皇、皇上遂頒旨嚴責勒保畏縮不前。和珅此時正想借著討賊封公，便奏道：「賊勢凶頑，數帥無策，奴才本該親往征討，但太上皇身邊更須奴才操勞，故奴才以爲當派朝中大員往督。」於是保薦福長安前往，太上皇、皇上准奏。於是福長安便動身前往四川督軍。

勒保憂悶已極，左思右想毫無計策，無奈只得與幾個心腹私下密議。各人都蹙了一回眉頭，無言可對。忽有一個辦案的老夫子，起立道：「晚生倒有一條計策，未知可行不可行？」

勒保喜形於色，便拱手問計。那人道：「朝廷的諭旨，是要大帥專剿王三槐，若擒住他便可復命。」勒保道：「這個自然。」那人道：「現任建昌道劉清，做南充知縣時，曾奉宜制軍命，招撫王三槐，王三槐曾隨他至營，嗣因宜制軍放他回去，他復橫行無忌。現在不如仍命劉清前往招撫，誘他前來，檻送京師，豈不是大大的功勞？」勒保大喜，遂命他辦好文書，傳劉道台速即來營。

劉清是四川第一個清官，百姓呼他爲劉青天，王三槐、羅其清等也素常敬服，若使四川官員個個似劉青天，即使叫他造反，也是不願。無奈貪污的多，清廉的少，所以激成大禍。劉清奉了統帥的文書，遂帶了文牘員貢生劉星渠星夜趕來，到大營稟見。勒保立即召入，見面之下，格外謙恭。劉清便問：「何事辱召？」勒保便把招撫王三槐計策敘說一遍。劉清道：「三槐那廝很是刁蠻。卑職前次曾去招撫，他明允投降，後來又是變卦，這人恐不便招撫，還是用兵剿滅他才好。」勒保道：「朝廷用兵已近三年，人馬已失掉不少，軍餉已用掉不少，仍然不能成功，若能招撫幾個賊目，免得勞動兵戈，也是權宜的計策。老兄大名鼎鼎，賊人曾佩服得很，現請替我去走一趟，王三槐如肯投順，我總不虧待他，賊目一降，賊眾或望風歸附，也未可知，豈非川省的幸福麼？」劉清無可推諉，只得應允，當下即起身欲行。勒保便另派都司一員，隨同前往。

三人到了安樂坪，通報王三槐。王三槐聞劉青天又到，出寨迎接，請劉清入寨，奉他上坐。劉清反覆勸導叫他束手歸誠，朝廷決不問罪。王三槐道：「青天老爺的說話，小民安敢不遵？但前次曾隨青天大老爺到宜大人營裡，宜大人並沒有真心相待，所以小民不敢投順。現在換個勒大人，小民未曾見過，不知道他是否真意。倘將我騙去斬首，還當了得？」王三槐尚是遲疑，劉清心直口快，便道：「你既有疑慮，就請你同了我的隨員，往見勒大帥，我便坐在此處，做個抵押可好麼？」王三槐道：「這卻不敢。我願隨青天大老爺同往，如青天大老爺肯將隨員留在此地，已是萬分感激。」劉清應諾。王三槐即隨了劉清動身出寨，安樂坪內的徒黨素知劉青天威信，也不勸阻王三槐。

於是劉清在前，王三槐在後，直到勒保大營。先由劉清入帳稟到，勒保即傳集將士，站立兩旁，擺出一幅威嚴的體統，傳王三槐入帳。王三槐才入軍門，勒保就喝聲：「拿下！」兩旁軍士應命趨出，如狼似虎，將王三槐捆住。劉清忙稟道：「王三槐已願投降，請大帥不必用刑。」誰知這位勒大帥豎起雙眉，張開兩目，向著劉清道：「呸！他是大逆不道的白蓮教首，還說是不必用刑麼？」劉清道：「大帥麾下的都司，卑職屬下的文案生，統留在安樂坪中，若將王三槐用刑，他兩個人亦不能保全性命，還求大帥成全方好。」勒保轉怒爲笑道：「你道我就將他正法麼？他是朝廷嚴旨拿捕之人，自然解送京師，由朝廷發落。朝廷要赦便赦，要殺便殺，不但老兄不能做主，連主帥也不敢做主呢！若爲了一個都司，一個文案生，就把他釋放，將來朝旨詰責下來，哪個敢來承擔？」

劉清道：「卑職願擔此責。」勒保哈哈大笑道：「今朝捕到匪首，也是老兄功勞，本帥哪裡敢抹煞老兄，請你放心。」劉清道：「功勞是小事，信義是大事。今朝王三槐來降。若將他檻送京師，將來教眾都要疑阻不敢投誠，那時恐要多費兵力。總求大帥三思。」勒保道：「這些待日後再說，且管日前要緊。」隨令軍士將王三槐檻禁，自己退入後帳，命那位定計誘敵的老夫子，修折奏捷。

恰在此時，福長安來到，二人謀劃一番，吃水不忘掘井人，總要把功勞記在相爺身上。於是誘王三槐的計策，便成了遠在萬里之外的和珅擬定的了。奏摺送到朝廷，知悉王三槐已在押解進京的途中，滿朝歡慶。太上皇、皇上不久降旨：「據勒保奏，攻克安樂坪賊巢，生擒賊者王三槐，朕心甚爲喜悅，另和珅有策劃之功，福長安有督師之勞。特封賞如下：晉封軍機大臣、大學士和珅公爵，吏部尚書福長安侯爵。勒保由威勤侯晉封爲威勤公爵，他的弟弟永保以前因爲剿匪不力，革職逮京，交刑部監禁，現在一倂加恩釋放，以示權衡功罪，推恩曲有至意。」

這個旨意，顯而易見是太上皇諾敕。嘉慶帝不敢違抗父命，才有這樣的諭旨。

勒保本來不懂得兵事，日日在軍中只知道酒宴歌舞，蓄優伶、嗜聲色。如今又被封爲公爵，更覺功高無比，更加肆無忌憚。

若掠得女「教匪」有姿色的，都使她們濃妝豔抹而裸其下身，晝夜行淫，不善淫者便被百般折磨而死，

有一個優伶是個極小的童男，不勝勒保的凌辱，竟被他鞭打而死。他手下的奴僕被鞭打致死的，更是經常的事情。

勒保的屬下四川建昌道石作瑞，管理軍需糧餉，侵蝕銀子竟然達到五十餘萬兩，宴請諸將會飲，每席在二百兩以上。至於兵丁軍餉，扣押不發，有的甚至是一連數月不發餉，同時又造假名冊冒領空額，私自瓜分。各地挑補兵丁，不但鄉勇不願入伍，即使是兵丁的子弟遇其父兄缺出，也不肯自爲補充。那些領兵的將領不發糧餉，任兵士們衣衫襤褸，受凍挨餓，甚至用牛皮裹足，爬山過嶺，當官的全不在意。俗話說「當兵吃糧」，糧餉都被當官的搜刮侵佔去了，於是這些當兵的比土匪強盜還更加兇猛地掠奪民財民女，隨掠隨用，飽則棄之，說：「留在身邊也一定被當官的搜刮了去。」有的官兵見主上宴飲淫樂，俱都說道：「難道只許州官放火，不許百姓點燈？」於是也掠來婦女，不論美醜，俱加淫樂。有的官稍微大一點的，便把美貌的女子隨軍帶著，有的婦女竟有生下孩子的，如果生下孩子，就把孩子殺死，或棄罷於荒野。整個軍隊，真是烏煙瘴氣。

百姓苦於官，更苦於兵，於是明知入白蓮教是死，但總是源源不斷地入教，令教軍愈剿愈多，總不見少。

四川勒保只知淫樂，陝西巡撫秦承恩更是可笑。

秦承恩，字芝軒，江蘇江寧人，乾隆二十六年進士，選庶起士，授編修，擢侍講，後出爲江西廣饒九南道爲道台，累遷至直隸布政使四五年，擢陝西巡撫。

陝甘總督宜綿總統軍務，調往四川時，秦承恩負責陝甘軍政大事，主剿陝西教匪。嘉慶三年，正當宜綿的職務被勒保代替，回陝甘任總督的途中，襄陽光教軍攻破眉縣，進抵周至縣境，距西安僅僅一百五十里。

教軍圍住周至縣城，秦承恩站於城牆之上，看周圍無數的教軍，黑壓壓到處都是，早已嚇得魂不附體，兩腿顫抖，只想癱倒在地上，恰在這時，下面數匹馬狂奔而來，立於城牆之下，其中一人仰首望著城牆道：「這個屁城，像個碟子，老子鞋尖一踢就倒，取下這城，有何難事？」城牆上的秦承恩，恰好聽了這幾句話，再也站立不住，一頭栽下，頭上撞得烏紫爛青，護衛上來，挾他下了城牆，秦承恩到了住所，再也沒有膽量談論軍事，蒙住頭臉，睡在床上不起。此時教軍攻城甚急，提督王文雄看形勢危險，也管不了許多，進到帳裡，拉起被子，見秦承恩渾身篩糠，說道：「現在是什麼時候，巡撫竟能睡得這樣安穩。」秦承恩道：「我……我……我發瘧疾，不能指揮軍士守城，諸事全……全……全靠將軍了。」

王文雄集中兵力，令其他三面固守，專打南城一面，一聲吶喊，城門打開，衝出城去，教軍軍力分散，被他猛地一衝，遂倉惶後撤，其他三面聞說南面清軍衝出，趕往南門援助，王文雄仗著軍士的氣勢，與三面之敵拚鬥，竟然衝垮了教軍，教軍退去。王文雄知道兵力薄弱，也不敢追，遂又進入城裡來。秦承恩聞報教匪退去，馬上渾身舒暢，站立城牆，哪知道沒有站穩，四面教匪又洶湧而至，嚇得急急地又回到帳中，用被子蒙住頭。

提督王文雄進帳揭開被子道：「巡撫大人須有個策略才是。」秦承恩竟然哭道：「我是文官，實不知兵，只有全靠將軍了。」王文雄心裡道：「這是實話了。」但又說：「撫台大人一定要有個命令，末將才好行事。」秦承恩道：「守……守。」

七天之後，果然有援軍到來，教軍退去。秦承恩隨後麾軍追趕，馬上奏報朝廷，大獲全勝。朝廷嘉獎諭文還沒有到，哪知道陝西各地的教徒又紛紛起義舉事，響應襄陽教匪。秦承恩急忙又退回城裡。

王文雄道：「撫台，這次賊勢甚大，陝鄂教匪糾合一處，我軍守城恐怕守不住，如之奈何。」秦承恩急得團團轉，忽然想起一條惡毒的計策來，大笑道：「有了，有了，讓那些教匪有來無回！」於是命令王文雄帶人在上萬斤炒麵中摻上砒霜，存放在四面街頭的空屋裡，水井之中，又撒了瀉藥。一切秘密辦妥之後，率軍出城，教軍四面而至，見官軍撤出，便蜂擁入城，四處覓食，恰好四面都見到了炒麵，果然大吃特吃，吃過之後，又去喝水，於是教軍紛紛倒斃，號叫連連。這時恒瑞一軍又到，與秦承恩合為一處，見教匪哀號倒斃如此，仰天狂笑，清將無不稱讚秦承恩此計得當。恒瑞、秦承恩率軍驅入城中，教軍倉惶四竄，恒瑞、秦承恩急忙向上報功，不想二人竟然爭執起來，都說自己是頭功。恒瑞道：「像你陷在圍中，我只是看戲？我兩番趕來，兩番賊去，不是我的頭功，還是你的？」秦承恩道：「我已經擊潰教匪，你來何為？」二人都是和珅黨徒，但秦承恩又是和珅門生，腰杆更粗硬些，氣得恒瑞領兵而去，發誓今後再也不救秦承恩。

實際上，這些統兵大員，不僅庸碌無能，而且其久鎮一方，身家財產，俱怕毀於一旦，都畏縮玩誤，只顧本省本地平安無事，哪管其他地方炮火連天。諸將都各自為計，將精銳留為己用；又各互相爭功，遇有教軍撤退，馬上尾隨遊轉，報稱追擊擒斬，大獲全勝。

秦承恩這一次可真的是大獲全勝了。教軍吃毒麵飲毒水，一路倒斃，退往山中，哪知山中途中的水中，俱都放了毒藥，教軍哪敢飲水，再也沒有戰鬥力。

有數千農民，老幼婦女都有，隨轉教軍，李全面令其投降清軍，或許是一條活路。農民們只得如此，便向秦承恩投降，秦承恩大喜，挑下有姿色的婦女，又選一千丁壯充軍，其餘老幼盡皆釋放。秦承恩把一千農民帶進周至縣城，對這些農民們說：「你們隨著官軍分到各營，今晚分發衣服糧食。」農民們隨被一隊一隊的分開，跟著清軍去領衣食。當夜，這一千個被分散開的丁壯們到了各營，早有準備好的飯菜擺在那裡，軍官讓他們坐下吃飯。這些農民們餓了許多天渴了許多天，哪裡還管其他，俱都奔向飯桌，哪知道還沒有張口，人頭早被砍下落在地上。這一夜，除一千農民丁壯被殺外，又有一千老幼被活埋。

秦承恩又想出妙計，從囚牢裡提出盜賊，編爲前隊，依據其手中耳朵的多少減其罪刑，盜賊們每到一處，呼嘯著與教軍戰在一處，慘烈異常。秦承恩開懷大笑。

不說秦承恩在這裡哭哭笑笑，且說宜綿交帥印於勒保，在回軍陝甘的途中，卻立了一大功。四川雲陽教軍首領高名貴，探聽襄陽被打散的教軍又集結進川，便集合徒眾五千餘人，分爲前後中左右五營，屯據雲陽縣境，準備接應。

鄉勇頭目羅思舉進宜綿帳中道：「我有一計可取高名貴首級。」宜綿道：「仍與桂涵一同去刺殺嗎？」羅思舉道：「這是守株待兔的辦法，怎能擒住高名貴！」宜綿道：「不這樣，怎能取高名貴性命？」羅思舉便讓宜綿摒退眾人，說出一個計策，宜綿道：「此計可行，即使不能成功，也沒有什麼傷亡。」於是自帶主力依計設伏去了。

正是黎明時分，高名貴剛剛起床，忽有兵丁來報：「襄陽友軍已到。」高名貴大喜，便走出軍帳觀看，見有幾百名軍士，都是白布裹頭，辮子剪去，手拿教旗，吹動海螺，果然是義軍的打扮。高名貴大聲道：「大師傅在哪裡？」羅思舉走上前來，道：「我襄陽教軍，已和官軍接火，已將韃子截住。大師傅現在後面，即刻可到，請貴首領前去會面，一同趕上大夥行走。」

羅思舉又遞給高名貴一封書信，高名貴見這是襄陽軍大師傅的文書，字跡暗號，沒有半點虛假，便點了四百教徒，跟著羅思舉前行。哪知到了一谷中，羅思舉縱身一躍，打出三粒火彈，四面埋伏的清軍見了信號，吶喊著衝出，高名貴等四百人被團團圍住，一個不剩地被殺了，無一人倖免。教軍得到消息，集合三千人奮力趕來迎救，再被早已等在那裡的大批清軍圍住截殺，大炮轟擊之後，清軍又恃仗著火器衝殺，教軍全軍覆沒。

這個連環計，使宜綿成爲人人共知的足智多謀的名將，以致於朝廷有點後悔換了他的總統軍務的職位。

太上皇終日游宴，和珅帶頭貪污，督撫將校借鎮壓「教匪」而發財而進爵，地方官吏而是恣意胡爲，敲剝百姓。於是白蓮教徒的一個首領犧牲，又會產生另一個首領；一支隊伍被剿滅，又會產生另一支隊伍，真是「野火燒不盡，春風吹又生」。

第十二章　馮氏病故・焉知禍福

眼看夫人形消肌損，和珅憂急萬分，發誓若能治好夫人的病，情願捨去所有的家財。和珅明白了，世界上有許多東西是金錢買不到的；和珅明白了，除了權力之外，還有比金錢更為重要的，那就是健康，那就是真情。

和珅明白黃金有價藥無價的道理了。夫人馮氏自兒子夭折後，便一病不起，中間曾好過一陣子。到了嘉慶三年，病情復又加重，和珅延請全國所有的名醫，總也不能使她病情好轉，眼看她形消肌損，和珅憂急萬分，發誓若能治好夫人的病，情願捨去所有的家財。和珅明白了，世界上有許多東西是金錢買不到的；和珅明白了，除了權力之外，還有比金錢更爲重要的，那就是健康，那就是真情。

轉眼間秋天到了。七月七日，相傳是牛郎織女相會的日子。過去和珅家總沒有認真地過這個節日，今年他卻命家人仔細佈置起來。府中的院子裡搭了彩棚，裝蛛盆等早已備好，香案供著「牽牛河鼓天貴星君」和「天孫織女福德星君」的牌位。晚上月出之後，香案上供滿果品和佳餚。和珅攙夫人到香案前跪拜祈禱。本來祈禱星君的應是女人，但和珅卻破了例，而且和多數人祈求的內容不同，和珅不是祈求星君降予富貴，馮氏更不是祈求織女使自己變得心靈手巧，他們只祈求天上星君賜給他們健康。和珅一遍遍地默禱著，一遍遍地許著願，讓神明保佑他夫婦二人長命百歲，白頭偕老。

大概一身牛糞的牛郎和心地純潔的織女是不喜歡賄賂的神明，他們對和珅的祈求許願無動於衷。

馮氏依舊咳嗽不止，時常咳出血絲。和珅預感到事情不妙，更把希望寄託在神明的保佑上。

中元節到了，這是鬼節，和珅更不敢有絲毫怠慢。道觀、佛寺，各路神靈拜了一遍，家中的供奉更是豐厚，用三頭豬、三頭牛、三頭羊、三石米飯，另有香燭酒禮、楮帛等，祭祀著鬼神。

和珅帶著家人、太監，為鬼魂超度。他們到了河邊，把日間做的鬼王、鬼判、鬼官、鬼兵、鬼役，放入鬼船之內，然後焚化。岸上，兵丁們幾百人手執荷葉，荷葉中燃亮蠟燭，一時間青光熒熒，羅列兩岸。又用琉璃作荷花燈數百盞，放入河中，青光在河中隨波上下，然後和珅乘船到河中誦經祈禱。和珅家裡，也用琉璃紮了許多燈，大大小小有一二千盞。琉璃是綠色的，裡面放著蠟燭，蠟燭點燃，燈光青光閃閃，綠熒熒的，顯得鬼氣森森，和珅府第，籠罩在青綠色的光芒中，真正的成了一座鬼府。和珅家中又請來了道士、和尚，作法誦禪，鬼決不會攪擾和珅家，和珅對他們多麼恭敬啊！

可是，和珅無論多麼極力地拜祭鬼神，可是這些鬼神似乎對和珅都是無動於衷，甚至是收了和珅的東西後反而對他「敲起竹槓」來，特別是那些鬼，不僅沒有被送走，反而硬賴在馮氏身上不走，非要奪她性命。

到了八月，馮氏只剩下皮包骨頭，和珅和豆蔻寸步也不離開馮氏，豐紳殷德、公主等也天天探望、時時探望。

和珅默禱著，如果過了中秋節，夫人的病即能治好，因為中秋節陰氣最盛。中秋為月神節日，月神一定保佑夫人，特別是像馮氏這樣嫻淑的女人。

果然，馮氏到了中秋節真的又說又笑，精神氣力好了許多，臉上泛著紅暈。和珅萬分高興，也不到朝中，便陪著夫人和全家人一道過著團圓節。

和珅到公主面前行跪拜禮，祝她長壽快樂。本來在十公主嫁到和珅家以前，公主下嫁，其公婆見了公主都要行跪安禮。自從十公主下嫁於豐紳殷德後，乾隆覺得此禮雖重君臣之義，但有害人倫之大體，便令廢止。自此，公姑向公主跪拜的禮節日衰，到了道光時，此禮被明令禁止。和珅此日對公主行跪拜禮，乃因爲八月十五爲月神之日，月神屬陰，故向公主跪拜；同時，和珅心中又有請皇家瑞氣，掃去其夫人馮氏病魔的意思。

晚上，和珅的花園之中立一屏風，屏風兩側，擺有雞冠花、毛豆枝和鮮藕；屏風前設一八仙桌，桌中擺一特大月餅，周圍綴以水果和糕點。這種擺設，是公主佈置的。此時，她扶了婆婆，來到桌旁，又拿起「玉兔桂樹」荷包，分給眾人，眾人都戴在身上。公主和婆婆馮氏率和府上下祭拜月神。拜過之後，公主將大月餅切成小塊分給諸人，這是吃團圓月餅了。此時馮氏笑著用手招著和珅，和珅走到馮氏身旁，馮氏拿著塊小月餅塞進和珅嘴裡，和珅也把自己手裡的月餅遞到馮氏口中。此時圓圓的月亮如一塊白璧圓盤，飄浮在碧藍的天上，花園裡一片澄明。和珅與夫人馮氏一起吃著對方遞給的月餅，都感到生活是多麼的美好，多麼的溫馨，多麼圓滿。月餅吃完，馮氏道：「你扶著我，我有點倦了。」和珅要扶她坐下，她竟趁勢伏在和珅身上，和珅挽著她腰肢，忽然感到臂彎猛地一沉，和珅心內咯噔一下，低頭看馮氏時，她已含笑睡去了——永遠地睡去了。和珅沒有驚慌，沒有眼淚，心中只有無限的哀痛，他抬頭看著天上的月亮，是那樣圓、那樣亮，那樣純潔無暇，那樣冷光普照。

和珅站了好久，又久久地望著月亮，人們都詫異起來，覺出意外，豆蔻意識到了什麼，急撲向馮氏，和珅道：「她升天了，隨月神一起升天了。」

她本是一團雲氣——霽雯，沒有了太陽，便成了月華。

當晚，和府中的全體男丁女眷去冠飾、首飾，然後截髮。和珅又陷入巨大的悲痛之中，有了馮氏，和珅的事業才蒸蒸日上，似乎是她給和珅帶來了好運。平時，她對和珅總是無微不至的關懷，在前幾天她病重時，還念念不忘和珅的腰腿疼病，爲和珅祈禱，希望他病體好轉。和珅愛她賢淑，雖出於宰相名門，卻一生溫柔平和，即使對下人，也從來都是以禮相待，平易近人。和珅更感激她爲自己生了兒子，而兒子豐紳殷德，又娶了乾隆最疼愛的女兒。

和珅隆重地給妻子舉行了喪禮。

一切喪事由豐紳宜綿主持辦理，由劉全、呼什圖、卿憐襄理協助。女親友由公主或豆蔻及豐紳宜綿的夫人接待。

第二天，報喪帖送往親友各處，當日就有幾十位親友來奔喪。隨後欽天監擇定日子，停柩七七四十九天。孝堂立在嘉慶堂。隨後，請了一百零八位僧人在大廳上拜四十九日的大悲懺，超度亡靈，又請了九十七位全真道士，打四十九日解冤洗業醮。

出殯那天，六十四名青衣請靈後，豐紳殷德用新簸帚掃過棺材，又墊一錢於棺材一角。「掀棺」過後，豐紳殷德執幡前導，諸親友隨後來到大門前的街道上。此時哭聲震天，當然也震動了整個北京城。棺材抬出來，豐紳殷德摔過喪盆，隨後，出殯隊伍浩浩蕩蕩，往西而去。

前面是幡幢引路，後面是鳴鑼喝道，龐大的樂隊高奏哀樂。隨後是亡人的牌位，引魂轎，引運動車、兩門纛，八曲律影車，扇、車、轎、享、馬、松獅、松鶴、松亭、松鹿、紙糊的金山銀山、童男童女、花盆等等，對對排列，又鷹犬、駱駝等接道而行，如此的擺了一二里路，緊跟著一群群、一隊隊的僧道喇嘛，執著法器，念著經文。

送殯的大轎、小轎、車輛有幾百乘，隨行的僅僅王公貴族、朝中大臣、地方大吏也有百人左右。整個送殯的隊伍足足有六七里長。

送殯所經過的路旁，幾十里中，搭滿了祭棚進行路祭，棚內設席張筵，高奏喪樂。這樣迄邐幾十裡，樂聲此起彼伏，紙錢漫天飛舞，遮蔽了半個天空。

馮氏的塋地在薊州，和琳已埋在那裡，陵制宏偉，寶頂高聳。馮氏的墳塋墓穴，猶如地宮，墓地中也有牌坊、碑樓、石人石獸等等，和珅的墳塋也已修好，高大宏偉，人稱「和陵」早已逾制，其規模與皇陵不相上下。

安葬結束後，眾人回到和府，又舉行了非常隆重的儀式——「點主」。在馮氏的牌位前，擺上香案，僧道排列兩旁，哀樂奏響，在天空中迴盪。馮氏牌位上的「王」字點「主」之後，牌位送進祠堂。

馮氏所居壽椿樓中的一切都照舊擺設，永遠不許再進人居住，和珅、豐紳殷德等時常去樓中憑弔、追念故人。

第十三章　乾隆駕崩．和珅伏法

初二日黃昏，太陽就要沒入地平線，乾隆大帝即將走到人生的盡頭。他顏面浮腫，不住地抽動著，肯定是要睜眼卻睜不開，想開口說話卻說不出，兩隻手緊緊地攥住跪侍在身旁的嘉慶帝的肩頭，御醫再無回天之力。

十二齡茲八十六，七旬有四此煙光。
春風秋月曾無改，意樂心憂曷有常？
外靖內安思昔詠，殲苗平楚致今忙。
依然書屋憑窗坐，慚愧人稱太上皇。

這是乾隆寫於嘉慶元年春天的詩作，乾隆回憶起十二歲那年，隨皇祖康熙大帝來到舊衙門行宮時的情景，那是何等的輝煌；他回憶起在他七十四歲時，春天，他駐蹕桃花寺行宮，望斷西南，盼著金川之役最後勝利的捷報，恰在那時，只見紅旗一點，自天邊而來，迅疾飛入宮牆外的柳蔭，復又馳入行宮，這是將軍阿桂平定金川的報捷紅旗。而嘉慶元年春天，他又憑窗遠望西南，可是殲苗平楚的捷報，卻遲遲不到，真是「慚愧人稱太上皇」。

「千古江山，英雄無覓，孫仲謀處，舞榭歌台，風流總被，雨打風吹去。」乾隆一盼就是三年，可是教匪仍然橫行在南方數省。嘉慶三年八月，當四川總督勒保奏報生擒教匪逆首王三槐時，太上皇喜出望外，敕諭道：

「朕臨御以來，敬天勤民，孜孜不懈，年近九秩，功蔵十全，前年授璽後，猶復敕幾訓政，罔敢暇逸。邇年教匪不靖，宵旰焦勞，猶幸精神強固，於一切剿捕機宜，無不隨時特示。今勒保秉承訓諭，將川省首先茲事渠逆王三槐臨陣生擒，其餘窮蹙夥黨，勢同摧枯拉朽，不日全可蕩平。捷音馳到，正值朕同皇帝駐蹕山莊，各蒙古王公祝厘瞻覲之時，中外同深歡慶。而朕於武功十全之外，又復親見掃除氛，成此巨功。」

太上皇自吹自擂以後，八月十三日在避暑山莊度過了作八十八歲萬萬壽聖節，然後回鑾京師，駕臨圓明園。立冬回紫禁城，又冊封了一個貴妃和芳妃。十一月，嘉慶帝率同王公大臣及各省督撫再三合詞籲請籌備於嘉慶五年舉行的「九旬萬萬壽慶典」，太上皇道：「朕姑允所請，著按康熙六十年及乾隆八旬萬壽慶典之例備辦。」太上皇指定和珅總負責。

不料，太上皇身體入冬以後，老態頓增，體質急轉直下，易感風寒。臘月初的一天，竟昏暈過去，雖很快痊癒，但以後眩暈時常再發，病情極不穩定，有時夜裡呻吟不止，白天又平靜如常，有時早晨神志昏迷，晚間卻又復清醒。十二月二十八日，太上皇在鴻臚寺，觀看了朝鮮和暹羅國使臣表演的元朝朝參禮。二十九日，太上皇在重華宮漱芳齋，傳朝鮮使臣及暹使臣近前，讓和珅傳諭曰：「國王平安乎?」朝鮮等國使臣對曰：「平安。」然後設宴觀看了雜戲。三十日，又在保和殿舉行了盛大的年終宴。

初二日清晨，太上皇帝仍盼望著剿匪勝利的捷報，希望傳報勝利的紅旗映入他的眼簾，於是寫下《望捷》一詩：

三年師旅開，實數不應猜。
邪教輕由誤，官軍剿複該。
領兵數覲覲，殘赤不勝災。
執訊迅獲醜，都同逆首來。

不料，這首詩竟成乾隆的絕筆。初二日黃昏，太陽就要沒入地平線，乾隆大帝即將走到人生的盡頭。他顏面浮腫，不住地抽動著，肯定是要睜眼卻睜不開，想開口說話卻說不出，兩隻手緊緊地攫住跪侍在身旁的嘉慶帝的肩頭，御醫再無回天之力。乾隆還想著他的九十萬萬壽節嗎？還想著他天威遠震、武功十全的赫赫功業嗎？還想著糜餉七千萬兩白銀卻沒有剿滅教匪的事情嗎？還想著他的早逝的皇后、執拗的香妃嗎？是的，這一切，他在彌留之際仍然想著。乾隆沉酣於往事之中，卻抱著對現實深深的遺憾。

一夜過去了，太陽正要升起。皇子皇孫們跪侍在乾隆的身旁。

突然，乾隆緊緊地握著嘉慶的手，猛然間雙目瞪圓，直直地望著西南方向。嘉慶帝等知道乾隆有話要說，於是道：「太上皇有什麼事要吩咐，我等粉身碎骨赴湯蹈火，也要做到。」乾隆鬆開抓著嘉慶帝的手，手指南方，久久不放下，嘴巴艱難地抖動著，竟說不出一個字。嘉慶帝心如刀絞，淚流滿面，說道：「父皇，放心吧，兒臣定會把白蓮教匪剿滅。」隨後嘉慶帝率所有在場的人，包括和珅在內，全都跪在地上發誓道：「皇天在上，后土作證，兒臣們一定勘平戰亂，此心人神共鑒。太上皇謹請放心，兒臣等必盡力平定西南，早日把捷報奏報太上皇，若有不戮力盡心者，人神共擊之。」乾隆聽了這話，舉起的手方才放下，瞪著的眼睛才閉上，張開的嘴巴才合攏。

乾隆帝沒有活到初三清晨日出的時候。

西元一七九九年二月七日上，太上皇乾隆崩於帝國京城中的乾清宮。

乾隆尊謚爲：法天隆運至誠先覺體元立極敷文奮武孝慈神聖純皇帝，廟號「高宗」。

隨著乾隆帝的駕崩，一場翻天覆地的政局變動開始了。早在乾隆駕崩的前天，初二日，就頒佈了早已擬就的太上皇《遺誥》。

初三日清晨，嘉慶帝正要下諭旨告示天下，但是看到太上皇《遺誥》中的某些話語，不免皺起眉頭。太上皇遺誥中說：「已將起事首逆，緊要各犯，駢連就獲，其奔竄夥黨，亦可計日成擒，蕆功在即。」實際上這實在是鋪張粉飾之語。如今我正要雷厲風行，整頓軍事，掃蕩教匪，怎能在親政的第一道諭旨中就有自欺欺人之語？可是父親屍骨未寒，若急於下詔揭出勘亂實情，更改太上皇之說，恐遭天下非議。且眾將歸之於和珅，京城中軍權盡在和珅之手，此事做得太急恐生不測。爲今之計，仍要先穩住和珅，再取他的兵權，肅清他在京城中的黨羽，然後才好行事。而做這許多事情，必有自己親近而且德高望重的大臣幫助才行，阿桂若還活著，憑他的威望，可輕取和珅之頭而穩住朝廷，穩住軍隊和地方。可惜阿桂已亡，朝中沒有像阿桂那樣一人就可以穩住政局的人。

那麼誰是可以依賴信任的大臣呢？首先可用的是董浩，這個人諳熟朝政，剛正不阿，最恨和珅。聽說他經常獨自一人在室中徘徊，曾經在值室執象笏猛擊桌案，笏爲之斷裂，這明顯是受和珅壓抑要發洩憤懣的表現。而且，他曾爲我化解過險情，當年爲朱珪的事，若不是他巧妙的說詞，我幾乎被太上皇痛斥，甚至可能引發更加難以想像的事情。另外，任用董浩更爲有利的一點是，他始終受父皇信任，由父皇寵信的大臣出面處置大事，可以穩住朝中的一些元老，顯出和父皇政治的連續性，使這駕運行的車子在轉彎時不容易被人察覺。像董浩一樣一向被父皇重用的大臣還有王杰和劉墉，這些人都剛正不阿，素負朝望，正該任用這些老臣，穩定政局。待政局穩定後，再逐漸地由中央到地方起用新人。

皇室宗親也要穩定。成親王永瑆、定親王綿恩平時和我最融洽，又最恨和珅，尌當大任。其餘皇子皇孫也都可借封賞來穩定情緒。

嘉慶帝最信任的人當然是他的老師朱珪。嘉慶想，以上諸人雖是可依賴的人，但都不能說是自己的心腹。若論可以把整個心事都可以和盤托出與其商討的人，也只有朱珪一人而已。可是正值國喪，我若即刻召他來京，會不會引起人們的非議？朝野會不會有閒言碎語？嘉慶帝思考了好久最後質問自己：在這種關鍵的時候，做事豈能猶豫徘徊？豈能拘泥於繁瑣的禮規而耽擱大事！既然朱珪是最忠實我的幫手、顧問、智囊，還疑惑什麼，爲順利地實現親政大業，一定要排除一切干擾。

於是嘉慶帝馬上書信一封，詔令安徽巡撫朱珪火速進京。嘉慶帝把一切考慮成熟，於是下詔曰：

「自古帝王，功德顯著，並有隆稱懿號，昭垂萬世，典至鉅也。我皇考大行太上皇帝，御極六十年，撫御萬邦，法天行健，遇郊廟大祀，必親必敬；崇奉皇祖妣孝聖寬皇后四十二年，大孝彌隆，尊養備至；綜賢萬幾，愛民勤政，普免天下錢糧者五、漕糧者三、積欠者再。偶遇水旱偏災，益蠲貸兼施；以及築塘捍海，底績河防，所發帑金，不下億萬萬。至於披覽奏章，引對臣工，董戒激揚，共知廉法；禮勤而敦宗族，廣登進而育人才。征討不庭，則平定準蜆、回部，辟地二萬餘地，土爾扈特舉部內附，征剿大小金川，擒渠獻馘；余若緬甸、安南、廓爾喀，僻在荒服，戈鋋所指，獻賮投誠，其臺灣等處偶作不靖，莫不立即殲除。此十余之極於無外也。……」

所有的大臣都在觀望嘉慶帝的行動，當然最爲關切的是他的第一道諭旨。王公宗親、文武百官、外國使節等，見了這道諭旨，都以爲皇上要沿著太上皇的道路走下去，朝局不會有什麼變動，有的失

望，有的高興

和珅、福長安、蘇淩阿、吳省蘭等，在一起密謀，也正觀望嘉慶帝的一舉一動。他們一致的意見是：首先，和外界各方面保持聯繫；其次，注意嘉慶帝的任何舉動，特別是他的第一道諭旨。日出以後，諭旨下，眾人看這道諭旨幾乎是太上皇《遺誥》的重複，都說道：「皇上對太上皇尊崇備至，必沿太上皇的運政軌跡走下去。」福長安道：「只是這個詔書對教亂之事，不著一詞，是什麼意思？」吳省蘭道：「我想，皇上還沒有擬定勘亂方略，不便言白蓮兵事，他之所以沒有擬定勘亂方略，乃是因爲他不知如何擬定，還要請教各方面加以討論。而且，現在最緊迫的事是治喪大事，並不是白蓮兵亂。」福長安道：「看皇上所任命的治喪大臣，就可以看出皇上的任人心跡了。」

眾人正在計議，嘉慶詔書又下：

「……唯念皇父付畀至重，凡所以勉紹前猷，仰承先志者，實藐躬之責。繼自今欲再聆慈訓，豈可復得?煢煢在疚，祗懼日深，尚賴內外文武大小臣工，共矢公忠，敬襄郅治，弼亮予躬，即以上報皇父恩愚，其軍營總統諸將軍，亦當仰體皇父簡拔委任之恩，訓誡督責之意，振作自新，迅掃餘孽，上慰在天之靈，尚書天良不昧，勉之。至一切喪儀，著派睿親王淳穎、成親王永瑆、儀郡王永璿，大學士和珅、王杰，尚書福長安、德明、慶桂，署尚書董浩、尚書彭元瑞、總管內務府大臣緼布、盛住總理。其祥稽舊典，悉心酌儀，隨時具奏施行，將此通諭中外知之。」

和珅等人大喜，因爲詔諭中明白地顯示，嘉慶帝所依賴的仍然是太上皇提拔的文武大臣。更讓和珅等人吃了顆定心丸的，是治喪大臣的名單。

一般來說，被任命爲治喪大臣的人，必然是皇上的寵臣，和珅和福長安不僅爲十二個治喪大臣之一，而且和珅位居各大臣之首席，福長安排在諸尚書的第一位。和珅等人的心裡，怎能不如一塊石頭落了地？和珅更是暗暗自喜，暗中慶倖，皇恩如此浩蕩，他覺得他一定會受到嘉慶帝的重用，成爲兩朝寵臣。

嘉慶帝召令和珅、福長安議事，和珅、福長安欣然前往。上書房成了皇帝臨時的辦公處，裡面已坐滿諸王公及文武大臣。嘉慶帝見眾人到齊，遂道：「和珅聽旨。」和珅跪倒：「奴才在。」嘉慶帝道：「你是大行太上皇帝的親臣近臣，又是首席軍機大臣，又實爲國家勳舊，朕剛剛親政，諸事依賴於你。喪事乃國家首務，特命和珅主持一切，主持喪務之間，暫免其軍機大臣、步軍統領等銜，專心治喪。」和珅道：「奴才領旨。」嘉慶又道：「福長安。」福長安應聲說：「奴才在。」嘉慶諭令曰：「父皇在日，你盡心服侍，朕甚爲感念，望你盡心治喪。」福長安道：「奴才領旨。」

嘉慶帝又叮嚀道：「和珅、福長安乃是太上皇近臣，數十年來，受皇父厚恩，實爲父皇最寵愛依重之臣，特命你等晝夜守值殯殿，望你等不負太上皇幾十年的厚愛。」

和珅與福長安覺得嘉慶帝如此安排也是在情理之中。滿朝文武中，乾隆帝幾十年來最寵愛的人確實是他倆，既然受太上皇的厚恩厚愛無人能比，理當值守殯殿。二人對嘉慶帝臨時解職也沒起疑心，因爲按照清朝宮廷喪禮，國喪日連地方上接到大行（死）皇帝升天的消息後也要停止辦公三天，因此京城中在國喪日一般不理政務，以前在國喪期間，治喪大臣被解職的也不少見。因此和珅與福長安二人認爲暫解除他們的職務並無實質上的意義。

嘉慶帝以堂皇的藉口把和珅與福長安軟禁之後，不讓他們與外界有任何來往，不許任何人與他們互通消息。

同一天，嘉慶帝又頒旨，任命成親王永瑆、大學士董浩、尚書慶桂爲軍機大臣；那顏成、戴衢亨仍留軍機處；盛住署工部尚書，保寧成爲武英殿大學士，慶桂爲御前大臣、協辦大學士，書麟爲吏部尙書，松筠爲戶部尙書、富銳爲兵部尙書。另外一個至爲重要的職位——步兵統領以及健銳營、火器營的都統還沒有任命。

對政治敏銳的人已經感到，讓成親王做軍機大臣，一定是要進行一場朝政改革了。

隨後，嘉慶帝晉升儀郡王永璿爲親王，貝勒永璘爲慶郡王，綿億封履郡王，奕紋、奕紳在上書房讀書，另外的皇室成員也俱受封賞。

也是在同一天，正月初三的晚上，嘉慶帝召來儀親王永璿、成親王永瑆、定親王綿恩道：「朕命定親王綿恩爲步軍統領兼管火器營和健銳營。綿恩應速調出和珅府中的一千餘名步甲兵丁，調出步軍統領衙門及巡捕五營的頭目。」綿恩道：「我明白皇叔的意思，絕不會出半點差錯。」永璿道：「皇弟是要捉那個甕中之鼈了。」嘉慶帝道：「還爲時早了一點，要做到水到渠成。如今嚴禁和珅與外界聯絡，斬斷其與外界的一切聯繫。」永瑆道：「我要親手刮了他。」嘉慶帝道：「你須小心行事才是，不可疏忽大意。」

當夜，宮中侍衛被綿恩調換了一遍，京城中的防務軍事，握在綿恩手中。

一切安排就緒，次日，初四日，即乾隆駕崩的第二天，嘉慶帝又下了一道詔諭，這一道上諭，如晴空中打了個霹靂，震盪著北京城。這次詔諭再也不如上次，其措辭之嚴厲，令朝野震驚，至此，人們才看清了嘉慶帝的本來面目。

幾年來，嘉慶帝裝聾作啞，忍氣吞聲，忍耐著，等待著，這一天終於到來了，揚眉吐氣的日子終於到來了！說自己想說的話，做自己想做的事的日子終於到來了！

這份第一次真正體現嘉慶帝心聲的詔諭茲錄於下：

「我皇考臨御六十年，天威遠震，武功十全。凡師出征討，即荒徼部落，無不立奏蕩平。若內地亂民王倫、田五等，偶作不靖，不過數月之間，即就殄滅，從未有經歷數年之久，糜餉至數千萬兩之多而尚未蕆功者。總由帶兵大臣及將領等全不以軍務為事，唯思玩兵養寇，藉以冒功升賞，寡廉鮮恥，營私肥橐。即如在京諳達、侍衛、章京等，遇有軍務，無不營求前往。其自軍營回京者，即平日窮乏之員，家境頓臻饒裕，往往托詞請假，並無祭祖省墓之事，不過以所蓄之資，回籍置產。此皆朕所深知。可見各路帶兵大員等有意稽延，皆蹈此藉端牟利之積敝。試思肥橐之資，皆婪索地方所得，而地方官吏，又必取之百姓，小民膏脂有幾，豈能供無厭之求？此等教匪滋事，皆由地方官激成。即屢次奏報所擒戮者，皆朕之赤子，出於無奈，為賊所協者。若再加之朘削，勢必去而從賊，是原有之賊未平，轉驅民以益其黨，無怪乎賊匪日多，輾轉追捕，迄無蕆事之期也。自用兵以來，皇考焦勞軍務，寢膳靡寧。即大漸之前，猶頻問捷報，迨至彌留，並未別奉遺訓，仰窺聖意，自以國家付託有人，他無可諭。唯軍務未竣，不免深留遺憾。朕恭膺宗社之重，若軍務一日不竣，朕一日負皇考之疚，內而軍機大臣，外而領兵諸臣，同為不忠之輩，何以仰對皇考在天之靈？伊等即不顧身家，寧忍陷朕於不孝，自列於不忠耶？況國家經費有常，豈可任意虛靡坐耗？日復一日，何以為繼？又豈有加賦病民之理耶？近年皇考聖壽日高，諸事多從寬厚，凡軍中奏報，小有勝仗，即優加賞賜；其成貽誤軍務，亦不過革翎申飭，一有微勞，旋經賞複。雖屢次飭催，奉有革職治罪嚴諭，亦未懲辦一人。即如數年中，唯永保曾經交部治罪，逾年仍行釋放。其實各路縱賊竄逸者，何止永保一人，亦何止一次乎？且伊等每次奏報打仗情形，小有斬獲，即補敘成功；縱有挫衄，亦皆粉飾其辭，並不據實陳奏。伊等之意，自以皇考年高，唯將吉祥之語入告。但軍務關係緊要，不容稍有隱飾。伊等節次奏報，殺賊數千名至數百名不等，有何證驗？亦不過任意虛揑。若稍有失利，尤當據實奏明，以便指示機宜。似此掩敗為勝，豈不貽誤重事？軍營積弊，已非一日。朕總理庶務，諸期嚴實，止以時和年豐，平賊安民為上瑞。而於軍旅之事，信賞必罰，尤不敢稍縱假借。特此明白宣諭：各路帶兵大小各員，均當滌慮洗心，力圖振奮，期於春節，一律剿辦完竣，綏靖地方。若仍蹈欺飾，怠玩故轍，再逾此次定限，唯揮軍律從事。言出法隨，勿謂幼主可欺也。」

這首詔書一下，哪有看不懂的。這分明是鼓勵、號召朝野一起撻伐和珅，揭露和珅。詔書中說帶兵的大臣及將領等全不以軍務為事，他們為何這麼囂張？這不是明確提出和珅就是他們的總後台嗎？說「伊等以皇考年高，唯將吉祥語入告」，這個「伊」不是和珅又是誰？大家揣摩著皇上的內心已是震怒無比，此時嘉慶已四十歲，還說有人把他當成「幼主」欺侮，此語已憤懣到了極點，想想看有誰能把他當成「幼主」欺侮？太上皇訓政之日，其政務都被和珅一人把持，天下誰人不知？太上皇寵信和珅愈深，皇帝肯定恨和珅愈厲害；太上皇愈是認為和珅功高，皇帝必定愈認為和珅罪大。不除和珅則禍害無已，不除和珅則天下難得安寧，不除和珅則征剿白蓮教徒的軍費何出？此時太上皇已崩，皇上還有什麼顧忌？只是皇上此時最需要人揭發和珅，他好順理成章地將其治罪。於是給事中王念孫首劾和珅，給事中廣泰、江南道御史廣興、大學士劉墉等先後封章密奏，揭發和珅罪狀。

嘉慶帝為了進一步放下文武大臣們的思想包袱，隨後又諭令道：「今後各部院衙門、文武大臣、直省督撫藩臬等軍營帶兵大員，凡有奏事者，俱應直達御前，不必要另有副本送到軍機處，九卿科道，凡用人行政一切事宜，都可封章密奏。」

至此，人們再也沒有什麼顧忌，彈劾和珅與福長安的奏章像雪片一樣集中到嘉慶帝面前。

嘉慶帝認為時機已經成熟，初八日，即乾隆駕崩的第五天，以科道列款糾劾的名義，詔逮和珅與福長安下獄，奪大學士和珅、尚書福長安的一切職務。命儀親王永璿、成親王永瑆前往逮捕和珅；命正紅旗護軍都統阿蘭保率軍監守；命永璿、永瑆、綿恩、額駙拉旺多爾濟及劉墉、董浩等，對和珅與福長安等人進行審訓，命永瑆、綿恩、淳穎、溫布、佶山等抄和珅、福長安與其家人的財產。

此時，和珅和福長安還在安心地為乾隆守靈。

清朝，皇帝大喪叫「大喪儀」。大喪儀的主要程式為：小斂、成服、大斂、朝奠、殷奠、啓奠、奉移、初祭、繹祭、大祭、除服、周月祭、上尊謚廟號、致祭、百日祭、祖奠、啓行、謁陵、安奉等。具體過程十分繁雜，不容盡述。在京的文武百官及軍民，二十七日內須摘冠纓，穿素服，每日至大行皇帝牌前朝夕哭臨兩次。

皇帝喪儀如此繁瑣、隆重，必須有人終日守在靈前操辦，而且在此期間不准辦公。因此和珅與福長安在乾清宮中日夜守值殯殿，所做的事情特別多，也沒有對外界起什麼疑心。何況嘉慶帝也剪髮成服，以上書房為倚廬。上書房位於乾清宮左側，嘉慶帝在那裡寢苫，又按時到殯殿哭拜上香，殯殿就設在乾清宮。和珅見皇上天天哭臨，對自己也很恭敬，哪裡想到就這三四日之中，外邊發生了天翻地覆的變化！

初八日，嘉慶帝照常到殯殿哭拜上香，和珅與福長安向皇上行跪安禮。嘉慶帝仍像往常一樣接受其安慰，之後轉回上書房。

嘉慶帝走了不一會兒，幾個侍衛走來，和珅訓斥道：「在大行皇帝殯殿怎能如此無禮，隨意走動！」那侍衛卻道：「和珅不得無禮，有聖旨在此。」和珅心裡一緊，預感到事情不妙，可口裡仍嚴厲地道：「和珅的名字也是你能叫的嗎？」哪知那侍衛真的拿出聖旨，和珅見聖旨到，不得不跪倒在地，聽那侍衛念道：「和珅欺罔擅專，情罪重大，著即革職，鎖交刑部嚴訊，欽此！」和珅驚得目瞪口呆，嚇得魂飛九霄，還未從驚嚇中清醒過來，弄明白是怎麼回事，已被侍衛牽拽而去。那邊福長安早已嚇得魂不附體，也被侍衛架走。

在殯殿逮捕大臣，而且是太上皇剛去世的第五日，歷史上恐怕只有嘉慶帝一人。乾隆若泉下有知，不知作何感想。

嘉慶帝逮捕和珅，真不愧為迅雷不及掩耳。

同一時間，初八日的清晨，定親王步軍統領綿恩，率兵把和府團團圍住。永瑆率領侍衛闖入和府，和珅府上的豪僕上前喝阻，被侍衛們捆綁枷上。永瑆念了聖旨，和府上下，亂作一團，有的正在吃飯，嚇的把飯都吐了出來，士兵們爭搶著吃那些粥飯，說能延年益壽，令人耳清目明；有的小妾正在妝扮，知道消息後，嚇得直哆嗦，連頭髮也梳不起來；有的腿快，急忙跑到公主府上，豐紳殷德驚得魂飛天外，待清醒過來，只知給公主磕頭，求她想辦法，不一會兒，豐紳殷德也被帶走。

固倫和孝公主倒比較鎮靜，她知道這一天早晚會到來，沒有想到父皇僅崩逝五天，嘉慶帝就動手了。她來到嘉樂堂，此時，永瑆正在那裡，和孝公主雙膝跪倒，急得永瑆忙把她扶起，道：「固倫妹妹快快請起，有話直說。」和孝公主站起道：「和珅罪在不貸，其家也當抄沒，但妹妹還求王兄善待家人，約束手下不要太過無禮。」永瑆道：「理當如此，固倫妹妹但請放心。」此時綿恩來到，見固倫和孝公主，急忙跪下請安，永瑆忙讓綿恩約束兵士，綿恩在叔叔和姑姑面前，只得照辦。永瑆道：「但是該逮捕的必須逮捕，該看管軟禁的必須軟禁，所有的家人親戚等不准隨意走動，不得相互串連，待審理清楚後，由皇上發落。」公主道：「這個當然。」

和孝公主在卿憐、豆蔻等人的跪求下，帶了四個侍女，乘輿來到宮中，宮中侍衛見是和孝公主，不便阻攔，任由她去。公主來到上書房，跪在嘉慶面前，哭著道：「請皇兄看在大行太上皇帝的面上，對和珅酌情寬宥處置。」嘉慶道：「固倫公主豈不知和珅貪污中飽，富逾皇室？豈不知他恃仗著太上皇固寵，飛揚跋扈，無視朝綱？豈不知他網羅私人，誣陷異己？豈不知他克扣軍餉，擅壓軍報，

任縱剿匪諸將胡作非爲？似此大奸大惡之人，若不及早剷除，國有寧日乎？大行太上皇帝臨終前所囑之大業能葳事乎？」一席話問得公主啞口無言，公主淚流滿面，只求皇兄善待家人。

嘉慶帝逮捕和珅的同時，大張旗鼓地撻伐起和珅來，嘉慶帝諭曰：

「和珅受大行太上皇帝特恩，由侍衛拔擢至大學士，在軍機處行走多年，叨沐殊施，無有其比。朕親承付託之重，猝遭大故，苫塊之中，每思三年無改之儀，皇考簡用重臣，斷不肯輕爲變易。今和珅罪情重大，並經科道諸臣，列款參奏，實有難以刻貸者。是以即將和珅革職拿問，臚列罪狀，特諭眾知，除交在京王公大臣審定以外，著諭各督撫，特將指出和珅各款，應如何議罪？並此外有何款跡？各據實復奏。」

廷臣們見和珅大勢已去，便爭先恐後地揭發和珅罪狀，一些過去阿諛奉承和珅的人，也對和珅落井下石，於是和珅的罪狀在一條一條地增多。

於此同時，綿恩等人在一處處、一箱箱、一件件地清理著和珅、福長安及其家人的財產。各地查抄和珅、福長安家產的奏摺、清單陸續送到嘉慶帝面前。永錫、綿懿、永來等人奏摺：

現查得和珅花園（按，即淑春園），內房一千零三間，遊廊樓臺共三百五十七間。看園內監十名，家人男婦二十八名。

和珅園內金銀器皿清單：

金小如意一對、金錁九個、金盆十三個、金鑲松石盆二個、銀盆二十件、銀壺三件、銀渣斗十五件、銀燭阡一對、銀茶盤六件、銀茶碟四個。

綿恩、淳穎與緼布等人奏摺：

臣等查抄和珅及伊家人劉全等資產，所有查出和珅家：二兩平金三萬三千五百五十一兩，銀三百一萬四千九十五兩三錢三分。俱已交廣儲司收訖，業經奏聞在案。續查出和珅借出本銀錢所開當鋪十二座，及家人劉全、劉印、劉陔、胡六自開、夥開當鋪八座，亦經奏聞在案。臣等自正月初八日起，迄今查得和珅契置取租房計一千零一間半，取租地計一千二百六十六頃零，通計價銀二十萬三千三百兩零，價錢六千一百吊零。此外查出和珅出應追本利銀二萬六千三百十五兩，並自拴大車八十輛，每輛銀一百二十兩，共發出車價銀九千六百兩，分給各戶領辦。今已在各戶名下追出二兩平銀三千九百六十兩，尚有未經交出銀五千六百四十兩，逐一另繕清單恭呈御覽。臣等擬將房地、車價、銀兩分別交戶部、內務府照例查辦，其未經呈交之車價造具清冊，移咨內務府就近著追。和珅家人經手管事之劉全、劉印、劉陔、方二、王平、胡六、太監呼什圖各名下，現查出金銀、錢文及查出銀錢，今已分折，另繕清單……查出和珅家借出銀兩開後。

計開：

陳偏兒借銀二千兩（陳偏兒係和珅取房租家人，所借銀兩並無利，此項銀兩於每月工食內坐扣。）除扣過銀二十二兩，尚欠銀一千九百七十八兩，又欠房租五百五十八兩。

傅明借銀一千兩（傅明係和珅已故家人，現有伊子花紗布還所借銀兩，每月八厘起利）。欠利銀二百兩，共欠銀一千二百兩。

興兒借銀一千兩（興兒係和珅家人，所借銀每月一分起利，此項本利銀於每月工食內坐扣。）除扣過本利銀二百三十五兩，尚欠銀一千一百五十九兩。

明保借庫平銀一萬五千兩（明保係和珅母舅，所借銀每月一分起利）。欠利銀六千四百五十兩，共計本利銀二萬一千四百五十兩。

四人共借本銀一萬九千五百六兩，共欠利銀六千八百九兩，通共本利銀二萬六千三百十五兩。查

出和珅家租房地開後：

計開京城內外取租房三十五項。按契載共房一千零一間半，共價銀四萬九千四百八十六兩，價錢二千三百二十五吊。每年共取銀一千二百六十八兩三錢，取租銀四千四百九十三吊二百四十文。

安肅縣等處地七十二項。按契載共地七百六十六頃七十一畝七分一厘，共價銀十一萬八千六十五兩一錢二厘，價錢一千八百吊，每年共取租銀二千五百四十六兩，取租錢二萬六千九百十六吊七百二十八文。

薊州地十九項。按契載共地一百十七頃六十三畝七分三厘，共價銀二萬八千九百二十二兩四錢，每年共取租錢三千五百十九吊。

古北口等處地三項。按契載共地三百八十三頃，共價銀六千八百五十兩，每年共取租銀九百五十三兩四錢。

以上地畝九十四項，共地一千二百六十六頃三十五畝四分四厘，共價銀十五萬三千八百三十七兩五錢二厘，價錢三千八百吊，每年共取租銀三千四百九十八兩四錢，取租錢三萬四百三十五吊七百二十八文。統計取租房地共價銀二十萬三千三百二十三兩五錢二厘，價錢六千一百二十五吊。每年通共取租銀四千七百六十六兩七錢，租銀三萬四千九百二十七吊九百六十八文。

內務府來文：

「查抄和珅家產內，查出錢五萬九千一百二十六吊七百十四文。曾經奏準將此項錢文動用給發抬運呈進物之蘇拉、步甲等飯食，並買繩杠等項。今將用錢文逐一核實，共用出錢二萬三千五百五十三吊五百八十文，現在實存錢三萬五千五百七十三吊一百三十四文，又查出劉全等各家錢一千三百二吊二百文，追出欠劉全等二十名下錢四萬八千五十吊，以上共實存錢七萬七千七百二十五吊三百三十四文，應交納廣儲司銀庫。」

熱河總管查抄和珅等入官閒散房間：

計開：

和珅名下：

附近房三處，馬圈二處，計房一百六十五間半，內灰棚七間。坐落宮門口紅柵欄內，房一所計五十三間半；坐落皮襖街北頭胡同內，房一所計三十間，坐落在新街內，鋪面房一所，現開德興號，計二十二間；坐落在皮襖街下坡，馬圈七間、馬棚十八間、又零星大小房六十三間半，內灰棚十七間；坐落在小南門西口內租給民人堆貨房五間；相連灰棚五間；坐落北大門外西邊，房九間；灰棚二間；坐落東邊，房二十六間半，灰棚五間；坐落小南門，鋪面房六間，灰棚三間、坐落皮襖街下坡，馬圈牆外灰棚二間。

自兩間房至阿穆呼郎圖寓所八處，計房一百七十六間，內草房十七間。坐落兩間房下處，草瓦房計二十五間；坐落在長山峪下處，草瓦房二十三間；坐落喀拉河屯下處，瓦房三十一間；坐落中關下處，計房十四間；坐落張三營下處，計房二十一間；坐落吉爾哈郎圖下處，計房二十二間。

查抄和珅熱河寓所存貯陳設器玩等項開後：

紫檀嵌玉如意二十九柄、玉爵一件、玉鏡一件、玉梅花小瓶一件（無座）、玉鳧二件、玉八角碟一件、玉太平樽像一件、玉雙猿暖手一件（無座）、玉墨床一件、玉插牌一件、玉獸一件、玉三足鼎一件（有粘傷）、玉佛一件、玉筆筒一件、玉苓芝花插一件（座傷壞不全）、玉杠頭大小二件（無座）、玉璧一件、玉荷葉花插一件、玉筆山一件、玉太平有像小花插一件、玉荷蓮水盛一件、玉長方小爐一件、玉荷花筆抻一件、玉梅花瓶一件、瑪瑙花插一件、青綠銅雙環瓶三件、青綠銅三舉鼎一件、青綠銅三足鼎一件、青綠銅彝爐一件、青綠銅三喜爐一件、青綠銅雙環洗一件、青綠銅蒜頭瓶一件、青綠銅萬年甲子樽一件、青綠銅熊足杯一件、青綠銅三喜鼎一件、青綠銅連環百子樽一件、青綠銅四足爐一件、青綠銅豆一件、青綠銅周日樽一件、青綠銅出戟方觚一件、青綠銅花觚四件、琺瑯調和壺一件、琺瑯方瓶一件、琺瑯蓋罐一件、冰紋撇口瓶一件、青花白地磁瓶一件、定磁一統爐一件、五彩磁罐二件、青花白地磁月瓶一件、定磁洗二件、哥窯磁果洗一件、白磁壽字瓶二件、均釉磁果洗一件、五彩磁有蓋梅花瓶一件、套藍玻璃橄欖瓶一件、玻璃盤一件、玻璃三色瓶一件、琺瑯大吉瓶花一對（內插各色石花卉，枝葉不全）、洋漆瓶花一對（內插各色石二枝，枝葉不全）、琺瑯四季長春盆景二對（上嵌各色石花卉，枝葉不全）、雕漆四季長春盆景二對（上嵌各色石花卉，枝葉不全）、雕漆瓶花一對（內插各色石二枝，枝葉不全）、琺瑯四季長春盆景二對（上嵌各色石花卉，枝葉不全）、雕漆鑲嵌盆景二對（上嵌各色石花卉，枝葉不全）、漆皮盤碗七件、葫蘆器五件、雕漆捧盒二對、洋人指表一件（傷壞不全）、坐表一對、掛鐘一對（傷壞）、坐鐘四座、寒署表一件、楠木桃式龕一件（內供佛九尊）、紫檀嵌玉七塔龕一座（內供玉佛二尊，鑲嵌不全）、紫檀嵌玉筒一對（鑲嵌不全）、紫檀嵌玉白檀塔一對（內供白檀佛十八尊、玻璃門傷壞）、此檀嵌玉鑲嵌三屏峰一座、玻璃十二炕屏一座（內二扇玻璃傷壞）、玻璃炕三屏峰一座（玻璃傷壞）、玻璃插瓶一件、紫檀嵌油竹掛屏一對、紫檀嵌牙玻璃掛屏一件、紫檀鑲嵌博古掛屏三對、紫檀鑲嵌花卉掛屏一對、紫檀鑲嵌松鶴掛屏一對、紫檀嵌玉山水掛屏一件（鑲嵌不全）、紫檀點翠掛屏二對、紫檀松鶴屏一對、紫檀嵌玉人插屏二對、紫檀鑲嵌玻璃大吉掛屏一對、紫檀掛對一幅、紫檀博古插屏二對、牆嵌玻璃兩塊、兼絲葛十四匹、黃直漏紗一塊，長一丈五尺、紅紗一塊，長一丈七尺、駝色紗一匹、又塊長一丈三尺、黃屯絹三塊，內二塊各長一丈，一塊長九尺、黃線縐二塊，內一塊長六尺，一塊長四尺五寸、黃寧紬一紗二匹，共二百十六件。解交崇文門變價。

塊，長九尺、黃緞一塊，長一丈、灰色屯絹二塊，各長四尺五寸、石青漳絨一塊，長二丈、石青直徑

戲衣一份，共大小衣靠、盔、雜八百七十五件（計十二箱），存熱河備用。銅佛三十五尊（擬在各處廟安掛）、舊破歡門幡一堂，擬在外廟安掛、紫檀嵌玉如意八柄、青綠銅四喜太平樽一件、青綠銅雙獸耳樽一件、青綠銅花觚二件、青綠銅雙獸耳撇口樽一件、青綠銅太平有像一件、青綠銅四足一件、青綠銅鳳一件（有缺處）、青綠銅提梁卣二件、青綠銅方花觚一件（無座）、古銅四足鼎三件、青綠銅撇口洗一件、青綠銅銅爐瓶盒一分、青綠銅鐸二件、青綠銅雙耳三足爐一件（無座）、青綠銅有蓋方瓶一件、古銅三足鼎一件，青綠銅梅花瓶一件、青綠銅四足鼎一件（無座）、青綠銅雙喜漢紋樽一件、青綠銅銅周仲姜一件、青綠銅漢紋簋一件、青綠銅三喜有蓋爐一件、青綠銅銅簠一件、青綠銅水盛一件（銅匙）、青綠銅蟠螭花觚一件（無座）、古銅水盛一件（銅匙）、乳釉八卦杠頭瓶一件、玉彩磁觀音一件、豆綠蒜頭瓶一件、五彩磁雙帶大吉瓶一件、紅龍磁梅瓶一件、紅磁瓶一件（內插宮扇一柄）、白地青獅磁膽瓶一件、乳釉橄欖一件、歐磁蟠螭瓶一件、青花白地磁天球樽一件、龍泉釉梅瓶一件、定磁葵花一件、定磁撓碗一件、均釉膽瓶一件、官窯天球樽一件、悲翠磁雙耳樽一件、三彩磁瓶二件、均釉大吉瓶一件、均釉直口瓶一件、均釉花觚一件、均釉獸耳瓶一件、豆綠磁雙耳瓶一件（無座）、均釉石榴樽一件（無座）、紅磁玉壺春瓶二件、均釉雙耳瓶一件（無座）、三彩磁扁瓶二件、哥窯蓍草瓶二件、乳釉寶月瓶一件、凍青釉撇口瓶一件（口破）、均釉梅瓶一件、玻璃缸一對（紫檀架）、磁缸一件（楠木架）、紫檀鑲嵌花卉掛屏一對（鑲嵌不全）、紫檀鑲嵌字福壽掛屏一對（鑲嵌不全）、雕漆掛屏一對、鸂鶒木掛屏一對、貼絨掛屏一對、顧繡掛屏一對、玻璃掛瓶一

對、琺瑯盆景一對（破爛不全）、紅雕漆文具一對、玻璃窗眼，大小五十三塊、漆盒九件、竹根壺一件、石硯三方、各色絹箋紙十張、銅火盒三件。（內二件隨木架）、磁盤碗盅碟匙一百八十六件、花梨木紫檀桌案床三十一件、楠木桌杌三十二件、漆木桌案五件、蒙古包二分、帳房四架、緞褥大小十七件、葛布褥一件、皮心椅杌墊十六件、緞椅杌墊二十件、青緞包花靠墊一分、紅氈三塊、白氈十四塊、氈簾十五架、竹簾五架、各樣大小木草花卉七十九盆（交花房培養）、粗磁大小花盆四十二個（交花房存用）、涼棚竹杆、杉槁一千八百十四根（交工程處存用）、共二千五百四十三件，交熱河地方官變價。

均釉磁磁膽瓶一件、青花磁壽字碟一件（無座）、白地紅龍磁碟一件、紅瓷一統瓶一件（無座）、歐瓷梅瓶一件（無座）、紅磁碟五件（內二件破）、白磁梅花杯一件（無座）、五釋磁盤一件、三彩磁碟三件（無座）、洋磁盤一件、磁印色小盒一件、青花白地磁瓶三件（無座）、冰紋磁盤一件、青花白地磁罐一件、豆綠磁碟一件、歐磁玉壺春瓶一件（無座）、綠磁瓶一件、粗磁盤十二件、白地紅花磁小瓶一件、白磁綠龍碟一件（無座）、青花白地磁小筆筒一件、仿磁花觚一件（無座）、仿磁周日樽一件（無座）、豆綠磁暗花盤一件（無座）、均釉磁缸一件（破）、磁爐瓶盒一分、八封磁瓶一件、紅磁瓶二件、青花白地磁瓶一件、紅磁碟一件、磁寶月瓶一件、豆青磁盤一件、磁瓜楞鼎一件、銅仿圈一件、青綠銅鐸一件、青綠銅朝冠耳鼎一件（耳傷）、銅小插屏鏡一件、銅小爐瓶盒一分、銅爐瓶木盒一分（隨大理石小番几一件）、琺瑯小鼎二件、琺瑯瓶一件、銅鼎二件、琺瑯爐瓶盒二分、銅洗一件、銅爐四件、銅花插一件、嵌硝石如意三柄、嵌燒玻璃如意十七柄、鐵如意一柄、文竹如意一柄、大根如意三柄、琺瑯盆景一對（破壞）、廣琺瑯吐盂二件、彩漆盆景二對（牙花不全）、硝石盆景一件、紫檀嵌菜石花卉掛屏一對、字畫壁子掛屏對、五對又二件、紫檀邊畫紙炕屏一座（髒跡計七扇）、紫檀嵌石小插屏一件、黑紅油盆七件、竹股扇十三柄、毛八枝、墨一錠、各種書一百四十七套，內冊頁二套；又書一百十六本、文竹筆筒二件、木根筆筒一件、洋漆筆筒二件，芙蓉手巾一條、英石山子二件、銅嵌玻璃雀花一對（玻璃傷壞）、規矩箱一件（內短二件）、石磬一件、紅油木盆二件、漆盤二件、玻璃小掛鏡四件、文竹小盒一件、牙墨床一件、銀飾件木匣一件、弩弓二件、木根痰盒二件、小刀一把、嵌大理石方盤一件、小宜興壺一把、紫檀帽架一件、木根壽星一件、大棋一分、臘阡一對、風扇兩座、小亮轎一乘、黑漆戳燈二對（隨銅臘阡）、粗磁缸一口、銅器二十四件（內角帳鉤十四件）、鍋器四件、榆木色鑲桌案二十八件、糙木桌案椿凳椅杌三百八十一件、袷紬簾五十七件、袷紗簾一件、單紬門刷三十件、袷紬帳二件，紅緞圍桌二件、棉紗被二件、棉綢被二件，栽絨片二件、栽絨毯一件、青紗帳一件、氆氌片二件、繡頌坐褥一件、香几足踏機套十七件、藍紬褥三件、氆氌褥一件、葛布褥二十四件、綢緞葛布靠背三十二件、紬布杌墊八十九件、靠枕迎手大小三十一件、漳絨褥片一件、破葛布單片五十七塊、緞褥片三件、舊香珮大小十串、印花布片十八塊、黑白氈大小七十三塊，破涼席四十九塊、蠅刷七件、氈簾四十七架、竹簾五十四架、兩搭七架、松木床一百六件、各屋貼落，大小字畫一百七十七張、家人破衣服、器具三十件，共二千一件。

呈報總管內務府行交各該處查辦。熱河寓所一處，計房間、遊廊三百八十六間，附近三處，馬圈二處計房一百六十五間半，內灰房七間。又零星大小房六十三間半，內灰房十七間。自兩間房至阿穆呼郎圖寓所八處，計房一百七十六間，內草房十七間。坐落承德府地方牆子路口外，山平地三百五十頃。坐落灤平縣地方四泉莊山平地二十九頃九畝二分，貴口山平地八頃六十九畝，牧放馬十六匹，家人三戶、計男婦大小十名口。

玉器五百五十件、金檳榔盒一件、銀器二十五件、金首飾四十餘件、銀首飾五十餘件、如意一百七十餘柄、鐘七十七架、表十三件、銅器三百一十餘件、磁器七百二十餘件、掛屏五十一件、玻璃鏡四十二架、女棉紗衣一百六十餘件、鋪墊二百一十餘份、木器二百三十餘件、玻璃紗掛燈九十餘對。

又，查抄和珅物件：

皮衣七十件（賞十公主十四件，長壽等十六件，交回執事三十三件，交崇文門七件。）

朝衣、蟒袍、棉袷、單紗衣一千三百零八件（賞十公主六十九件，尚得祿等三十六件、梁進忠等五十四件，隨侍等處首領，奏事太監二十件，隨侍等處太監三十件，圓明園總管首領二十件、內殿太監五件、南府景山總管首領五十三件、南府總管首領太監等一百二十四件、交內殿三百五十件，四執事七件、崇文門四百二十件。）

又，書一千七百十一套（內和珅名下八百六十一套，福長安名下八百五十套。）交吳天成七百四十套，除交現有九百九十七套內（和珅名下五百一套，福長安名下四百九十六套）。

和珅書五百零一套，交御書房一百五十套東西陵行宮一百二十九套，賞二阿哥五十六套。

又，查出和珅等下糧食數目清單：

容城縣：糧食四千八百五十七石七斗三升六合。

新城縣：糧食二千一百一十一石四斗七升。

大城縣：現報糧食二千七十石二斗一升四合。

天津縣：糧食四十七石九斗

靜海縣：糧食一百八十四石四斗。

交河縣：糧食八十四石三斗。

青縣：糧食一千二百零九石四斗。

以上共糧食一萬一千六十五石四斗二升。係奏明賞借文安、大城二縣被水村莊口糧、籽種之用。

又「青縣尙有查出無名色雜糧五百一十餘石，不在奏，請賞借文安、大城被水村莊。」

「三河、通州、薊縣、宛平、昌平、順義、密雲等處，尙有查出糧食約一萬餘石。並查出三河等州和興當等當鋪，現存銀錢及存鋪架貨約二十餘萬兩。」

又，「查出正珠手串二百餘掛，其餘珍寶、金銀不可勝計。」

又，有關和珅家奴人數的部分數字：

「現已收到在京和珅家奴七十九戶，共三百零八名，移送分賣。未經收到薊州家人朱慧熱河家人喜爾，並在逃亡，連元等十八戶家奴俟收到之日，再行辦理。」

嘉慶帝看了以上的奏摺及事文，已是觸目驚心，看了對和珅家產的估算後，更爲駭異。查抄的和珅家產共編爲一百零九號，除金銀銅錢外，對其中的二十六號，估起價來，已值二億三千三百八十九兩，另外還有八十三號還未估價，若照樣計算，差不多有九億兩。而整個國家的每年收入，只有七千萬兩。和珅的家產，正好相當於朝廷二十年收入的一半。這怎能不讓人駭異？

可是，待看了福長安與和珅家人的查抄清單後，嘉慶驚訝得都不相信自己的眼睛了。

查抄福長安家產清單：

住房一所計六百零七間。家人男婦三百四十八名口。取租房八十二處，共房三百九十三間半，每月取租銀三十五兩六錢、京錢三百二十五吊。取租地七百四十九頃二十七畝，每年租銀七千七百七十一兩零，租錢四千二百九十二吊。當鋪三座，計房一百七十八間，原價本銀七千兩，錢十四萬五千五百吊。家人住房、馬圈、車轎房共三百四十間。金三十三兩。銀一萬六千三百二十兩零。大製錢四百八十串、玉器一千零六十件。白玉翡翠鼻煙壺一匣，計二十四個。金器皿一千四百二十八件，計重一萬二千餘兩。金洋子六十三個。鑲嵌金盒杯盤碟十五個。鑲嵌金如意大小八柄。鑲金匙箸叉子十八件。坐鐘三十七架。表三十四個。碧璽砿珊瑚蜜臘等朝珠三十七盤。朝珠四十七盤。金如意共一千七柄。皮棉夾單紗男雲蟒袍衣服三千九百六十件。皮棉夾女朝衣蟒袍衣服一千十餘件。如色調緞紗羅呢氆氌羽緞三千八百八十件。人參二小枝。燕窩三十六匣，又六十二包。紫檀花梨桌椅大櫃書槅杌，共三百四十九件，此外俱系居家日用器皿。

又，和珅、福長安在熱河的財產：

「和珅名下器物招商估變得價銀五百三十兩九錢三分六厘，福長安名下器物招商估變得價銀四百十六兩三錢一分貳厘，共銀九百四十七兩二錢四分六厘，造具物件價銀數目清冊二本移送前來。除將估變市平銀九百四十七兩二錢四分六厘。」

又，「今將原任尚書福長安抄產入官坐落廣渠門外等處地畝開後，計開：

一、原契典廂黃旗全保管領下閒散宗珠名下，坐落大興縣廣渠門外東動村一頃，土房二間，作銀一百十五兩，每年取租銀十四兩。

二、契典正白旗滿洲伯靈阿佐領下，孀婦劉氏名下，坐落東直門東壩北稿地六頃二十二畝，草房六間，價銀一千兩，每年取租銀一百五十兩一錢四分。………准內務府咨稱奉旨福長安名下抄出坐落西直、德勝、安定等外，附近京城一帶地方之地畝，著查明具奏，欽此。」

又，「現查得福長安花園一所，共計房六百七十四間，遊廊、樓亭共二百八十三間，系奉旨恩賞。又查出海澱取房租房十七間，看園內監十九名，家人男婦三十六名，口雜、色雜平銀三百兩，大小製錢五十串。」

又，「福長安家除本身住房一所，連租房間不算外，尚有家人額騰額等六名住房，及家人零星住房，並連轎房三百四十間。奏明奉旨將家人額騰額等六戶住房賞還外，尚有應行入官房一百七十餘間。今續據家人額騰額報出四十六間，通共二百十七間半，自應一併入宮，外有當鋪三座，共本銀七千兩，京錢十四萬五千五百吊零。」此外，福長安在熱河承德地方除寓所外，尚有房屋二處，共計十二間，坐落老虎洞街北等地。

又，「再查和珅、福長安兩處內監、家人，有在花園外自置寓所、取租房間者，亦有住伊主房間者。如內監呼什圖、家人方二、方四、松秀（即張五），俱係和珅用事之人。博清額、方二系福長安用事之人，該犯等平素仗主聲勢，難保無有示索情事，其所置房產，奴才等認爲自應查抄入宮。其餘閒散家人王祥等二十家，或一、二間至十餘間不等，現已固封。謹將房產數目開單呈覽，可否賞還，抑或一併查抄入官之處，奴才等未敢擅便，猶候訓示奏。

再查和珅花園外居住內監、家人房屋後，計開：

內監王祥寓處一所（計房九間，系自置）。

內監王得喜寓處一所（計房十間，系自置）。

內監陳祥寓處一所（計房十間，系自置）。

家人郭德祿寓處一所（計房九間，系自置）。

家人李順（鋪面房五間，系自置）。

家人張福自蓋同興茶園席棚一座。

又，查內監王得喜，有弟王得勝與梁姓夥開錢鋪，王得勝入本錢三千吊，據稱系伊資本並非王得喜產業。」

以上是福長安家產的清單，嘉慶帝看查抄和珅家人劉全等人的家產的奏摺上寫道：

「家人劉全、劉印、劉陔、胡六自開、夥開當鋪八座，亦經奏聞在案……。查出和珅劉全等七家金銀、錢文分晰開發，計開：

劉全家查出金一百九兩八錢、銀一萬五千九百二十四兩、大製錢九十串，借出銀一萬二千七百七十兩（現已追出銀六千二百兩，未經追出銀六千五百七十兩）。

借出大製錢九百五十串（現已追出七百串，未經追出錢二百五十串）。

自開恒義號錢鋪一座，本銀六千兩（坐落通州）、自開恒澤號錢鋪一座，本銀六千兩，（坐落通州）。

入本夥開同仁堂藥鋪一座，本銀四千兩（坐落正陽門外）。

入本夥開永義賬局一座，本銀一萬兩（座落廠橋）。

以上自開、夥開鋪業四處，現俱交原本。

劉全長子劉印家出：

銀五十兩，大製錢七串五百文。借出大製錢三百串（現已追出）。

劉全次子劉陔家查出：

借出大字錢一萬串（現已追出）。

存兒即方二家查出：

大製錢七串五百文，借出銀七百兩（現在著追）。借出大製錢三千七百五十串（現在著追）。

王平即王九家查出：

銀三十五兩，大製錢七十五串。借出銀一千二百九十兩（現已追出銀七百四十兩，未經追出銀五百五十兩。借出大製錢六百二十五串（現已追出）。

呼什圖（即內劉）名下查出：

銀一千五百兩。

以上七家共起出，金一百九兩八錢，銀共二萬二千二百八十兩七錢，大製錢一萬二千一百六十五串，共餘銀三萬三千八百二十兩，大製錢四千串，現在著追。」

「唯是已經查出和珅及劉全等糧石，除大城、容城、新城、天津、靜海、青縣、交河等七縣，米麥雜糧一萬一千六十餘石。臣現另折奏賞借文安、大城二縣被水村莊，以作口糧、籽種之用。此外三河、通州、薊州、宛平、昌平、順義、密雲等處，尚有查出糧石約一萬餘石。並查出三河等州縣和興當鋪，現有銀兩及鋪架貨約二十餘萬兩。

又，三河等八州縣劉忠擎等名下存貯糧食清單：

三河縣，共雜糧六百石。通州，共雜糧一千另六石三斗。薊州，共雜糧六千九百九十九石八斗升八合八勺，又十一石八斗。宛平縣，共米豆一千六百三十四石。昌平州，共雜糧一千另三十一石。青縣，雜糧五百一十餘石，並無名色。密雲縣。糧食尚未查有確數。」

又，「其（指和珅）宅中太監呼什圖，時稱內劉，籍其家亦十餘萬。爲其弟劉寶梧捐納直隸州知州、劉寶榆守備銜、劉寶杞州同銜……籍和珅家人……內監呼什圖（即內劉）家得米、麥、穀豆、雜糧一萬一千六十五石。時文安、大城二處被水分給二縣作爲口糧、籽種。」

又，順天府南路廳大城縣奉命還分別將呼什圖胞弟劉寶杞、劉寶梧、劉寶榆等人的家產進行了查抄，並開列出清單呈報給京師中央政府，主要是一些傢俱、首飾和衣物等，這裡就不一一羅列。僅將內務府有關檔案抄錄如下：

「總管內務府據直隸總督胡秀堂委員解到和珅名下太監呼什圖之弟劉寶榆、劉寶梧、劉寶杞名下銅爐、掛鏡、首飾衣物等項造冊，咨送前來，臣等謹將前項物件、原冊文本，請照例交內殿呈御覽，謹此奏聞。」

又，「追出和珅家人劉全、劉印、劉陔、方二、王九、胡六等名下，大製錢一萬二千一百六十五串，合京錢二萬四千三百三十吊。……常四、周七、胡五、方五，共錢七百二十二吊二百文，……方二名下七千吊。」

又，「查抄和珅用事內監呼什圖、家人方二、方四園外自置寓所，計三處，空房五十三間。園內居住人松秀什物：雜色銀二十兩，京錢九千。」

又，「和珅家人內劉弟劉寶榆所開天祥號糧店一店。」

又，「查抄劉全家財產二十餘萬兩，並珍珠手串、黑狐袍、貂褂俱平日恃勢詐索所得。據呼什圖供，伊在和珅內宅經管一切家事，倚仗主勢舞弊婪索，現抄出貨財十餘萬。」

又，「查和珅家人馬八十三，周七、張八、胡四、胡五、方大、方四、方五與和珅姻親常四名下家產……查出方五、常四家銀錢共一千二百一十三兩四錢三分，並張八名下追出合夥買賣銀三千兩，業經兌交內務府廣儲司收訖。」

「劉、馬二家人住房共一百八十三間。金銀、古玩、估銀三百六十萬六千兩。首飾、器皿、估銀一百四十一萬五千兩。人參，估銀四萬兩。當鋪四座，估銀四十萬兩。地畝六百餘頃，估銀六十萬兩。房三十七所，契價銀二十五萬五千兩。」

「劉、馬二家人宅子：內外大小共一百八十二間。金銀、古玩（估銀三百六十八萬六千兩）。衣飾、器皿（估銀一百四十一萬三千兩）。洋貨、皮張、綢緞（估銀三萬兩）、人參（估銀四萬兩）當鋪四座（本銀一百二十萬兩）。古玩鋪四座（本銀四萬兩）。地畝六百餘頃（估銀六十萬兩）。市房二十七所（契價銀二萬五千兩）。」

嘉慶帝初步總結了一下，僅僅劉全、馬八十三兩家，其家產就有房子一百八十二間，金銀古玩估銀三百六十八萬六千兩，衣飾器皿估銀一百四十萬三千兩，洋貨皮張綢緞估銀三萬兩，人參估銀四萬兩，地畝六百餘頃，值六十八萬，當鋪四家，資本銀一百四十萬兩，古玩店資本四萬兩，市房二十七所值銀二萬五千兩。

嘉慶帝看過這些奏摺及文告後，親審和珅。

嘉慶帝高高地坐在刑部的大堂上，兩旁陪審的有親王永璿、永瑆和綿恩，額駙拉旺多爾濟，大學士王杰、董浩、劉墉。

今天會審和珅，嘉慶帝無比高興，他要親眼看一看這個昔日趾高氣揚、不可一世、目空一切的奸賊匍匐在自己腳下的狼狽相、淒慘相、可憐相。

永瑆也和嘉慶帝一樣。昔日他們弟兄幾人及其兒子，雖然貴為皇子皇孫，可是卻受著和珅的管束和侮辱，他每天盤算著要懲治哪一個，要打即打。今天，他已是階下之囚，要好好羞辱他一番。

王杰、董浩、劉墉等，與和珅明爭暗鬥了幾十年，今天終於勝利了，自己成了審判者，高高地坐在皇帝身旁。不知阿桂、永貴等人如果活著，與王杰等人的心情是否相同，會不會與他們一樣欣賞敵手的失敗。

和珅被帶進來，所有在座的人無不心內驚動。和珅進來的一刹那，頓然使整個大廳為之一亮。

他沒有戴帽子，烏油油的辮子梳得一絲不紊，垂在背上。他只穿了件夾襖，卻更顯出他頎長筆挺的身姿。他昂首而立，雖是五十歲的人，卻沒有絲毫的老態，只是比往昔多了成熟和威嚴。他的臉上沒有一絲皺紋，仍是白裡透紅，只是比過去多了幾分富態，額上的紅痣仍是那樣紅潤。和珅直直地站在那裡，傲視著眼前的這群人，真不甘心做他們的階下囚，當然他更不能在自己的敵人面前顯出畏縮膽怯和哪怕絲毫的頹喪萎靡，他不能讓這群人快意於自己的失敗，快意於自己往日的疏忽和婦人之仁。

大堂上的人被和珅渾身迸射出的威嚴和傲氣鎮懾住了。許久，嘉慶帝喝道：「和珅，你是要迕逆嗎？爲何見朕不跪？」

和珅跪下去，磕了三個響頭，朗聲道：「奴才拜見皇上，賀皇上親政，祝皇上萬壽無疆，更佩服皇上雷厲風行，處事英明果斷，奴才想，太上皇在天有靈一定會對皇上所爲感到喜悅高興。」

嘉慶帝惱怒非常，他最怕人說他在國喪期間，不顧禮儀，逮捕並審問和珅。他見和珅揭他的短，冷笑道：「和珅，你貪贓枉法，所犯罪惡，罄竹難書，不思老實交代，竟無絲毫悔意，已爲階下之囚，仍要裝模作樣，真是寡廉鮮恥到了極點。」

和珅直直地跪在那裡，突然之間，目光如炬，直往嘉慶瞪去，看得嘉慶帝心裡一冷，和珅道：「皇上是要奴才親口說出『我失敗了』，不錯，我失敗了，你們是慶賀勝利的時候了。」綿恩怒道：「侍衛何在？」侍衛應聲而進，綿恩道「掌他嘴巴。」侍衛走到和珅面前，照著他嘴巴左右開弓，劈啦之聲，迴盪在空曠的大堂。

和珅拭著嘴角的血絲，微笑著露出黑黑的牙齒，說道：「皇上，奴才有什麼罪，你們審判吧。」

綿恩道：「現在查抄你的家產，發現你家府第中有楠木房屋，僭侈逾制，並有多寶閣，其樣式皆仿寧壽宮安設，如此僭妄不法，是何居心？」

和珅知道，像這樣的事，明擺著，瞞不住，於是回答道：「奴才府內原不該有楠木房子、多寶閣及隔段式樣，是奴才打發太監呼什圖，到寧壽宮看的樣式，仿照蓋造的。至於楠木，都是奴才自己買的，玻璃柱子內陳設都是有的，總是奴才糊塗該死。」

嘉慶帝問道：「現在抄出你家所藏珠寶，進呈珍珠手串有二百餘串之多。大內所貯珠串，尚只有六十餘串，你家竟然比皇家多三倍。並且，你又有大珠一顆，竟然比朕冠上的蒼龍教子大珠更大。另外，你又有真寶石頂十餘個，並非你應戴之物，何以收藏貯存這麼多？你家又有整塊大寶石，更是不計其數，連內務府也沒有，這些難道不是你貪黷的證據嗎？」

和珅想，這些東西如果承認了，可是謀逆的罪名，我要把它抵賴給那些死去的大臣身上，死無對證。於是回答道：「珍珠手串，有福康安、海蘭察、李侍堯給的。珠帽我記得只有一個，也是海蘭察的。可能也有一些小一點的，給了豐紳殷德幾個。至於大珠頂是奴才用四千兩銀子，給佛寧額爾登布代買的，也有福康安、海蘭察給的。鑲珠帶頭，是穆騰額給的，藍寶石帶頭，是富綱給的。」

劉墉道：「搜你家中，竟有這麼多的銀子，初步查清你家有二兩平金三萬三千多兩，銀子三百多萬兩。你家又有許多店鋪，不是受賄，是從何而來？」

和珅翻一眼劉墉，心想，對這些「不明收入」能賴就賴，能滑就滑，賴不掉的，只好承認。

和珅答道：「家中的銀子，有吏部郎中和精額，在奴才女人死時，送過五百兩，連太上皇皇上也賞賜給了奴才一些銀子。此外寅著、伊齡阿都送過，不計數目，其餘送銀的人很多，自數百兩乃至千餘兩，實在難以記憶。另外，肅親王永錫襲爵時，那時溫住有繼承的重孫，永錫是溫住的侄子，恐怕不能襲王，曾給過奴才前外鋪面房兩所。其他的事情都記不清了。」

嘉慶問道：「和珅，上皇冊封皇太子之前，你送給朕玉如意，是何用意？」

和珅臉色煞白，身子好像縮小了一半，他不是懾於嘉慶帝威嚴，而是痛恨自己的無能，痛恨自己眼光短淺，他惱恨自己怎麼連嘉慶帝的韜晦之計也看不出。

嘉慶帝厲聲喝道：「朕問你是何用意！」和珅此時的精神被徹底摧垮了，他兩眼呆直，臉色煞白，額上的紅痣已變得灰紫，他痛恨自己竟連這個嘉慶也鬥不過。

和珅答道：「六十年九月初二日，太上皇冊封皇子的時節，奴才選送如意，洩漏旨意，也是有的。」

嘉慶帝乘勝追擊：「太上皇病重時，你竟放肆地向外廷人員洩漏病情，談笑不恭，可有此事？」

和珅癱瘓在地上，嘉慶帝時時在暗中窺伺著我，而我卻認爲他是一個諸事懵懂的書生，他對我瞭若指掌，而我想盡辦法也沒有探知他內心的奧秘，我多麼愚蠢，愚蠢啊！和珅有氣無力的說：「太上皇病時，奴才將宮中秘事向外廷人員敍說，也是有的。」

當和珅想到自己在靈堂中的得意勁，自己在乾隆的靈柩旁做著的美夢，想著自己對當時處境毫無覺察，緊緊地撕扯著自己的頭髮，撕扯著自己的胸脯，恨不得要咬自己一口。嘉慶帝見他這樣，急忙令侍衛把和珅挾住。

嘉慶帝徹底勝利了。嘉慶帝想：誰笑在最後，誰笑得最甜。

下面是和珅的招供：

太上皇所批諭旨，奴才因字跡不太容易認識，將其斬尾裁下，另擬進呈，也是有的。

又，因喜愛出宮女子貌美，納娶作妾，也是有的。

又，去年正月十四日，太上皇召見時，奴才一時急迫，騎馬進左門，至壽山口，誠如聖諭，無父無君，莫此爲甚，奴才罪該萬死。

又，奴才的家資、金銀、房產，現奉查抄，可以查得來的。至於銀子約有數十萬，一時記不清數目，實在沒有千兩一錠的元寶，亦無「筆一枝、墨一盒」的暗號。

又，蒙古王公原奉諭旨是：「不出痘的，不要來京。」奴才決定改為：「無論是出過痘的還是沒有出的，都不來京。」奴才未能仰體皇上聖意。太上皇帝六十年來撫綏外藩，深仁厚澤，外藩蒙古原該來的，都是奴才糊塗該死。

又，因腰腿痛發作，我有時乘轎直入大內，也是有的。

又，軍報到了朝廷時，我遲遲不即呈遞，也是有的。

又，蘇凌阿年逾八十，兩耳重聽，數年之間，由倉場侍郎用至大學士，理刑部尚書，這是奴才糊塗。

又，勒寶是阿桂保的，不與奴才相干。至伊犁軍保寧升援協辦大學士時，奴才因系邊疆重地，因此奏明不叫來京，朱珪以前在兩廣總督內，因魁倫參奏洋盜案內奏旨降調，奴才實不敢阻抑。

又，前年管理刑部時，奉敕旨仍管戶部，原叫管理戶部緊要大事，後來奴才一人把持，實在糊塗該死。至福長安求補山東司書吏，奴才實不記得。

又，胡季堂放外任，實是出自太上皇的旨意，至奴才管理刑部，根據審判的實情，決定緩決，每案都有批語，至九卿上班時，奴才在闈上並未上班。

又，吳省蘭、李潢、李先雲都是奴才家的師傅。至於吳省蘭聲名狼籍，奴才實不知道，只求問他就是。

又，天津運司武鴻，原係卓異交軍機處記名，奴才因伊係捐納出自，不行開列也是有的。

嘉慶在審問和珅的過程中意識到，和珅與太上皇有千絲萬縷的聯繫，和珅的問題揭發得愈深入愈多，乾隆帝就愈難辭其咎。所以嘉慶帝在通諭內外大臣繼續揭發的同時，特別強調說：

「和珅的問題如能及早有人參劾，皇考一定會把和珅處以重典，把他繩之以法。可是許多年來，竟沒有一人彈劾和珅，竟沒有一個人正面奏及和珅的事情，這樣做表面上看是不煩勞聖心，實際上是畏懼和珅，忌憚和珅，而鉗口結舌。」

嘉慶帝把乾隆的責任開脫出來，維護皇權的尊嚴，而把責任推向朝臣。人們不禁要問：「皇上，你終日在太上皇身邊，聽政三年，難道不知道和珅是何等樣的人？身為嗣君，彈劾和珅更是義不容辭，你為什麼不去奏明太上皇彈劾和珅？還不是怕他？」

明眼人已經看到嘉慶帝性格的另一側面，他只不過是乾隆帝的一個複製品，雖然他暫時大刀闊斧地懲治貪污腐敗。

嘉慶帝感到在和珅的問題上不可糾纏，要速戰速決，不然會挖出許多內幕，於是急急地在正月十五日綜合道、督撫的檢舉，又根據連日抄出的和珅家產及審問的資料，公佈了和珅的二十大罪狀，略曰：

朕在乾隆六十年九月初三日，蒙皇考冊封皇太子，皇考尚未宣佈，和珅於初二日在朕前遞送給朕一柄玉如意，向朕示恩，以擁戴自居，大罪一；

騎馬直進圓明園左門，過正大光明殿，到壽山口，目無君上，大罪二；

坐椅轎進入大門，肩輿直入神武門，大罪三；

娶出宮的女子為次妻小妾，大罪四；

對各路軍報，任意壓下不報或延擱奏報，存心欺騙蒙蔽，大罪五；

皇考聖躬染病，和珅毫不悲傷憂戚，談笑如常，大罪六；

皇考年高，寫字費力，目力也不好，批答奏章時，字跡有時不易看清，和珅竟然說「不如撕去另寫」，大罪七；

和珅主管吏部、刑部、理藩院，又親管戶部的報銷，竟然將戶部的一切事務，都由一人把持，隨意變更成例，不許部裡的其他大臣參與討論，大罪八；

上年，奎舒奏報循化、貴德兩廳的番賊搶掠青海一帶，和珅駁回原摺，隱匿不辦，大罪九；

皇考駕崩後，朕諭蒙古王公沒有出痘的人，不必來京，和珅擅自命令已經出痘的和沒有出痘的，都不准來北京，大罪十；

大學士蘇淩阿，重聽衰邁，隱匿不奏；侍郎吳省蘭、李潢、太僕寺卿李雲光，在和珅家教讀，和珅保奏他們位列卿階，兼任學政，大罪十一；

軍機處記名人員，任意撤去，隨意調用去留，大罪十二；

在抄其家產時，發現和珅家裡竟然有楠木房屋，奢侈浮華，僭越朝廷規定的體制規格；其多寶閣及隔斷式樣，竟然仿照寧壽宮的式樣，其園寓點綴，與圓明園蓬島瑤台無異，大罪十三；

薊州的墳塋，居然設享殿，佈置隧道，當地人稱「和陵」，大罪十四；

家裡藏匿的珍珠手串有二百多串，比大內還多數倍，大珍珠比御用冠頂之珠還大，大罪十五；

寶石頂也不是和珅應該戴的東西，可是卻有幾十個，整塊的大寶石不計其數，比大內的還多，大罪十六；

家內收存貯藏的銀兩及衣服件數，超過千萬，大罪十七；

夾牆裡藏匿金子二萬六千餘兩，私庫藏金六千兩，地窖埋藏銀子三百餘萬兩，大罪十八；

在通州、薊州地方的當鋪錢店的資本有十餘萬，與民爭利，大罪十九；

家奴劉全的家產超過二十萬，並有大珍珠手串，大罪二十。

二十大罪狀公佈後，大學士、九卿、翰詹科道等奏請，將和珅照大律凌遲處死，福長安照朋黨律擬斬，即行正法。嘉慶帝對和珅恨之入骨，幾十年以來，特別是登基的三年以來，無時無刻不想殺了他，現在親政，一切做得如此有條不紊，如此順利，嘉慶帝打算對和珅處以極刑，剮殺之，然後陳碎屍於街市。

豐紳殷德和豐紳宜綿都在被隔離審查。要凌遲處死和珅的消息傳來，二人驚恐無比，又束手無策，只覺得自己在世上的時日也不會太久。

凌遲處死和珅的消息傳到和珅府上，卿憐等披頭散髮，六神無主，已如瘋子；豆蔻與和孝公主卻出奇的鎮定。在這個家庭土崩瓦解，忽喇喇似大廈傾，昏慘慘似燈將盡的時候，只有和孝公主在從容地處理著家裡的一切事務，她一人獨立地支撐著這個家庭，她的堅強和賢德無與倫比，讓人難以想像她是出於帝王之家。

和孝公主帶著侍女又來到宮中，她又一次跪倒在嘉慶帝面前哭救道：「皇兄，和珅雖然罪大惡極，死有餘辜，但是，他畢竟是朝廷首輔，皇考的第一寵臣，又是皇妹的親翁，若把他凌遲處死，暴屍於市，皇兄深思，這事妥當嗎？」公主這句話實際上是說：「如果凌遲處死和珅，而和珅卻是父皇最寵愛的大臣，是太上皇的親家，這將把父皇置於何地？」

大學士劉墉和董浩見此情景，遂乘機奏請道：「和珅罪惡滔天，即使是千刀萬剮也是輕的，但是誠如公主所說，他曾經是朝廷首輔，而且太上皇剛剛崩逝，若將他處於凌遲，暴露碎屍於街市，對朝廷、對皇上都影響不好，似乎應減等量刑才是，請皇上聖裁。」

嘉慶帝道：「讓朕再仔細想一想。」

嘉慶帝宣佈和珅二十大罪並剮殺和珅這一天，正是正月十五。

這一天，天空中紛紛揚揚飄落下一場大雪，大地上的一切都被皚皚的白雪所覆蓋，街道兩旁，玉樹瓊枝，正應了岑參的詩句：「忽如一夜春風來，千樹萬樹梨花開。」晚上，天空中沒有一絲兒雲彩，月亮格外的皎潔明亮。銀裝素裹的北京城，因爲處在國喪期，靜靜地，靜靜地躺臥在月神無邊的清輝裡。

和珅在鐵窗之下，望著天空中的那一輪明月，想著往年北京今日的熱鬧繁華。往年的這一天，大街上百戲雜陳，南十番、秧歌、大頭和尙、九曲黃河燈、打十不閒、盤橫子、跑竹馬、打太平鼓，全城到處張燈結綵，花鑼花鼓聲如潮湧雷鳴。這邊腰鼓聲震雲天，那邊秧歌隊披紅掛綠，舞蹈而來。

和珅又想起年年的此日，他陪著乾隆帝在山高水長城樓上觀燈的盛況，自己緊隨乾隆，接見王公宗親、蒙藏貴族、朝中的文武大臣和外國的使者，那時自己的地位多麼尊寵，往事歷歷，如在目前，又是明月之中，怎堪回首。

清冷的月光籠罩著和府，公主也在想著昔日的元宵節。

元宵月夜，婦女們身著蔥白米色凌衫，人們叫它「夜光衣」，在皎潔的月光下，三五成群的婦女們前去「走三橋」，個個淡雅有如仙女：

鵶鬢盤雲插翠翹，蔥綾淺斗日華橋；
夜深結伴前門過，消病春風去走橋。

滿族的女子，則著金箍燕尾長袖，群群隊隊地去觀燈：

百花燈下滿姬妝，雲鬢丫環遂成行。

豐紳殷德此時也痛苦萬狀。父親爲當朝首輔，自己又是額駙，貴顯比無，可是在這佳節的晚上，萬家團圓的時候，他卻被關押在這裡。

他回憶起去年的今日，不，是正月十三，他陪同公主一起到正陽橋西廓坊觀燈的情景。那時候，西廓坊車水馬龍，觀者如堵，燈影上下參差，輝璨如畫。工商市民，大小官員各色人等彙聚那裡，施放煙火、妝面具、跳秧歌、舞龍燈、男子高歌、女子走橋，多麼繁華熱鬧！還有兩誌珠燈料絲燈、畫紗燈、五色照角燈、麥結燈、通草燈、百花燈、鳥獸燈、蟲魚燈、水墨燈、走馬鰲山燈……巧變殆盡，令人目不暇接。

可是今天，自己孤身一人，陷於囹圄，前途叵測，這人生還有什麼意思？

豐紳殷德此時又想起父親，想起公主，心裡更加悲傷。

公主此時回憶起少年時代的歡樂，在父皇身邊過元宵節的無限溫馨。在宮中，上元節前後三天內都吃元宵。元宵由御膳房提前準備，有鹹味和甜味兩種。甜味的用白糖、核桃、芝麻、山楂、豆沙、棗泥、水晶等爲餡，自己最好吃這甜的。正月十五，父皇總是在乾清宮與大家一起共進家宴，而我總是坐在他的身邊。有幾次我夾不住，父皇拿著我的手，把元宵送到我的嘴裡……父皇啊！你曾說我要是個男的就把儲君的位子給我，可是你知道不知道，女兒在這正月十五的上元節，卻孤身一人，獨對明月，煢煢孑立，形影相弔。

公主的淚珠不住地滾下。她又想，縱然和珅罪不容赦，但殷德卻是無辜的啊。殷德現在最需要的是安慰，我說什麼也要去看他。在這個時候，殷德，你一定挺住，精神上一定不能垮啊！

公主帶著侍女，踏著亂瓊碎玉，前往牢中與豐紳殷德一起共過元宵節。

和珅最關心的，也是豐紳殷德，這是他的全部希望所在啊！

月光如水，照進鐵窗。和珅跪在地上，對著月亮不住地磕頭，不住地祈禱：「請你保佑我的兒子，請你把我的心裡話告訴給他，要他挺住，精神上決不能跨了啊！上天啊！月神啊！我一生之中，你們都待我不薄，再滿足我人生中的最後一個祈求吧！讓我的兒子平平安安，讓我的兒子精神振作，身體健康。」

和珅爲兒子祈禱後，在檢討著自己的一生：我要強，我奮鬥，我艱苦卓絕，可正是我的才能誤了我的終身啊！夫人、兒子，你們都曾規勸過我，用各種辦法開導我，可我到今天才明白，人生真是一場夢啊！

和珅在冷月的清輝中，撫今追昔，感慨萬千，提筆寫下《上元夜獄中對月》：

其一

夜色明如許，嗟余困不伸。
百年原是夢，廿載枉勞神。
室暗難挨曉，牆高不見春。
星辰環冷月，縲紲泣孤臣。
對景傷前事，懷才誤此身。
餘生料無幾，空負九重仁。

其二

今夕是何夕，元宵又一春，

可憐此夜月，分外照愁人。

思與更俱永，恩垂節共新，

聖明幽隱燭，縲絏有孤臣。

刑部把和珅的詩稿送到了嘉慶帝那兒，嘉慶帝批示道：「小有才，卻並不懂得做君子的大道理。」

五月十八日，嘉慶帝經過三天三夜的思考終於決定給和珅一個全屍。這一天，他賜給和珅一條白練，令他懸樑自盡，同時令福長安跪視和珅自盡。

福長安來到和珅牢中，抱住和珅失聲痛哭道：「我生前追隨大人，死後也一定追隨你，你先走吧，我隨後就去，你不會孤獨。」和珅擦著福長安的眼淚，說道：「讓我們快樂地去死吧，不要傷心，不要流一滴淚水。」

福長安跪在那裡，見和珅將白練懸向橫樑。和珅說道：「福長安，你望著我。」福長安目不轉睛地望著他，和珅微笑著走向白練，作詩一首道：

五十年來夢幻真，今朝撒手謝紅塵。

他時水泛含龍日，認取香煙是後身。

和珅臨終寫下詩句，人們都認爲可信。但是幾百年來，對這首絕命詩卻無人可解。有幾種解釋，甚爲荒誕無稽，但影響很大，同時也不乏深意，特介紹如下：

乾隆爲寶親王時，調戲雍正愛妃馬佳氏，馬佳氏無意之中撞傷寶親王眉際，被皇后鈕祜祿氏看見，賜馬佳氏在月華門自盡。寶親王趕到月華門，咬指滴血於馬佳氏額上，說：「是我害了你，你如果有靈有魂，二十年後應當與我相聚，到時我就據這塊紅記與你相認。」果然，在馬佳氏死後第二十六年，和珅恰是二十六歲，充侍衛見到了乾隆，乾隆見他額上有紅痣，又恰是二十六歲，認爲他是馬佳氏再世，便對他百般寵愛。乾隆在禪位時，對和珅說：「朕與你有宿緣，所以對你寵愛一生，但是朕百年之後，別人一定容不了你，你應早作打算。」

以上就是對首二句「五十年前夢幻真，今朝撒手謝紅塵」的解釋。

後兩句，「水泛含龍」，用的是夏後龍漦的典故。

相傳，在夏朝衰亡的時候，有兩條神龍落在夏帝王的庭院中，說：「我們是保這個地方的君王。」夏帝王占卜，如果殺了這兩條龍或者把他們放生，都不吉利，如果請求他們能得到他們的漦（唾液），就非常吉利了。於是夏帝就求來了他們的龍漦，放在櫝中收藏起來。夏亡以後，這個匣子傳到了殷，殷亡後，又傳到了周，沒有誰敢打開這個匣子。到了周厲王的時候，厲王把它打開一看，發現是一種粘粘乎乎的東西。這種東西流到庭院裡，化作了玄黿，玄黿進入到王后的宮中，有一個童妾遇到了它，於是這位童妾沒有丈夫就懷了孕，後來生下一個女兒，名叫褒姒，褒姒長大後，禍亂國家，致使西周滅亡。後世便用龍漦指女子禍國。唐朝時，在討伐武則天的檄文中，就用龍漦指武則天。

「水泛含龍日」就是指龍漦出世的日子，再聯繫後面句中的「香煙」（傳宗接代），於是有人解釋說，這是指和珅死後，一定要變爲像褒姒那樣的女人，報復清朝，讓清朝滅亡，這個女人就是慈禧，也就是說和珅死後，在不久年後投胎成了女身，後來成了慈禧太后。

另一種解釋，首二句與上一種解釋相同。對後兩句的解釋略有區別。

夏桀無道，暴虐荒淫，寵信兩個女子，一個是妹喜，另一個女的則是一條蛟龍所變，時而為龍張牙舞爪，時而為人豔麗絕頂。這個妖女被夏桀稱為「蛟妾」，她與妹喜一起穢亂宮中，讓夏桀將肉砌於糟堤，將乾肉懸於林間，酒可池以行船。糟堤十里長。然後弄來三千名宮女，全部脫去她們的衣裳，擂第一通鼓時，三千宮女都趴在糟堤上在酒池中喝酒，像牛飲水一樣，頭倒而下，臀上揚而高高地露出陰部。第二通鼓響，這些宮女都到肉林中吃乾肉，一腳踏地，一腳必須揚起蹬在樹上，都要露出陰物。夏桀和喜妹、蛟妾看到這種情形哈哈大笑。同時，那個「蛟妾」除極盡奢侈之外，每天還要吃人肉，夏桀居然如數供給。由於二女亂政，最後導致夏亡。

於是有人解釋說，和珅的後兩句詩，就是表明他後來要投胎變為女身，仍為妃子。多年後，和珅投胎成功，真的做了妃子，這人就是慈禧。慈禧比她的前身和珅更奢侈浪費，學著夏桀「蛟妾」的樣子，以此來敗壞大清，報復大清，最後使大清滅亡。

還有一種說法，對前二句的解釋與上面兩說相同，也只是對後兩句的解釋略有區別。

「水泛含龍」是說大水氾濫成災。嘉慶三年八月，河南睢州黃河決口，水淹豫、皖、魯大部分地區。「他日水泛含龍日」，是說等到他年發大水像嘉慶三年八日一樣淹沒數省的時候。

第四句中的「香煙」是指鴉片煙。和珅活著時，整日吸著洋煙，後人說成他好吸食鴉片煙。合三四兩句的意思是說，等到他年發生特大洪水的時候，和珅就要再到世上，那個最愛吸食鴉片煙的，便是他的後身。

那麼，他的後身到底是誰呢？

道光十二年，黃河又在河南睢州西北的符祥決堤，水漫數省。這年十月，恰恰是葉赫那拉氏慈禧的誕生日。她誕生的這一年，全國鴉片煙有二萬七千多箱。後來咸豐帝奕詝與其妃子葉赫那拉氏嗜鴉片成癖，因此那拉氏就是和珅的後身。和珅死後，還了妃身，為報兩次殺身之仇，投胎後成為慈禧，後來做了太后，獨攬朝綱，奢侈到了極點，禍國殃民，最後使清朝滅亡。

人們不禁要問：和珅真的有「後身」嗎？上述的這些說法，難道真的是無稽之談嗎？

正月十八日，和珅吊死的當天，豆蔻得知了消息，悲痛異常，賦七律二章挽之，並以自悼，云：

其一

誰道今皇恩遇殊，法寬難為罪臣舒。
墜樓空有偕亡志，望闕難陳替死書。
白練一條君自了，愁腸萬縷妾何如。
可憐最是黃昏後，夢裡相逢醒也無。

其二

掩面登車涕淚潸，便知殘葉下秋山。
籠中鸚鵡歸秦塞，馬上琵琶出漢關。
自古桃花憐命薄，者番萍梗恨緣艱。
傷心一派蘆溝水，直向東流竟不還。

詩成之後，豆蔻縱身躍到樓外，當即斃命。不知在陰間是隨汪如龍還是隨和珅。

隨豆蔻而後，嘉慶四年正月二十日午刻，卿憐也自縊身亡。臨死前，作絕句十首。

其一

曉立鷩落玉搔頭，宛在湖邊十二樓。

魂定暗傷樓外景，湖邊無水不自流。

其二

香稻入唇驚吐早，海珍到鼎厭嘗時。

蛾眉屈指年多少，到處滄桑知不知。

其三

緩歌慢舞畫難圖，月下樓臺冷繡襦。

終夜相公看不足，朝天懶去倩人扶。

其四

蓮開並蒂豈前因，虛擲鶯梭廿九春。

回首可憐歌舞池，兩番俱是個中人。

其五

最不分明月夜魂，何曾芳草怨王孫。

樑間燕子來還去，害殺兒家是戟門。

其六

白雲深處老親存，十五年前笑語溫。

夢裡輕盤無邊近，一聲乃到吳門。

其七

村姬歡笑不知貧，長袖輕裙帶翠顰。

三十六年秦女恨，卿憐猶是淺嘗人。

其八

冷夜癡兒掩淚題，他年應變杜鵑啼。

啼時休向漳河畔，銅爵春深燕子棲。

其九

欽封冠蓋列星辰，幽時傳聞近貴臣。

今日門前何寂寂，方知人語世難真。

其十

一朝能悔郎君才，強項雄心愧夜台。

流水落花春去也，伊周事業空徘徊。

由於和孝公主幾次到宮中請求，豐紳殷德與豐紳宜綿都被暫時釋放，料理喪事。兄弟二人相見，見對方的眼圈都變得浮腫烏黑，抱頭一陣痛哭。

和珅的屍體只放入和府一天，盛入棺材後，放進車裡，拉去掩埋。靈車在空曠的原野中行駛，送殯的只有豐紳殷德和豐紳宜綿二人。

和家在薊州沙河地方的墳塋，因逾制已被強行拆毀。豐紳殷德和豐紳宜綿只有在薊州劉村另找了一塊新墳地。草草掩埋了和珅以後，堂兄弟二人又將和珅的妻子馮氏與和琳的墳塋也遷到這裡。

當和珅與他的心愛的妻子、親愛的弟弟在泉下相見時，那是一番怎樣的情景呢？

當豐紳殷德、豐紳宜綿剛剛把他們的親人掩埋、遷移完畢，又被嘉慶帝逮捕回京。

原來定親王綿恩又在和珅的花園——淑春園中抄出正珠手串和正珠朝珠。嘉慶帝內心震驚，因爲這些東西只能是御用之物，於是命令綿恩嚴刑審問和珅家人，並會審豐紳殷德。

這些違禁的東西是在淑春園的善緣庵「玫瑰醉月」舍中發現的。黑玫瑰把這些東西藏在床下，但仍然被掏了出來。幾天以後，瑩潔如玉的黑玫瑰，已經像燒焦沒焚淨而剩下的一根蘆葦，灰黑而再也沒有了那照人的光彩。她心想著她的一生是多麼悲慘，她痛不欲生，但欲死又不能，她被嚴密地看管著，杜絕了她自殺的一切可能。到最後，她只有老實地交代：「和珅白天裡從來不敢戴這些東西，只是在晚間懸掛。常常，他在燭光下，一個人對著鏡子徘徊不已，對著鏡子中的自己說話，他總是喃喃自語，聲音極低，我一點兒也聽不到他說的是什麼。」

嘉慶帝聞報後大怒道：「這不是圖謀不軌嗎，要是在正月十八日前被朕發現了，非把他凌遲處死不可。現在把和珅扒出來，鞭打磔裂他的屍體。」

公主於是又跪在嘉慶帝面前求情，嘉慶帝最後礙於公主情面對和珅「姑免磔屍，維持原判。」但對豐紳殷德的審判卻在加緊進行，一遍又一遍，一天又一天，綿恩逼問著他，就差沒有動用刑具。可是無論如何審問，豐紳殷德只有一句話：「實不知情。」

按大清律，家中藏違禁物品，逾制之物，知情而不檢舉，按大逆例緣坐處罰。嘉慶帝饒了豐紳殷德，他畢竟是自己的親妹夫。但是，豐紳殷德被革去了伯爵的爵位和貝子的身份，只讓他承襲祖上的三等輕車都尉。

豐紳宜綿也被革去了一切職務，只給他留一個三等輕車都尉由其世襲。

和孝公主在無邊的悲痛的大海裡挺著，她是那樣的剛毅堅強，和珅的住宅、淑春園以及在承德的房產，一半留給了公主，和珅的家人除幾個罪大惡極的外，都被嘉慶帝賞給了公主，換句話說都被公主保護下來。

可是公主的春風無論如何煦暖，再也吹不開豐紳殷德心頭的冰水。他的精神永遠在冰凍之中再也不會融化了，他喪失了一切信心，他對前途不抱任何希望。

薊州劉村家的墳園，沒有蒼松翠柏，只有一個小院，幾間低矮的草房。豐紳殷德偷偷地將一個小妾一個侍女帶進這裡——他真的作踐起自己來。

一天，他坐在院中，一隻麻雀在他面前不時地轉動著腦袋，啄食著地上的稗穀。豐紳殷德輕輕地向它走去，走去，就在他伸手的一剎那間，麻雀突然振羽飛入天空。

殷德往四野眺望，麥苗青青，菜花金黃，百鳥在歡鳴，蜂蝶在喧鬧，殷德一陣心酸，淚水滾湧而下，他再也不願看外面的景色，回到草屋中，寫下一首小詩：

自詠

朝亦隨群動，暮亦隨群動；
榮華瞬息間，求得將何用？
形骸與冠蓋，假合相戲弄；
何異睡著人，不知夢是夢。

殷德轉了幾圈，又寫了一首，當寫到「功名事業俱泡影，埋骨何勞墓誌銘」時，再也寫不下去。他看看身旁的小妾婢女，正憂戚地望著他。殷德道：「拿酒來。」小妾流淚道：「額駙你怎能這樣暴殄自己，糟蹋自己啊！不能再喝了。」豐紳殷德自己抱起酒罈，一陣猛灌，小妾再也看不下去，奪下他的酒罈。

殷德直直地望著她，望著她，小妾被他這種直楞楞、野森森的眼光嚇呆了，往後退著，靠上了牆。豐紳殷德猛然間把她抱在懷裡，撕開她的衣裳，把她壓在地上。小妾驚恐無比，大叫道：「使不得，使不得，這是死罪呀！」殷德惡狠狠地說：「死、死，我想死！」殷德瘋了！小妾再也不敢動，任他施爲。

清制，皇帝大喪期間，守制者不得懸掛門符、不得張燈結綵、不得婚嫁、不得同房生育、不得作樂、不得歡宴、男不衣紅，女不簪花。豐紳殷德身爲額附，在乾隆喪期內，怎能不受這種禁忌。同時，豐紳殷德是爲自己的父親和珅守墳。歷朝歷代，守墳期間，絕不允許親近女性，絕不允許帶妻妾入墳園。豐紳殷德瘋了，所有的忌諱事不僅扔到腦後，而且更加變本加厲。

終日，他以酒爲友，和小妾侍女鬼混淫蕩。一個月夜，他命令她二人脫光衣服在院中舞蹈，他拍著她們的屁股，時而大笑，時而大哭，時而「今朝有酒今朝醉」的亂號，時而「仰天大笑出門去，我輩豈是蓬蒿人」的狂叫。

一天，他接到姐夫的一封書信，語盡頹唐。姐夫是康熙的玄孫，封爲貝勒，因和珅的事也被罷職，豐紳殷德反而安慰起姐夫永鋆來，給他寫了一首詩：《贈麗齋姐丈》（麗齋是永鋆的號）：

莫厭山居太寂寥，絕超城市困喧囂；
自由自在神俱爽，無事無非夢亦調。
茅舍竹籬偏得趣，清風明月不須邀，
布衣蔬食吾猶願，況有花時酒一瓢。

豐紳殷德繼續地放蕩著，借酒和女人消磨生命。

有一天，忽然小妾流著淚說道：「妾已有身孕，額駙看這如何是好。」豐紳殷德聽到她腹內已有了自己的種子，心內更加悲傷，伏在小妾的肚腹上哭了大半夜，直哭到沉沉地睡去。

豐紳殷德喘息著又端起了酒杯，隨咯出一口鮮血，忽然感到頭昏眼花，耳鳴不已。他已患了嚴重的哮喘和肺病，雙耳重聽。小妾與使女再也看不下去，跪在地上哭道：「爲肚裡的孩子著想，你改了吧，你要殺死你連見都沒有見過一面的孩子嗎？」「啪」，酒杯碎在地上，豐紳殷德也同時昏倒在地上。

自此以後，豐紳殷德不再喝酒，又作起詩舞起劍來，不久，小妾產下一女，豐紳殷德望著自己的骨肉，悲喜交加。公主曾生一男孩但不久就夭折了。眼前這個女嬰，是自己唯一的骨肉。面對著孩子，豐紳殷德逐漸堅強起來，生活中漸漸地有了歡樂，對前途也增加了信心。強烈的責任感使他意識到，自己可以死去，可爲了女兒，爲了自己的親生骨肉，不能就這麼死去，這麼過早地死去。

豐紳殷德堅強地活著。

嘉慶八年，和孝公主府長史奎福被辭退，奎福以爲這是豐紳殷德的主意，於是懷恨在心，向內務府大臣溫布控告豐紳殷德偷偷地演習武功，圖謀不軌；曾往公主碗內下過毒藥想害死公主；並且，在國服期內，將小妾使女帶進墳園，並生了一個女兒，現已四歲。

嘉慶帝命大學士董浩，內務府大臣溫布，留京王大臣及刑部堂官會審。結果審明豐紳殷德企圖毒害公主致死純屬捏造誣告。只是在國服內小妾生下一女的事，殷德供認不諱。嘉慶帝特爲此事下了一道諭旨，將此事澄清於天下：

「此案溫布奏上時，朕即知事實虛誣，但所控謀逆事案關重大，朕若稍露意旨，即使審訊實係誣控，而外間無識之徒妄生臆度，必以朕過於仁慈，不忍遽興大獄；而承審臣亦似有心迎合，轉不足以破群疑，而成信讞。當即特派董浩回京，與王大臣等會同秉公研訊，茲據王大臣等連日詳鞫，唯豐紳殷德在國服內侍妾生女一節已自認不諱，此外如公主疑心飲食下毒，檢供實無其事。額駙與公主和睦，誣妄實屬顯然。至演習白臘杆，始自乾隆五十九年，藉以練習身體，並非起自近日。其私放利債，尚非違例盤剝，即引進高升、鄭二戲耍棍杆，亦止少年不謹。所作詩文，經保凝等親至府內查出封固進程，多係嘉慶三年以前所作，唯《青蠅賦》一篇係四年在墳塋栽樹，聞外間有大動工程之語，憂讒畏譏而作，詳細查閱委無怨望違悖語句，實系奎福因革去長史心懷怨恨，捏詞誣控，今爰書已定，豐紳殷德並無謀爲不軌之事。其罪唯在私將侍妾帶到墳園，於國服一年內生女，實屬喪心無恥，前已降旨革去公銜所管職任，仍著在家圈禁，令其閉門思過，如此懲辦已足蔽辜，其他俱屬輕罪不議。」

嘉慶十五年二月，豐紳殷德哮喘病、肺病加重，五月去世，終年僅三十六歲。死時長女十一歲，次女五歲。臨死前，嘉慶帝念他平日小心供職，賞給他公爵銜。在他生病期間，嘉慶帝派大臣到他家看望，賜茶酒慰勞。豐紳殷德死後，嘉慶帝又派英和帶同侍衛十人前往奠醊，並賞給他陀羅經被；又賞給和孝公主五千兩銀子，資助她料理喪事。

豐紳殷德的靈柩由其堂兄豐紳宜綿送到薊州。豐紳宜綿見堂弟先自己而去，內心極爲悲痛，作詩二首悼念之，詩云：

其一

書香嗣續重承祧，祖德宗功今間昭。
誰料孑然唯我在，兩間負荷一肩挑。

其二

插架牙籤羅萬卷，青箱莫繼歎天兒；

可憐二女猶嬌小，一尚垂髫一尚嬉。

豐紳宜綿也是終日借酒和女人消愁。數年後，身體虧虛而死。死時留下一個女兒和一個幼子，兒子剛剛四歲。

固倫和孝公主得到嘉慶和道光父子兩朝的關懷。道光三年九月初十日，公主病逝，享年四十九歲。道光帝賜銀資助料理後事，並且親自到公主靈堂祭奠。

公主曾過繼過一個兒子，叫福恩，也受到朝廷的關懷。

和珅女婿貝勒永鋆，人丁較興旺，直到清朝末年，其後人仍活躍於政壇。

和琳女婿郡王綿慶，二十五歲即去世，有無後人不明。

第十四章　嘉慶執政・有雷無雨

和珅死了，腐敗能了嗎……

嘉慶四年正月十一日，即乾隆崩逝後的第八天，逮捕和珅的第三天，朱珪接到嘉慶帝的諭旨，見諭旨封而用藍墨書寫，心內大驚。

清制，國喪期至除服的二十七日內，禁穿紅衣，禁掛紅旗，各衙門之間用的朱筆朱印改爲藍筆藍印，上報朝廷的奏章在十五日後方可用朱印。

朱珪見到皇上的書信後，估計可能是乾隆駕崩，可是嘉慶帝卻只要朱珪速速回京，並沒有別的詞語。朱珪也管不了許多，交了官印日夜兼程，馳往京都。十七日行到王莊，確知乾隆駕崩，又聞說嘉慶帝要守孝三年，急忙寫下奏章，令八百里快馬馳奏，奏章略曰：

「臣聞知太上皇駕崩，肝膽俱裂，號呼上天，俯首搶地，悲痛難抑。轉念思想太上皇創下十全武功，享盡人間五福，又效法堯舜禪位，真可以說是功德圓滿而崩逝，太上皇也可告慰了，請皇上節哀，保重身體。」

「臣聽說皇上想守三年之孝，這雖然是超越千古而做的讓萬世感佩的壯舉，但是，自古以來，最能體現帝王孝心的是繼承先皇的遺志，把先皇創下的宏偉事業發揚光大。如今奸賊還未除掉，教匪禍亂正熾，臣懇請皇上面對現實，摒棄迂腐的禮節，立即投身政務。」

「親政之始，皇上要遠聽近瞻，運籌乾坤於博大的心胸之中，鎮定自若地維護朝綱，制定法規要縝密精細，一旦決定實行，要如滂沱大雨傾天而下，要如霹靂閃電光耀震響在天空，剛毅果敢要像太陽噴射而出的光芒，無可阻擋。若有同情惻隱之心，不應輕易流露；平時修養身心，要嚴格區分欺詐和真誠的界限；辨明一個人，要判斷他是君子還是小人。皇上若自己心地中正，朝廷清明，則禮義廉恥昭然於天下，五湖四海肅整一體。皇上要親自帶頭節儉，崇獎清廉，如此，則盜賊自然平息，財用自然豐富。」

「面臨奏表，淚如泉湧。臣願皇上以上天之心爲心，以祖宗之志爲志，時刻不忘像堯舜那樣心繫天下百姓。」

「臣昔日侍奉皇上讀書，十年離別，今又奉詔返京，臣怎敢不勉勵自己，竭盡心力，任皇上驅使？」

接到朱珪的奏章後，嘉慶帝立即處死和珅，判福長安斬候，蘇凌阿退休，吳省蘭、李潢、李光去等革職，餘不累及。

十八日，嘉慶帝剛剛賜死和珅後，眼光迅速轉向軍事，立即提來四川義軍首領王三槐，親自審問。嘉慶帝問他爲何造反，他只回答四個字：「官逼民反。」無論如何再問，再沒有別的說法。嘉慶帝說：「四川的官吏難道都循私枉法嗎？」王三槐道：「只有劉青天一個好官。」嘉慶帝道：「哪個劉青天？」王三槐道：「現任建昌道劉青天。」嘉慶帝又道：「只有劉青天一個好官嗎？」王三槐道：「劉青天之外，就要算巴縣老爺趙華，渠縣老爺吳桂，雖然他二人比不上劉青天，還算是個好官，另外就沒有了。」

嘉慶帝感慨萬千，隨命將王三槐下獄，暫緩行刑。嘉慶帝馬上諭詔朝野：

「一百多年來，國家厚愛百姓，對百姓施恩布澤，百姓生活太平。如果不是被迫無奈，被逼得不得已，怎麼能不顧自己的身家性命，不顧妻兒老小，鋌而走險？這一切都是由於州縣官吏搜刮百姓，以奉獻給上司，而這些上司又拿這些東西饋贈給和珅。現在奸賊已經伏法，綱紀嚴明肅清，下情無不上達，各地官吏應依法廉明，不允許再勞頓百姓。只是教匪脅迫良民百姓造反，等到遇到官軍的時候，教匪驅趕百姓在隊伍前面，遮擋鋒鏑，甚至把他們剪髮刺面，以防止百姓逃脫，即使百姓們逃出來，也沒有住宿之地，糊口之食，百姓進退都是死路一條，朕日夜爲此事痛心疾首。自古以來，只聽說過用兵於敵國，沒聽說過用兵於百姓。朕現在宣諭：各路賊匪中被協從的人，如果能綁縛賊首，獻給朝廷，不但寬免他們的罪過，而且可以邀取恩賞，如果能夠臨陣逃出或投降，也一定釋放他們回歸故里，使他們安居樂業。百姓固迫勞頓到了極點，都想安居樂業，朕想，他們見了朕的恩旨，一定會歸順朝廷。」

「王三槐所供四川省的清廉官吏，除了劉清外，還有巴縣的趙華，渠縣的吳桂。朕即對他們嘉獎提拔以遂順百姓的心願。至於達州知州戴如煌，除了又老又病之外，剩下的只有貪婪卑劣，他驅使胥役五千，以查邪教爲藉口，到處搜捕拘壓富戶，而對賊首徐天德、王學禮等，反而收到賄賂後把他們釋放，致使民怨沸騰。武昌府同知常丹葵，奉檄查緝，株連無辜百姓幾千人，使用各種慘酷的刑罰，勒索銀財，以致使聶人傑拒捕起事，對這些人都盡快地逮捕治罪。難民沒有田地住處的，勒保即督同劉清，考慮籌畫，妥善安置。朕的旨意，要讓川陝楚各地知道，不得有誤。」

詔書一下，內外官吏方才知道嘉慶帝平時對外邊的事情瞭若指掌。

隨後，嘉慶帝又削弱了軍機處的許可權，一切軍政大事，都必須由皇帝一人決定，一切奏章，都必須直達御前。面對「軍機處」這片「真空」地帶，嘉慶帝命親王永爲軍機大臣，穩定政局。

不久，朱珪抵達北京，直奔永忠殿哭臨。皇上拉著朱的手痛哭失聲。多少年來他受了多少委屈，如履薄冰，戰戰兢兢，今日終於親政，可是百廢待興，如何做起，他焦慮，他不安，如今老師來了，他最信任的人來了，他能不痛苦失聲嗎？

嘉慶命朱珪值南書房，任戶部尚書。

朱珪第一個建議就是減免天下賦稅，平抑物價，又奏言曰：「寫詩作文詆毀本朝，就如桀犬吠日。聖上大公無私，如日在中天，什麼不能包容得下？如果把那些詩文毀棄或借此造成大獄，那麼私自藏匿的必定更多，這是堵塞治水的方法。」於是清朝文字獄至嘉慶而停息。

朱珪又奏道：「皇上，尹壯圖以耿直受到朝野的稱讚，先皇也喜歡他的憨直，何不把他詔到京師？」

尹壯圖見了嘉慶帝，第一道奏摺就說道：「現在的當務之急，是蕩清白蓮教匪，但是，這還不是最根本、最急迫的，要想平息教亂，最根本最急迫的事莫過於整頓各省的吏治。現在各種陋習相沿，督撫司道經過所屬的州縣，隨從動輒百十人，公館五六處，索取各項供應，以致州縣藉口向百姓攤派。京城出差的大員，經過下面各省，督撫司道迎送，每天跟隨，不離左右，途中宴請不斷，吃喝不斷。每到一處地方都送上許多禮物，督撫司道衙門的鋪設器用、修理房屋，乃至坐的車子、轎子，餵養馬匹，以及涼棚煤炭，等等一切，巧立名目，由公款報銷，或者由所在州縣承辦，攤派到百姓身上，府衙設宴征歌，蓄養優伶，每一次宴會犒賞，竟多達百金，甚至府中也蓄童優，恣意作樂。這些風氣，如果不搜尋到作弊的原因，那麼最終這種弊端還是不能除去。近些年來，風氣日趨浮華，人心習成狡詐，屬員以討好巴結爲能事，上司以下官逢迎爲可喜，這種種事情，須要大刀闊斧，徹底整治。如果吏治日見澄清，賊匪自然消滅，賊匪不過是癬芥之疾，吏治實爲腹心大患，決不能有病而諱疾忌醫。」

嘉慶帝和朱珪對「賊匪不過是癬芥之疾，吏治實爲腹心大患」的說法極爲贊同，於是嘉慶帝下決心整頓起吏治來。

首先，湖南布政使鄭源王壽被揪出。他在湖南胡作非爲，家眷竟有三百多人，又專養著兩個戲班，貪污的錢財更是天文數字，他首先被殺。

然後，雲貴總督富剛，恣意婪索屬下，貪污公款，被處決。

隨後，湖北布政使揭發出湖北安襄鄖道員胡齊寵，經手軍餉，克扣肥己，浮冒報銷，私自饋贈。

　經手湖北襄陽局軍需四百一十九萬餘兩，並不按例專發，私自任意挪用克扣白銀兩萬九千兩。

　隨著胡齊寵的案子逐漸深入，前方「和家將」也一個個地被推到臺上。永保接受胡齊寵送銀六千兩、畢沅送銀兩千兩。慶成受收贈銀後，已置房地產，而且貸借出一萬多兩。鄂輝收受饋銀四千兩。於是永保、慶成、鄂輝均被抄家。只是鄂輝已死，也不用逮捕了。

揭出胡齊寵案子的同時，代理四川總督魁倫奏稱四川軍營人員營私牟利，交結應酬，串通一氣，使兵丁糧餉不能及時發給。

嘉慶帝諭示道：「第一要緊之事係審訊經略大臣勒保，其次即嚴查福寧經手銀兩。湖北支用軍需爲數不多，已有如此嚴重弊端，更何況四川的軍需比湖北多出好幾倍。」

魁倫揭發說：「福寧專任四川軍需之時，軍營之用冒濫，統兵大員奢靡無度，兵勇幾至枵腹。」福寧見自己被揭發出來，首先把勒保扯連進去，他奏報導「勒保實在有克扣軍餉之嫌，每月軍餉幾萬兩，餉銀比其他各路軍馬都多，但是所剿滅的賊匪卻有減無增，這都是勒保疏於剿賊。」

嘉慶帝忽然間躊躇起來，若這樣一路地揭下去、打下去，軍隊豈不要換個底朝天？一時到哪裡找這麼多的領兵大員、地方大員？不如對他們示以寬宥，使他們倍加感奮，殲賊立功，他們若能知錯改錯，就予以獎勵，若仍有貽誤戰機者，嚴懲不貸。但現在必須對福寧揭出的問題有個交代，於是命令魁倫到達州視察軍事，查出實情後，再陳奏朝廷。

勒保前往魁倫處，說道：「你我同在四川時間不短，彼此最爲熟悉，結爲至交，有了什麼事，應互相幫助提攜才是，萬萬不可互相拆臺。」魁倫自己屁股上也有屎，哪能不明白勒保這話的意思，若勒保被揪出，自己也肯定被他揭發出來，於是說道：「經略大人放心，我一定據實稟報朝廷。」

於是查了多天后，魁倫奏報朝廷說：「教匪賊數實際上是大大地減少了，只不過他們大股分成小股，賊人的名字反而多起來，福寧處理軍需，多含混不清，一時也無法弄得水落石出。」

嘉慶帝看了魁倫的奏報，查不出什麼實據，福寧也沒有大問題，便不再糾纏經濟問題。但不久，福寧虐殺投降的教徒，實際是抗旨，嘉慶帝大怒，才把福寧解職。

但四川軍隊貪黷案，不了了之。

不糾纏於過去的軍需，不能讓他們再侵吞今後的軍需，也必須讓他們明白寬宥是有限度的，於是嘉慶帝又諭令道：

「和珅壓擱軍報，欺罔擅專。致各路領兵大臣，特有和珅蒙庇，虛冒功績，坐糜軍餉，多不以實入奏。姑念更易將帥，一時乏人，勒保仍以總統授爲經略大臣，其川、陝、湖北、河南督撫，及領兵各大將咸受節制，以一事權。明亮、額勒登保，均以副都統授爲參贊大臣，另領各官軍，各當一路，有不遵軍令者，指名參奏。川楚軍需，三載經費，至逾七千餘萬，爲從來所未有，皆由諸臣內恃和珅護庇，外踵福康安、和琳積習，在軍唯笙歌酒肉自娛，以國帑供其浮冒，而各路官兵鄉勇，餉遲不發，致枵腹無[illegible]，牛皮裹足，跣行山谷。此弊始於畢沅在湖北，而宜綿、英善在川，相沿爲例。今其嚴行察核，毋得再蹈前衍，致干重咎。」

朱珪看過嘉慶帝的諭令奏道：「對軍隊中和珅死黨，不可不嚴逮治罪，以儆其餘。」嘉慶帝與朱珪討論了許久，便又下了個諭令：

「宜綿前後奏報，皆屯駐無賊之處，從來未與賊交鋒，且已老病，令解任來京。惠齡曠久無功，為賊所輕，著即回京守制。景安本和珅族孫，平日趨奉阿附，每於奏事之便，稟承指使，恃為奧援，剿堵皆不盡力，駐軍南陽，任楚賊犯豫，直出武關，唯尾追，不迎截，致有『迎送伯』之號，甚至民裹糧請軍，拒而不納，武員跪求擊賊，不發一兵，為參將廣福面誚，反挾憤誣劾，其獲封伯爵，亦攘道員完顏岱捕浙川邪教之功，張惶入奏，欺君罔上，誤國病民，著即拿解來京，照律懲辦。」

綜合兩道諭令，除了景安一人受到嚴懲以外，其餘人等並沒有過多的追究。有人已經看出嘉慶帝雷聲大雨點小，虎頭蛇尾的意思。偏偏就有一些人，沒有深刻領會嘉慶帝的意圖，這些人中，首先是內務府大臣、工部尚書那彥成。

那彥成，字繹堂，是大學士阿桂的孫子。被任命為欽差大臣赴四川督軍後，他一路行到四川，一路詢訪查問，發現營旅腐敗，將惰兵疲，便殺了幾個怠忽職守者，表示要堅決剷除腐敗，有再敢貽誤軍機者，將弁以下，軍法從事。

那彥成的做法傳到嘉慶那裡，嘉慶急忙傳諭那彥成整飭軍紀，務必慎重不可輕率，並責難他道：「經略大臣也沒有先斬後奏之事，何況你是欽差大臣，朕並沒有給你這個權力。如果你真的查出貽誤軍機者，無論在戰事或軍需上，即使是微末員弁，都應候旨遵行，哪能獨自擅專！」弄得那彥成在軍中反而灰溜溜的。

朱珪奏曰：「皇上，雖然可以令那些瀆職將帥帶罪立功，可是他們確實是除了貪婪淫樂外，剩下的只有昏庸無能，如果對他們稍有放縱，實在於國不利。教匪之亂，絕不能再加拖延，況且皇上初政，正應樹立自己整肅的威風，在整治軍隊上，不可手軟。另外，皇上若覺軍中無人，臣保舉一人，這人就是額勒登保，舊屬勇將海蘭察麾下，胡齊山侖挪用軍餉饋送於諸將帥，唯獨額勒登保拒而不受。額勒登保若遇運餉困難，也都是自己籌辦，從無藉口為難。額勒登保既是善戰的勇將，又是廉潔勤謹的官吏，可做鎮撫的大帥。經略之職交於此人，南方教匪無慮矣。」

不出朱珪所料，從正月到六月，額勒登保一軍斬了冷天祿，德楞泰一軍與徐天德相持，追入鄖陽。明亮一軍，只是徒勞地奔走在陝西境內，並沒有勝仗。勒保對皇上雖有所顧忌，不敢全行欺詐，但是江山易改，本性難移，終究是見敵生畏，多方諉飾。四川的義軍多摩肩接踵進入湖北，不下二萬，大有北趨荊襄之勢，勒保既不堵截，也不追剿，反而選擇一個沒有義軍的地方，駐營紮盤，守株待兔。新任湖廣總督倭什布，把實情奏報了皇上。在這種情況下，嘉慶帝痛下決心，逮捕了勒保，不久，又詔逮明亮。

自此，勒保、明亮、永保、秦承恩、宜綿、慶成、英善、惠齡等都受到處罰，調離軍中，或逮捕治罪。

額勒登保授了經略的印信，軍隊開始有了轉機。

嘉慶帝處理以上的那些將領，並不是由於他們的貪污腐敗，而是由於軍事上的失利，在軍隊中，對懲治貪污腐敗，嘉慶帝已表現猶豫手軟，在處理地方的貪污腐敗上，更是把當初懲治和珅時的那種厲害勁兒，丟了個大半。

代理副都統富森布奏道：「請將河州、甘肅、臺灣、湖南、湖北等處貽誤官員，無論大小，全行抄沒；又，京城官員兵丁，生計拮据貧窮，日甚一日；商民百姓，糊口無資，恐怕起盜劫之端。」嘉慶帝閱後大怒，說道：「富森布既不據實列舉，捕風捉影；又捏造事實，聳人聽聞，隨口妄談，差即革職留任，嚴加約束。」

直隸總督胡季堂奏道：「自乾隆三十二年以後，一直未還清的虧欠的國家銀款竟然達到一百四十四萬兩，歷任各官對這筆銀兩皆有染指，有一百三十九人之多。臣以爲，應把這些官員全部捉拿，集中到省城，勒令他們賠償。」嘉慶帝諭示道：「凡在任期間虧欠的官員，庫收應得銀數與實際庫存數不符合的，所欠款項，分別年限補交完數，若限期內補清，准其開複官職，否則分別情況給予處分。」實際上，地方官員虧欠的面太廣，諭令中的話，並沒有實施。

湖北布政使孫玉庭奏道：「應盤查湖北全省倉庫，看看究竟虧欠了多少銀子和糧食。應將那些虧欠數在一萬兩銀子以內的，先行革職離任，逮到省城，勒逼他在一定時間內交完欠款。虧欠達萬兩以上的官員，立即把他逮捕，追不回欠款，嚴刑治罪。」嘉慶帝看罷奏摺後，怕波及面太大，下諭：「此事不可宣露於衆。」嘉慶帝反而包庇起貪污犯來。

湖北的事剛剛糊弄過去，嘉慶帝又接到一份要盤查國庫懲治官吏的奏章：

「山東各州縣虧空銀子七十餘萬兩，究其原因，有的是因爲出差的官員路過，地方除供奉他外，招待費用浪費也極爲嚴重；有的是因爲驛站分口，經費不夠；有的是因爲前任官吏已故，交結難清，取給無度，下屬效仿肥私，有恃無恐。皇上應規定期限，勒令欠國庫銀兩者補交，對吏治嚴加整肅。」

嘉慶帝一看，這麼多的虧空，涉及這麼多的官員，如何解決？如何處置？於是批示說：「對此事須徐徐辦理。」

更有一位不知進退的傢伙，忽然冒出來，又重提起和珅的家產，這人就是薩彬圖。薩彬圖，乾隆四十五年進士，授戶部主事，遷員外郎，典貴州鄉試。改歷翰詹，累遷至內閣學士兼副都統。薩彬圖奏道：

「和珅家的財產甚多，絕對不止查出來的這些數目，一定在哪些地方還有埋藏、寄頓、侵蝕、挪移軍項情弊。因爲刑部審查時，司員等意有含混，內務府、步軍統領官員有的意存袒護，請皇上密派大臣追究。」

這個人傻乎乎的天真可愛，見皇上久久沒有理他，竟執拗地又上了一本：

「據奴才查訪，和珅有埋藏金銀的大地窖，這個地窖大概就在和珅的住宅之中。奴才得到確鑿證據，證明和珅家的銀庫都由其小妾卿憐及四個使女掌管。雖然卿憐已經自盡，但那四個使女還在，這四個使女的名字奴才也查得清清楚楚，她們叫香蓮、蕙芳、盧八兒和雲香。請皇上將她們交給奴才提審，奴才保證能查出更多的金銀財物。」

薩彬圖一奏再奏，嘉慶帝對此事也不能不有個交代，於是特派怡親王永琅，尚書布彥達賚，會同薩彬圖提審和珅的四位使女。再三刑訊，結果並無實據，供不出財物。

嘉慶帝惱怒異常，道：「薩彬圖真是無識之徒，斤斤計較和珅的財產，不但不知道政體，實在也不知體諒朕的本意。和珅的案子早已結束，軍機大臣中以及連朱珪這樣的人也從來沒有誰在朕跟前提及和珅的家產隱寄之事，他倒喋喋不休。朕確實要懷疑薩彬圖的居心何在，難道懷疑和珅的家產是被朕貪污了不成！薩彬圖真正無知妄瀆，卑鄙不堪！著交部嚴加議處，今後所有大小臣工，不得以和珅家資的事妄行瀆奏，不要兩眼死盯著和珅的家產不放。」

薩彬圖遂被革職罷官。

法式善的失敗，讓人們完全瞭解了嘉慶帝。

剛剛親政，嘉慶帝打出「咸與維新之治」的旗號；法式善又見皇上重用一批賢臣，處理一些貪官污吏，革除文字獄，整頓軍機處，撤了幾個軍隊中的將領，禁止王公大臣及督撫等進呈貢物、移減關稅，等等，法式善認爲，皇上要徹底革除前朝弊政了，於是向皇上奏言，大談起「維新」來。法式善的主要觀點是：

「詔旨宜恪遵守，軍務宜有專攝，督撫處分宜嚴，旗人無業者加調劑，忠讜宜簡拔，博學鴻詞科宜舉行。」

其實，嘉慶帝此時生怕人們說他走得太遠，他想：我這樣一路的革新下去，是不是頭腦發熱？別人會不會認爲我與皇考唱對臺戲？這樣維新改革，若對自己的權力有什麼損害怎麼辦？接到法式善的奏章後。嘉慶帝反覆申明道：「朕以皇考之心爲心，以皇考之政爲政，率循舊章，唯恐不及，有何維新之處？」

更讓嘉慶帝煩惱的是法式善的這樣兩條建議：「軍務宜有專攝」、「旗人無業者加調劑」。這兩項建議的具體內容是：請派親王一員，授爲大將軍，節制諸軍；口外西北一帶，地廣田肥，可以讓八旗閒散戶丁，自願前往耕種，開墾生產，減輕國家負擔。

永瑆等人在軍機處，是嘉慶帝的權宜之計。當時和珅被斬，軍機處無人管理，對這樣的要害部門，在權力交接的關鍵時刻，當然要有信得過的人主持，所以嘉慶帝讓永瑆做了軍機大臣。但是，親王做軍機大臣在一開始就讓嘉慶帝不放心，如果按法式善的建議，再封他做大將軍，嘉慶帝肯定要想：我手裡還有什麼？嘉慶帝從乾隆那裡學到的最主要的統治經驗就是——集權專制，法式善的建議豈不是動搖了嘉慶帝集權專制統治的基礎？所以嘉慶帝看了法式常的奏摺後，駁斥道：

「開國之初，可以讓王公領兵打仗，太平之世，自然不應再有這種制度。因爲如果派親王領兵，他若有了功勞，如何再往上加封？若他犯了罪，根據國法論處，則傷害天潢一脈，若照顧皇親，則廢棄了朝廷的法規。法式善眼見親王在軍機處行走，明明知道親王不可帶兵，卻提出這種建議，實際上是親王在軍機處掌權，便曲意逢迎，討好親王，完全不顧國家政體，這豈不是追隨污穢不堪的社會風氣嗎？」

對京師旗人屯田塞外的建議，嘉慶帝怒斥道：「如果所奏請的事情成爲現實，京城豈不成了一座空城？這真是荒謬到了極點！」

之後，嘉慶帝又指責法式善聲名狼藉，贓私累累，降了他職務，讓他做個編修。

內閣學士尹壯圖，見自己受到重用恩遇，於是又提出建議，要清查考核各省陋規。嘉慶帝聲明道：「一些規章不能全部革除，尹壯圖的建議不符合政體。」不久尹壯圖又喋喋不休，奏議不斷，嘉慶帝便把這個有名的憨直諍諫之士革職回家。

政治上不思進取的同時，嘉慶帝的享樂思想也稍微抬頭。

清朝的制度，旗員之女到十三歲時，要入選宮中，俊美的，經過皇帝挑選後，充當妃嬪，剩下的爲宮女。二月，嘉慶竟然於孝服期內選看八旗秀女，八月間選看包衣（奴才）三旗女子。刑部郎中達沖阿的女兒，沒有送到宮中讓皇上「選秀女」，就許配給了人家，嘉慶帝知道以後極爲憤怒，申斥達沖阿目無皇上，並通行曉諭八旗及包衣三旗，在宮中選美之後，才准許婚配。

面對嘉慶帝的所作所爲，洪亮吉痛心疾首。

洪亮吉已經賦閑在家一年。嘉慶四年二月，他在常州的老家驚聞乾隆帝駕崩，即帶了一個僕從，奔赴京師。他在詩中寫道：

昨為弟喪歸，今為國喪出。

我勞何敢憚，我淚忽嗚咽。
揮淚朝北行，程程冒風雪。

三月初三日，洪亮吉到達京師，奉旨在觀德殿隨班哭臨。四月，洪亮吉被任命爲實錄館編修，同時被任命爲己未科會試磨勘官，殿試受卷官。五月又奉旨教習己未科庶吉士。

洪亮吉官運亨通，一直走下去，前途無可限量。因爲朱珪、王杰、劉權之，這些皇帝最寵信的大臣，最有實權的大臣，都是他的老師，是他多年的朋友。早在乾隆時，洪亮吉就受他們的器重，志同道合。嘉慶帝親政後，朱珪屢次向皇上推薦他，眼見著洪亮吉要青雲直上。

可是洪亮吉的心中卻充滿了煩惱。他經常和法式善等人在一起，暢談國事，慷慨激昂。他們認爲國家富強的出路就在於革新，摒除弊端。最突出的弊端就是吏治的腐敗。洪亮吉在個人春風得意之時，卻對國家的前途憂心忡忡，他在詩中寫道：

幸多同志友，肝膽索鬱勃；
縱談當世事，喜罷或嗚噎。

洪亮吉和他的「同志友」看到，如今和過去沒有什麼改變，那些朝中的高官，地方的大吏，只是貪戀官祿，無意爲民，爲官爲財，喪心病狂。洪亮吉在詩中寫道：

千金構亭台，百金施繪采。
天公矜物力，不使成遽毀。
前門方逮訊，後啟已遷賄。

複壁不匿人，唯應穴金在。
主人雖已易，朱戶仍不改，
春半燕子來，啁啾舊時壘。

洪亮吉陷入極度的苦惱之中，他最爲痛心的，是他的老師，他過去崇拜的偶像們，爲了保住自己的高官厚祿，也是睜隻眼閉隻眼，裝聾作啞，明哲保身。

洪亮吉苦苦地思索著：我將何去何從？只要我不聲不響，我就必然會官運亨通，但，這還是我洪亮吉嗎？如果我向皇帝進言，我面對的不僅僅是皇帝一個人，而且是整個腐敗的社會啊。雖然也有一些人指責貪官污吏禍國殃民，痛恨吏治腐敗諸弊叢生，但是如果你奮臂疾呼，投身戰鬥，他們卻不能站起助威，而是龜縮不前，甚至還要譏笑你，說你逞能，神經病。那些腐朽的官僚們更是麻木卑鄙惡毒，他們雖然是寄生蟲，殆惰昏庸，但是若有誰指責他們，他們便會出奇的迅捷殘暴。我若有所直言，必是落得可悲的下場——這是必然的，這必定會被人罵爲傻瓜，瘋子，狂徒。

回歸故里，過悠閒自在的生活，過超脫世事的生活一度在洪亮吉的思想中占了上風。他遞了辭官文書，準備於九月初二日叩送高宗純皇帝梓宮後南行回歸故里。有一首詩表明了他此時的心跡：

「肖齋賃三間，長日渺何世。歷無用世心，益堅傳世志。行裝本無幾，並疊陳篋笥。所居幸深遠，熟客無一致。中年驚已過，盍扣囊智。君不見、七十翁，辭官深奇字。」

乞舊故里獲准後，一個月中寢食不安。

八月十三日，經過多少個日日夜夜的靈魂煎熬，洪亮吉終於作出決定向皇上直諫。這一天，他寫了一份諫議書，後稱爲《千言書》，手抄三份，一份交恩師朱珪，一份給恩師劉權之，一份交於他的多年詩友成親王永瑆。

洪亮吉把《千言書》，送出去之後，便把原稿拿給長子飴孫看，告訴他，大禍馬上就要臨頭。之後，又與他的知交聚會，一一告別，大家驚懼異常，都認為這是訣別。

朱珪、劉權之接到洪亮吉的諫議書後，嚇得渾身直打哆嗦，早已魂不附體，各自以為洪亮吉只送給自己一份，便匿而不報，怕牽連自己，引火焚身。成親王永瑆可管不了這麼多，於八月二十五日把《千言書》呈送給嘉慶帝。嘉慶帝大怒，立即經內閣發下諭旨：

「內閣奉諭旨：本日，軍機大臣將編修洪亮吉所遞成親王書稟呈覽。朕親加披閱，其所言皆無實據，且語無倫次。著交軍機大臣即傳該員將書內情節，令其按款指實，逐條登答。」

這是一個羅織罪名的諭旨。皇帝既然公開表示洪亮吉所說的都沒有根據，語無倫次，那麼再讓洪亮吉「按款指實，逐條登答」，豈不是虛假的晃子。

第一道諭旨發出後的不一會兒，又發下諭令，革去洪亮吉職務，把他交於刑部，由軍機大臣會同刑部嚴加審訊，並將審訊結果詳細奏報。洪亮吉被當即關入刑部南監。

二十六日四鼓，洪亮吉被送往西華門外都虞司衙門，由軍機大臣會同刑訊。未刻訊問完畢，照「大不敬」律，擬斬立決。行刑的人已做好準備，知道洪亮吉事情的親友，都前來弔唁。洪亮吉的同事們也都來與他訣別，許多人抱著洪亮吉痛哭，洪亮吉反而笑道：「這有什麼可以悲傷的，丈夫自信頭顱好，願為朝廷吃一刀。」

成親王永瑆，把洪亮吉定為「大不敬」罪的同時，又在奏疏中說：「亮吉自稱迂腐小臣，並罔識政治，一時糊塗，實在追悔莫及，只求從重治罪。」嘉慶帝又看了其他的奏摺，也沒看出有什麼迕逆的地方，於是降輕了他的刑罰，把洪亮吉由斬立決，改為發往伊犁。嘉慶帝頒了一道長長的諭旨駁斥洪亮吉，後人不值一看，只是下面這幾句震動了朝野，從此以後，士人再也不敢輕易論政了：

「唯知近日風氣，往往好為議論，造作無根之談，或見諸詩文，自負通品。此則人心士習所關，不可不懲戒。豈可以本朝極盛之時，而輒蹈明末聲氣陋習哉！」

自此，言路被堵塞，改革成為泡影。曾一度輝煌耀眼的大清王朝，開始走向亡國之路……

附錄　清查和珅

附錄一　《和珅犯罪全案檔》中的《御鑒抄產單》

正房一所十三層共七十八間
東房一所七層共三十八間
西房一所七層共三十三間
東西側房共五十二間
徽式房一所共六十二間
花園一座樓臺四十二所
欽賜花園一座亭台六十四所
四角更樓十二座（更夫一百二十名）
堆子房七十二間（檔子兵一百八十名）
雜房六十餘間
漢銅鼎一座
古銅鼎十三座

玉鼎十三座
宋硯十方
端硯七百十餘方
玉磬二十架
古劍二把
大自鳴鐘十架
小自鳴鐘三百餘架
洋表二百八十餘個
玉馬一匹（高一尺二寸，長四尺）
珊瑚樹八株（高三尺六寸）
大東珠六十餘顆，每顆重二兩
珍珠手串二百三十六串，每串十八顆
珍珠素珠十一盤
寶石素珠一千一十盤
珊瑚系珠五十七盤
密蠍素珠十三盤
小紅寶石三百八十三塊
大紅寶石二百八十塊
藍寶石大小四十三塊

白玉觀音一尊，高一尺二寸
漢玉壽星一尊，高一尺三寸
瑪瑙羅漢十八尊，高一尺二寸
金羅漢十八尊高一尺三
白玉九如意三百七十八支
寶石珊瑚帽頂一百三十二個
嵌玉九如意一千九百八支
嵌玉如意一千六百十支
整玉如意二百三十支
白玉大冰盤十六個
碧玉茶碗九十九個
玉湯碗一百五十三個
金碗碟三十二桌，共四千二百八十八件
銀碗碟三十二桌，共四千二百八十八件
白玉酒杯一百二十個
水晶杯一百二十個
金鑲玉箸二百副
金鑲象箸二百副
赤金吐盂二百二十個

白銀吐盂二百餘個

赤金面盆四十三個

白銀面盆五十六個

白玉鼻煙壺三百七十四個

漢玉鼻煙壺二百七十六個

鏤金八寶大屏十六架

鏤金八寶床四架，單夾紗帳俱全

鏤金八寶炕屏三十六架

赤金鏤絲床二頂

鏤金八寶炕床二十四張

嵌玉炕桌二十四張

嵌玉炕桌十六張

金玉朱翠首飾，大小二萬八千餘件

赤金元寶一百個，每個重一千兩，估銀一百五十萬兩

白銀元寶一百個，每個重一千兩

生金沙二萬餘兩，估銀十六萬兩

赤金五百八十萬兩，估銀八千七百萬兩

元寶銀九百四十萬兩

白銀五百八十三萬兩

蘇元銀三百十五萬四百六千餘兩
洋錢五萬八千元，估銀四萬六百兩
製錢一千五百串，折銀一千五百兩
人參六百八十餘斤，估銀二十七萬兩
當鋪七十五座，估銀三千萬兩
銀號四十二座，估銀四十萬兩
古玩鋪十五座，估銀三十萬兩
玉器庫二間，估銀七千萬
綢緞庫四間，估銀八十萬
磁器庫二間，估銀一萬
洋貨庫二間
五色大呢八百版
鴛鴦呢一百十五版
五色羽毛六百版
五色嗶嘰二百版
皮張庫二間
元狐十二張
色狐一千五百二十張
雜狐三萬六千張

貂皮八百餘張

銅錫庫六間，共二萬六千九百三十七件

珍饈庫六間

鐵梨紫檀六間

玻璃器庫一間，共八百餘件

貂皮男衣七百十三件

貂皮女衣六百五十餘件

雜皮男衣八百六件

雜色女衣四百三十七件

綿夾單紗男衣三千八百八件

綿夾單紗女衣三千一百十八件

貂帽五十四頂

貂蟒（袍）三十七件

貂褂短罩四十八件

貂靴一百二十四隻（疑爲雙）。

藥材庫二間，估銀五千兩。

地畝八千餘頃，估銀八百萬兩。

附錄二 《查抄和珅家產清單・目錄》

欽賜花園一所，亭台十二座、新添十六座、正屋一所，十三進，共七百三十間、東屋一所七進，共三百六十間、西屋一所七進，共三百五十間、徽式新屋一所，七進共六百二十間，私設檔子房一所，共七百三十間、花園一所，亭台共六十四座、田地八千頃、銀號十處，估銀六十萬兩。當鋪十處，估銀八十萬兩，號件未計。

金庫：赤金五萬八千兩。

銀庫：元寶五萬五千六百個、京錁五百八十三萬個、蘇錁三百一十五萬個、洋錢五萬八千元。

錢庫：製錢一百五十萬千文，以上共約銀五千四百餘萬兩。

人參庫：人參大小支數未計，共重六百斤零。

玉器庫：玉鼎十三座，高二尺五寸、玉磬二十塊、玉如意一百三十柄、鑲玉如意一千一百零六柄、玉鼻煙壺四十八個、玉帶頭一百三十件、玉屏二座，二十四扇、玉碗一十三桌、玉瓶三十個、玉盆十八面、大小玉器共九十三架，未計件，以上作價銀七百萬兩。

另又，玉壽佛一尊高三尺六寸、玉觀音一尊高三尺八寸（刻雲貴總督獻）、玉馬一匹，長四尺三寸，高二尺八寸。以上三件均未作價。

珍珠庫：桂園大東珠十顆、珍珠手串二百三十串、大映紅寶石十塊，計重二百八十斤、小映紅寶石八十塊，未計斤重。映藍寶石四十塊，未計斤重。紅寶石帽頂九十顆、珊瑚帽頂八十顆、鏤金八寶屏十架。

銀器庫：銀碗七十二桌、金鑲箸二百雙、銀鑲箸五百雙、金茶匙六十根、銀茶匙三百八十根、銀漱口盂一百零八個、金法蘭漱口盂四十個、銀法蘭漱口盂八十個。

古玩器：古銅瓶二十座、古銅鼎二十一座、古銅海三十三座、古劍二口、宋硯十方、端硯七百零六方，以上共作價銀八百萬兩。

另又，珊瑚樹七枝，高三尺六寸，又四支高三尺四寸、金鑲玉嵌鐘一座，以上三件未作價。

綢緞庫：綢緞紗羅共一萬四千三百匹。

洋貨庫：大紅呢八百板、五色呢四百五十板、羽毛六百板、五色嗶嘰二十五板。

皮張庫：白狐皮五十二張、元狐皮五百張、白貂皮五十張、紫貂皮八百張、各種粗細皮共五萬六千張，以上共作價銀一百萬兩。

銅錫庫：銅錫器共三十六萬九百三十五件。

文房庫：筆墨紙張，字畫、法貼、書籍，未計件數。

珍饈庫：海味雜物，未計斤數。

住屋內，鏤金八寶床四架、鏤金八寶炕二十座、大自鳴鐘十座、小自鳴鐘一百五十六座、桌鐘三百座、時辰表八十個、紫檀琉璃水晶燈彩各物，共九千八百五十七件、珠寶、金銀、朝珠、雜佩簪釧等物，共二萬零二十五件、皮衣服共一千三百件、綿夾單紗衣服共五千六百二十四件、帽盒三十五個，帽五十四頂、靴箱六十口，靴一百二十四雙。

上房內，大珠八粒，每粒重一兩、金寶塔一座，重二十六斤、赤金二千五百兩、大金元寶一百個，每個重一千兩、大銀元寶五百個，每個重一千兩，以上均未作價。

夾牆內，藏匿赤金二萬六千兩。地窖內，埋藏銀一百萬兩。

另又，家人六百零六名，婦女六百口。尚有錢店、古玩等俱尚未抄。

附錄三　薛福成《庸庵筆記》中的《查抄和珅住宅花園清單》

正屋一所（十三進七十二間）
東屋一所（七進三十八間）
西屋一所（七進三十三間）
徽式屋一所（六十二間）
花園一所（樓臺四十二座）
東屋側室一所（六十二間）
欽賜花園一所（樓臺六十四座、四角樓更樓十二座、更夫一百二十名）
雜房（一百二十餘間）
古銅鼎（二十二座）
漢銅鼎（十一座）
端硯（七百餘方）
玉鼎（十八座）
宋硯（十一方）
玉磬（二十八架）
古劍（十把）

大自鳴鐘（十九座）
小自鳴鐘（十九座）
洋表（一百餘個）
大東珠（六十餘顆，每顆十兩）
珍珠十八顆手冊（共二百二十六串）
珍珠數珠（十八盤）
大紅寶石（一百八十塊）
小紅寶石（九百八十餘塊）
藍寶石（大小共四千零七十塊）
寶石數珠（一千零八盤）
珊瑚數珠（三百七十三盤）
密蠟數珠（十三盤）
寶石珊瑚帽頂（二百三十六個）
玉馬二匹（高一尺二寸，長四尺）
珊瑚樹十棵（高三尺八寸）
白玉觀音一尊
漢玉羅漢十八尊（長一尺二寸）
金羅漢十八尊（長一尺八寸）
白玉九如意（三百八十七個）

玭璺大燕碗（九十九個）
白玉湯碗（一百五十四個）
白玉酒杯（一百二十四個）
金碗碟三十二桌（共四千二百八十八件）
銀碗碟三十二（共四千二百八十八件）
嵌玉如意（一千六百零一個）
嵌玉九如意（一千零十八個）
水晶酒杯（一百二十三個）
金鑲玉簪（五百副）
整玉如意（一百二十餘枝）
金鑲象箸（五百副）
白玉大冰盤（二十五個）
玭璺大冰盤（十八個）
白玉煙壺（八百餘個）
玭璺煙壺（三百餘個）
瑪瑙煙壺（一百餘個）
漢玉煙壺（一百餘個）
白玉唾盂（十百餘個）
金唾盂（一百二十個）

銀唾盂（六百餘個）
金面盆（五十三個）
銀面盆（一百五十個）
金面盆（六十四個）
銀面盆（八十三個）
鑲金八寶炕屏（四十架）
鏤金八寶大屏（二十三架）
鑲金炕屏（二十四架）
鑲金炕床（二十床）
四季夾單紗帳（全）
老金縷絲床帳（六頂）
鑲金八寶炕床（一百二十床）
金鑲玻璃炕床（三十二床）
金珠翠寶首飾（大小共計二萬八千件）
金元寶一千人（每個重一百兩，計銀一百五十萬兩）
銀元寶一千個（每個重一百兩）
赤金五百八十萬兩（估銀一千七百萬兩）
生沙金二百萬餘兩（估銀一千八百萬兩）
元寶銀九百四十萬兩

洋錢五萬八千圓（估銀四萬零六百兩）
製錢一千零五十五串（估銀一千五百兩）
人參六百八十餘兩（估銀二十七萬兩）
當鋪七十五座（查本銀三千萬兩）
銀號四十二座（查本銀四千萬兩）
古玩鋪十三座（查本銀二十萬兩）
玉器庫兩間（估銀七十萬兩）
綢緞庫兩間（估銀八十萬兩）
洋貨庫兩間（五色大呢八百板、鴛鴦一百十板、五色羽緞六百餘板）
皮張庫一間（元狐十二張、各色狐一千五百張、貂皮八百餘張、雜皮五萬六千張）
磁器庫一間（估銀一萬兩）
錫器庫一間（共估銀六萬四千一百三十七兩）
珍饈庫十六間，鐵黎紫檀器庫六間（八千六百餘件）
玻璃器皿庫一間（八百餘件）
貂皮女衣（六百一十件）
貂皮男衣（八百零六件）
雜皮、男衣（八百零六件）
雜皮女衣（四百三十七件）
棉夾單紗男衣（三千二百零八件）

棉夾單紗女衣（一千一百零八件）
貂帽（五十四頂）
貂蟒袍（三十七件）
貂褂（四十八件）
貂靴（一百二十雙）
藥材房（估銀五千兩）
地畝八千餘頃（估銀八百萬兩）……。

以上清單，係近見世俗傳鈔之本，從友人處錄得之。已估價者二六號，既有銀二萬二千三百八十九萬餘兩之多。內有八十三號尚未估價。邇閱王益吾祭酒（先謙）所纂《東華續錄》，恭讀嘉慶四年正月十五曰諭旨宣示和珅大罪二十款內，以和珅家內銀兩及衣服等件數逾千萬，爲十七罪。夾牆藏金二萬六千餘兩，私庫藏金六千餘兩，地窖埋藏銀百餘萬兩爲十八罪。通州、薊州均有鋪錢店，查計資本不下十餘萬，爲十九罪。查抄家人劉全資產價值二十餘萬，並有大珠珍珠手串，爲二十罪。則與此單查抄之數迥不相符。及考此單所錄，連日所奉諭旨，與《東華續錄》相同。唯十七罪上諭查抄家產估價之數，則《東華續錄》無之。餘猶疑和珅定罪時，其家產尚未抄竣，此係後來陸續所抄之數，世俗所記，或顛倒其月日耳。

《春冰室野乘》所載：

「又，清單一紙開列正珠小朝珠三十二盤正珠念珠十七盤、正珠手串七串、紅寶石四百五十六塊，共重二百二十七兩七分七厘、藍寶石一百十三塊，共重九十六兩四錢六分八厘、金錠、金葉二兩平，共重六千八百八十二兩、金銀庫所貯六千餘兩。按：此單與世藉沒清單多寡迥殊，當是初供，未肯吐實，唯正珠小朝珠一事，傳抄本無之。」

和珅秘傳（下）紅頂劫【經典新版】

作者：興華
發行人：陳曉林
出版所：風雲時代出版股份有限公司
地址：10576台北市民生東路五段178號7樓之3
電話：(02) 2756-0949
傳真：(02) 2765-3799
執行主編：劉宇青
美術設計：許惠芳
行銷企劃：林安莉
業務總監：張瑋鳳

初版日期：2020年9月
版權授權：北京樂土文化藝術有限公司
ISBN ：978-986-352-874-6
風雲書網：http://www.eastbooks.com.tw
官方部落格：http://eastbooks.pixnet.net/blog
Facebook：http://www.facebook.com/h7560949
E-mail：h7560949@ms15.hinet.net
劃撥帳號：12043291
戶名：風雲時代出版股份有限公司

風雲發行所：33373桃園市龜山區公西村2鄰復興街304巷96號
電話：(03) 318-1378
傳真：(03) 318-1378
法律顧問：永然法律事務所 李永然律師
北辰著作權事務所 蕭雄淋律師

行政院新聞局局版台業字第3595號 營利事業統一編號22759935

定價：280元

國家圖書館出版品預行編目資料

和珅秘傳 ／興華 著. -- 經典新版 -- 臺北市：風雲時代，
2020.08- 冊；公分

ISBN 978-986-352-874-6（下冊；平裝）

856.9　　109009781